Dagmar Schnabel
Die Herrin des Rings

DAGMAR SCHNABEL lebt und arbeitet in Aachen. In ihre Romane fließen viele Legenden und Besonderheiten der Stadt ein. Im Aufbau Taschenbuch erschien bisher von ihr: »Die Rose der Leibköchin«.

Alina lebt auf einem kleinen Hof in der Nähe von Aachen, doch ihre ganze Welt gerät durcheinander, als plötzlich eine fremde, schwangere Frau auftaucht. Margarete, die Markgräfin von Jülich, ist vor ihrem Mann geflohen. Auf dem Hof bringt sie in aller Heimlichkeit einen kleinen Sohn zur Welt, doch kurz nach der Niederkunft zeigt sie ihr wahres Gesicht. Sie kehrt sich von den anderen Frauen ab, stöbert in deren Sachen – und sie entdeckt Alinas geheimnisvollen Ring. Als ihr Mann plötzlich auftaucht, nutzt Margarete das Durcheinander, um erneut zu fliehen. Diesmal hat sie Alinas Ring dabei und beabsichtigt, sich dessen Geheimnis zu nutze zu machen.

Dagmar Schnabel

Die Herrin des Rings

Historischer Roman

ISBN 978-3-7466-2402-0

Aufbau Taschenbuch ist eine Marke
der Aufbau Verlagsgruppe GmbH

1. Auflage 2007
© Aufbau Verlagsgruppe GmbH, Berlin 2007
Umschlaggestaltung Mediabureau Di Stefano, Berlin
unter Verwendung eines Fotos von Thinkstock/Corbis
Druck und Binden CPI Moravia Books, Pohořelice
Printed in Czech Republic

www.aufbau-taschenbuch.de

Kapitel 1

Der Sommer entließ das fränkische Land nur unwillig aus seinen heißen Fängen. Die Felder waren abgeerntet, nunmehr stakten nur noch die vertrockneten Halme aus dem rissigen Boden. Es mutete an, als wolle die Dürre alles Leben vertreiben. Die Luft schien ein eigenes Gewicht zu haben und lastete schwer auf den Schultern des gebeugten Mannes. Insekten schwirrten umher und untermalten die heranziehende Nacht mit der ihr eigenen, sirrenden Musik, als sei alles Leben heiter und erquicklich, diene nicht nur dem Zwecke der Natur, sondern dem Vergnügen.

Er wusste es besser.

Das Leben war von Gott geschenkt, und dem Menschen ward die Aufgabe zuteil, das Beste daraus zu machen. Geringe Geister waren damit zufrieden, Gottes einfachen Geboten Folge zu leisten. Sie säten, sie ernteten, sie vermehrten sich. Und manche von ihnen wählten das Kreuz. So wie er.

Er seufzte und rieb sich müde über die Stirn. Vor drei Wochen waren sie ohne Ziel von Frankfurt am Main aufgebrochen. Es waren nicht die dunklen Wälder, die schlechten Straßen und die Furcht vor Straßenräuber, die ihm zusetzten. Es war die unstillbare Trauer des Kaisers um seine verstorbene Frau. Eine Mutter konnte nicht annähernd so viel Schmerz um ihr verlorenes Kind empfinden wie der Kaiser in der Trauer um seine Gemahlin. Elf Jahre waren sie in der Ehe verbunden gewesen, doch der Kaiser verzehrte sich auch noch über ihren Tod hinaus nach ihr.

Er, Bischof Turpin, hingegen hatte sie nie recht leiden mögen. Die Kaiserin war selbstsüchtig gewesen, ihr Verhalten bisweilen erbarmungslos und erniedrigend.

Am zehnten August hatte sie ihren letzten Atemzug getan, und am dritten Tage nach ihrem Ableben hatte sich dieser groteske Tross in Bewegung gesetzt. Einhundertachtzig Berittene, der gesamte Hofstaat, ferner zweihundert Söldner.

Und in der Mitte der Schar der Sarg.

Der Bischof beugte sich vor, tauchte eine Hand in das kühle Nass des Pferdetroges und ließ das Wasser durch seine Finger rinnen. Genau so rann die Zeit davon, flüchtig, nicht aufzuhalten und nicht durch Willen zu ändern. Eine Tote drei Wochen lang bei sengender Hitze in einem Fuhrwerk durch die Lande zu karren war töricht, eine Narretei.

Dem unerträglichen Gestank, den Fliegenschwärmen und den austretenden, ekelerregenden Flüssigkeiten schenkte der Kaiser keine Aufmerksamkeit. Zugegeben, der Verfall der Toten schritt nach der Erfahrung des Klerikers seltsam verlangsamt voran, aber das Fleisch verging dennoch.

Der Herrscher war fest entschlossen, seiner Gemahlin den schönsten Begräbnisort zu suchen, den es in seinem Reich gab. Als sein Untertan hatte Turpin den Kaiser beschworen, als Bischof in Gottes Namen vergebens mit dem Fegefeuer gedroht und als Freund den Freund gebeten, von diesem Irrsinn abzulassen – aber vergebens.

Begga, die kleine Hure, hatte es ganz richtig beschrieben: »Er ist ihr über den Tod hinaus hörig.«

»Das ist Hexenwerk. Wie macht sie das nur?«, hatte Turpin gefragt, und Begga hatte ihn nachdenklich angeschaut, ehe sie schamlos den Rock hob.

»Es ist der Ring, sagen die Leute«, erklärte sie leise, und dann sorgte sie dafür, dass er für eine ganze Weile seine

Sorgen vergaß. Nach der Befriedigung seiner Lust waren sie in das Lager zurückgekehrt.

Der Bischof hatte Begga bezahlt, sie davongeschickt, und nun stand er wieder unter sternenklarem Himmel, mit dem Rücken zur Ruine, an der sie für zwei Tage rasten wollten. Die Männer, am Tage gehorsame Soldaten, fürchteten die Tote bei Nacht. Einzig der Respekt vor ihrem Kaiser hielt sie davon ab, Schwert und Schild abzuwerfen und ihr Heil in der Flucht zu suchen. Mit jedem weiteren Tag dieser aberwitzigen Reise schlugen die Truppen das Lager in immer weiterer Entfernung des Sarges auf. Der Bischof hatte ein gestandenes Mannsbild heimlich den Kameraden zuraunen gehört, dass er die Wölfe und Bären, selbst Waldgeister und Dämonen dem Geist der Kaiserin vorzöge. Mit dieser Meinung war er nicht allein.

Noch bevor die Sonne aufgehen würde, würde der Bischof dem unheimlichen Kult ein Ende gesetzt haben. Mit zitternden Händen hob er das silberne Kreuz an seine Lippen, küsste es und sprach ein inbrünstiges Gebet.

Dann, die Augen fest auf sein Ziel gerichtet, setzte er sich in Bewegung.

Kapitel 2

Alina schirmte ihre Augen mit einer Hand ab und blinzelte in die tiefstehende Sonne, die hinter den Tannenwipfeln versank. Die Tage wurden merklich kühler. Die ersten leichten Nachtfröste hatten bereits eingesetzt, doch noch immer war die ganze Ernte nicht eingebracht. Zu viert war es unendlich viel Arbeit, den ganzen Hof zu führen.

Zwei Reihen noch, dann wäre das Tagewerk bewältigt. Urte, die ältere Dienstmagd, arbeitete unverdrossen. Langsam zwar, aber mit beständigem Tempo hebelte sie die Rüben aus der Erde, reinigte sie grob und warf sie auf den kleinen Karren.

»Hoffentlich hat Ilse etwas Gutes für uns zubereitet. Wenn ich schon wie ein Pferd arbeite, dann hätte ich gerne eine ebenso üppig bemessene Portion!« Urte schnaufte.

Alina nickte ihr zu. »Vor allem plagt mich der Durst. Doch jetzt lohnt es sich nicht mehr, eine Rast einzulegen. Sehen wir zu, dass wir fertig werden. Was meinst du, wie viel Zeit bleibt uns noch, um die Ernte einzuholen?«

»Eine Woche, höchstens zwei.« Urte richtete sich auf und zitierte aus ihrem schier unerschöpflichen Vorrat an Bauernregeln für jede Gelegenheit: »Ist Sankt Lukas mild und warm, kommt ein Winter, dass Gott erbarm. Du wirst sehen, dass ich recht behalte. Zu Martini werden unsere Gänse auf Eis treten.«

»Das sind üble Aussichten, Urte. Manchmal kann ich mich nicht des Gefühls erwehren, dass du mit deinen Vordeutungen das Wetter erst herbeiredest.«

Urte wischte sich die Stirn und brummelte: »Das Wetter macht der Herrgott schon ganz alleine und wie es ihm beliebt. Die hohe Frau hätte vielleicht ein bisschen mehr Nachsehen, wenn sie sich so wie wir plagen müsste, um ihre Speisekammer zu füllen.«

Das war ein wenig frevlerisch, aber ganz unrecht hatte Urte damit nicht. Anderswo mochte das Bauernleben einfacher sein, dort, wo es guten Boden und lockere Erde gab. Hier war dies nicht der Fall. Die Scholle ernährte ihre Bestellerinnen, aber die Erde war von Steinen und Wurzeln durchsetzt, kaum mehr als umgepflügte Viehweiden, die Alinas Vorfahren dem Hutewald abgerungen hatten.

Doch hatte die Nähe zum Wald zweifelsfrei Vorteile, nur dass diese gerade nicht hervorstachen. Die gesammelten Eicheln halfen, die Schweine über den Winter zu bringen, die Pilze waren köstlich, und Ilse behauptete ehern, dass es keine Wilderei sei, einem Kaninchen, das sich zuvor im Gemüsegarten gütlich getan hatte, das Fell über die Ohren zu ziehen.

Bei den letzten Rüben kam es Alina vor, als hielten sie sich besonders stark im kargen Erdboden fest. Gewiss unterstellte sie den Gewächsen eine Bosheit, die von ihrer eigenen Müdigkeit herrührte. Endlich polterte die letzte Runkel auf den Karren. Die Sonne war mittlerweile verschwunden, und der Himmel zeigte eine atemberaubende Färbung.

»Ach, Urte, wenn es erst kalt und dunkel wird, dann werden wir uns gerne an Abende wie diesen erinnern.«

»An was? An die Mühe, den Schweiß, den Durst? Wenn du so redest, hast du noch nicht genug gearbeitet. Hilf mir, die Rüben zu entladen, dann scheuche die Hühner in den Verschlag ...«

»... sammle das Werkzeug ein, sieh nach den Schweinen, dem Esel und dem Federvieh. Wenn du schon am Stall bist, kannst du auch gleich einen Korb voller Holzscheite mitbringen und einen Bottich Wasser heraufkurbeln. Achte darauf, mit einem Stöckchen den Lehm von den Schuhen abzukratzen, denn am Brunnen ist der Boden immer feucht ...«, vollendete Alina und versuchte, ihr ernstes Gesicht zu wahren. Sie nahm einen Gurt auf, legte ihn über ihre Schulter und reichte Urte den zweiten. Gemeinschaftlich zogen sie den beladenen Lastkarren über den holprigen Boden.

Im Kopf der Magd arbeitete es, aber Urte sprach erst, als sie das Haupthaus und die Nebengebäude erreichten.

»Sag mal, machst du dich über mich lustig?«, empörte sich Urte.

Alina schmunzelte. »Beinahe auf den Tag lebe ich nun zehn Jahre auf diesem Hof. Genügend Zeit, um mir deine Litanei einzuprägen.«

»Das heißt wohl, dass mir seit zehn Jahren dieselben Worte über die Lippen kommen.« Urte schob ihr Kopftuch von der Stirn bis weit in den Nacken, ließ sich auf den Hauklotz sinken und musterte Alina von oben bis unten. »Zehn Jahre, hm? Klein bist du immer noch und dünn auch, aber deine Haare sind viel dunkler geworden. Als Kind warst du ein Blondschopf. Und hast hier immer noch keinen Mann gesehen, der dein Bräutigam werden könnte.«

»Ach, Urte. Irgendwann wird mich mal jemand zur Frau nehmen.«

»Irgendwer! Mädchen, wach auf! Du lebst nicht in einer romantischen Geschichte, wie dein Vater sie zu erzählen wusste. Du bist keine Prinzessin und solltest gründlich überdenken, ob du mit irgendwem zufrieden wärest. Und irgendwann, wann soll das sein? Du bist achtzehn. Andere in deinem Alter führen längst einen eigenen Hausstand, haben Mann und Kinder. Wer soll den Hof später einmal führen? Du bist dem Andenken deines Onkels etwas schuldig. Immerhin hat Werner sich für Hof und Stellung krummgelegt. Und mehr noch!«

Das war der einleitende Satz zu einer oft erzählten Anekdote aus der Vergangenheit. Diese hatte Alina zunächst fasziniert, doch mittlerweile rief sie, durch ständiges Wiederholen ihrer Spannung beraubt, bei ihr nur noch Ungeduld hervor. Einzig der Respekt vor Urte ließ sie bleiben und Aufmerksamkeit heucheln. Ein heimliches Augenrollen konnte sie sich jedoch nicht verkneifen.

Ihr Onkel Werner, einst ein höriger Bauer, hatte sich vor vielen Jahren durch kluge Entscheidungen, Fleiß und die Gabe, Frieden stiften zu können, das Wohlwollen des Grundherrn erarbeitet. Nach reiflicher Überlegung befürwortete der Grundherr, dass sein Leibeigener und dessen Nachfahren von nun an freie Menschen waren.

»Deinem Onkel aber kam es gerade recht. Der Hof warf genügend ab, vom Grundherrn wurde Werner nun als Pächter geachtet, und in seinen jungen Jahren hatte er es schon weitergebracht, als kaum jemand zu hoffen wagt, der in diesen Stand hineingeboren wurde. Aber dein Onkel hatte ja auch einen guten Antrieb.«

»Ich weiß. Bei einem dörflichen Tanzvergnügen hatte er Tante Adelgunde gesehen, die ihm außerordentlich gefiel. Er zog heimlich Erkundigungen ein, erfuhr Tante Adelgundes Namen und dass sie die Tochter eines reichen Handwerkers war. Als Unfreier hätte Werner es nie gewagt, die schöne Frau anzureden, doch als Hufenpächter waren seine Erfolgsaussichten ein wenig größer. Er fand heraus, dass sie eine leidenschaftliche Köchin war, und statt auf herkömmliche Weise um sie zu werben und Blumen zu pflücken oder verliebte Verse darzubringen, sammelte mein Onkel Kräuter, bündelte sie und packte einen fetten, gerupften Hahn dazu. Und so gewann er Tante Adelgundes Herz«, beschleunigte Alina die Ausführungen.

Urte schnappte nach Luft. »Also, man könnte meinen, du wärst selbst zugegen gewesen, dabei hast du nicht einmal in den Wickeltüchern gelegen. Ach, wenn der Herr doch nur zurückkäme. Elf Jahre ist er nun schon fort.«

Alina ließ sich auf dem Boden nieder, und ein getigerter Kater nutzte die Gelegenheit, sich zusammengerollt auf ihrem Schoß von ihr liebkosen zu lassen.

»Ich frage mich, ob ich Onkel Werner jemals kennenlernen werde. Weißt du, Urte, einerseits würde ich mich freuen, wenn er wiederkäme. Allein schon für Tante Adelgunde, denn sie vermisst Onkel Werner sehr. Jeden Abend betet sie für ihn, spricht zu ihm, aber, na ja, ich habe mich gefragt, ob er diese Treue wert ist. Falls Onkel Werner überhaupt noch lebt, so sind ihm auch andere Frauen begegnet. Vielleicht hat er eine von ihnen liebgewonnen und kommt deshalb nicht wieder. König Ludwig, der einen Kreuzzug ins Heilige Land anführte, ist bereits vor vier Jahren in seine Heimat zurückgekehrt. Niemand braucht elf Jahre bis dorthin und wieder zurück. Zum anderen: Was wäre, wenn er zurückkäme und mich fortschickte? Ich wüsste nicht, wohin ich gehen sollte.«

Urte schnaubte, stemmte die Hände in die Hüften und ereiferte sich: »Hörst du wohl auf! So einer ist der Herr nicht. Du solltest dafür beten, bald unter die Haube zu kommen, dann hättest du eine eigene Familie, so einfach ist das.«

»Sag, Urte, willst du mich loswerden?«

»Du sollst nur wohlüberlegt wählen, jedenfalls besser als dein Vater, der sich eine orientalische Suleika vom Gewürzmarkt mit nach Hause nahm. Du weißt schon, wie ich das meine. Hübsch war sie, das hast du von ihr, aber außerdem kränklich und überlebte die zweite Schwangerschaft nicht. Konrad hätte eine robustere Frau wählen sollen, eine, die ihm länger geblieben wäre.«

An wen Urte dabei dachte, war offensichtlich.

»Was hätte es genutzt? Diese Frau hätte ihn möglicherweise bereits vor zehn Jahren überlebt.«

Die Magd verzichtete auf eine Antwort und kniff die Lippen zusammen.

Als Urte sich zum ersten Mal so scheinbar abfällig über Alinas Mutter äußerte, hatte es einen üblen Streit zwischen Alina und ihr gegeben. Urte war eine gutherzige Frau, fleißig und ehrlich. Wahrscheinlich wäre sie auch treu gewesen, doch es gab keinen, dem sie ihr Herz schenkte, nachdem es ausgerechnet Konrad freundlich, aber bestimmt abgelehnt hatte.

Davon erfuhr Alina erst später, als sie, erfüllt von kindlichem Groll, Urte beinahe drei Dutzend Warzen an die Füße gewünscht hatte.

Der Wunsch war ihr nicht erfüllt worden, und den Streit hatte sie rasch beigelegt, auch wenn Urte ihre Anspielungen nicht immer im Zaum hielt. Das schlechte Gewissen der Magd hatte Alina schon häufiger in den Genuss eines honigsüßen Breis gebracht, weswegen sie ihr die Kränkungen gegen ihre Mutter nicht so krummnahm.

Alina hatte ohnehin keine Erinnerungen an sie.

»Ilse winkt uns, wir sollten uns beeilen.«

Der Kater reckte sich und stakste davon, und Alina begann ihren abendlichen Rundgang. Sie mochte die späte Zeit des Tages, an dem die meiste Arbeit getan war.

Das kleine Anwesen lag auf einer Lichtung, das Auge konnte deshalb nur bis zu den dichten Wäldern schweifen. Unweit des Hofes verlief die Krönungsstraße, die das östliche Köln über Aachen und Lüttich mit dem westlich gelegenen Brüssel und noch viel weiter darüber hinaus Flandern mit Oberitalien verband.

Unmittelbar an der Straße befand sich die Herberge *Zum schwarzen Kapaun*, in der es hin und wieder hoch herging. Der Wirt verwies ab und an reisende Frauen, die

Gefahr liefen, unter den Trossfahrern Begierden auszulösen, an den Hufenhof. Tante Adelgunde vermietete eine kleine Stube. Mit den Frauen kamen nicht nur ein Zubrot, sondern auch Neuigkeiten ins Haus. Zu Alinas Unmut war die Kammer jetzt beinahe einen ganzen Monat lang leer geblieben.

Sie liebte die Berichte aus fernen Ländern, lauschte versessen auf Abenteuer und wünschte sich voller Fernweh selbst an die Stelle der Reisenden. Tante Adelgunde brachte nur bedingt Verständnis für Alinas Seufzen auf und erinnerte Alina hin und wieder daran, dass sie Glück habe, in einer Zeit wie dieser zu leben. Wenn nur alles so bliebe wie in den vergangenen Jahren, in denen es hierzulande keine großen Hungersnöte, Epidemien und alles verwüstende Kriege zu beklagen gegeben hatte! Das Jahr 1258 war alles in allem eines der guten!

Urte stapfte von dannen. Alina verweilte, ein wenig länger als nötig, bei den Tieren, denn sie hatte die Erfahrung gemacht, dass sie besser gediehen, wenn man ihnen freundlich zuredete. Außerdem gaben sie keine Widerworte. Der Esel drehte erwartungsvoll seine langen Ohren zu Alina und wurde nicht enttäuscht. Doch klang sie trauriger als sonst, als sie sich zu ihm lehnte.

»Ach, Eselchen. Heute in aller Frühe war der Nachbar hier und brachte eine Nachricht, die uns Sorgen bereitet. Der alte Grundherr leidet unter einer zehrenden Krankheit, die ihn dahinraffen wird. Dann wird ein anderer Herr das Sagen haben, einer aus dem Geschlecht der Merode. Na, es ist zu früh, um zu jammern, aber das ist ja nicht die einzige Sorge. Die Zeit und die Holzwürmer zersetzen viele wichtige Dinge. Tisch und Stühle sind bald nur noch als Feuerholz gut, die Dächer sind in einem miesen Zustand, und die Bodendielen halten auch nicht mehr ewig. Wir bräuchten dringend ein paar Münzen, um vor dem Winter einige Tage-löhner in Dienst zu stellen, die uns bei den schwersten Re-paraturarbeiten helfen. Aber woher nehmen …«

Das Grautier stupste Alina mit samtener Nase und sah sie mit klugen Augen an. Alina griff in den Halsausschnitt ihres Kleides und beförderte ein abgewetztes Band zutage, an dem ein goldener Ring schwang, der weder zu ihr noch zu der kargen Umgebung passte. Sie legte ihn auf ihre Handfläche, doch bevor der neugierige Esel daran schnup-pern konnte, schloss sie die Hand zur Faust.

»Es ist noch zu früh, den Ring in Erwägung zu ziehen. Solange wir unser Dasein aus eigener Kraft erhalten kön-nen, werde ich ihn nicht verkaufen. Es ist das einzige Erin-nerungsstück, das ich von meinem Vater habe. Ich kann mir vorstellen, dass er es guthieße, wenn ich den Ring als Brautschatz mit in die Ehe nähme. Du wirst es nicht ver-stehen können, aber ich bin der Meinung, es würde mir Unglück bringen, den Ring vor meiner Heirat herzuzei-gen. Falls ich überhaupt jemals heirate, denn sieh, was der Ehestand Tante Adelgunde einbrachte: einen abwesenden Ehemann und schrullige Mägde. Die polternde Urte, die bucklige Ilse und mich als arme Verwandte obendrein. Wir sind schon ein seltsames Quartett. Hm, das interessiert dich überhaupt nicht?«

Im Hühnerstall herrschte schon Ruhe, als Alina den Korb voller Spaltholz packte. In der einen Hand den Korb, in der anderen den Bottich, stapfte sie in die Wohnküche und fand den Tisch bereits gedeckt vor.

Die krumme Magd Ilse hatte das restliche Brot in vier gleich große Stücke geschnitten, und es stand einer jeden frei, sich an dem Steinguttöpfchen voller Griebenschmalz zu bedienen. Dazu gab es für jede einen Apfel und frisches Wasser, soviel sie wollten. Die Gesichter am Vespertisch waren ernst, und Tante Adelgunde, die normalerweise mit jedem Mitglied des Haushalts einige unterhaltsame Sätze wechselte, sprach ein ungewöhnlich langes Tischgebet, in das sie die Bitte um Gesundheit des Grundherrn mehrfach einschloss. Nach dem Essen vergab sie die Arbeiten für den folgenden Tag.

»Ilse, sieh morgen vor der Hausarbeit nach dem zweiten Vorratsloch. Überprüfe, ob die Seitenwände und der Deckel noch stabil sind. Sind sie es nicht, dann verschaffe diesem Ungemach Abhilfe. Urte und Alina, ihr treibt die Schweine in den Wald und sammelt Holz, soviel ihr herbeischaffen könnt. Ich werde den Kapaunwirt aufsuchen und zusehen, ob ich von einem Fahrensmann Salz einhandeln kann. Wenn es mir gelingt, werden wir morgen fischen gehen.«

»Ich bin gut zu Fuß, liebe Tante. Soll ich nicht an deiner Statt zur Herberge laufen?«, fragte Alina.

Adelgunde lächelte dankbar, schüttelte aber den Kopf. »Freundlich, dass du es anbietest, aber du hilfst uns mehr, wenn du handelst, wie ich es dir auftrug. Wer weiß, wer sich im Gasthaus herumtreibt. Nach mir alten Frau wird keiner die Finger ausstrecken.«

»Tante, das ist doch nur ein Gasthaus, kein Sündenpfuhl, schon gar nicht morgens. Außerdem würde Hergen nicht zulassen, dass mir jemand dumm kommt.«

Überdies war Alina überzeugt, Flegel selbst in die Schranken verweisen zu können. Doch dieses Argument würde Tante Adelgunde niemals gelten lassen.

»Herrin, verzeih, wenn ich mich einmische. Du behütest Alina über das vernünftige Maß.« Urte setzte sich für Alina ein und erntete dafür einen dankbaren Blick. Das über viele Jahre gewachsene Verhältnis zwischen Herrin und Magd erlaubte Urte in Ausnahmefällen solch offene Worte, ohne dass sie eine ernsthafte Konsequenz zu fürchten hatte. »Sie muss den Umgang mit … Män… Menschen lernen, sonst fällt sie auf den Erstbesten herein. Das Gasthaus bietet unverfängliche Unterhaltung.«

Adelgunde warf einen Seitenblick auf Alina, schüttelte aber den Kopf. »Unverfänglich? Wohl kaum. Um andere Menschen kennenzulernen, ist immer noch im Frühjahr Zeit. Jetzt haben wir andere Bürden. Ich gehe nicht nur, um Salz zu kaufen, wie du weißt, Urte. Vielleicht hat jemand Kunde von Werner. Auch wenn du mich heimlich auslachst, werde ich nicht aufgeben, nach ihm zu fragen. Und vielleicht hat Hergen Neuigkeiten über den Zustand des Grundherrn. Du solltest aufhören, dem guten Kind aufmüpfige Gedanken einzupflanzen. Alina, höre nicht auf Urte.«

Alina schwieg, begehrte jedoch in Gedanken auf. Schweinehüten und Holzsuchen waren entschieden langweiliger als ein Besuch der Herberge. Tante Adelgunde hatte die beste Pflicht für sich vorgesehen, würde sich anregend unterhalten können und endlich andere Gesichter sehen als die ewig vertrauten. Aber der Hufenherrin hatte man zu gehorchen, und der Respekt bestimmte ein Großteil von Alinas Erziehung.

Die Frauen gingen unmittelbar nach Sonnenuntergang zu Bett. Alina, Urte und Ilse teilten sich eine Kammerecke, die sie mit aneinandergenähten Strohsäcken ausgelegt hatten. Tante Adelgunde verfügte als Hausherrin über ein eigenes Bett, in welchem sie aber nur im Sommer ruhte. Ab dem ersten Herbstfrost würde sie vernünftigerweise die Wärme der anderen Frauen suchen.

Alina, noch nicht ganz so erschöpft wie ihre Mitstreiterinnen, wartete, bis die Atemzüge der anderen zu einem jeweils gleichmäßigen Rhythmus fanden, und rückte ein wenig von den Frauen ab. Sie drehte sich auf den Bauch, das Kinn auf ihre verschränkten Arme gelegt, und dachte nach.

Nicht zum ersten Mal hatte sich Urte über einen Ehemann für Alina geäußert. Seit sie wusste, dass Alina die Tochter Konrads war, fühlte sich die rundliche Magd ab und an dazu berufen, in Alina ihr nie geborenes Kind zu sehen, und überhäufte sie mit wohlgemeinten Muttergefühlen. Manchmal war es Alina zuviel.

Tante Adelgunde, eine friedliebende Frau von meist besonnenem Wesen, sah das gar nicht gerne. Zeitweilig herrschte sogar eine ernsthafte, unangenehme Konkurrenz zwischen den beiden ungewollt kinderlos gebliebenen Frauen und brachte Alina in die unangenehme Situation, jedes Wort abwägen zu müssen. Keine gute Aussicht für den Spätherbst, dem ein langer Winter folgen würde, der die Frauen an das Herdfeuer bannte. Die Scherereien waren jetzt schon abzusehen.

Alina warf sich herum und fand keinen Schlaf. Von ganzem Herzen wünschte sie sich Abwechslung. Etwas hatte ihre Unruhe geweckt, ließ sie mit unstillbarer Sehnsucht an die Zeit denken, als sie erst acht Jahre alt gewesen war.

Als sie am nächsten Morgen die Augen aufschlug, waren ihre kühnen Wünsche dem Alltag gewichen. Über Nacht war der Herbst übers Land gezogen, hatte eine feine Frostschicht über den Boden gelegt und den vormals sattgrünen Blättern ihre Kraft entzogen. Ein Becher heiße Milch, mit wenig Honig gewürzt, ersetzte den Hufenfrauen das Frühmahl. Wie es jeder gute Christenmensch tat, fasteten sie freitags. In der Frühe wurden die Arbeiten meist schweigend erledigt. Alina legte sich ein Tuch über die Schultern und griff ebenso wie Urte zu einem Stecken. Sie nickten Ilse zum Abschied zu und machten sich auf den Weg über die reifbelegte Wiese, hielten am Stall, um sich die korbgeflochtenen Kiepen auf den Rücken zu hieven und die Schweine aus dem Koben zu lassen.

Noch bevor sie den Wald erreichten, war Urtes Nase rot gefroren. Sie streifte die Riemen ab und lehnte den Tragkorb gegen einen Baum. Anders als Alina bückte sie sich jedoch nicht sonderlich emsig, um die Waldfrüchte aufzusammeln. Das konnten die Schweine selbst machen.

»Sie will es nicht einsehen! Deine Tante hüllt dich in zarte Wolle, damit das Leben keine Delle in dein Dasein schlägt. Gewiss, weil du nun die einzige Blutsverwandte bist. Aber das ist gar nicht gut. Für eine adlige Jungfer wäre so eine Schonerei gerade recht, doch für eine Jungbäuerin aus dem Mittelstand ist derlei Gezier unnatürlich.«

Alina mochte Urtes Aufregung nicht laut teilen, weil ihr die Schwätzerei wie ein Verrat an Tante Adelgunde erschien. Nur im Stillen pflichtete sie der Magd bei.

»Ich habe gar nicht mitbekommen, wann sich Tante Adelgunde auf den Weg machte«, sagte sie stattdessen.

Urte rieb sich die kalte Nase. »Früher, als der liebe Gott aufsteht. Höchstwahrscheinlich wird sie wieder den Juffern etwas in die Schalen legen.«

»Urte, ich habe mich noch nie getraut, Tante Adelgunde danach zu fragen, weil sie doch die Kirchengesetze gewissenhaft befolgt. Kannst du mir sagen, was es mit den Juffern auf sich hat?«

»Kind, du hast wirklich wenig Ahnung von den beachtenswerten Dingen! Tatsachen ändern sich nun mal nicht, nur weil man sie verschweigt, das sollte deine Tante wissen. Also: Unsere Juffern, die Jungfern, sind den Menschen erschienen, nachdem ungestüme Christen die alten Matronenaltäre zerstört hatten, weil sie diese für heidnisch und somit gefährlich hielten. Man sagt, die Juffern verkörpern die verstümmelten Göttinnen, was sogar stimmen könnte. Leute, die sie sahen, beschreiben die Jungfern als Lichtgestalten, hoheitsvoll schreitend und feenhaft. Sie durchstreifen segnend ihre Schutzgebiete, und bisweilen trösten sie Trauernde. Wieder andere, denen man besonders übel mitspielte, gehen kopflos umher. Man darf sie unter keinen Umständen ansprechen, denn sonst ist man des Todes. Egal, ob die Juffern Gutes oder Schlechtes bewirken, sie haben eine Gemeinsamkeit: Sie sind stumm, nimmer kommt ein Wort über ihre Lippen. Nie ein Schrei, nie ein Wispern. Hüte dich vor ihnen.«

In dem von Nebel umwobenen Wald gewann Urtes Wiedergabe der Legende an schauriger Glaubhaftigkeit. Alina trat unbewusst einen Schritt zurück, und ein trockener Ast barst mit einem lauten Knacks unter ihrem Fuß.

Ein Jungschwein stob vor Schreck quiekend unter einem Gebüsch davon, und Alina setzte ihm sofort mit geschürztem Rock nach. Der rosige Ringelschwanz blitzte zwischen den Bäumen auf, da das Schwein ein rasantes Tempo vorlegte.

Äste verfingen sich in Alinas Haar, eine Brombeerranke langte nach ihrem Bein und wurde zur Stolperfalle. Das nasse Laub dämpfte Alinas Fall, dennoch durchzuckte ein stechender Schmerz ihr Knie. Alina entfuhr ein leiser Schrei. Das Tier blieb stehen und betrachtete sie munter.

»Wenn du am Spieß des Grundherrn steckst, dann werde ich noch einen Armvoll Scheite beisteuern, nur um dich und deine Schwarte rösten zu wissen!«, drohte Alina dem Tier. Verflixt, das Knie tat höllisch weh.

Gerade als sich Alina aufgerappelt und sich notdürftig von Schmutz befreit hatte, krachte ein weiterer Ast. Dem Geräusch nach zu urteilen, war es kein zartes Reh, das sich den Weg durchs Grünzeug bahnte, sondern etwas Größeres.

Eine Rotte Wildschweine?

Oder gar ein unberechenbarer Keiler! Kampfeslustige Einzelgänger hatten schon einigen Menschen den Tod gebracht.

Alina ließ das Ferkel Ferkel sein und sah sich nach einer Fluchtmöglichkeit um. Vor sich sah sie einen tiefhängenden Ast, dahinter einen Saumpfad ohne Ranken. Linker Hand einen Ilexstrauch. Rechts üppige Farne, die vor einem tobsüchtigen Eber kein Entkommen boten.

Wohin nur? Alinas Herz raste. In Erwartung des Schlimmsten hielt sie den Stecken fest umklammert, bereit, mit der Spitze zuzustoßen, und stellte sich der Geräuschquelle entgegen, entschlossen, ihr Leben so heftig wie möglich zu verteidigen.

»Hilfe! Im Namen der huldreichen Mutter Maria, ist denn da niemand, der mir zu Hilfe eilen kann? Ich sterbe! Habt Erbarmen, habt ein Herz, helft, ehe ich meinen letzten Odem aushauche ...«

Alina ließ den Stock sinken und lauschte. Die Stimme klang jämmerlich, weiblich und siechend. Ausgerechnet jetzt fiel Alina die eben gehörte Legende ein. Einige Juffern brachten den Tod, aber sie blieben stumm! Wer oder was dort immer auch rief, eine der schicksalsbringenden Jungfern war es jedenfalls nicht!

Alina sprang an dem Schwein vorbei, auf die Stimme zu, und duckte sich unter dem Ast hinweg. Unweit, auf dem Boden des Pfades vor ihr, kauerte eine junge Frau, beinahe ein Mädchen noch, mit schmerzverzerrtem Gesicht. Ihre weit aufgerissenen Augen beherrschten das herzförmige Gesicht. Die blassen Lippen zitterten, ein Arm umfing den gekrümmten Leib, die andere Hand hatte sie in den Erdboden gekrallt. Ihr Atem ging stoßweise.

Alina lief an die Seite der Fremden, ließ sich neben sie sinken und stützte die Unglückliche, indem sie ihr einen Arm um die Schultern legte. Dann redete sie ihr beruhigend zu.

»Schon gut, nicht erschrecken! Hab keine Angst, du bist nicht mehr allein. Wie kann ich dir helfen?«

»Ich habe aber Angst!«, schrie die junge Frau gepeinigt.

21

»Ich bin bei dir! Sehen wir erst mal zu, dass wir dich ins Warme bringen.«

Das Gesicht des Mädchens war blutleer, ihr Rocksaum dagegen blutdurchtränkt. Ihre Haare, beinahe hüftlang und weizenblond, hingen in verwahrlosten Strähnen über die Schultern, und ihr Umhang war schmutzig. Sie klammerte sich so stark an Alina, dass dieser beinahe der Atem fortblieb. Glücklicherweise stieß nun auch Urte zu ihnen.

»Sie ist in anderen Umständen. Grundgütige Barbara! Was hat sie hier in den Wäldern zu suchen?«, rief die Magd.

»Das können wir sie später fragen«, entgegnete Alina. »Nun braucht sie unsere Hilfe. Ich glaube, das Kind kann jeden Moment kommen.«

Kapitel 3

Die bucklige Ilse half das kraftlose Geschöpf auf einen Stuhl zu manövrieren. Die Schwangere stöhnte steinerweichend. Sie zerrte, kaum bei Sinnen, mit zittrigen Fingern an ihrem schmuddeligen Umhang, als wolle sie ihn in Stücke reißen.

Tante Adelgunde war noch nicht zurückgekehrt, daher erteilte Alina den umherhuschenden Mägden Anordnungen. Ausgerechnet die sonst so selbstsichere Urte ähnelte nun einem fahrigen Huhn.

»Urte, du richtest flink das Gästezimmer zum Gebärraum: Wir brauchen Tücher, einen leeren Bottich sowie Wasser. Streue den Boden mit Stroh aus und entzünde reichlich Kerzen. Ilse, wenn sich etwas Schmerzlinderndes in deinem Kräutervorrat befindet, hole es her.«

»Der Würzwein sollte helfen, wenn ich noch einige Stücke der Petersilienwurzel zugebe und mit aufkoche. Ich werde Heu wärmen. Das, auf den Bauch gelegt, sollte ihre Krämpfe eindämmen.«

»Wenn Urte drüben alles soweit hergerichtet hat, helfen wir der werdenden Mutter hinüber.«

Alina machte sich mit fliegenden Fingern an der Gewandung zu schaffen, eine Tortur, die sie ohne Hilfe der Niederkommenden bewältigen musste. Sie schälte das Mädchen aus dem Umhang, entkleidete Füße und Beine und löste dann die Schnürung des Gewandes. Ilse schnalzte leise, als Alina ihr das Kleid reichte. Unter dem fleckigen Umhang war ein Kleid zum Vorschein gekommen, das zwar nicht sauber, aber von erkennbar guter Qualität und mit Silberfäden bestickt war. Zu einer Wallfahrerin passte es nicht, ja nicht einmal eine wohlhabende Kaufmannsgattin ging so gewandet auf einen Ausmarsch. Der Würzwein dampfte, und Ilse reichte auch Alina einen halben Becher der duftenden Flüssigkeit.

»Trink, der Wein beruhigt die Nerven.«

Urte hatte Sorgfalt walten lassen und auch eine Decke herbeigeholt, doch als die Schwangere ernstlich schnaufte, verabschiedete sich Urte fluchtartig, um die Schweine einzufangen.

Allmählich zeigten Ilses Trank und der Umschlag mit dem Heu Wirkung. Das schmerzliche Krümmen des Mädchens ließ nach. Alina massierte ihm Hände und Füße und tupfte die Stirn mit einem Leinentuch ab.

»Fühlst du dich besser?«

»Ich weiß es nicht. Ich …« Das Mädchen leckte über die rissigen Lippen, »Ich werde sterben. Das Kind will nicht kommen, und ich bin am Ende meiner Kräfte. Sag, so ist es? Das ist die Evasstrafe, nicht wahr? Sie trifft die Frauen.«

»Du musst neue Kräfte sammeln. Wie heißt du?«

»Margarete.«

»Ich bin Alina. Du musst tapfer sein und an etwas Gutes denken. Ein inniges Gespräch zur Heiligen Mutter Maria würde sicherlich nicht schaden.«

»Mir tut alles weh!«

»Wenn du dein Kind erst in den Armen hältst, ist das alles hier vergessen.«

»Was weißt du schon! Ich weiß nicht, was ich anfangen soll. Diese Marter ist so sinnlos, ich will das Ding nicht. Lieber will ich sterben.« Ein trockenes Schluchzen schüttelte das Mädchen.

Alina fühlte eine Hand auf ihrer Schulter.

»Sei still, es ist nicht richtig, was du sagst, du törichtes Ding. Es geht immer weiter, nur darfst du dich nicht gehen lassen und den Glauben verlieren«, sagte Adelgunde ruhig und bestimmt.

Alina wusste nicht, wie lange ihre Tante schon an der Tür gestanden und zugehört hatte. Margarete hielt nun die Augen geschlossen, ihr umfangreicher Leib gönnte ihr einige Atemzüge lang Ruhe. Das blonde Haar war nass vor Schweiß und umrahmte ihr ausgezehrtes Gesicht. Sie war beklemmend mager, das Kind hatte ihr viel genommen.

Adelgunde bat Alina vor die Tür und ließ sich die Umstände der Auffindung mit knappen Sätzen erzählen. Die Ältere rieb sich die Schläfen und betrachtete Alinas Vorkehrungen.

»Ilse sagte mir, dass du klug vorgegangen bist. Weißt du, was zu tun ist?«

»Nicht genau. Aber ich vermute, dass die Geburt eines Menschen ähnlich der eines Tieres ist. Wir werden das schon schaffen, Ilse ist nicht unwissend im Kinderholen. Aber was ist mit dir, Tante? Du siehst müde und elend aus. Was ist passiert?«

Adelgunde bekreuzigte sich. »Unser großherziger Grundherr ist von uns gegangen. Gott sei seiner Seele gnädig.«

Ilse kannte die traurige Neuigkeit bereits. Sie sah angegriffen aus. Ein passendes Thema für ein Gespräch an einem Gebärbett war der Tod wohl nicht.

Urte schaute kurz herein, doch als sie Margaretes Stöhnen hörte, erklärte sie hastig, dass sie sich um die Tiere kümmern und die Ställe ausmisten wolle.

Die Zeit verging zäh. Der trübe Tag endete, der Abend brach heran, dann wurde es Nacht. Die Luft in dem Zimmer wurde stickig, die heruntergebrannten Kerzen durch neue ersetzt. Adelgunde schickte Alina vor die Tür. Die kühle Luft war Balsam für Leib und Seele.

Alina löste, nachdem sie sich ausgeruht hatte, Ilse bei der Wache an dem Wochenbett aus, die sich dann in der Küche zu schaffen machte.

Zwischen den Wehen dämmerte Margarete erschöpft, erwachte dann aber unter noch stärkeren Schmerzen. Ihre Qual wollte kein Ende finden, und den Frauen kamen keine weiteren ermutigenden Worte mehr über die Lippen.

Ilse brachte Krug und Becher und antwortete leise auf Alinas stumme Frage.

»Hier, ein weiterer Kräuteraufguss, etwas Stärkeres. Wenn dies nicht wirkt, dann bin ich mit meinem Kräuterwissen am Ende.«

Adelgunde flößte Margarete den Kräutertrank ein, tupfte ihr Stirn und Lippen trocken. Der Brustkorb der Schwangeren hob sich kaum noch, die letzte Wehe schien eine Ewigkeit zurückzuliegen. Sie war dem Tod näher als dem Leben. Adelgunde sah von Alina zur Magd und entschied mit hörbarer Abneigung: »Wir werden den Kälberhaken holen müssen, Ilse.«

»Lass mich noch einen Bannspruch an das Kind richten, Herrin, vielleicht hört es mich ja.« Ilse putzte sich die Nase, steckte das Tuch fort und hob beschwörend Stimme und Arme. Ihr buckliger Schatten tanzte so dämonisch im Licht der flackernden Kerzen an den Wänden, dass Alina unwillkürlich einen Schritt zurückwich.

»Oh, Kindlein, ob heil oder tot, komm geschwind ans Licht, denn der Herrgott sieht dich nicht! Ohne Schuld geboren, wirst nicht in der Hölle schmoren. Doch Teufels Kind, dich hol der Wind!«

Ob es an dem Trank oder an der Beschwörung lag, wusste Alina nicht zu sagen. Die Krämpfe kehrten so plötzlich zurück, wie sie verebbt waren, nur schienen sie nun die doppelte Stärke zu haben. Margarete spreizte die Beine und schrie wie ein waidwundes Tier.

Endlich, das Kind kam!

Nun erteilte Adelgunde die Anweisungen. Ilse und Urte, letztere widerstrebend, hielten Margarete die Hände, bisweilen auch die Beine. Alina handelte nach Adelgundes Befehlen. Nun fanden auch die eindringlichen Gebete bei den entsprechenden Heiligen Gehör.

Zugleich mit dem ersten Krähen des Hahnes verkündete ein kleiner Junge der Welt seine Existenz.

Ilse hieß ihn mit scheinbar unbewegter Miene willkommen, Adelgunde war hingegen tief berührt. Urte fischte in ihrem Vorrat an Bauernregeln und fand die richtigen Worte. »Der Samstag hat ein lachendes und ein weinendes Auge.«

Alina strich Margarete über die kalte, schweißüberströmte Stirn. »Das hast du gut gemacht.«

Adelgunde suchte in ihrem Bündel und holte ein Säckchen hervor. »Eine Vorsehung, dass wir das Salz haben. Nur habe ich mir das erste Fischlein, welches darin landet, ganz anders vorgestellt. Jedoch kann ich der Sitte Genüge tun und den Knaben damit abreiben, damit seine Haut gegen Kränklichkeiten gefeit ist.«

Anschließend wurde der Säugling in warmem Wasser gebadet, in Ermangelung feinen Öls mit Schmalz gesalbt und eng in Stoffstreifen gewickelt. Er weinte nicht länger, sondern schlief vor Erschöpfung ein. Die ausgezehrte Margarete wurde ebenfalls gewaschen, verbunden und sank nach einem Becher Met in tiefsten Schlaf.

Einen Namen für den Kleinen hatte sie nicht genannt.

Sie hatte ihn nicht einmal angesehen.

Ilse hatte sich längst weiteren sinnreichen Tätigkeiten hingegeben. Sie stellte Brei auf den Küchentisch, Scheiben gerösteten Brotes und dazu eine Schale voll goldgelben Honigs, der die Besonderheit dieses Tages hervorhob.

»Das erste Kindlein seit Ewigkeiten in diesem Haus!«
Adelgunde freute sich sichtlich.

Urte nickte begeistert. »Wie wollen wir ihn nennen?
Was haltet ihr von Norbert?«

Ilse fuhr mit blitzenden Augen herum. »Dem die giftige
Spinne durch die Nase kroch, als Beweis für Gottes schüt-
zende Hand? Ich würde immerzu an diese scheußlichen
Geschöpfe denken. Nein, das arme Würmchen. Mir gefällt
Hadrian gut.«

Urte schüttelte sofort den Kopf. »Nein! Nach einem
Heiligen, dem im Märtyrertod die Hände abgeschlagen
und gar Schlimmeres angetan wurde, wird kein Kindlein
benannt! Als Patenname ist Hadrian wohl kaum gedacht.
Zudem beten verheiratete Kinderlose zu ihm. Eine solche
Bürde gibt man keinem Kind mit ins Leben.« Die alte
Magd hielt erschrocken die Hand vor ihren Mund und sah
Adelgunde aus großen Augen an. »Verzeih, Herrin, es war
leichtfertig von mir, so zu reden.«

»Du hast trotzdem recht, ich habe oft zu Hadrian gebetet. Und zur heiligen Felicitas.«

Alina schluckte den Rest ihres Honigbrotes hinunter und
nutzte die Zeit, derweil die anderen Frauen noch kauten, um
einen Vorschlag einzuwerfen. Die Gemeinschaft war nicht
übermäßig fromm, aber sie kannten die biblischen Gestalten
durch Alinas beliebte Erzählungen. Ihr Vater Konrad hatte
sich ab und an als Reliquienhändler verdingt und kannte sich
dadurch bestens in der Welt der Geweihten aus.

»Felicitas war zwar auch eine Märtyrerin, aber ihr latei-
nischer Name bedeutet Glück. Was haltet ihr davon, wenn
wir den Knaben Felix nennen? Natürlich nur unter uns,
bis Margarete einen besseren Namen bestimmt.«

»Mit diesem Namen ist wenigstens keine Qual und kein
Unglück gebunden. Davon hatte der Knabe bereits genügend.« Adelgunde klopfte mit dem Zeigefinger auf den

Tisch. »Wir sollten den Vater benachrichtigen lassen. Er wird es sicher mit Freude begrüßen, einen gesunden Nachkommen zu haben. Hat die junge Mutter verlauten lassen, wo ihre Familie zu finden ist?«

»Nein.«

»Mir hat sie auch nichts gesagt.«

»Sie hat im Traum einen Männernamen gemurmelt.«

»Sie muss aus gutem Hause stammen«, meinte Urte.

Alina war noch etwas anderes aufgefallen. »Habt ihr bemerkt, dass sie anders redet als wir?«

»Sie leiert.« Ilse nickte. »Es hört sich beinahe so an, als sänge sie die Sätze, nicht wie ein Lied, aber ich kann es nur als Singsang beschreiben.«

Alina nickte. »Genau! Ich bin ja, wie ihr wisst, in meiner Kindheit mit Vater umhergereist und weiß die fremde Mundart zuzuordnen. So reden die Leute in Aachen.«

»Gütige Mutter Maria! Aachen ist weit entfernt.«

»Nein, Urte, so weit ist es nicht. Bei gutem Wetter zwei oder drei Tagesreisen, mehr nicht.«

Urte protestierte. »Das mag für dich wenig sein, aber mit Margaretes Herumirren kannst du deine Reise nicht messen. Du hocktest auf einem Fuhrwerk und hast dich über ordentliche Straßen fahren lassen, dein Vater bewahrte dich vor Gesindel, und einen dicken Bauch musstest du auch nicht tragen.«

»Ich frage mich, weshalb Margarete alleine unterwegs war. Ob sie vom Weg abkam und fehlging? Urte, wohin hast du ihr Kleid gelegt? Ich glaube, Blut darauf gesehen zu haben. Vielleicht finden wir Spuren von einem Kampf, obgleich Margarete bis auf kleinere Blessuren heil war. Doch rechnen sollten wir mit allem. Womöglich ist ihre Zofe oder sonst jemand noch in den Wäldern und irrt dort umher.«

»Dann hätte Margarete doch aber sicherlich etwas gesagt«, meinte Ilse.

»Sie war nicht gerade eine sprudelnde Quelle, was ich ihr aber auch nicht verübeln kann. Aber vielleicht können wir selbst etwas herausfinden.«

Urte holte das Kleid, reichte es Alina, die damit ans Licht trat und es eingehend betrachtete. Es war aus einem schweren Stoff. Ihr erster Eindruck bestätigte sich: Es war befleckt, aber bis auf einige Risse unversehrt. Der Gurt war ebenfalls von schwerer Machart und gewiss wertvoll. Der Umhang hingegen war richtiggehend verdreckt, dünn gescheuert und stank erbärmlich. Sie roch daran.

»Der Umhang jedenfalls war am Feuer. Was oder wer trieb sie in die Wälder? Eine überhastete Flucht?«, fragte Alina in die Runde.

Ilse brummte. »Ach, du hast zu viele von den gruseligen Geschichten gehört. Vielleicht wollte sie ihrem Liebsten entgegeneilen. Mit dem Kind unter dem Herzen, damit kein Zweifel besteht und er es als das seine anerkennt.« Sie spähte immer wieder hinüber zu dem Weidenkorb, der Felix als vorläufige Wiege diente.

Wie zu erwarten, widersprach Urte. »Womit trotzdem nur bewiesen wäre, dass sie das Kind geboren hat, aber nicht, wer der Erzeuger ist. Na ja, der Mann wird es schon wissen.« Die alte Magd nahm kein Blatt vor den Mund und musste sich einen missbilligenden Blick Adelgundes gefallen lassen. Die Hufenherrin klatschte kurz in die Hände und wies die Mägde an, zu schweigen.

»Margarete wird uns vielleicht bald die eine oder andere Frage beantworten können, sofern wir ganz sicher sind, dass sie uns überhaupt etwas angehen. Hauptsächlich sollten wir uns jedweder Spekulationen enthalten, denn dabei kommt nur Haarsträubendes heraus. Gehen wir an unsere Arbeit. Ilse, du schaust nach dem Kind, nicht wahr?«

»Ja, Herrin.«

Margarete übernahm den Vornamen des jungen Felix, ohne abzuwarten, ob ihr Gatte diese Wahl begrüßen würde. Sie selbst war noch sehr schwach und betrachtete das Kind distanziert, obwohl der Knabe wohlgeraten war. Die Zurückhaltung war nicht unverständlich, wenn man bedachte, wie sehr sie unter der schweren Geburt gelitten hatte.

Ilse ließ sie eine Weile ruhen, weckte die junge Mutter dann und hielt ihr den Jungen zum Stillen hin. Greinend drehte sich Margarete herum, und Ilse sah mit dem Kind auf dem Arm zu Alina, die mit dem Aufstapeln des Brennholzes beschäftigt war.

»Alina, könntest du bitte einen Becher von unserem guten Met abfüllen? Der wird Margaretes Geister beleben.«

Margarete trank hastig und ohne Genuss. Der Wein zauberte ein wenig Farbe auf ihre Wangen, und sie bat um einen weiteren Trunk, den Ilse ihr jedoch verwehrte.

»Du hast ein Kind zu stillen«, erinnerte Ilse sie.

Eine ganze Woche lang erhielt die junge Mutter nicht nur üppige Portionen, sondern zu jeder Mahlzeit sogar einen Becher von dem gewürzten Wein, der das Blut mehren sollte. Fürsorglich hatte eine jede der Frauen liebe und aufmunternde Worte für das apathische Mädchen.

Besonders Urte bemühte sich um Margarete. Sie wusch ihr das lange Haar, bürstete ihr Kleid, flickte es, wo es nötig war, leerte den Nachttopf und versuchte in freundlichen Unterhaltungen mehr über die junge Frau herauszufinden.

Margarete äußerte sich vage, wenn es um ihre Herkunft und ihren Stand ging, aber sie erwähnte mit niedergeschlagenen Augen und bebenden Lippen, dass sie verheiratet sei. Und sehr unglücklich, die Ärmste. Diese einfache Erklärung entzog der Schwächlichen jede Kraft, eine weitere Erklärung hervorzubringen.

Die Hufenfrauen ließen Margarete zunächst gewähren. Dass sie eine schwere Geburt überstanden hatte, wussten sie schließlich. Ilse grollte nur leise darüber, dass Margarete beim Essen zunehmend mäkelig wurde. Der Brei schmeckte ihr nicht, vom Honig gab es zuwenig, Wurst und Käse nahm sie gern, das Brot jedoch ließ sie liegen.

Urte hatte eine Erklärung: »Sie ist halt ein Edelfräulein, und so einfache Gerichte schaden ihrem zarten Gaumen, Ilse. Einfachen Brei ist sie nicht gewohnt.«

»Unsinn, mein Brei ist gut. Sie nascht nur, weil sie ihren Leib nicht ertüchtigt«, zürnte Ilse.

Dennoch war die Käseecke auf Margaretes Brett am nächsten Tag viel dicker als die Brotscheibe darunter.

Alina beobachtete das Buhlen der Mägde um Margaretes Zuneigung. Es war befremdlich anzusehen, wie sich die beiden Frauen, die Alina nun mehr als ihr halbes Leben lang kannte, sich für die zarte Mutter aufrieben. Sicher, Margaretes seltenes Lächeln war bezaubernd, ihre dankbaren Worte von einem unwiderstehlichen Charme, und ihre zerbrechliche Anmut rührte an.

Bald scheuchte jedoch sie die beiden alten Mägde herum, ohne dass diese es so empfanden. Urte wurde sogar richtig böse, als Alina sie damit aufzog, Margarete hörig zu sein.

»Sie ist ein armes Geschöpf, und du bist bloß neidisch. Dabei bist du gesund und kräftig, kannst dich um alles selbst kümmern und solltest dem Herrgott dafür dankbar sein. Ich werde dich auch verwöhnen, wenn du irgendwann einmal eine Familie zusammenbringst.«

»Schon gut, Urte. Es war nicht so gemeint.«

Trotzdem steckte ein Körnchen Wahrheit in dem Scherz. Alina mied zunehmend Margaretes Nähe. Lieber kümmerte sie sich um Felix, wenn Ilse gerade keine Zeit für den Säugling hatte. Adelgunde blieben die Geschehnisse unter ihrem Dach weitestgehend verborgen. Der Tod des Grundherrn brachte Arbeit mit sich. Obgleich sie nun eine Bäuerin war, hatte man sich an ihre ausnehmende Bildung und Herkunft erinnert. Adelgunde begleitete einen Präfekten im Auftrag des neuen Grundherrn zu den weit versprengten Katen, half mit ihrer Anwesenheit, eine Brücke zwischen dem Präfekten und den verunsicherten Leuten zu schlagen und deren Einkommen zu ermitteln.

Der neue Grundherr ließ keine Zeit verstreichen, sich über die Vermögensverhältnisse zu informieren, kaum dass der alte Herr unter der Erde lag. Inwieweit sich sein Interesse darüber hinaus auf Land und Leute erstreckte, würde sich zeigen.

Gegen Ende der Woche geschah Urte ein kleines Unglück. Die rundliche Magd begann wie alle anderen auch beim ersten Licht mit der Verrichtung ihres Tagewerkes. Im Laufe der Zeit hatte sich Urte die Fertigkeit angeeignet, die Häute der Kaninchen zu bearbeiten. Es war eine aufwendige Arbeit, über die Herstellung einer guten Haut verging mehr als ein Jahr. Die Magd schabte und walkte sie und legte die Felle in einen Sud aus fein geschnittener Eichen- und Buchenrinde.

Das Ergebnis konnte sich durchaus sehen lassen. Das Leder war fest und strapazierfähig, was Urte am eigenen Leib zu spüren bekam, als sie sich daranmachte, aus der Haut einen Streifen herauszuschneiden, um ihn zu einem Gurt zu verarbeiten. Sie zog und schnitt, legte ihre nicht unbeträchtliche Kraft hinein, rutschte ab und verletzte sich.

Urte war nicht zimperlich, aber die Wunde war tief. Blut tröpfelte aus ihrem Finger. Am besten war es daher, die Hand in kaltes Wasser zu halten und den Daumen anschließend mit einem sauberen Stoffstreifen zu verbinden.

Das Wasser nahm sie aus dem Brunnen, den Stoffstreifen würde sie im Haus finden. Margarete könnte ihr helfen, den Finger zu verbinden, denn die anderen Frauen gingen wie üblich um diese Tageszeit außerhäuslichen Arbeiten nach. Die Wunde pochte.

Ein Glück geradewegs, dass Margarete zur Stelle war. Schade nur, wenn Urte sie wecken müsste.

Beschwingter Gesang veranlasste die Magd, im Schatten der Tür stehen zu bleiben und zu beobachten, was in der Stube vor sich ging.

Dort stand Urte immer noch wie festgewachsen, als Alina einen Korb voller Pilze in die Stube tragen wollte.

»Urte? Was ist …«

Die Magd zuckte zusammen, legte rasch einen Finger über den Mund und zog Alina an ihre Seite. »Ich kann nicht glauben, was ich sehe«, wisperte sie rau. Ihre Augen folgten einem feenhaften Wesen, das sich offenkundig besten Wohlbefindens erfreute.

Margarete, die sich völlig unbeobachtet fühlte, öffnete im Stubenboden die Luke zum Vorratskeller und schöpfte einen Becher von dem teuren Wein, der eigens dazu vorgesehen war, den Festtagen einen besonderen Glanz zu verleihen. Sie trank hastig, füllte den Becher erneut und schloss die Klappe. Barfuß und im Hemd tänzelte sie dann um den Tisch herum und befingerte die persönlichen Dinge der Frauen. Für die Spinnarbeiten der alten Ilse hatte sie nur ein hämisches Grinsen, Alinas Schulterfell packte sie mit spitzen Fingern an, als enthielte es ganze Ungeziefervölker, und schließlich wischte sie sich die Hände an Urtes Stickwerk ab.

Die Kiefer der alten Magd mahlten, doch sie regte sich nicht.

Margarete wandte sich der heiligen Barbara zu. Die verehrte Schutzheilige der Bauern stand auf einem Sockel, angezogen mit liebevoll handgenähten Kleidern, zu ihren Füßen getrocknete Blüten. Die kleine Figur war der ganze

Stolz Adelgundes, wurde nun aber von ihrem angestamm-
ten Platz genommen und respektlos hin und her gedreht.
Urte traute ihren Augen nicht: Margarete sah Barbara un-
geniert unter den Rock und wedelte mit der armen Heiligen herum, als wäre sie ein albernes Spielzeug.

Urte konnte ihre Entrüstung nicht länger beherrschen
und machte sich von Alinas Hand los, doch kaum hatte sie
einen Schritt auf den Boden gesetzt, verriet eine knarrende
Planke ihre Anwesenheit. Margarete ließ die Barbara zu
Boden fallen und stob mit wehendem Hemd davon. Die
Tür fiel ins Schloss, und der Riegel wurde vorgeschoben.

Fassungslos sahen sie auf die heilige Barbara, deren Nase
den Sturz nicht heil überstanden hatte.

An diesem Abend wurde Margarete kein Essen ans Bett
gebracht.

Ilse richtete ihr kühl durch die geschlossene Tür aus, sie
solle sich in die Küche begeben. Zur Überraschung Alinas
kam Margarete der Aufforderung mit gesenktem Haupt
umgehend nach. Ihr wurde ein Platz zugewiesen, von dem
aus sie nicht an Brot und Butter langen konnte. Auch weder Messer noch Löffel waren für sie vorgesehen. Nur ein
Becher Wein stand vor ihr, der, den sie bei ihrer Flucht
zurückgelassen hatte.

Adelgunde war keine Frau großer Reden und sagte lediglich: »Armer Leute Gäste gehen beizeiten nach Hause.«

Margarete, klein und zusammengesunken, gab das Bild
des personifizierten Büßerelends ab. Ihr war bewusst, dass
keine freundlichen Blicke die ihren erwidern würden.

Adelgunde hob Margaretes Kinn, so dass die junge Frau
sie ansehen musste. Die vergissmeinnichtblauen Augen
schwammen vor Tränen, die Lippen zitterten.

»Weder braten wir dich am Spieß, noch brechen wir den
Gerichtsstab über dich, aber du sollst dein Verhalten

rechtfertigen. Ich habe dich in Not aufgenommen, was meine gute Christenpflicht ist, die ich gerne meinem Nächsten zuteil werden lasse. Allerdings hätte ich nicht erwartet, dass meine Barmherzigkeit auf diese Art vergolten wird.«

»Mir war so schrecklich fad«, wisperte Margarete kleinlaut und starrte auf ihre Finger.

»Sticken tut deinen Augen nicht wohl, Nähen schadet deinen Fingern. Die Versorgung deines Kindes zerrüttet deine angegriffenen Nerven, und das Getreide im Mörser zu zerstoßen erschöpft dich übermäßig. Margarete, du solltest deine Einstellung zur Arbeit überdenken, und ebenso die zum Eigentum anderer.«

»Von Herzen, ich beteuere es, gute Herrin.«

»Das Wetter schenkt uns die vielleicht letzten schönen Tage dieses Jahres, und noch fahren vereinzelte Handelszüge auf der Krönungsstraße. Ich werde eine sichere Reisegesellschaft für dich und das Kind suchen, die euch wohlbehalten in Aachen abliefert. Wenn du klug bist, weißt du von dort aus dein Glück zu schmieden.«

»Was? Nein!« Margaretes Augen weiteten sich ungläubig. Sie stürzte sich von der Bank auf den Boden, kniete vor Adelgunde, ergriff deren Hände und überdeckte sie mit flehenden Küssen. »Ich gelobe Einsicht und Besserung, bei allem, was mir heilig ist.« Suchend irrten ihre Augen im Raum umher, dann entdeckte sie Felix, der friedlich in einer Strohkuhle schlummerte. »Ich schwöre beim Leben meines unschuldigen Sohnes. Ich habe mich bisher nicht an der Arbeit beteiligt, weil ich mich schämte zuzugeben, dass ich weder nähen noch sticken kann. Ich kann überhaupt nichts! Ich brauchte so etwas nie zu tun, dafür hatten wir Dienstboten. Alles will ich künftig erlernen, alles! Nur schickt mich nicht fort! Bitte, ich flehe euch an. Euch alle, habt Erbarmen!«

Mit einer Geste befahl Adelgunde Margarete aufzustehen und wandte sich an ihre Mägde.

»Wollen wir sehen, ob wir es schaffen, miteinander auszukommen?«

Ilse, der am Verweilen des kleinen Felix gelegen war, nickte sofort. Urte zuckte mit den Schultern und sagte betont grantig: »Du bist die Herrin.«

»Alina?«

»Ich will nicht den ersten Stein werfen.«

Die Mägde widmeten sich wieder ihrem Mahl. Margaretes Tränen versiegten, sie schniefte aber noch.

Adelgunde sah sie gedankenvoll an. »Kind, wovor hast du so eine schreckliche Angst?«

Margarete warf Alina einen Blick zu, versicherte sich auch deren Aufmerksamkeit. »Ich fürchte den flammenden Jähzorn meines Gemahls. Ich will ihm nicht bösartig nachreden, denn ich habe mich ihm vor Gott und meinem Vater versprochen. Ach, da war er noch ein guter Mann! Doch aus zunehmend nichtiger werdenden Anlässen fährt der Dämon der enthemmten Wut in seine Seele und zerfrisst seine ritterliche Persönlichkeit, wie eine garstige Raupe eine edle Rosenknospe zerstört. Er erhob sogar seine harsche Hand gegen mich, obgleich ich die Leibesfrucht trug.« Margarete klappte den Mund auf, schluckte und presste schließlich etwas piepsig hervor: »Ich … Mein Gatte, ach, weh mir! Gott hat sein Antlitz von mir abgewandt. Ich muss mich einfach jemandem anvertrauen. Mein Gemahl und ich, wir kennen einander kaum, und in manchen Dingen sind wir sehr unterschiedlich. Er ist dominant und befehligt mich so hart und unnachgiebig, wie er seine Soldaten kommandiert. Wir sind in rasendem Disput auseinandergegangen, so dass ich gar nicht weiß, ob er mich überhaupt noch will. Hals über Kopf bin ich entflohen und durfte im Wagen eines freundlichen Tuchhändlers mitfahren.«

»So freundlich will er mir nicht scheinen, wenn er dich im Wald ausgesetzt hat.«

»Ein Mann eben, doch indem er mir half, tat er mehr als andere. Als die Wehen kamen bekreuzigte er sich unentwegt, betete laut und deutlich und drückte mich von der Ladefläche. Ich war verzweifelt und bin es immer noch. Ich kenne doch niemanden. Wo ich wohnte, ist nicht mein Zuhause.« Das klang so jämmerlich, einen Stein hätte das Mädchen erweichen können.

Margarete legte ihr Gesicht in die Hände, und ihre Schultern bebten. Alina, die nicht wusste, wie sie sich verhalten sollte, berührte leicht Margaretes Arm. Adelgunde rieb sich verhalten die Augen, gähnte, und die fahlen Augenringe gaben kund, dass sie in den letzten Nächten die Sorge um Wohl und Wehe des Hofes mit unter die Bettdecke genommen hatte. Bald darauf nickte sie auf ihrem Stuhl ein. Alina nahm eine Decke aus zwei zusammengenähten Schaffellen und breitete sie über ihre Tante.

Margarete seufzte und nahm mit scheuem Lächeln ein Stück Brot aus Ilses Hand, als diese es ihr im Vorbeigehen hinhielt. »Danke schön! Alina, was meinst du, hat mir deine Tante verziehen? Es tut mir so unendlich leid, dass ich der Heiligenfigur Schaden zugefügt habe.« Ihr Bedauern klang aufrecht.

»Wenn dir an unser aller Wohlwollen gelegen ist und du hierbleiben möchtest, solltest du dich nicht länger von den Arbeiten fernhalten. Es ist bestimmt nicht einfach für eine Außenstehende, einen Platz in unserer eingeschworenen Gemeinschaft zu finden, aber wenn sich alle bemühen, dann wird es schon funktionieren. Vor allem wird Felix viel für dich erreichen.«

»Ach, ja. Er ist manchmal ganz drollig.«

»Drollig? Hast du dir dein Kind schon einmal mit offenen Augen angesehen? Du hast deinem Gemahl einen makellosen Sohn geboren. Meinst du nicht, was immer du ihm Beleidigendes sagtest, wird beim Anblick seines Sohnes hinfällig? Wenn er Felix erst im Arm hält, wird er den Kleinen lieben und dich ehren.«

»Ach, ich weiß nicht. Na ja, wenigstens ist es ein Junge.« Trotz klang in ihrer Stimme.

»Margarete, du tust mir wirklich leid. Hast du ihm einen Grund gegeben, zornig zu werden?«

»Alina! Natürlich nicht! Sein Jähzorn brauchte keinen Grund, genau das machte ihn doch so unberechenbar«, erklärte Margarete gereizt. »Manchmal brauchte nur eine Fliege an der Decke zu hocken, da überflutete die schwarze Galle Gerhards Gemüt, und ich konnte meine Haut zum Gerben hinhalten. Er tadelte mich vor allen Leuten, vor Gesandten, Vögten, Fürsten und Schweinehütern, bis ich mir geringer als ein winziger Wurm vorkam. Dabei versuchte ich stets, ihm zu gefallen. Ich bediente ihn, war anmutig und führte kluge Unterhaltungen mit seinen Gästen. Ach, was klage ich, ich bin ein erwachsenes Weib, es ist mein Schicksal. Doch was soll aus Felix werden? Das Kind ist zart, hilflos und so winzig. Ich fürchte, ich bringe nicht die körperliche Stärke auf, es bis auf meinen letzten Blutstropfen zu verteidigen, wenn Gerhards Zorn auch eines Tages das Kind trifft.«

»Hast du keinen Vertrauten, keinen, der seine schützende Hand über dich hält? Einen Beichtvater, einen Paten vielleicht?«

»Da gäbe es schon jemanden, aber damit würde ich erst recht ein Unglück heraufbeschwören.«

»Bedenke, Margarete, deinem Gemahl kannst du dich nur auf ewig entziehen, wenn du den Schleier wählst.«

»Das will ich aber nicht! Ich will nur glücklich werden.«

Alina fiel es zu, Margarete zu wecken. Die Schläferin trennte sich nur maulend von der Strohmatratze, trödelte unnötig herum und fasste das ihr überlassene, beinahe neue Arbeitsgewand einer verstorbenen Magd mit unverhohlenem Missfallen an. Dann, als ihr Geist langsam erwachte und ihr einfiel, dass sie geprüft wurde, gab sie sich eifrig.

Margarete versorgte Felix geradezu mustergültig, bevor sie Ilse den Knaben zur Obhut entgegenstreckte. Die Bucklige nahm das Kind, strich über seine Wange, und Felix schenkte der ihm Vertrauten ein engelgleiches Lächeln. Magd und Kind bemerkten Margaretes schmaläugigen Blick nicht. Alina sah ihn zwar, deuten konnte sie ihn indes nicht.

Margarete zupfte unglücklich an dem Nesselgewand herum und hob zögernd ihre Füße, die nun in den üblichen Holzschuhen steckten. Ihre eleganten Lederschühchen hatten ihren wilden Waldlauf kaum überstanden. Ein normaler Arbeitstag wäre ihr Ende.

Alina öffnete die Tür und spähte nach draußen. Ihr Atem formte kleine Wolken. Die Welt war von glitzerndem Raureif überzogen, und die aufgehende Sonne beschwor farbenfrohe Wolkenformationen. Ein wenig Wind war aufgekommen.

»Alina, warte noch einen Augenblick.« Die Herrin des Hufenhofes winkte Alina zu sich. »Ich werde zum Gutshof gehen und dem neuen Grundherrn die Aufwartung machen. Er ist dort, um die Auflistung des Präfekten einzusehen. Für mich ist die Gelegenheit günstig, mir selbst einen Eindruck von dem Mann zu machen, der über unser Gedeih und Verderb bestimmen kann. Schau, was meinst du, wird ihm der Gabenkorb gefallen?« Adelgunde lüpfte das Tuch, und ein buntes Allerlei kam zum Vorschein.

Alina nickte. »Unser Käse ist weithin beliebt, die Würste sind besonders gut gelungen, und die Symbolik von

Brot und Salz dürfte dem Herrn gefallen. Dazu noch eine Schweineblase voll Wein, das ist ein wahrlich schönes Antrittsgeschenk.«

»Du siehst hier nach dem Rechten, bis ich zurückkehre. Halte die Augen offen. Es muss nichts bedeuten, aber mich plagt eine seltsame Vorahnung. Achte auf Fremde und sei nicht zu gutgläubig.« Adelgunde schlug ein kleines Kreuzzeichen auf Alinas Stirn.

»Ja, Tante. Ich bin kein kleines Kind mehr. Vertraue mir ein wenig! Gottes Segen mit dir! Du wirst keinen Grund zur Klage haben, bis du zurückkehrst, werden wir vieles geschafft haben. Komm, Margarete, wenden wir uns den Mistforken zu. Die Tiere brauchen neues Stroh und frisches Wasser. Anschließend kannst du die Windeln deines Sohnes waschen, er benötigt neue Tücher, und vielleicht wird bei dem Wind noch etwas trocken.«

Kapitel 4

»Dieses verdammte Weib! Ich reiße ihr mit bloßen Händen die Haut vom Leib, Streifen um Streifen, und dann wälze ich sie durch eine Salzlake«, knurrte der größere der beiden Reiter ungehalten. Der mittelgroße Mann, mit struppigem Bart und gelocktem Haar, trug über seiner verstaubten Kleidung einen ledernen Brustpanzer. Sein Gesicht wies zwar einige Narben auf, aber er wäre nicht übel anzusehen gewesen, wenn sich die grimmigen Linien nicht so tief um Mund und Augen gegraben hätten. Doch im Moment machte seine Wut ihn dem Höllenfürsten ähnlich.

»Vorausgesetzt, du würdest ihrer habhaft werden, Gerhard.«

»Genau das wollte ich nicht hören! Verteufelt noch mal!«

»Was willst du sonst hören, wenn nicht die Wahrheit?«

Leons Aussehen bildete einen seltsamen Kontrast zu Gerhard. Er war nur unwesentlich kleiner, aber muskulös, und sein helles Hemd betonte die leicht braun getönte Haut. Sein Haar, dunkel und schulterlang, trug er offen, seine Wangen hatte er, der neuesten Mode folgend, glattrasiert. »Gönnen wir den Pferden eine Pause. Da vorne ist ein Bach.«

Er stieg schwungvoll aus dem Sattel und schlang den Zügel seines Pferdes um einen Ast.

Gerhard folgte seinem Beispiel. Die Gäule steckten ihre Mäuler ins trockene Laub und begannen sogleich, das Gras darunter zu fressen.

Gerhard knirschte mit den Zähnen und befreite seine

Beinbekleidung aus einer trockenen Brombeerranke. Missmutig trat er einige Steine aus dem Waldboden und stampfte
auf und ab. Seine Wut steigerte sich, doch im Gegensatz zu
anderen maß Leon ihr keinerlei Bedeutung zu. Er kannte
dessen Ausbrüche zur Genüge.

»Weiber bringen nichts als Scherereien! Erst macht man
sich zum Narren, um ihre Gunst zu erlangen, und derweil
man noch selig glaubt, einen der Engel des Paradieses gefreit
zu haben, eine unschuldige, süße Evastochter, dämmert
einem langsam die bittere Erkenntnis, dass man versehentlich die selbstgefälligste Schlange vom Baume pflückte und
unter sein Dach holte. Du, mein Freund, handelst weise
darin, dich nicht zu binden. Nimmst die Gunst, wie sie
kommt, dein Schrittkamerad hat sein Vergnügen, und dein
Herz nimmt keinen Schaden. So hätte ich es machen sollen,
genau so!«

Leon machte sich am Sattelgurt zu schaffen und vermied auf diese Weise, dass Gerhard sein Gesicht sah. Zwar
hatte er gelernt, seine Gefühle zu verbergen, aber er traute
sich in dieser Hinsicht immer noch nicht vollkommen.

Gerhard war leicht zu durchschauen, er trug sein pol-
terndes Herz auf der Zunge. Sein ganzes Wesen war eine
einzige aufgebrachte Unrast, selbst in seinen guten Zeiten.
Leon strich seinem Pferd über die Blesse und nutzte eine
Atempause. »Hier teilt sich der Weg. Entweder suchen wir
den Hufenhof auf oder den Grundherrenbesitz.«

»Warum nicht beide Domizile?«

»Weil es bald wie aus Bottichen schütten wird. Schau dir
den Himmel an!«

Gerhard wickelte die Zügel von dem Ast und stieg äch-
zend wieder auf sein Pferd. Der Versuch des Tieres, das
Maul im Grase zu belassen, brachte ihm einen ungeduldigen
Ruck an der Kandare ein. »Dann auf zum Grundherren-
gehöft! Wenn Margarete die Wahl zwischen einem Bauern-

haus und einem Herrenhaus hat, dann weiß ich genau, welchen Unterschlupf sie wählt. Sag, kannst du sie dir etwa auf einem Pachthof vorstellen? Zwischen Misthaufen und Runkelrüben?« Gerhard schlug sich bei dieser abwegigen Vorstellung auf den Oberschenkel und lachte unfroh. »Nein, nein, mein Weib wird auf einem weichen Stuhl sitzen. Sie kann sehr glaubwürdig weinen und nährt ihre Tränen vom Mitleid anderer. Herrgott, ich kann den Gedanken nicht ertragen, dass sie mich zum Hanswurst macht!«

Er jagte seinem Pferd die Stiefel in die Flanken. Drei Schritte sprang es voran, dann riss Gerhard am Zaumzeug. »Steh!«

Wie aus dem Nichts war eine Frau erschienen. Sie stand mitten auf dem Weg und war mindestens genau so erschrocken. Sie war schon älter, hielt sich aber aufrecht, war gewöhnlich gekleidet und mit einem Korb, den sie wie ein Bollwerk vor sich trug. Ein Wurstzipfel stand heraus und ebenso – Gerhard wollte verwunschen sein, wenn ihn seine Augen täuschten – das runde Ende einer Trinkblase. Die zierliche Frau wich unweigerlich vor dem unruhigen Ross zurück. Unsicher, wen sie vor sich sah, entschloss sie sich zur ehrerbietigen Verbeugung.

»Gott zum Gruß, die edlen Herren.«

Gerhard hatte noch niemals höfliche Worte verschwendet, schon gar nicht an jemanden, der zu Fuß ging. Er ließ das Pferd die Alte umrunden und schnaubte: »Wohin des Weges?«

»Zum neuen Grundherrn.« Das Weib hob den Kopf. »Die Aufwartung machen.«

»Sagst du das nur, weil du mich fürchtest?«

»Ich sage es, weil der Herr mich erwartet.«

Gerhard biss sich auf die Lippen und sah zu Leon, der ihm leicht zunickte. Dann hielt er sein Pferd an und beugte sich zu der Frau hinunter.

»Du kannst uns den Weg zeigen. Geh voran. Bist du alleine? Die Wälder beherbergen bisweilen beängstigende Kreaturen.«

»Ja, Herr.« Ob diese Aussage nun die Antwort auf die Frage oder eine Zustimmung zu der letzten Bemerkung Gerhards war, ließ die Frau offen.

Leon verkniff sich ein Lächeln. Manchmal war es ein Segen, dass Gerhard kein Mann der feingeistigen Wortdeutelei war. Es hieß, Gerhard sei in jungen Jahren in den Genuss der ritterlichen Erziehung gekommen. Die tugendreiche Bildung, so vermutete Leon, hatte ihm ein Wandermönch vermittelt, der sich kaum die Zeit zu einer Rast genommen hatte. Solch abwertende Meinung behielt er natürlich für sich.

Gerhard schnaubte. »Bist du unlängst einer jungen Frau begegnet? Schwanger, eine Auswärtige?«

»Kürzlich? Nein, Herr«, sagte die Frau entschieden.

»Woher kommst du?«

»Vom Pachthof.«

Gerhard drehte sich triumphierend zu Leon herum. »Ha, Leon! Hast du gehört? Dort versteckt sich mein Weib nicht, wie ich es mir gedacht habe. Gibt es in der Umgebung weitere Häuser?«

»Eine Handvoll winziger Katen und das Wirtshaus *Zum schwarzen Kapaun* an der Krönungsstraße.«

Sich Margarete in einer armseligen Kate vorzustellen war absurd, und im *Kapaun* hatten sie selbst Quartier bezogen. Gerhard schien tatsächlich recht zu behalten. Leon beobachtete die Szenerie mit gebotener Vorsicht. Es hatte viele Tage gegeben, da war es Leon selbst nicht bewusst gewesen, wie misstrauisch ihn seine Abenteuer anderen Menschen gegenüber gemacht hatten. Der Argwohn hatte ihm schon mehr als ein Mal das Leben gerettet, und immer noch beobachtete er seine Mitmenschen mit Argusaugen.

Die Frau tat ihm leid, sie war sichtlich nervös, obwohl sie ihre Angst nicht offen zu zeigen versuchte. Wie musste sie es empfinden, ihren Weg zu gehen und den ungeduldigen Atem zweier für die Schlacht geübter Rosse im Nacken zu spüren?

Falls ihre Nervosität tatsächlich daher rührte.

Die letzten Bäume hatten sie hinter sich gelassen, den gewundenen Weg durchschritten, als endlich das Gutsherrenhaus in Sichtweite kam. Es bestand aus grauen Steinen und war von ungewöhnlicher Größe, die jedoch nicht sofort ins Auge fiel, weil es geduckt zwischen Hügeln ruhte. Rauchschwaden kündeten davon, dass die Stuben behaglich geheizt wurden. Pferdegewieher, Rufe zweier Männer und munteres Hundegebell erschallten.

Gerhard lenkte sein Pferd um das Weib herum und ließ es dann donnernd den Hügel hinabgaloppieren. Leons Pferd stand dem davonstiebenden Schweif des Artgenossen nur ungern nach, beugte sich aber der Macht seines Herrn.

Leon hielt der alten Frau den Arm hin. »Wollt Ihr aufsitzen? Ich helfe Euch auf und achte, dass Ihr nicht hinunterfallt. Mein Tier besitzt ein sanftes Wesen.«

Diese Worte überzeugten die Frau nicht. Sie wich zurück, doch war jetzt keine Angst in ihrer Stimme. »Nein, danke. Freundlich von Euch, besten Dank, der Herr. Euer Begleiter hat wohl dringende Angelegenheiten zu besprechen. Vielleicht kann er sie abklären, derweil ich mich langsam nähere, auf dass ich nicht auf der langen Bank des Empfangs des Grundherrn harren muss.«

Leon nickte ihr zu und ließ seinem Pferd nun auch freien Lauf.

Kapitel 5

Margarete zog die Nase kraus und starrte angeekelt in den Kessel, in dem die Lendentücher ihres Kindes in warmem Wasser schwammen. Sie nahm den Stock wie eine Schreibfeder zwischen Daumen und Zeigefinger und stocherte mehr zum Schein. Bisher hatte sich Ilse um die Belange des Jungen gekümmert, und Margarete wäre es am liebsten gewesen, wenn das so bliebe. Aber daraus wurde nichts. Sie tupfte noch einmal und legte die Stirn in sinnierende Falten. Alina beobachtete die alberne Prozedur, ohne helfend einzugreifen. Ungerührt stellte sie ein großes Holzstück auf den Hauklotz. »Die Ausscheidungen deines Sohnes werden sich nicht durch bloßes Betrachten von der Wolle trennen.«

»Der Stock ist zu kurz, mit dem kann ich nicht arbeiten«, erwiderte Margarete.

»Das Problem ist rasch zu lösen.« Neben dem Zuber stand ein abgebrochener Besenstiel, auf den Alina deutete. »Dann nimm diesen.«

»Ach, nein, der ist viel zu schwer. Da werden meine Arme ganz schnell lahm.«

»Margarete!« Alina nahm die Axt wieder auf und machte sich erneut daran, Holz zu spalten.

»Ich hatte erst vor kurzem eine sehr langwierige und anstrengende Entbindung, du hast ja keine Ahnung, wie meinem armen Leib zumute ist.« Margaretes Augen wurden riesig, fanden aber keine Beachtung. Sie beugte sich mit Todesverachtung über den Rand des Bottichs und fischte einen Stoffstreifen auf das Waschbrett. Vier Finger rieben über die Wolle. Da Alina nun an die verästelten Holzstücke geriet, brauchte sie ihre gesamte Aufmerksamkeit für die Arbeit. Eine Weile ging es gut, Margarete mäkelte nicht länger, und Alina kam rascher als erhofft voran.

Es war schwierig gewesen, den Baum zu fällen. Er war alt und schwer, hatte eine breite Krone, aber in zwei, drei Jahren würde er zu einem wärmenden Feuer verhelfen. Bevor das Wetter endgültig kippte, war noch so vieles zu erledigen. Die Löcher in den Wänden mussten noch mit einem Lehm-Stroh-Gemisch abgedichtet werden, die Felle gründlich ausgebürstet und in den Frost gelegt werden, um eventuell vorhandenes Ungeziefer abzutöten. Kiepen voll Eicheln, weicher Rinde und Bucheckern brauchten sie, denn von dem anfallenden Getreideschrot und Rübengrün allein konnten die Schweine nicht den Winter überstehen. Im Frühjahr würde sich die Arbeit bezahlt machen, dann, wenn andere die letzten Würste ihrer Schlachttiere längst verspeist haben würden.

Doch erst wenn das alles getan war, konnte der Winter getrost kommen.

Insgeheim freute sich Alina auf die langen Nächte, an denen sie ausschlafen dürfte.

Ein heimeliger Gedanke!

Die nasse, übelriechende Ladung traf Alina unvorbereitet und mit voller Wucht in den Nacken. Platsch! Vor Schreck hätte sie sich die Axt beinahe ins Schienbein gehauen. Sie wirbelte herum und sah die Übeltäterin böse an.

»Hopsa! Entschuldigung.« Margarete lächelte sehr unsicher, hielt den rechten Arm mitsamt Stock immer noch in die Höhe. »Ich dachte, wenn ich die Wolle ein wenig schwenke, dann bekomme ich auf diese Art das Wasser heraus. Äh …«

»Menschenskind, bist du ein dummes Schaf!«, fauchte Alina ungehalten.

»Ich habe mich doch entschuldigt!«

Ein äußerst unangenehmes Rinnsal lief Alinas Rücken hinab. Das Wissen darum, dass es sich hierbei nicht um reines Regenwasser handelte, machte es nicht besser.

Alina stellte ihre Axt ab, ging raschen Schrittes zum Brunnen und kurbelte den Bottich in die Höhe. Von hier aus war der Stall am schnellsten zu erreichen. Dort streifte sie die Träger ihres Kleides ab, ließ es bis auf die Hüften rutschen, löste das Band um ihren Hals und legte es neben sich ab. Mit einem durchfeuchteten Bündel Heu rieb sie sich den Nacken sauber.

Margarete schaute durch die halb geöffnete Tür, in der einen Hand hielt sie Alina ein Tuch entgegen, in der anderen das blaue Kleid, welches sie bei ihrer Ankunft getragen hatte. Kleinlaut schaute sie Alina an.

»Bitte, nimm! Du kannst es gerne anziehen, bis deines getrocknet ist. Es wird dir passen, wir schnüren es auf deine Figur. Du kannst es auch zwei oder drei Tage tragen, ganz wie du willst, nur sei mir bitte nicht gram!«

Alina nahm das Handtuch. Wie sollte sie ihr ernstlich böse sein? Margarete sah wahrlich bekümmert aus. Jedenfalls bis etwas anderes ihre Aufmerksamkeit fesselte. Sie bückte sich, und als sie sich aufrichtete, hing Alinas Band auf ihrem Zeigefinger, und der daran befestigte, goldene Ring pendelte vor ihren glänzenden Augen. Ein leiser Ruf des Entzückens kam ihr über die Lippen.

»Oh! Ist der Ring schön! Perfekt, wunderbar. Wie kommst du zu so einem Geschmeide? Ein Krämer verkauft so etwas nicht, und man muss selbst bei den besten Goldschmieden derart Auserlesenes suchen. Das Gold sonnengelb, von hoher Reinheit, ein Vermögen wert! Alina, warum lebst du so lausig, wenn du so reich bist?«

Alina ließ ihr den Ring zwei Lidschläge lang, dann nahm sie Margarete ein wenig ärgerlich das Band ab. Für alles

49

unaufmerksam, was sie eigentlich sehen sollte, hatte ausgerechnet dieses arbeitsblinde Huhn Alinas Geheimnis entdeckt. »Behalt dein Kleid, es ist nicht für die Arbeit gedacht. Genauso wenig ist der Schmuck zum Tragen gemacht. Dieser Ring ist für mich nicht aus Gold, sondern aus Erinnerungen geschmiedet. Mein Vater gab ihn mir zum Bewahren. Ihn gibt es noch, meinen Vater leider nicht mehr.«

»Oh, du Arme.« Margarete seufzte, dann gewann ihre Neugierde sofort wieder die Oberhand. »War er ein edler Fürst? Oder ein bedeutungsvoller Kirchenmann und du sein Bastard?«

Alina zog ihr schlichtes Gewand herauf, verstaute ihr Kleinod sorgfältig unter dem Stoff, zupfte das Haartuch zurecht und ließ sich mit ihrer Antwort Zeit. Margarete musste nicht alles genauestens auf die Nase gebunden bekommen. »Nein, er war niemand dergleichen. Vater war Kaufmann, Reliquienhändler. Meine Mutter kannte ich kaum, mit Vater aber habe ich acht unbesorgte Jahre meines Lebens zugebracht.«

»Dann ist er gestorben, und fortan lebtest du hier bei deiner Tante?«

»Ja.«

»Und das ist dir genug?«

»Ich bin dankbar.«

Fassungslosigkeit sprach aus den vergissmeinnichtblauen Augen Margaretes. »Dankbar? Ist das alles? So glücklich siehst du nicht aus! Für Holzschuhe und Schinderei? Alina, du bist eine wohlhabende Frau, eine gute Partie! Reise in die Stadt, kaufe dir schöne Kleider und extravaganten Putz, dann wirst du gewiss den richtigen Herren auffallen. Wenn du es geschickt anstellst, kannst du sogar einen Titel heiraten, Markgräfin, Land- oder Pfalzgräfin werden. Wären wir in Aachen oder Jülich, würde ich dich mit einigen Männern bekannt machen. Die meisten sind nicht mehr jung und ansehnlich, aber umso besser. Na ja, du wirst ja bestimmt keine gehobenen Ansprüche hegen. Aber allein die Vorstellung! Herrlich, dieser Gedanke, nicht wahr? Wenn wir uns da kennengelernt hätten ... auf jedem Tanzvergnügen wären wir die Königinnen gewesen! Ich hätte dich gelehrt, wie man tanzt, wie man geschickt Gespräche führt und etwas aus sich macht. Es gibt feine Salben und Duftöle, die betörend auf Ehrenmänner wirken.« Helle Verzückung stand in Margaretes Gesicht und forderte unweigerlich Alinas Ärger heraus.

»Ich gedachte, einen Mann zu ehelichen, keinen Titel.«

»Ach, wie romantisch! Du hast nicht mal einen Vater, der eine Heirat für dich einfädelt.«

Die Diskussion gewann sowohl an Geschwindigkeit als auch an Schärfe. Alina gab sich Mühe, die Unterhaltung in ein ruhigeres Fahrwasser zu steuern, und fragte: »Demnach hat dein Vater dich an deinen Gemahl gegeben?«

»O nein! Mein Vater ist zwar die Halsstarrigkeit in Person, aber ich habe mich gegen ihn durchgesetzt. Wenn es nach Vater gegangen wäre, dann hätte er mich an den Sohn eines seiner Freunde gereicht. Einen stupiden Langweiler, einen Schnösel, dessen Anblick ausreichte, um mir den Mageninhalt bis hierhin zu treiben.« Margarete deutete auf die Stelle zwischen Kinn und Unterlippe. »Nein, der gefiel mir gar nicht. Ich wollte immer einen Mann, der andere Leute beeindruckt. Einen, der etwas hermacht, der nicht buckelt und der keine Erde an den Händen kleben hat.«

»Und einen solchen hast du geheiratet?«

Margarete hob den Kopf und sagte in eitlem Tonfall: »Ich bin durch meine selbst abgemachte Heirat immerhin Adelsdame geworden. Markgräfin!«

Eine, die kein größeres Bestreben an den Tag legte, als dem ach so erwünschten Ehemann zu entrücken. Alina lagen die Worte auf der Zunge, doch unvermittelt brach das Unwetter los. Sturm fuhr heulend unter das Dach und schaffte es sogar, innerhalb der vier Wände Heuhalme und Spreu aufzuwirbeln. Margarete kauerte sich augenblicklich zusammen, beide Hände über den Kopf gelegt, und murmelte wirres Zeug. »Dämonen, sie kommen, mich zu holen! Weh mir, wehe …«

»Steh auf, dafür haben wir keine Zeit!« Alina packte Margarete am Handgelenk und zerrte sie mit sich. Der Wind riss an ihren Hauben und Röcken. Er hinderte sie zunächst daran voranzukommen, dann jagte er sie mit der nächsten Wendung so rasch vor sich her, als seien sie nicht mehr als trockenes Laub. Ebenso trieb der Wind ein wildes Spiel mit den Flammen unter dem Waschkessel. Ganz in der Nähe stand immer ein abgedeckter, mit Sand gefüllter Holzkasten zum Löschen des Feuers. Alina musste Margarete anschreien, damit sie die Anweisungen verstand. »Sammle die Wäsche ein, nein, nicht die im Kessel! Die trockene von den Leinen!«

Ausnahmsweise beeilte sich Margarete, und Alina bekämpfte das Feuer erfolgreich, ehe die herumfliegenden Funken Schaden anrichten konnten.

Beide Frauen waren erschöpft, als sie nach Luft ringend, zerzaust und mit glühenden Wangen die Tür des Hauses öffneten. Alina schob Margarete mitsamt Wäschekorb hinein. »Geh nur, den Rest mache ich alleine. Ilse wird schon auf dich warten.«

Alina kämpfte noch gegen die Tücken der windumtosten Fensterläden an, und Ilse legte Margarete das hungrige Kind an die Brust und wickelte Mutter und Kind in eine warme Decke. Indessen öffnete der Himmel seine Schleusen, und man konnte meinen, er wolle die Erde ertränken.

Als Alina tropfnass und zähneklappernd wieder in die Stube trat, schliefen Margarete und Felix niedergesunken auf dem hohen Stuhl unter Ilses liebevoller Obhut. Ein so einträchtiges Bild von Mutter und Kind hatte es bisher nicht gegeben. Die alte Magd freute sich sichtlich über den Anblick. Sie legte schmunzelnd einen Finger auf ihre Lippen und drückte Alina einen Becher dampfenden Kräuteraufgusses in die Hände. Sie deutete mit dem Kopf zu dem Stuhl hin. »Wir müssen leise sein.«

»Ein seltener Anblick.«

»Hat sie sich geschickt angestellt?«

»Sie hat sich bemüht.«

»Gut.«

»Ilse, schließ die beiden nicht zu sehr in dein Herz. Margarete ist nicht für unser Leben geschaffen. Sie wird gehen, vielleicht nicht heute oder morgen, aber eines Tages wird sie ihr Bündel schnüren.«

»Nein, das glaube ich nicht. Sie hat hier eine Zuflucht vor ihrem Ehemann. Das muss ein barbarischer Kerl sein! Ich werde in meinem Leben kein Kind im Stich lassen, welches meiner Hilfe bedarf.«

Erneut knarrte die Haustür, der Wind schlug sie gnadenlos gegen die Zarge, und Urte, strubbelig und nass bis auf die Knochen, schüttelte sich. Energisch schob sie den Riegel vor und stellte ihre Schuhe neben der Tür ab, um die sich rasch eine kleine Pfütze ausbreitete.

»Wenn die Herrin so klug ist, wie ich vermute, wird sie im Haus des Grundherrn bleiben. Man sieht die Hand vor Augen nicht, der Regen ist undurchdringlich wie ein Gobelinvorhang. So ein Unwetter habe ich lange nicht erlebt. Im Oktober Sturm und Wind des Winters frühe Boten sind.«

Wie zur Bekräftigung rollte ein Donnerschlag über das Dach. Unwillkürlich zogen die Frauen ihre Köpfe ein. Urte rieb sich mit einem Tuch ab und tauschte ihr nasses Kleid gegen ein trockenes Hemd. Obgleich es noch nicht spät war, trug Ilse das Vesperbrot auf. Margarete erwachte ruckartig und brachte Felix in seine Wiege. Den kleinen Jungen ließ das Wettertoben unberührt, er schlummerte ohne Unterbrechung selig weiter.

Den Frauen wollte das Vespermahl nicht recht munden. Ilse murmelte etwas von den alten Göttern, die sich im Himmel mit ihren Streitwagen eine wilde Jagd lieferten, und genau so hörte es sich an. Die bucklige Magd erhob sich mühselig und nahm mit gekrümmten Fingern ein getrocknetes Büschel Kräuter von der Trockenstelle. Mit den gebieterischen Worten »Johanniskraut und Dill, macht das Gewitter still!« warf sie die Kräuter in die Flamme.

Tatsächlich – möglicherweise war es das Ergebnis der Beschwörung oder schlichtweg ein Zufall – trollte sich das Wettergrollen endlich. Der Regen trommelte weiterhin aufs Dach, und ein beklemmendes Gefühl blieb. Urte reckte sich, auch Alina war müde, doch die Sorge um die Hufenherrin wollte nicht aus ihren Gedanken weichen. »Geht von mir aus zu Bett, ich werde noch aufbleiben. Falls Tante Adelgunde wider unsere Vermutung heimkehrt, soll sie die Tür nicht verriegelt vorfinden.«

»Ich werde mit dir wachen«, erklärte Ilse. Sie rückte ihren Schemel neben die Kinderwiege und legte sich ein Fell über die Knie.

Margarete nestelte an ihrer Gürteltasche und zog einen kleinen Gegenstand hervor. »Ich weiß etwas ganz Schönes, was euch gefallen wird! Als ich noch ein kleines Mädchen war und mich fürchtete, holte meine Mutter den Kamm hervor und flocht mir Haare. Das hätte ich endlos lang genießen können. Komm, Urte, du bist die Erste. Lass dich verwöhnen.«

Geschickt entwirrte Margarete im Nu Urtes strubbeliges Haar, löste sanft die kleinen Knötchen und flocht es zu einem kunstvollen Zopf. Die Magd schloss ihre Augen und überließ sich der wohltuenden Behandlung, dann war Ilse an der Reihe. Hier hatte Margarete es nicht so einfach, und obgleich sie sich als ausdauernd erwies, gab sie nach einer Weile auf.

»Oh, Ilse! Du merkst es ja selbst, in deinem Haar sind mehr Knoten als Flöhe auf einem Hund. Ich weiß mir keinen anderen Rat, als deine verfilzte Haartracht zu stutzen.«

Ilse war einverstanden, so dass Margarete zur Schere griff. Als sie ihr Werk vollendet hatte, sah die Magd um Jahre jünger aus. Fassungslos beugte sie sich über den Bottich und spiegelte sich in der Wasseroberfläche.

Alina war voller ehrlichen Lobes. »Margarete, das hast du gut gemacht! In dir schlummert die Fähigkeit, Menschen zu ihrem Vorteil zu verändern.«

»Dann lass es mich auch bei dir versuchen. Deine Haare reichen bis zum Gürtel, und das bietet viele Möglichkeiten. Ich würde sie sehr gerne zu einer Bauernkrone flechten und stecken. So, wie die Jungfern sie zur Trauung tragen.« Margarete nickte. »Du wirst hübsch aussehen. Ich schneide die ausgefransten Spitzen etwas ab, das ist notwendig. Aber ich werde etwas Zeit brauchen.«

Tatsächlich lenkte Margaretes Arbeit von dem üblen Wetter ab. Angeregt durch die Veränderungen, wussten die Mägde einander wieder etwas zu erzählen, Episoden aus alten Zeiten, die zunächst allesamt mit kleinen, liebenswürdigen Eitelkeiten zu tun hatten. Margarete und Alina hörten zunächst zu, dann schwatzten sie alle vier fröhlich durcheinander. Urte legte noch ein Scheit nach, und das Holz knisterte gemütlich.

Plötzlich krachte etwas laut gegen die Hauswand, dann folgte ein zweiter Schlag. Ilse bekreuzigte sich. Die anderen Frauen sahen einander schweigend an und rückten näher zusammen. Alina langte nach dem Feuerhaken. Ihr war mulmig zumute, aber sie war nach Tante Adelgunde die Herrin und musste sich wie eine solche verhalten.

»Ich werde nachsehen, wer uns behelligt.«

Sie öffnete die Tür und hielt das Handlicht in den Wind. Die anderen Frauen standen hinter ihr und spähten ihr mit einer Mischung aus Furcht und Neugierde über die Schulter. Schnell erkannte sie die Ursache des Lärms: Zwei Schindeln lagen unweit vor ihren Füßen, losgelöst vom Dach des Stalles. Nun übertönte das wilde Hühnergeschrei die Lautstärke der Naturgewalt. Alina seufzte. Die Reparatur duldete keinen Aufschub.

Der Sturm hatte die erste Bresche geschlagen, und nun würde er, gleich einer gierigen Raupe, das Dach Schindel um Schindel abnagen. Die Hühner würden verschreckt im Regen stehen und womöglich wochenlang keine Eier mehr legen.

Außerdem hatte Alina Adelgunde fest versprochen, auf den Hof zu achten. Auf die Menschen, die Tiere und auch auf das Gebäude. Tante Adelgunde gab ihre Pflichten nur aus der Hand, wenn es keine andere Möglichkeit gab, und wenn sie es schon tat, würde Alina alles daransetzen, sich als vertrauenswürdig zu erweisen.

»Was war das?« Urte trat hinter Alina und spähte über ihre Schulter.

»Kein Grund zur Sorge, Urte, da ist niemand.« Alina schwenkte das Licht und zeigte Urte die Bescherung. »Ich werde das Dach des Stalles flicken.«

»Jetzt? Bist du von allen guten Geistern verlassen?«

Alina suchte die Werkzeuge zusammen, die vernünftigerweise gleich bei der Tür in einer Kiste aufbewahrt wurden. Der Hammer lag obenauf, die Nägel musste sie unter Zangen, Stanzen und Raspeln suchen.

»Es ist ohnehin meine Arbeit, denn ich bin die Hufenjüngste. Ich nehme das Ungemach lieber sofort in Kauf, sonst müsste ich bei unverändertem Wetter womöglich morgen gleich das halbe Dach neu decken. So viele Schindeln haben wir gar nicht mehr vorrätig.«

Ilse legte die benötigten Gegenstände in eine stabile Tasche. »Soll ich mitgehen und dir die Leiter halten?«

»Ich lege sie an der Windschattenseite an. Bleib du hier und halte die Stube warm.«

»Gib auf dich acht!«

Kapitel 6

Wie schön würde es sein, wieder in einem Zimmer mit vier festen Wänden, einem ordentlichen Dach und einem behaglichen Bett zu nächtigen – bei einem Feuer, das die feuchte Morgenkälte vertrieb und den gewürzten Wein erwärmte. Begga läge in seinem Arm, obgleich sie die Ehefrau eines alten Knechtes von selbst erst vierzehn Jahren war. Sie würde selig lächeln, trüge seinen Samen, aus dem ein Sohn erwachsen würde.

Welch schwelgerische Erinnerung!

Doch die Erfüllung dieses Traumes war ebenso weit entfernt wie die Sterne.

Bischof Turpin folgte dem Kaiser schon seit mehr als zehn Jahren durch die Lande. Es war nicht ungewöhnlich, die Nächte in den Wäldern zu verbringen. Der Hofstaat war immer in Bewegung. Als Knabe war Turpin der festen Überzeugung gewesen, dass die Wälder des Nachts tausend Augen besaßen, um ihn zu beobachten, anzustarren und ihn im geeigneten Moment seiner Seele zu berauben. Ebenso hatte die Dunkelheit für ihn Tausende unheimlicher Stimmen, die ihm eisiges Grausen einflößten.

Doch nun … Nun war es die vollkommene Stille, die Bischof Turpin schaudern ließ.

Noch vorhin, während er sich in Begga bewegte, hatten die Hunde der Soldaten geblafft und Waldtauben gegurrt. Nun wäre es an der Zeit, dass die Nachttiere nach ihresgleichen riefen.

Turpin verharrte. Sogar der Wind hatte sich gelegt. Nicht

ein Blatt raschelte, kein Grashalm wankte. Niemand sonst war hier, außer ihm und dem Sarg, in dem die tote Kaiserin lag.

Vermutlich war nicht einmal Gott zugegen. Er bekreuzigte sich fahrig.

Der Bischof fühlte sich von kalter Hand gepackt, gezogen geradezu, und doch, obwohl er sich am liebsten abgewandt hätte und davongelaufen wäre, schritt er nur noch schneller auf die Totenlade zu.

Der Deckel lag nur lose auf, gewiss auf Veranlassung Karls.

Turpin war kein starker Mann, aber es war kaum Kraft vonnöten, das trockene Holz abzuheben. Der süßliche Gestank war grässlich, schlimmer noch war die Überwindung, die es ihn kostete, in die Totenkiste hineinzugreifen und in dem, was von einem Menschen übrigbleibt, nach einem unvergänglichen Ding zu suchen.

Er fand es und zog daran. Ein schmatzendes Geräusch ließ ihn ängstlich aufheulen.

Die Wolken verschwanden, und Turpins Blick fiel unvermeidlich auf das Gesicht der leblosen Frau. Man hatte sie in ein prunkvolles Gewand gehüllt, die rabenschwarzen Haare umrahmten ihr schmales Gesicht.

Sie war schön gewesen! Glanzvoll! Die gänzliche Liebe eines Mannes wert!

Wie blind war er gewesen!

Der Kaiser hatte recht daran getan, dieser Frau sein Leben zu weihen, doch wünschte sich der Bischof an dieser Stelle, er selbst wäre ihr Mann gewesen. Das Herz hätte er sich auf der Stelle herausgerissen, um ihr dienen zu dürfen, und ein einziges freundliches Wort von ihren Lippen wäre ihm den ewigen Aufenthalt im Fegefeuer wert gewesen.

Warum nur hatte er ihre Anmut und ihren Liebreiz nie zuvor bemerkt? Herrgott, verzeih, aber die Heilige Mutter

Maria höchstselbst hätte nicht soviel Aufmerksamkeit verdient wie diese Dame. Betörender Blumenduft, gleich dem Garten Eden vorstellbar, umgab die hohe Frau.

Der Bischof kniete zutiefst erschüttert neben dem Sarg. Tränen perlten über seine hageren Wangen. Nachlässig ließ er den Ring in seine Tasche fallen, versucht, beide Hände nach der Dame auszustrecken.

Damit brach der Zauber.

Die verwirrenden Nebel wichen, und er sah!

Und was er sah, trug nicht zu seiner Erbaulichkeit bei.

Die schlichte Kutte, für diesen Zweck über die bischöfliche Amtstracht gezogen, wurde gleich darauf von Erbrochenem besudelt. Turpin eilte mit wehendem Rockschoß, den er weit über seine Knie hob, und von tausendundeinem Dämon verfolgt, durch das Lager. Hunde kläfften, die Wachen sahen ihm verwundert und verschlafen nach.

In seiner Tasche hüpfte der Ring der Kaiserin.

Kapitel 7

Noch ehe Alina die Leiter an der Wand platzierte, bereute sie ihren Entschluss. Sprosse um Sprosse wuchs das ungute Gefühl. Der Wind fuhr ihr unter den Rock, bauschte ihn auf und brachte ein Frösteln um Knie und Hüften mit sich. Die Werkzeugtasche schlug ihr beim Klettern hart gegen die Beine. Alina war froh darum, dass sich ihre Augen an die Dunkelheit gewöhnt hatten und ihr das Licht des abnehmenden Mondes ausreichte, um genügend zu sehen. Die Nacht gefiel ihr gar nicht. Ihren Mut hatte sie sich nur eingeredet. Um sie herum war es unheimlich, und für einen Moment war sich Alina sicher, eine geisterhafte Gestalt zwischen den Sträuchern gesehen zu haben. Dort, am Saum des Waldes! Ein flatterndes Kleid!

Lieber Himmel, in dieser mystischen Atmosphäre wurden Ilses Geschichten um die schwarzen Wälder der heidnischen Göttin Arduinna und Urtes Erzählung über die Juffern erschreckend greifbar.

Alina nahm sich zusammen. Was sie sah, war ihre gewohnte Umgebung, mit der sie seit mehr als der Hälfte ihres Lebens vertraut war. Bei Tageslicht kannte sie beinahe jeden Ast der Haselsträucher. Der einzige Unterschied lag darin, dass der Mond auf Gottes Erde schien.

Sie sollte zusehen, dass sie fertig wurde. Eine weiße Qualmwolke trieb vom Dach des Wohnhauses herüber. Der Dachfirst hatte in etwa die Höhe zweier Männer und war eine solide Arbeit des unbekannten Onkels Werner gewesen. Nach dem heißen Sommer war das Holz bis in den Kern ausgetrocknet, die Löcher, in denen die Nägel saßen, waren vom zerrenden Wind vergrößert worden. Ein natürlicher Lauf, dass Reparaturen nötig wurden. Dazu brauchte es keine Dämonen.

Alina fand die schadhafte Stelle, die allerdings so lag, dass man nicht gut arbeiten konnte. Sie stieg wieder auf den Boden, lehnte die Leiter an die entsprechende Stelle und suchte den Taschenboden mit klammen Fingern nach den Nägeln ab. Acht Schindeln hatte sie eingesteckt – die würden vorerst genügen, um den Schaden zu begrenzen. Ach verflixt, das hier war wirklich Männerarbeit. Falls die Ernte im kommenden Jahr besser ausfallen sollte, würde sie sich dafür verwenden, dass wieder Knechte auf dem Hufenhof in Dienst gestellt werden würden. Keine Jungspunde natürlich und auch keine altersschwachen Kerle. Jemand von einem guten Schlag, der die Arbeit sah und selbständig erledigte, ohne nebenbei erpichte Blicke auf das leere Bett des fehlenden Hausherrn zu werfen. Jemand, der vorausschauend Handwerksarbeiten erledigen würde und der sich, weiß Gott, zum Brot auch gute Wurst verdienen könnte.

Die erste Schindel hielt, die zweite ebenso. Alina steckte zwei Hufnägel zwischen ihre Lippen und wollte eben damit beginnen, die dritte Schindel festzunageln, als ihr das tanzende Licht einer Fackel auffiel. Nein, zwei waren es, und sie bewegten sich vom Wald über den Schweinepfad auf den Hof zu. Besucher wählten gewöhnlich den Weg von der Hauptstraße, den Fußweg benutzten nur die Hufenfrauen.

Ich habe recht behalten, dachte Alina bei sich. Tante Adelgunde kehrte heim. Hatte der Grundherr ihr zudem Geleit zur Seite gestellt? Ein umsichtiger Mann. Dies wäre dem alten Grundherrn trotz all seiner Güte nie in den Sinn gekommen.

Vor der Befestigung der vierten Deckplatte spähte Alina erneut in den Wald. Der vordere Reiter, nun deutlich näher gekommen, deutete mit der Fackel auf das Haus. Ross und Reiter überquerten den Acker. Beide Reiter waren Männer, daran gab es keinen Zweifel.

Was wollten sie? Das war vielleicht nicht schwer zu erraten, spekulierte Alina.

Der neue Grundherr hatte sicherlich nach weit entfernt lebenden Vasallen geschickt, um sich ihres Lehnseides zu versichern. Und diese beiden hatten sich nach der Zusammenkunft auf dem schnellsten Weg zur Krönungsstraße – und somit auch zum Wirtshaus – verirrt.

Trotzdem – etwas war seltsam, nur vermochte sie nicht festzustellen, weshalb sie so empfand.

Alina verharrte. Unbewusst umklammerte ihre Hand den Hammerstiel. Sie ignorierte das Knarren der Spanten, schob sich ein wenig höher und hatte nun einen Blick auf das Wohnhaus, ohne selbst gesehen zu werden.

Vor der Hintertür stemmten die Pferde nach dem schnellen Lauf ihre Hufe in den Boden. Die Männer sprangen aus den Sätteln. Der kleinere warf dem großen die Zügel zu, rammte seine Fackel in den Boden und zog an einer dunklen Decke, die vor ihm auf dem Sattel gelegen hatte. Etwas langes Schweres war darin eingewickelt. Der andere band die Gäule an die Schubkarre und schlug dann gegen die Tür. Gleich nach dem ersten Pochen öffnete Urte die Tür in dem Glauben auf, es sei Alina, die Einlass verlange. Doch dann riss sie den Mund wie zu einem Schrei auf. Ihre Linke, in der sie eine Laterne hielt, schnellte hoch, und mit ihrer Rechten bekreuzigte sie sich hastig. Alina erkannte den Grund.

Ein Bein ragte leblos aus der Decke.

Adelgunde? Was war mit ihr? War die Tante verletzt?

Alina musste hinunter, um zu helfen! Theoretisch, doch

praktisch war sie nicht imstande, sich zu rühren, und blieb, wie zur Salzsäule erstarrt, auf ihrem Beobachtungsposten.

Der Große stieß Urte, ehe diese reagieren konnte, vor die Brust, so dass sie in den Raum hineinstürzte und aus Alinas Sichtkreis geriet. Die Männer betraten das Haus. Ilses Versuch, durch das Fenster zu entkommen, wurde von dem Großen vereitelt. Die bucklige Magd drehte sich zu ihm um und zog aus Leibeskräften an seinem Kinnbart.

Der Schmerzensschrei des Mannes drang sogar an Alinas Ohr und löste ihre Starre. In Windeseile war sie wieder auf dem Boden angelangt und warf die Werkzeugtasche von sich. Nur den Hammer behielt sie. In gebückter Haltung und mit gerafftem Rock lief sie wie ein Fuchs auf das Haus zu.

»Verdammte verlogene Weiber!« Einer der Kerle brüllte mit sich nahezu überschlagender Stimme mal zu den Frauen, mal zu seinem Begleiter. »Los, such draußen! Ihr steckt doch alle unter einer Decke. Wollen wir mal sehen, wie gut es euch gefällt, wenn euch der rote Hahn auf dem Stall hockt! Geh schon und nimm die Fackel mit! Ihr werdet schon noch reden.«

Alina suchte Schutz im Mondschatten. Der Stall! Hatte sie alles richtig verstanden, dann sollte der kleinere Mann ihn abfackeln. Der würde sich ganz sicher nicht die Mühe machen und die armen Kreaturen darin zuvor freilassen. Ohne die Schweine und die Hühner würde der Hof kaum Aussichten haben, weiterhin so wie bisher zu bestehen, und ohne den Esel würden sie sich selbst vor den Pflug spannen müssen. Das Saatgut für das kommende Frühjahr lagerte ebenfalls in dem Stall.

Warum brachten die Teufel die Frauen nicht gleich um ihr Leben und ersparten ihnen so die Qual des Verhungerns?

Ihr Wohl und Wehe hing von der Laune eines Wahnsin-

nigen ab. Das durfte sie nicht zulassen! Nein, Tante Adelgunde, ich habe es versprochen! Ich habe versprochen,
mich deines Vertrauens würdig zu erweisen.

Komm, Fremder, ich bereite dir eine Überraschung.

Alina wartete. Sie war entschlossen, sowohl den Stall als
auch das Vieh gegen ihn zu verteidigen. Ihr Vorteil lag
darin, dass sie von ihm und seinen Absichten wusste, er
hingegen nicht mit einer weiteren Widersacherin rechnete.

Zudem kannte sich Alina auf dem Gelände bestens aus.

Der Mann trat durch die Tür und kam langsamen
Schrittes auf den Stall zu. Die heftig tanzende Flamme der
Pechfackel zeigte, wo er war. Der kleinere der beiden
Männer war allerdings alles andere als klein und überragte
sie um mehr als eine Haupteslänge. Dieser Umstand ließ
Alina umdenken. Sie trug immer noch den Hammer, doch
zweifelte sie daran, ihn einzusetzen. Einen einzigen Schlag
würde sie haben, und der musste sitzen, oder sie war verloren. Besser würde es sein, die Tiere in Sicherheit zu bringen! Sollte der Stall doch brennen! Es würde viel Arbeit
bedeuten, doch er war zu ersetzen! Das Vieh war es nicht.
Selbst wenn sie am Tage nur noch die Hälfte der Tiere wie-
derfänden, wären sie gut davongekommen. Sie würden mit
dem wieder eingefangenen Vieh unter einem Dach leben,
so wie es andernorts gang und gäbe war, um sich gegenseitig zu wärmen.

Alina hatte einen geringen Vorsprung, öffnete die Stalltür weit und schlug mit dem Hammer gegen einen verros-
teten Eimer, der glücklicherweise gleich neben der Tür
stand. Das gab einen Höllenlärm! Die Schweine quiekten
schrill, und die Hühner, noch im eigenen Gatter, schlugen
gackernd mit den Flügeln.

Im Innern war es stockfinster, doch die Verriegelung der
Stallabteilungen ertastete Alina auch im Finsteren recht
bald. Sie öffnete die Gatter weit und zog sich auf einen

hüfthohen Balken. Einem flüchtenden Schwein in die Bahn zu geraten war gefährlich. Gleich mehreren im Weg zu stehen war schlichtweg eine Idiotie. Sie schlug immer noch gegen den Eimer, obgleich sie sich am liebsten selbst versteckt hätte.

Die schwergewichtige Sau galoppierte an Alina vorbei, streifte ihre Beine. Vor Schreck verlor Alina das Gleichgewicht. Sie sank hintenüber auf das Heu, und mit ihrem Fall endete auch der größte Lärm. Eines der Hühner fand den Ausgang nicht, gackerte und flatterte. Dem war nicht zu helfen.

Draußen fluchte jemand.

Der Brandstifter hatte den Stall erreicht. Plötzlich wurde sich Alina ihrer Lage bewusst. Sie hatte die Leben der Tiere gerettet, aber nun saß sie selbst in der Falle. Sie konnte sich wohl schlecht in der Zarge aufbauen und Rechenschaft verlangen.

Andererseits ... Der Griff des Hammers fühlte sich gut an.

Sie hatte Adelgunde versprochen, auf den Hof zu achten!

Dieser Gedanke stellte sich vor alle anderen, sogar vor ihre Angst.

»Wer seid Ihr und was wollt Ihr?« Alina rief die Fragen in die Nacht hinaus und spähte über den Balken. Sie sah nichts als die Dunkelheit hinter der offenen Tür und schlich näher zum Ausgang. Dann lächelte sie.

Die Fackel lag auf dem Boden und flackerte nur noch dürftig. Der Kerl kniete fünf, sechs Schritte entfernt mit dem Rücken zu ihr, hielt sich das Knie, ließ sich dann auf den Hintern sinken und verwünschte mit groben Worten die Welt.

Alina sprang vor, ergriff die Fackel und tauchte sie in die Eseltränke ein. Die Flamme erstarb mit einem Zischen.

Der Mann stöhnte erneut, und Alina erkannte, dass sein Bein in einem seltsam abgespreizten Winkel lag. Er fluchte nun leiser. »Dieses verflixte Schwein!«

»Ihr sprecht von Eurem Lenker, dessen rechte Hand Ihr seid, nicht wahr? Hilflose Frauen zu überfallen ist kein Heldenstreich.«

»Hilflos, ja? Verbündet mit grunzenden, mordgierigen Dämonen aus der Hölle!«, knurrte er von dem matschigen Boden herauf.

»Ihr erkennt Euresgleichen!« Der durchschlagende Erfolg machte Alina ein wenig vorlauter, als ihr zumute war. »Was wollt Ihr? Geld und Gold? Die Mühe könnt Ihr Euch sparen! Wir sind arm, denn wir verdienen unser Brot mit ehrlicher Arbeit. Verschwindet, ehe die Männer Euch mit den Keulen vom Hof vertreiben. Sie sind nicht zimperlich und mögen es nicht leiden, wenn man ihnen das Eigentum beschädigt«

»Diese Männer existieren nur in deiner Phantasie. Die Hufenbäuerin war so freundlich, uns eure Lage zu schildern.«

»Glaube ich nicht! Nie und nimmer!«

»Dann höre gut zu: nicht mal eine Handvoll Frauen, ein Kind, ein Esel, Schweine und Hühner. Kein Bauer, kein Knecht. Na?«

»Stimmt nicht!«, behauptete Alina und dachte an Onkel Werner.

»Herrje, das Mundwerk einer Frau ist eine grauenhafte Waffe. Versteht sich eine von euch aufs Knochenrücken?« Seine Stimme klang kultiviert, wenn auch verärgert und vor Schmerzen verwischt.

Entrüstet trat Alina noch näher an den Mann. Sie stemmte die Hände auf ihre Hüften. »Eine von uns? Wie töricht! Seit wann sucht ein Jäger den Beistand seiner Beute?«

»Ich verstehe mich gerade eher als Sammler.«

Alina fühlte sich gleichzeitig hart am Knöchel gepackt, von den Beinen gerissen. Der Hammer entglitt ihrer Hand, und sie schlug hart auf dem Boden auf. Die nasse Erde spritzte auf. Der Steiß tat empfindlich weh, ihr Hinterkopf brummte gewaltig. Einen Moment lang war sie benommen, dann wehrte sie sich nach allerbester Wildkatzenmanier.

Wie dumm sie war, auf einen der ältesten Tricks hereinzufallen! Ihr gelangen einige Tritte und etliche Kratzer, doch der Angreifer war ihr überlegen. Er hielt ihre Arme fest und presste sie mit seinem Gewicht zu Boden. Alina kreischte, dann stülpte sich eine Hand über ihren Mund und dämpfte ihren Protest. Der Mann brachte seinen Mund ganz nahe an ihr Ohr, und Alinas Sinne berauschten sich unwillig an dem leichten Weihrauchduft, den er verströmte.

»Keinen Laut! Sei still, dann geschieht niemandem etwas! Bleib hier draußen und verbirg dich! Hast du mich verstanden?«

»Mmph …«

»Ich hoffe für dich, du hast genügend Verstand, um es ernst zu meinen.«

»Mmph!«

Der Mann ließ Alina los, stand rasch auf und ging auf das Haus zu. Er humpelte ein wenig, begann aber sofort, seine Kleidung gerade zu ziehen.

Auch Alina erhob sich, sank jedoch gleich wieder zusammen. Sie war keine furchtlose Kämpferin, und das Zeug zu einer tapferen Märtyrerin hatte sie auch nicht. Ihr ganzer Mut war für den Augenblick verbraucht. Sie strich die losen Strähnen hinter ihre Ohren und hielt ihr glühendes Gesicht in den Wind.

Als sie das Gegacker einiger Hühner hörte, rappelte sie sich auf. Vier Tiere fanden von selbst zurück. Alina sperrte sie in den Verschlag. Die Stalltür ließ sie offen, vielleicht fanden auch die Schweine zurück. Dann begriff sie langsam. Sie hatte den Stall, die Tiere und auch die eigene Haut gerettet. Das war geschafft! Gut so.

Aber nicht alles war gut.

Tante Adelgunde!

Alina sah gerade noch, wie die Unholde ihren Pferden die Fersen gaben. Sie nahmen den Weg zur Krönungsstraße. Alina raffte den Rock und rannte auf das Wohnhaus zu.

Kapitel 8

»Ilse, du bist unverletzt, Maria sei es gedankt!«

»Und du auch! Der Stall ... Ich dachte, du brennst mit ihm! Wir müssen löschen, die Tiere, die armen Tiere ...«

Alina packte die Bucklige bei den schmalen Schultern und sah ihr in die Augen.

»Ilse, beruhige dich. Es gibt da draußen kein Feuer.«

»Aber ich habe den Befehl doch deutlich gehört ...« Die Alte schluchzte und wischte sich die Augen.

Alina strich ihr tröstend über die Wange und sprach mit einem Hauch Genugtuung: »Dem Brandstifter ist etwas dazwischengekommen.«

»Hier war das leider nicht so. Ich hatte solche Angst, was hätte ich ausrichten können? Der andere ...« Ilses Stimme versagte.

Der Grobian hatte ganze Arbeit geleistet. Fassungslos betrachtete Alina das heillose Durcheinander.

Kaum ein Möbelstück in der Küche war unversehrt, die Schemel waren sinnlos zerschmettert, Töpfe verbeult und die Arbeitsgeräte quer über den Boden geworfen, die meisten zertreten.

Das Herdfeuer loderte hoch und verbreitete einen unangenehmen Geruch. Alina legte den Arm um Ilse und schob sie sanft von den mutwilligen Zerstörungen fort. Einmal noch sah sich die Magd um. »Es ist das Spinnrad und die Wolle, die du riechst.«

»Holz und Tierhaar – den Verlust können wir verkraften. Wo ist Tante Adelgunde? Die Lumpen haben sie ge-

70

bracht, das konnte ich beobachten. Was ist mit ihr? Haben sie ihr ein Leid angetan?«

Ilse schniefte und atmete kräftig durch. Ihre praktische Natur gewann wieder die Oberhand.

»Nichts, was nicht wieder in Ordnung kommt. Urte ist bei ihr. Du aber solltest dir unbedingt etwas Trockenes anziehen, sonst holt dich noch der Sensenmann. Damit wäre niemandem hier gedient.«

Erleichtert, der Unordnung für einen Moment zu entkommen, befolgte Alina Ilses eindringlichen Rat. Es gab eine Truhe, die gottlob unangetastet war und in der die Hufenfrauen alle Kleidungsstücke verwahrten, ebenso wie Stoffe, die zur weiteren Verwendung vorgesehen waren. Hier war auch Margaretes Arbeitskleid entnommen worden. Alina ertastete im Halbdunkel ein langes Hemd, Strümpfe und eine Decke. Ihre eigene, durchweichte Kleidung klebte wie eine zweite Haut an ihr, und sie war heilfroh, sich in trockenes Zeug hüllen zu können.

Alina fand Ilse über den Kessel gebeugt in der Küche. Sie streute Kräuter in den Topf und erklärte: »Ich wärme Wein, der unsere aufgebrachten Nerven beruhigen wird. Reiche mir doch bitte die Becher!«

»Ein guter Einfall.«

»An den Vorratslöchern war der Wüterich nicht! Gottlob, wenigstens das nicht.«

Ilse füllte den Würzwein in die Becher, und gemeinsam trugen die Frauen sie dorthin, wo Adelgunde gebettet lag. Ihr Gesicht war fleckig, die dunklen Schatten waren unter den Augen schrecklich anzusehen, und ihr Atem ging unregelmäßig. Urte hatte ihr die Schuhe ausgezogen, die Schaffelldecke über sie gebreitet und saß neben ihr. Die kräftige Frau hatte bittere Tränen vergossen, ließ nun aber die Hand ihrer ohnmächtigen Herrin los, um den Schoppen, den Ilse ihr entgegenhielt, zu nehmen.

»Genau das Richtige!«, seufzte Urte dankbar und trank gleich einen großen Schluck.

Alina stellte die Becher auf den quadratischen Tisch. Die Verwüstung schien sich nur auf Küche und Diele ausgeweitet zu haben. Hier, in dem winzigen Kämmerchen, welches ehedem als Schlafzimmer von Onkel und Tante gedient hatte, war das Mobiliar noch intakt.

»Urte, meinst du, es gelänge dir, Tante Adelgunde aufzuwecken? Ein Schluck Wein wird ihre Sinne beleben.«

Ilse und Urte warfen einander einen bedeutungsschwangeren Blick zu, dann meinte Urte: »Der Himmel bewahre! Die Herrin ist betrunken wie ein Dutzend Tuchwebergesellen am Zahltag! Das war sie schon, als der Dunkle sie hereinschleppte, aber sie schaffte es noch einige Herzschläge lang, ihre Sinne beisammenzuhalten. Der große Blonde war es, der die Herrin abfüllte und sich selbst gleich obendrein. Er brachte ja kaum ein vernünftiges Wort heraus, tobte und belferte herum. So ein irrsinniger Hitzkopf …«

Urte schwieg plötzlich, und Alina nahm den Faden auf. »Sag, du denkst das Gleiche wie ich? War das vielleicht Margaretes Gemahl? Sie beschrieb ihn als Heißsporn. Das ist gewiss kein Zufall, und es sollte uns nicht wundern, dass sie ihm entgehen will. Sagte er, was er hier wolle? Und wo ist Margarete überhaupt?«

»Er verlangte nach seinem Eigentum. Ich hatte keine Ahnung, wen oder was er meinte. Ich war ganz durcheinander«, murmelte Ilse. »Das Kind, vielleicht wollte er Felix holen! Wir müssen Margarete suchen. Armes Ding! Sie hat wahrscheinlich unter ihrem Bett Zuflucht gefunden.«

»Die Kerle haben wohl nicht gründlich gesucht?«

»Die Herrin, auch wenn sie bezecht ist, hat ihnen einen Bären aufgebunden und sie in dem Glauben gelassen, wir hätten eine Schwangere beköstigt und sie heute weggeschickt. Sie hat getan, was sie konnte, um Margarete und uns zu schützten! Eine Suche war das hier nicht, eher ein Wutausbruch.«

Ilse erhob sich und stolperte an der Tür über leeres Nachtgeschirr. Der Topf schepperte gegen die Bretterwand. Gleich darauf war aus einem entfernten Raum ein empörter Kinderschrei zu hören, dann weinte der Knabe untröstlich.

»Wieso besänftigt Margarete ihn nicht?« Alina war sofort auf den Füßen, und Ilse meinte:»Sie muss den Kleinen irgendwo verborgen haben.«

Die beiden Frauen folgten dem aufgebrachten Weinen und fanden Felix schließlich in der Speisekammer. Er lag, straff gewickelt, in einem Korb, der halb unter ein Regal geschoben stand. Das hochrote Gesicht zeugte von seinen vergeblichen Bemühungen, sich zu befreien.

Die Hälfte des Kindes war zur Tarnung von den Füßchen bis zum Bauch mit Zwiebeln bedeckt. Ohne ein Mucks des Kindes wirkte der Korb wie jeder andere.

Ilse nahm Felix auf, wiegte ihn und streichelte ihm beruhigend über die runden Wangen.

Alina summte ein Kinderlied, dachte dann laut nach. »Wo hielt Margarete sich auf, nachdem ich nach draußen gegangen war?«

»Sie zog sich sofort zurück, um Felix zu stillen. Danach habe ich sie nicht mehr gesehen. Sie muss zwischen den Läden hindurchgespäht haben, sah die Reiter, versteckte den Jungen und floh in Panik vor dem Lump und seinem Schergen. Sie kann von Glück sagen, dass sie dem Grobian entging. Warum ziehst du die Nase kraus?«

»Margarete lief aus dem Haus, bevor die Reiter zu sehen waren!«

»Wie kommst du darauf? Bist du dir sicher?«

»Nicht ganz«, schränkte Alina ein. »Doch ich sah eine Gestalt zwischen den Bäumen huschen. Margarete wäre es nicht gelungen, in der Zeit von der Ankunft der Männer bis zu deren Eindringen ins Haus Felix in der Speisekammer einzuquartieren und sein Körbchen so umsichtig zu verstecken.«

»Das lässt sich bestimmt irgendwie erklären.« Ilse gähnte unterdrückt und betrachtete Felix, der friedlich an ihrem kleinen Finger nuckelte, liebevoll, aber mit einem sorgenvollen Anflug. »Armes Kuckuckskind! Ich werde ihn noch für die Nacht versorgen, so gut es geht. Hoffentlich hat Margarete gesehen, dass die Männer fort sind, und kehrt bald zurück. Ich werde einen Leinenstreifen in Honig tunken, dann hat der Kleine etwas zum Nuckeln. Wir müssen mit der Herrin reden, wie es weitergehen soll.«

»Morgen räumen wir erst mal auf, nachdem wir die Tiere eingefangen haben. Wenn uns noch welche erhalten blieben.«

Alina nahm einen Wein und begab sich dann zur Ruhe. Turbulente Bilder tauchten vor ihren Augen auf und wichen erst nach geraumer Zeit vernünftigen Überlegungen. Noch einmal in Ruhe darüber nachgedacht, kamen ihr ihre Theorien über Margarete selbst unwirklich vor. Die junge Frau wird die Männer ebenfalls früh herannahen gesehen haben, erkannte sie und wusste, wen sie zu erwarten hatte. Hatte sie nicht erzählt, sie selbst hätte diese Ehe angebahnt, um den Preis, eine Markgräfin zu sein? Alinas Mitleid schwand, und ihre Gedanken wandten sich zum Hufenhof, der ihres Mitgefühls eher würdig war.

Sie überdachte ihre Lage. Ohne die Tiere würde es für die Frauen ein harter Winter werden. Ob Margaretes Unversehrtheit tatsächlich den Hunger wert war? Immerhin würde sie mit ihnen darben. Nein, würde sie nicht, berichtigte sich Alina. Margarete hatte einen Säugling zu nähren, und keine der Frauen würde die Härte offenbaren, der stillenden Mutter einen gleich geringen Anteil an Nahrung zu lassen. Schon gar nicht auf diesem Hof, wo der Junge nicht eines von zahllosen zu stopfenden Mäulern war, sondern gleich einem Königskind von der ersten Zeit an einen Namen erhalten hatte. Die Kinder Leibeigener und armer Pächter wurden von ihren Eltern üblicherweise nicht vor dem zweiten Lebensjahr benannt. Etwas, was ohne Namen starb, wurde weniger betrauert, sprach der Volksmund.

Verflixte düstere Gedanken.

Dabei hatte Alina dafür wahrlich keinen Grund. Sie alle waren gesund, hatten ein Dach über dem Kopf, und Vorräte waren auch da. Sollten alle Stricke reißen, gab es schließlich noch den Ring, den sie verkaufen konnte.

Alina duselte vor sich hin und wechselte zwischen Wachsein und Schlaf.

Schon oft war sie in Gedanken versucht gewesen, den Ring zu veräußern – als Kind für ein eigenes Pferdchen und einen Hund oder sogar für eine Lumpenpuppe und später als halbwüchsiges Mädchen für glitzernden Tand, wie ihn die Zigeuner anboten. Allein die Vorstellung, sie könne sich die begehrten Sachen leisten, hatte sie letztendlich mit Zufriedenheit erfüllt.

Wann immer auch die Not groß war, stets hatte sie die Situation ohne den Verkauf des Ringes überstanden. Wie damals, als ein wildernder Hund ein Blutbad im Hühnerstall angerichtet hatte. Im Monat darauf hatte sie einen ganzen Korb voller seltener Pilze gefunden, welche die kräuterkundige Ilse trocknete. Die Pilze, zu Pulver gemahlen, hatten den Schmerz einer Siechenden gelindert, und deren Tochter hatte Ilse aus Dankbarkeit zwei Hühner geschenkt.

Vergangenes Jahr hatte ein vereinsamtes Pfeffersäckchen auf der nahen Handelstraße gelegen, und weit und breit war niemand zu sehen gewesen, der Anspruch darauf erhoben hatte. Da waren gerade die drei Schafe an einer Pestilenz eingegangen. Hergen, der Wirt des *Schwarzen Kapaun*, war ein verständiger Mann, dazu noch Junggeselle, ohne Sinn für Handarbeiten. Er hatte den wertvollen Pfeffer sehr gerne genommen und dem Hufenhof dafür die gesamten Vliese seiner eigenen Schafe überlassen. Obendrein hatte Alina einen ganzen, geräucherten Hinterschinken herausgehandelt. In hauchzarte Scheiben gehaspelt, hatte er den Frauen viel Genuss bereitet. Zudem hatte sie Hergen zwei Stock Trockenfisch und ein Fässchen Bier aus den Rippen geleiert.

Bisher war immer alles gut gegangen.

Alina streckte sich und tastete schläfrig nach dem Ring an ihrem Hals.

Und fand nichts.

Bestürzt schlug sie die Augen auf.

Heilige Mutter Gottes, der Ring durfte nicht fort sein!

Ihr erster Gedanke war, dass sie das Band in dem Kampf mit dem Unbekannten verloren hatte. Es war etwas morsch – sie trug es immerhin schon über zehn Jahre und hatte es nur zu notwendigen Anlässen abgelegt.

Unlängst erst hatte sie sich entkleidet, den Ring auf ihrer Haut offenbart. Vor Margaretes begehrlichen Augen.

Die desillusionierende Einsicht, zum zweiten Mal an einem Abend hereingelegt worden zu sein, traf Alina unerwartet hart. Sie schwang sich vom Strohlager, suchte ohne Erfolg den Boden ab und ballte die Hände zu Fäusten. Vor Empörung hätte sie am liebsten aufgestampft. Ausgerechnet von Margarete war sie überlistet worden, von der Person, die nie etwas ohne Eigennutz tat und vor der sie sich deshalb am meisten hütete.

Margarete hatte keinen anderen Vorsatz gehabt, als Alina den Ring mit dem Geschick einer Beutelschneiderin zu entwenden. Nur deshalb hatte sie den Frauen angeboten, sie zu frisieren. Wie hinterhältig!

Natürlich, nun passte alles zusammen.

Margarete hatte Alinas Ring entwendet, und sobald sie dessen habhaft geworden war, legte sie ihren Säugling in die Speisekammer, damit Felix durch sein Weinen nicht die Abwesenheit seiner Mutter verriet. Dann machte sie sich mit ihrer Diebesbeute davon. Dass nur wenige Vaterunser später ihr Gemahl auf dem Hof einfiel, war purer Zufall!

Bitterkeit und die Trauer darüber, um das einzige Erinnerungsstück an ihren Vater gebracht worden zu sein, ließen Alina in einen friedlosen Schlaf fallen, aus dem sie immer wieder hochschreckte. Mit dem ersten Licht des neuen Tages erhob sie sich von ihrem Lager.

Durch die beschädigte Tür drang feuchte Luft. Der Geruch des erkalteten Feuers überlagerte die Räume. Alina nahm sich ein Stück hartes Brot und trank einen Schluck Wasser. Das sollte ihr als Frühmahl reichen. Sie warf einen Blick in das kleine Zimmer. Tante Adelgunde schlief nun ruhig.

Urte war während der Wache an ihrer Seite eingenickt. Ilse saß an die Wand gelehnt und hielt Felix auf ihrem Schoß, beide schlummerten friedlich.

Alina wickelte die Bänder um ihre Waden fest und zog die ausgetretenen Stiefel an. In ihren Umhang gehüllt, trat sie nach draußen und suchte in und vor dem Stall, dort, wo die Rangelei stattgefunden hatte. Der Ring blieb verschwunden, aber das Jungschwein war zurückgekehrt und stand grunzend vor dem Trog. Alina füllte ihn, klopfte dem Tier dankbar den Rücken und schlug den Weg zum *Schwarzen Kapaun* ein.

Die Herberge bestand neben dem Schankraum aus je zwei getrennten Schlafsälen für Männer und Frauen sowie drei abgetrennte Zimmerchen für vornehme Gäste mit gut gefüllter Börse. An der Krönungsstraße gelegen, war das Gasthaus meist gut besucht. Nicht wenige Händler nutzten gern den Komfort eines Bettes, nachdem sie womöglich einige Nächte in ihren Wagen oder gar unter freiem Himmel verbracht hatten. Der Ausschank des *Kapaun* war weithin geschätzt. Mit dem nahenden Winter würde der Betrieb ruhiger werden, noch aber zeugte lebhaftes Treiben in den Ställen von Aufbruch und Einkehr. Alina zählte sieben Handelswagen, ein kleiner Zug von Kaufleuten, die sich aus Furcht vor Vagabunden zusammengeschlossen hatten. Die Männer berieten laut und von weitschweifenden Gesten begleitet in einem fremden Dialekt. Alina schenkten sie keine Beachtung. Die Tür des Gasthauses war weit geöffnet, damit der nächtliche Dunst weichen konnte. Ein schmutziger Haufen Sägespäne deutete darauf, dass Hergen die Stube bereits ausgekehrt hatte.

Der Wirt wischte müde über die Theke, seine Magd stellte unnötig laut scheppernd Teller und Becher zusammen und verschwand in der Küche. Hergen sah ihr stirnrunzelnd hinterher, dann hielt er in der Arbeit inne.

»Alina, was führt dich in der Früh hierher? Die Sehnsucht nach mir?«

Alina hob die Kerzenhalter so, dass Hergen ungehindert unter ihnen putzen konnte.

»Nicht ganz, Hergen. Durst und Hunger.«

»Wessen denn? Habt ihr drüben auf dem Hof Besuch? Wein kann ich dir anbieten, auch Bier.«

»Das ist nicht das Richtige. Verschwiegenheit und Muttermilch wären geeignet.«

Unwillig strich sich Hergen über die flache Brust und beugte sich vor. Sein Sinn für Neuigkeiten ließ ihn nicht im Stich. »Ich sehe dir an, dass du ein ordentliches Geheimnis hast. Um was geht es denn?«

»Hergen, Verschwiegenheit ...«, flötete Alina, und der Wirt sah ein wenig beleidigt drein. Er fühlte sich bemüßigt, zu einer Verteidigungsrede auszuholen.

»Noch nie habe ich etwas weitergesagt, was du mir anvertraut hast! Nicht, wenn es ein hochkarätiges Geheimnis war! Selten jedenfalls, und geschadet habe ich euch beileibe nicht, das musst du zugeben. Außerdem ist euer Geheimnis vielleicht längst nicht so geheim, wie ihr denkt. Man munkelt, dass ihr ein hübsches Ding mit dickem Bauch aufgenommen habt.«

»Wer erzählt so etwas?«

»Ein Anrainer.« Hergen wollte den Beobachter nicht verraten, aber Alina konnte sich vorstellen, wer so schwatzhaft war. Sie kannte die Katenbewohner gut genug. Hergen grinste. Alinas Frage war genauso gut wie ein Eingeständnis, dass das Geflüster stimmte. Er setzte nach: »Ich wollte gleich meine Aufwartung machen – als freundlicher Nachbar, versteht sich.«

»Eher als Junggeselle auf der Suche nach einer Gefährtin, nicht wahr? Aber sie wäre nichts für dich, glaube mir. Tja, nun ist sie flachbäuchig weitergezogen, wahrscheinlich nach Aachen, und hat ihr Kind in unsere Obhut gegeben.«

Hergen rieb seinen Kinnbart und wirkte nicht länger verschlafen. Bedächtig legte er den Lappen zur Seite. »Flachbäuchig, sagst du? Alles in allem ist es wohl ratsam, meinen beiden speziellen Gästen nichts über die Geschehnisse zu erzählen, obwohl sie sich brennend dafür interessieren dürften. Aber denen halte ich nicht die Stange, sollen sie doch alles selbst herausfinden. Einer von denen ist meiner Magd blöde gekommen, seither ist sie sauertöpfisch.«

»Ein großer Blonder und ein mittelgroßer dunkler Raufbold?«

Hergen zuckte mit den Schultern und sah sich um. »Markgraf Gerhard zu Jülich und Leon Dabrey. Haben gestern früh die Zimmer im Dachfirst gemietet, zudringlich nach anderen Gästen gefragt und sind später wieder losgeritten, obwohl die Regenwolken am Himmel hingen. Irgendwann in der frühen Nacht sind sie zurückgekehrt.«

Alinas Herzschlag beschleunigte sich. Sie warf einen beunruhigten Blick über ihre Schulter

»Demnach sind die Kerle hier?«

»Sie sind oben. Vor dem Mittag kommen sie bestimmt nicht herunter.«

»Gut, ich lege keinen Wert darauf, Leon Dabrey oder dem Jülicher zu begegnen. Ich habe es eilig, wieder fortzukommen. Hergen, ist hier eine Frau untergekommen, die dem Kleinen eine Amme sein kann? Sonst muss ich schnell weiter ins Dorf.«

»Du hast möglicherweise Glück. Gestern kam ein Wagen, und darauf war eine Frau, die einen Säugling auf dem Arm hielt. Sie brauchte dringend eine Rast. Der da gerade die Treppe hinunterkommt, ist ihr Ehemann. Du kennst ihn.«

Alina drehte sich erwartungsvoll herum und sah einen etwa gleichaltrigen Mann mit kurzem, flachsblondem Haar. Er hatte, wie es üblich war, in seiner Kleidung geschlafen und reckte sich nun. Es war nichts Besonderes an ihm, und doch hätte Alina ihren Freund aus Kindertagen unter Tausenden wiedererkannt. Sie sprang auf und ging ihm mit ausgestreckten Armen entgegen.

»Heiner!«

Der Angesprochene stutzte, dann weiteten sich seine Augen. Ein Lächeln glitt über sein Gesicht, und er sprang die letzten Stufen hinunter.

»Alina, das kann doch kein Zufall sein! Ich habe gerade an dich gedacht!« Er umarmte sie, und Alina erwiderte seine Begrüßung herzlich.

»Komm, setzen wir uns dort drüben hin.« Alina wies auf einen etwas abseits gelegenen Tisch.

Sie betrachtete ihr Gegenüber. Es mochten gut und gerne zwei Jahre vergangen sein, seit sie Heiner zuletzt gesehen hatte. Seine Schultern waren breiter geworden, und sein Bauch rundete sich ein wenig unter dem Wams. Ansonsten war er ... Heiner.

»Hast du wirklich an mich gedacht?«

»Ich habe mich gefragt, ob du immer noch auf dem Hufenhof lebst oder ob du schon eine eigene Familie gegründet hast.«

Alina zuckte mit den Schultern und verfiel in den vertrauten Umgangston. Heiner war für sie, seit sie denken konnte, wie ein Bruder gewesen. Leichthin meinte sie: »Ich bin noch zu haben. Tante Adelgunde hütet mich wie eh und je wie ihren Augapfel. Die Hufenfrauen sind meine Familie, ich werde dort gebraucht und habe ein gutes Auskommen. Im Grunde bin ich mit dem Platz zufrieden, den mir das Leben zugewiesen hat. Wie kommt es überhaupt, dass du hier bist? Hattest du nicht vorgehabt, den Reiseweg nach Köln zu befahren?«

»Ach, ja. Das sagte ich wohl, aber es ist schon lange her.«

Heiner war der Sohn Sigmunds, und jener Sigmund Barth war der beste Freund von Alinas Vater Konrad gewesen. Die beiden hatten ein verlässliches Gespann gebildet. Konrad und Sigmund hatten Handelsreisen organisiert und sich gegen einen Obolus für die Sicherheit von Reisenden, Fahrzeugen, Tieren und den mitgeführten Waren verbürgt. Beide Männer waren ohne Frau gewesen. Alinas Mutter war im zweiten Kindbett gestorben, Sigmund hatte seine Frau nach einem hässlichen Kleinkrieg an einen anderen Mann verloren. Die beiden Halbwaisen hatten sich angefreundet und galten für die Erwachsenen als unzertrennlich. Dabei hatte es zwischen ihnen immer mal wieder kleinere, manchmal auch schwerwiegendere

Streitereien gegeben, die sie jedoch meist rasch beigelegt hatten. Rückblickend war es eine herrlich abenteuerliche Zeit gewesen, und damals hätte sich Alina niemals vorstellen können, dass sich ihr Leben jemals ändern würde.

Doch der plötzliche Tod ihres Vaters hatte sie eines Besseren belehrt.

Alina lächelte Heiner an. »Unser letztes Treffen verlief recht turbulent. Wenn ich es nicht besser gewusst hätte, hätte ich geglaubt, du wolltest mir aus dem Weg gehen.«

Heiner rieb sein Ohrläppchen. »So war es nicht. Ich hatte nur viel Pech unterwegs und musste Zeit einholen. Wenn ich als Trossführer nicht rasch genug arbeite, bekomme ich die Peitsche zu spüren. Davon hängt mein Ruf ab, und davon wiederum mein Verdienst …«

Alina lachte und unterbrach die Verteidigungsrede ihres Freundes. »Heiner, ich mache dir doch keinen Vorwurf. Wie ist es dir seitdem ergangen?«

Heiner ging sichtlich in seinem Stolz auf. »Du darfst mir gratulieren. Ich habe geheiratet und bin der glücklichste Mann auf Erden. Vor zwei Tagen bin ich Vater geworden. Wir hatten gehofft, Aachen noch vor Juttas Niederkunft zu erreichen und das Kind unter dem Dach meines Elternhauses zur Welt bringen zu können. Doch die Wege sind holprig, und vermutlich löste die Wackelei die vorzeitigen Wehen aus. Unsere Tochter drängte bereits ins Leben, als wir noch unterwegs waren. Jutta war tapfer, aber sie hat schrecklich gelitten.«

»Sind Mutter und Kind wohlauf?«

»Ein bisschen schwach, aber ansonsten munter. Du musst Jutta unbedingt kennenlernen.«

»Ja, Heiner, das muss ich tatsächlich, denn ich suche dringend eine Amme für einen Säugling. Dessen Mutter kam abhanden, und ohne die Milch wird uns der Kleine unter den Händen wegsterben.«

Heiner stellte keine langwierigen Fragen, sondern wies mit dem Kopf Richtung obere Etage.

»Jutta ist oben. Wir haben eine separate Kammer. Die mittlere Tür. Frag sie selbst!«

Als Alina an besagte Tür klopfte, rief eine warme Stimme: »Herein!«

Alina öffnete die Tür, verharrte aber an der Zarge. Die Kammer war spartanisch eingerichtet: ein Bett, ein Fußschemel und Nachtgeschirr sowie ein Regalbrett, auf dem ein Kerzenhalter stand.

Jutta saß mit hochgelegten Beinen auf dem Bett, ihren Oberkörper in einen Umhang gehüllt. Sie war eine klapperdürre Frau, nicht schön zu nennen, aber auch nicht unattraktiv. Sie sah Alina freundlich an und wiegte das kleine Bündel sachte auf ihrem Arm.

»Bringst du warmen Wein und Brei? Ich bin sehr hungrig.«

»Nein, ich bin keine Schankmagd.«

»Was willst du dann hier?«

Alina schloss die Tür und stellte sich Jutta vor. Zu ihrer Erleichterung schwand Juttas Argwohn umgehend. Heiner hatte den Namen seiner Jugendfreundin schon so häufig erwähnt, dass Jutta das Gefühl hatte, Alina zu kennen. Dass diese Alina sehr hübsch war, hatte er aber nie erwähnt.

Alina erklärte ihr Anliegen. Jutta hörte schweigend zu und streichelte dem kleinen Mädchen über die Wange.

»Ich weiß, ich bitte dich um etwas, was dir kaum zu danken ist«, schloss Alina.

Jutta antwortete nicht sofort, doch als sie aufschaute, lächelte sie sanft. »Nein, im Gegenteil. Durch den Segen der Heiligen Jungfrau brachte ich diesmal ein lebendes, gesundes Kind zur Welt, und wenn ich meine Dankbarkeit ausdrücken möchte, so kann ich es am besten, indem ich mich des verlassenen Wesens annehme.«

»Nur für ein oder zwei Tage, das würde weiterhelfen. Bis dahin habe ich eine Frau aus der Gegend gefunden, die auf unseren Hof zieht, solange es nötig ist.«

Jutta sah Alina prüfend an. »Sei so gut und sage das nicht vor Heiner. Lass mich bis zur nächsten Handelsfahrt auf eurem Hof wohnen. Ich werde nicht nur lethargisch herumsitzen, sondern anpacken, wo ihr Hände brauchen könnt. Ihr braucht doch neben einer Amme auch noch Hilfe?«

»Sicher! Aber Heiner liebt dich sehr. Das kann ich unmöglich rechtfertigen.«

Jutta zupfte an dem Häubchen ihrer Tochter. Sie sah etwas verlegen aus. »Er wird schnell wieder in mein Bett wollen, aber ich bin untenherum noch wund von der Geburt. Außerdem möchte ich nicht gleich wieder schwanger werden. Die Fehlgeburt zuvor und die Ankunft meines Mädelchens haben mir viel abverlangt. Wenn ich vielleicht sogar den Winter bei euch verbringen könnte? Ich würde euch nicht lästig fallen. Wir sagen, dies sei das Beste für die Kinder, dann haben wir nicht einmal gelogen.«

»Das kann ich nicht entscheiden. Wir werden Tante Adelgunde um Einverständnis ersuchen. Einen Esser mehr über den Winter zu bringen, will wohl überlegt sein, und nach der unglückseligen Bescherung, die uns Felix' Mutter bereitete, wird sie es sich gut überlegen, wen sie an den Tisch bittet.«

»Durchaus verständlich. Wir haben noch etwas Vorrat auf dem Karren, den würde ich als eine Art Mitgift einbringen. Einen Beitrag zur gedeckten Tafel.«

Alina war begeistert. Die beste Lösung lag greifbar nahe. »Jutta, ich habe eine Idee. Wenn du nichts dagegen hast und wenn Heiner und Tante Adelgunde einverstanden sind, dann überlasse ich dir mein Bett, meine Decke und meinen Löffel, und du lässt mir im Gegenzug deinen Platz auf dem Fuhrwerk.«

»Neben Heiner?« Die junge Mutter sah ein wenig skeptisch drein.

Alina zuckte mit den Schultern. »Neben Heiner, nur auf dem Fuhrwerk. Die Mutter des Kindes hat mir den wertvollsten Besitz gestohlen, und da sie den Aachener Dialekt spricht, vermute ich, dass sie dorthin zurückgeht. Ich muss sie ausfindig machen, bevor sie meinen Ring weitergibt.«

Jutta sah Alina abwägend an. Dass ihr dieser Vorschlag nicht ganz geheuer war, ließ sich leicht an ihrem Gesicht ablesen. »Du kennst meinen Schwiegervater ebenfalls, nicht wahr?«

»Ja, Sigmund Barth war mir ein zweiter Vater.«

»Er hat deinen Namen immer freundlich ausgesprochen.«

»Jutta, ich habe keine unehrenhaften Absichten. Das Schicksal wird sich etwas dabei gedacht haben, dass es uns hier zusammenführt, wo wir einander dienlich sein können. Reden wir mit deinem Gatten und meiner Tante.«

Jutta reichte Alina das Kindchen und drehte sich schwerfällig zu ihrem Umhang um. Ihr Blick war nun frei von Sorgen.

Tante Adelgunde war nicht sonderlich davon angetan, eine weitere Fremde aufzunehmen, und machte zunächst auch keinen Hehl daraus. Die Empörung über Margaretes Handeln saß tief. Doch Alina, die ihre Tante gut kannte, bemerkte, dass deren Unnachgiebigkeit Risse bekam, je länger sie Jutta beobachtete.

Auch Heiner brummte, als er den Plan der Frauen vernahm, den er für den der Huferinnen hielt. Seine Gegenargumente waren nicht unbedacht.

85

»Was ist, wenn der durchgedrehte Kerl zurückkehrt und das Kind fordert? Er und sein Vasall wohnen immer noch im *Kapaun*, wie jeder, der Ohren hat, weiß.«

Adelgunde hatte der gleiche Gedanke beschäftigt. »Wenn der Jülicher seine Vaterschaft erklärt, habe ich keinen Grund, ihm Felix zu verweigern. Ob mir die Jülicher Nase gefällt oder nicht.«

»Aber dann braucht das Kind dennoch eine Amme. Niemand würde ihn daran hindern können, Jutta als Nährmutter gleich mit zu verschleppen.«

Das Argument zog, und zunächst breitete sich unangenehmes Schweigen aus. Adelgunde war nach dem unfreiwilligen, nächtlichen Gelage mit den Raubeinen, welches sie zum Reden bringen sollte, noch ziemlich erschöpft. Ihrer vorsichtigen Schätzung nach hatte sie einen ganzen Krug Rotwein geleert, eingekeilt zwischen dem Jülicher und seinem Vasallen und bedrängt von Fragen und unverhohlenen Drohungen. Den Grundherrn hatten sie nicht angetroffen, lange vor dem Herannahen des Unwetters hatte er sich zu den Weiden begeben, um seine edlen Rosse zu lehren, nicht zu scheuen.

»Nun, der Jülicher ist zwar ein jähzorniger, aber kein mutiger Mann. Er wird nicht mehr hierher kommen«, erklärte Adelgunde schließlich.

In Alinas Kopf brütete ein dumpfer Gedanke. »Doch, wird er, liebe Tante. Du hast ihm und Leon Dabrey verraten, wen sie hier antreffen werden: Frauen, ein Kind, einen Esel, Schweine und Hühner. So gab es jedenfalls dieser Dabrey wieder. Er weiß, wo er Felix findet.«

In Tante Adelgundes Mundwinkel stahl sich ein amüsiertes Lächeln. »Das hat der Mann falsch wiedergegeben. Die Frage, die mir der Jülicher stellte, lautete: Wer bewohnt den Hof? Von Felix habe ich dabei nicht gesprochen, denn er ist nur zu Gast. Ich habe nicht gelogen, nichts gesagt, dass

ihnen verdächtig vorkommen müsste. Mit dem Kind meinte ich dich, Alina, auch wenn du die Nase kraus ziehst. Wie
ich von Urte hörte, hast du dich mit Dabrey einprägsam bekannt gemacht. Raufend, wie ein wildes Kind. Die Männer
müssen davon ausgehen, dass Margarete noch nicht nieder-
gekommen ist, sonst wären sie doch längst zurückgekehrt.«

Heiner schnaubte in seinen Wasserbecher. »Der Jülicher
wird doch wohl wissen, wann er seiner Frau beiwohnte,
und rechnen können? Sonst scheint er mir ein rechter Trot-
tel zu sein.«

Jutta bedeutete den anderen Frauen diskret, Heiner in
dem Glauben zu lassen, er wisse über die weibliche Natur
genauestens Bescheid.

Ausschlag gab letztendlich Felix. Der Säugling erwachte
mit jämmerlichem Gewimmer. Er war schon sehr ausgehungert und lächelte nach dem Stillen so zufrieden, dass
sein bescheidenes Glück an die Herzen der Erwachsenen
rührte.

Alina versuchte, Adelgunde aus dem Weg zu gehen,
denn sie befürchtete, nicht ganz zu Unrecht, dass ihre
Tante versuchen würde, sie zurückzuhalten. Bis nach der
Vesper gelang es Alina, sich ihr zu entziehen, doch dann
fand Adelgunde eine Gelegenheit, ihre Nichte allein in der
Speisekammer zu sprechen. Alina machte sich auf eine
Standpauke gefasst.

»Tante Adelgunde ...«

»Du wolltest die ganze Zeit über ein Gespräch vermeiden, also rede nicht, sondern höre mir zu«, sagte ihre Tante
streng und begann, mit mechanischen Bewegungen die
Äpfel zu wenden. »Ich kann dir untersagen, in die Stadt zu
ziehen und deinem Erbe nachzuspüren, als Herrin bin ich
dazu berechtigt. Nicht aber als Anverwandte, als Schwester deines Vaters, obwohl ich furchtbare Sorge habe, dass
ich dich niemals wiedersehen werde. Ich habe schon einmal

jemanden ziehen lassen und ihn verloren. Es ist keine einfache Entscheidung für mich.«

»Du erteilst mir deinen Segen?«

»Was bleibt mir übrig, wenn ich möchte, dass du gerne wiederkehrst? Ja, meinen Segen hast du. Du brauchst dich nicht heimlich davonzuschleichen und kannst heimkehren, wann immer du willst. Mit oder ohne Ring.«

»Du bist mir nicht böse? Wenn er verloren ist, haben wir keine Rücklage mehr.«

Adelgunde setzte sich auf einen umgestülpten Korb. Alina ließ sich zu ihren Füßen nieder, legte den Kopf auf Adelgundes Schoß und genoss die streichelnden Finger auf ihrem offenen Haar. Ohne ersichtlichen Grund wurde ihr die Kehle eng, und eine Träne sickerte aus ihrem Augenwinkel.

»Böse? Nicht doch! Kind, nie, niemals habe ich deinen Ring für die Finanzierung des Hofes eingeplant. Geh, und hol dir zurück, was dein ist. Ich vertraue darauf, dass Heiner gut auf dich aufpasst und du ihm diese Aufgabe nicht schwerer machst als nötig. Besprich dich mit ihm und verzichte auf Kapriolen! Und sei um Himmels willen nicht zu vertrauensselig! Achte darauf, täglich etwas zu essen und deine Haare sorgfältig zu kämmen. Lasse dich nicht von fremden Männern ansprechen, gehe niemals allein durch die Gassen und versäume nicht die Andachten!«

Da waren sie – die erwarteten Ermahnungen und Ratschläge. Über sich selbst verwundert stellte Alina fest, dass sie Tante Adelgunde dafür noch ein bisschen lieber hatte. Nur in einer Sache übte sie Zurückhaltung und verzichtete wohlweislich darauf, zu erklären, dass sie keinen Beschützer benötigte. Sie ziehen zu lassen fiel Adelgunde ohnehin schwer genug. Großmäulige Bemerkungen würden sie eher dazu bringen, ihren Entschluss zu überdenken.

Alina fiel ihrer Tante um den Hals und drückte sie von

Zuneigung und Dankbarkeit erfüllt. Von weit her erklangen heftige Hammerschläge.

»Das ist Heiner! Er bringt das restliche Dach des Stalles in Ordnung. Ich wollte es dir ersparen, diese Arbeit fortzusetzen«, erklärte Adelgunde.

Am Morgen des nächsten Tages brachten Jutta und Heiner die versprochenen Vorräte und die Habseligkeiten von Mutter und Kind. Alina half, diese zu entladen, an Ort und Stelle unterzubringen, und packte dann ihr eigenes Bündel auf die Ladefläche des Karrens. Gemeinsam nahmen sie ein verspätetes Frühmahl zu sich, sogar einen Becher heißen Würzwein gab es für jeden.

Urte schob Alina noch eine kleine, aber eng gewebte Decke zu, Ilse holte aus ihrem Ärmel ein paar wärmende Füßlinge hervor, und Adelgunde gab Alina nicht nur ein paar Viertelmünzen, sondern auch noch eine fellgefütterte Mütze mit auf den Weg. Ihr Bündel bestand aus wenigen Kleidungsstücken und etwas Proviant. Mehr würde sie nicht benötigen.

Der Abschied ging beschaulich vonstatten. Alina brachte es nicht übers Herz, auf eine hastigere Abreise zu drängen, obwohl sie voller Tatendrang war. Herzliche Umarmungen, ein paar freundliche Wünsche und Gottes Segen, dann endlich schwang sich Alina neben Heiner auf das Fuhrwerk. Er schnalzte mit der Zunge, und der Esel setzte sich in Bewegung. Heiner sah sich immer wieder um, bis das Haus und seine winkende Frau außer Sichtweite kamen.

Alina sah optimistisch nach vorne. Dann kniff sie die Augen leicht zusammen. »Was ist denn das für eine Ansammlung vor dem Gasthaus?«

»Das ist Hergen, der da auf der Straße steht und winkt.«

»Er will, dass wir anhalten. Vielleicht hast du etwas vergessen.«

Das Fuhrwerk kam knirschend vor dem *Schwarzen Kapaun* zum Stehen. Hergen griff dem Esel ins Zaumzeug, entschuldigte sich für sein Handeln und bat Heiner zu einer ratlosen, um einen Wagen herumstehenden Gruppe. Alina reckte neugierig den Hals und versuchte, ein paar Worte aufzuschnappen.

Der Wortführer war ein fassrunder Mann mit dem roten Gesicht und der Ausstrahlung eines zufriedenen Genießers. Er und seine Leute stellten sich als Gebildebäcker aus Dinant vor. Sie hatten die Reise aus dem felsigen Ardennenort nach Aachen recht sorglos angetreten, ein kleines Strohwitwerabenteuer mit einem vorgeschobenen Geschäftsgrund. Ihr Gepäck bestand aus reichlich vorhandenen Weinschläuchen und verhältnismäßig wenigen Säcken mit Nahrungsmitteln. An ein Ersatzrad hatte keiner von ihnen gedacht. Dabei hätten sie es nun dringend gebraucht.

Die kleine Schmiede, die sich an Hergens Gasthaus anschloss, war seit Jahren verlassen, und der Wirt hatte sich nie um einen Nachfolger gekümmert. Hergen übertrieb maßlos, indem er den Havarierten erklärte, er sei ein lausiger Handwerker, und verwies auf Heiner, der ohne Zögern die Ärmel hochkrempelte.

Alina war ein wenig ärgerlich. Nur wenige Schritte weit waren sie gekommen, und schon drohte eine längere Unterbrechung. Zu Fuß wäre sie rascher vorangekommen. Sie kletterte von dem Fuhrwerk und sandte einen unwirschen Blick in Richtung des Wirtes. Dieser hob die Schultern und formte stumm die Worte: »Ein junger Vater braucht immer Münzen.«

Drei Speichen mussten erneuert werden, um das Rad wieder betreiben zu können. Eine aufwendige Reparatur! Zeitraubend und nervtötend, doch weder Seufzen noch Augenrollen würden den Vorgang beschleunigen, und so suchte Alina zuerst die Latrine auf, dann schlenderte sie auf dem Gelände umher. Der immer noch vorherrschende Ostwind brachte Kälte heran. Alina rieb sich fröstelnd die Oberarme.

Es war dennoch nicht der Wunsch nach Wärme, der sie an die Ställe führte. Sie sog die Luft ein, roch das Gemisch von Pferd, Heu und Dung und fand nicht, wonach sie Ausschau hielt.

Bis auf einen gescheckten Klepper, ein Maultier und zwei Esel war der Stall leer. Die Pferde Gerhards und Leons waren nicht da. Ein schlaksiger Bursche, damit beschäftigt, Zaumzeug zu fetten, beantwortete Alinas Frage nach den Tieren, ohne einen Hehl aus seiner Abneigung gegen ihre Besitzer zu machen.

»Ich hab gewarnt, dass mir keiner die Schuld in die Schuhe schiebt! Ich hab gleich gesagt, dass der Braune Ruhe braucht. Hatte eine Tonscherbe tief eingetreten, schon war der Huf entzündet. Ein, zwei Tage Ausheilen, und das Pferd liefe wieder gut. Aber nee, der arme Zosse muss seinen Herrn nach Aachen tragen. Der Gaul kann gleich zum Wasenmeister und ab in den Pferdehimmel.«

»Sicher, dass sie nach Aachen geritten sind?«

Der Pferdeknecht nickte unheilvoll. »Hergen hat sie ja nicht schnell genug loswerden können. Den kümmert das arme Pferd einen Dreck. Hoffte wohl, die Dinanter bleiben über Nacht und ertränken ihren Kummer über das gebrochene Rad. Gewinn ist alles, was noch zählt.« Der Knecht stapfte voller Ingrimm davon und sprach gleich darauf gutherzig zu dem Maultier. Er überließ Alina ihren Gedanken.

Sie ließ sich auf einen Hauklotz sinken und stöhnte. Es lag auf der Hand: Hergen hatte Gerhard und Leon Alinas Vermutung brühwarm aufgetischt und mitgeteilt, dass Margarete vermutlich nach Aachen unterwegs sei.

Hergen, der sich so gern mit seiner Verschwiegenheit

brüstete! Alina hatte nicht übel Lust, dem Wirt den Hals umzudrehen, und schimpfte sich selbst eine dumme Kuh. Sie selbst hätte es besser wissen müssen.

Hergen wusste immer schon, wo er Münzen herausschinden konnte, und hielt es dann mit der Freundschaft und dem Vertrauen nicht so genau.

Nun konnte sie nur noch auf das Unmögliche hoffen. Eine Scherbe im Huf des bedauernswerten Pferdes war nicht schön, eröffnete jedoch eine, wenn auch geringe Aussicht darauf, Margarete noch vor dem Jülicher zu finden. Dazu gab es einige Worte zu sagen, schwor Alina, und machte sich auf die Suche nach dem Wirt. Unter lauten Rufen stemmten die Reisenden den Wagen auf, aber Alina verweilte nicht, um zu schauen, wie weit die Reparatur gediehen war.

»Hergen, du schändliches Plappermaul! Ein Waschweib ist, verglichen mit dir, so stumm wie eine Teichmuschel. Schämen solltest du dich!«

Der Wirt duckte sich unter dem Lärm der aufgestoßenen Tür und der zu Recht gesprochenen Anschuldigung. Er bot Alina eine Scheibe von der Wurst an, die er gerade aufschnitt, und lächelte gewinnend. »Versteh's nicht falsch, ich hab's nur für dich getan.«

Alina nahm sich die Wurst und hielt die andere Hand auf. »Für mich getan? Gib mir von den Münzen ab, die dir der Verrat einbrachte, sonst …«

»Mal langsam, Alina.« Hergen schnaubte, zählte aber umständlich fünf kleine Münzen in ihre Hand, nahm ihr dann jedoch wieder eine ab. »Die behalte ich als deinen Dank dafür, dass ich, verschwiegen, wie ich bin, nicht mit dem Wissen hausieren gehe, dass der Markgraf und sein Kamerad im Aachener Gasthaus *Zum Römerbrunnen* absteigen werden. Siehst du, mit Hergen auf gutem Fuße zu stehen, ist niemandes Schaden.«

»Ihr Ziel haben sie ausgerechnet dir auf die Nase gebunden? Das war bestimmt gelogen, um dich zu foppen.«

Hergen sah etwas beleidigt drein. »War es nicht. Sondern wegen der raschen Abreise, damit ich weiß, wohin ich eventuell vergessene Sachen schicken lassen kann.«

Alina holte tief Luft. Bevor sie jedoch ihre Meinung dazu kundtun konnte, hörte sie, dass Heiner ihren Namen rief. Sie stibitzte Hergen die restliche Wurst und gesellte sich kauend zu den Männern. Heiner eröffnete ihr, dass sich die Gruppe der Dinanter unter seine Obhut gestellt hatte. »Wir werden ein wenig langsamer vorankommen, dafür allerdings sicherer. Ich trage mich zumindest mit der Hoffnung, dass eine große Gruppe Männer eventuelle Galgenstricke abschreckt. Ein paar andere wollen die Gunst des Wetters nutzen und sich anschließen.«

Alina rang gespannt mit den Händen. »Heiner, nimm in Herrgottsnamen mit, wer mitsoll, aber lass uns bitte endlich aufbrechen.«

»Mach dir keine Sorgen, wir werden heute noch ein gut Teil des Weges bewältigen. In einer so großen Gruppe können wir es wagen, am Wegesrand zu nächtigen, ohne gleich Kopf und Kragen zu riskieren.« Heiner lugte begehrlich auf die halbe Wurst. »Hat Hergen sie mit schwarzer Galle ausgestopft?«

»Und mit Selbstgefälligkeit gewürzt. Hier, lass sie dir schmecken.« Alina gab ihm schmunzelnd die Wurst. Ihre gereizte Laune zog vorüber wie eine dunkle Wolke. Sie nahm auf der Sitzbank Platz. In dem Augenblick, in dem sie sich umschaute und die Wagen und die Fußgruppe sah, fühlte sie sich von jeder Alltagssorge befreit.

Endlich ging es los.

Kapitel 9

Insgesamt zählte der Tross nun vier Wagen und neun Fußgänger. Vier von ihnen waren Pilger, zwei stellten sich als
Geschichtenerzähler vor, und die dreiköpfige Familie wollte
eine Anstellung beim Dombau suchen.

Die Tiere zuckelten gemächlich, so dass die Wanderer
ohne Probleme mithalten konnten.

Alina, der es am frühen Abend neben dem schweigsamen
Heiner ein wenig langweilig wurde, betrachtete skeptisch
seinen Langbogen. Für jeden erkennbar baumelte die Waffe
an einer Halterung. »Kannst du damit umgehen?«

Heiner warf dem Bogen einen kurzen Blick zu. »Nein, er
dient lediglich der Abschreckung, aber verrate es niemandem. Der Langbogen ist nur mit enormem Kraftaufwand zu
spannen und zur Überwindung langer Strecken gedacht.
Wenn Vagabunden aus dem Gesträuch springen und danach
trachten, uns auszurauben, ist ein kurzer Bogen zur Verteidigung angebrachter. Auch die Lanze hat mir schon gute
Dienste erwiesen, sie hält die Lumpen auf Distanz. Im direkten Kampf, Mann gegen Mann, ist mir der gute alte Knüppel
die liebste Waffe.« Er lupfte eine zerlumpte Decke zu ihren
Füßen, und Alina warf einen Blick auf das Waffendepot.

»Kommt es häufig zu Übergriffen?«, fragte Alina.

»Häufiger jedenfalls als damals, als wir noch Kinder waren.«

Alina lächelte bei der Erinnerung daran. »Da waren wir
noch sorglos. Wir spielten sogar selbst Räuberbande. Ich
kam mir seinerzeit sehr furchterregend vor.«

»Unsere liebste Beute waren die Honigkuchen. In einem davon blieb damals einer deiner Milchzähne stecken.«

»Das weißt du noch?« Alina hielt sich die Hand vor den Mund und kicherte, wie sie es als Kind getan hatte, das sich nicht einer Zahnlücke überführen lassen wollte. »Ich habe mich so geschämt.«

»Du hast niedlich ausgesehen.«

»Wenn man eine Schwäche für Zahnlose hat. Hattest du?«, stichelte Alina fröhlich.

Doch Heiner, der eben noch schmunzelte, wurde ernst und seine Miene plötzlich abweisend. Er nahm die Gerte und ließ sie über dem Rist des Esels schwirren, ohne das Tier damit zu schlagen.

»Heiner, worüber denkst du nach?«

Er schnaubte, ließ die Zügel lockerer und lehnte sich zurück, ohne Alina anzusehen. »Ich werde das Leben auf der Straße aufgeben. Das ist nichts für eine Familie mit einem kleinen Kind.«

»Uns hat das Leben auf der Straße nicht geschadet«, erklärte Alina.

»Du hast es aufgegeben, als es den größten Spaß bereitete!«

Alina schüttelte den Kopf und starrte Heiner ernüchtert an: »Mein Vater ist damals unerwartet gestorben! Willst du mir die Schuld dafür in die Schuhe schieben? Als ob ich mein Schicksal hätte wählen können und mich dafür entschieden, meinen Vater nicht mehr zu wollen und alles leichten Herzens aufzugeben, was immer bis dato mein Leben ausmachte.«

»Ich hatte es nach unserem Streit geglaubt. Ich hatte gedacht, du wolltest mir eins auswischen. Dumme Kindergedanken. Nimm sie nicht ernst!«

»Ja, richtig dumme Kindergedanken! Erzähle mir lieber, weshalb du deine Reisen wirklich aufgeben möchtest.«

»Glaubst du, ich hätte nicht bemerkt, wie gerne Jutta unter dem sicheren Dach geblieben ist? Mir sagt sie es nicht, aber ich habe das im Gespür.«

»Rede mit ihr, Heiner. Ihr habt euch einander versprochen.«

»Reden? Mit Jutta? Ja … werde ich.«

Heiner verfiel erneut in dumpfes Brüten, und Alina zögerte nicht lang. »Bis gleich!« Sie raffte den Rock, sprang vom Wagen und suchte die Gesellschaft der Wanderer. Die Familie war zurückhaltend, aber die Geschichtenerzähler unterhielten die Pilger mit allerlei Anekdoten. Die beiden waren schon eine Weile gemeinsam unterwegs, kamen aus Paris und beabsichtigten, über Aachen weiter nach Köln, in die Geburtsstadt Neidhards, zu reisen.

Neidhard war ein großer, fülliger Mann mit beinahe kahlem Schädel, der zur blumigen Dramatik neigte und einen knorrigen Wanderstock mit sich führte. Seine rote Nase deutete darauf, dass der Kölner eine Vorliebe für Schoppen hegte. Gaston hingegen war klein und leutselig. Er schwang seinen Wanderstab und grüßte Alina mit einem Bückling.

»Gott zum Gruß!«, erwiderte sie. »Verzeiht die Störung, aber vielleicht könnt ihr mir mit einer Auskunft weiterhelfen. Kennt ihr in Aachen einen Gasthof, der *Zum Römerbrunnen* heißt?«

Neidhard rieb sich die Nase. »Er liegt unweit des prächtigen Marktplatzes.«

Gaston rollte die Augen überlegend gen Himmel und bedachte Neidhard mit einem schrägen Seitenblick. »Mit dem Bauch zu den Ruinen des alten Kaiserpalastes gedreht, zur linken Hand geradeaus die Krämergasse hinunter, vorbei an der baufälligen Kaiserpfalz und auf den Münsterplatz getreten, ab da kennt es jeder. Unweit, pah.«

»Die Beschreibung werde ich mir merken«, bedankte sich Alina.

»Es ist kein Gasthaus im eigentlichen Sinne, sondern eine stupa balnei, eine wohlfeile Badestube«, erklärte Neidhard, und Gaston ergänzte: »Eine achtbare sogar! Dort lässt man Frauen und Männer gottgefällig getrennt gehen, Aussätzigen und Minderjährigen ist der Zutritt verwehrt, Steinmetzen und Gesellen dürfen am Freitag hinein und Mönche nur an ihren Ergötzungstagen vor Weihnachten und Ostern. Aber sie hat recht, Neidhard, dort werden auch Schlafplätze vergeben.«

»Ihr kennt es? Von innen, meine ich?«

Beide nickten, dann war es Gaston, der das Wort an sich nahm. »Freilich. Im fortschrittlichen Paris, meiner Heimatstadt, gelten Bader bereits als freie Bürger, haben eine Zunft gegründet und sind frei von Spießbürgerarbeiten. Sie sind angesehene Männer!«

»Deswegen sind die Bader derart mit Lobeshymnen auf sich selbst beschäftigt, dass darüber das Wasser kalt wird. Hach, was freue ich mich schon auf ein warmes, entspannendes Bad in meiner eigenen Heimat, welches ich ohne Zähneklappern genießen kann.«

»Hast doch ohnehin nur noch vier derselben.«

»Zum Klappern reichten sie«, bemerkte Neidhard mit Nachdruck. »Wohliges Wasser hat eine erstaunliche Heilkraft, schafft Zufriedenheit und wehrt Krankheiten ab.«

»Warmes Wasser macht es dem Ungeziefer nur gemütlich, auf dass es dich gar nicht verlassen will.«

»Ha, woher kommen wir denn wohl, hm? Woher haben wir die Biester? Das sind eindeutig Flöhe aus Paris!«

»Unmöglich, die Tiere haben Schönheitssinn! Sie sind immerhin Bewohner des Königreiches Frankreich!«

»Gewesen! Gewesen!«

Gaston lobte sein Vaterland gerne und Neidhard seine Heimat. Schon entwickelte sich eine beflügelte Diskussion über den Vergleich diverser Sitten und ging dann in die nicht minder schwelgerische Gegenüberstellung der lukullischen Qualität von bestimmten Mahlzeiten über. Alina hörte eine Weile höchst interessiert zu, als das Thema erneut wechselte, konnte sie nicht mithalten.

Ihre Gedanken gingen eigene Wege.

Sie würde sich die Badestube anschauen. Es war die einzige Verbindung, der sie nachgehen konnte. Würde sie Gerhard und Leon dort ausfindig machen, so musste sie anschließend nach einer Möglichkeit suchen, sich an die Fersen der Männer zu heften, und Margarete vor ihnen erwischen.

Hinter einer langgezogenen Kurve ließ Heiner den Tross anhalten und gab Anweisung, die Wagen so aufzustellen, dass ein eiliger Reiter ohne Probleme würde passieren können. Die Pilger machten Feuer, das feuchte Holz wollte kaum brennen, aber es reichte aus, um für jeden einen wärmenden Kräutertrank aufzukochen. Man teilte das Brot, und Alina, die über die meisten Vorräte verfügte, gab jedem ein Stückchen Käse oder Wurst ab. Die Dinanter rückten für die kleine Familie und die Geschichtenerzähler zusammen und verteilten großzügig dunkel gebrautes Bier. Die Pilger richteten sich asketische Schlafstätten unter den Wagen her, schliefen auf rasch zusammengerafftem Laub und Farn.

Heiners Fuhrwerk war zu eng, um Gästen Platz zu bieten.

Alina wickelte sich fest in ihre Decke und lauschte in die Nacht, drehte sich vom Bauch auf die Seite und von der Seite auf den Rücken. Heiner hatte die erste Wache übernommen, zwei Dinanter wollten sich den nächsten Abschnitt teilen, und der Familienvater würde die Zeit übernehmen, die die dritte Kerze zum Abbrennen benötigen würde.

Entgegen ihrem Willen kam Alina nicht umhin, Margaretes Entschlossenheit, mit der sie sich alleine durch die Wälder schlug, Bewunderung zu schenken. Ausgerechnet dieses verwöhnte Gör brachte in einer abgefeimten Angelegenheit Wagemut auf. Ob sie wohl schon die schützenden Stadtmauern erreicht hatte?

In Gedanken huschte Alina weiter zu Jutta, die nun in ihrem Bett lag, zugedeckt und gewärmt sowohl vom Feuer als auch von der Nähe der anderen Frauen. Darüber fiel sie in einen leichten Schlaf. In den Wipfeln fing sich der pfeifende Wind. Die erste Wache war vorüber, und das Fuhrwerk schaukelte leicht unter Heiners Gewicht.

Alina rollte sich noch ein wenig kleiner zusammen und rückte näher an Heiner heran, als sie sicher sein konnte, dass er schlief. Herrje, war das eine schauerliche Kälte! Heiner atmete gleichmäßig, und Alina wagte sich noch ein wenig näher an seinen Rücken heran. Seine Wärme war tröstlich. Zu ihrer Bestürzung wälzte Heiner sich herum, legte ihr einen Arm um den Oberkörper und vergrub sein Gesicht in ihren Haaren. Ihr Herz schlug rasend unter der Brust, auf der Heiners Arm ruhte.

Es war beinahe eine Sünde!

Es war falsch, hier so innezuhalten und doch ... Das erste Mal in den Armen eines Mannes zu liegen, der nicht ihr Vater war, brachte Alinas unerfahrenes Blut in Wallung. Glühende Röte huschte über ihren Leib, bemächtigte sich ihrer Ohren, des Magens und der Scham. Nach etlichen Atemzügen befreite sie sich behutsam aus Heiners Umarmung und seufzte sachte.

Es schien Ewigkeiten zu dauern, doch endlich erwachte der neue Tag.

Sie schlang die Decke fest um ihre Schulter und kletterte von dem Fuhrwerk. Die Sonne erhob sich aus ihrem Nachtlager. Unter Alinas Füßen brachen die Grashalme.

Frost hatte sie mit eisigem Hauch überzogen und ließ sie aussehen, als seien sie in kostbares Glas getaucht worden. Alina beschleunigte ihre Schritte, erledigte Notwendiges, und als sie wieder zwischen dem Gesträuch hervorkam, fühlte sie sich wieder vernünftig. Das eisige Wasser des Bachlaufs hatte das Seine dazu beigetragen, die sündigen Träume und die närrischen Hirngespinste zu vertreiben.

Die Dombaufamilie hatte bereits ein Feuer entfacht, und nach einem heißen Trank, zu dem die Dinanter wieder die Würzkräuter beisteuerten, brach der Tross auf.

Alina beobachtete Heiner verhalten, suchte nach Anzeichen dafür, dass er sich in irgendeiner Weise an die Nacht erinnerte oder gar darauf anspielte. Vergebens, was sie ungemein erleichterte. Er war jedoch den Tag über einfach nur nett, foppte sie ab und an und zauste übermütig durch ihr Haar. Zur nächsten Nacht öffneten die durchfrorenen Ardenner ein Weinfässchen. Alina hielt den freigebigen Dinantern den irdenen Becher mehrfach zum Auffüllen hin. Einer von ihnen kam ihrer Bitte geradezu beflissen nach, und damit es nicht zuviel der Aufmerksamkeit wurde, verabschiedete sich Alina frühzeitig zur Nacht. Sie schlief wenig später rasch und traumlos ein. Diesmal steckten nur ihre Füße beim Erwachen unter Heiners Decken.

Alina und Heiner arbeiteten Hand in Hand, als hätten sie nie etwas anderes getan. Heiner war guter Laune, überließ Alina sogar eine Weile die Zügel, um sich die Beine zu vertreten und mit den Mitreisenden zu reden. Im Verlauf des Tages wurden sie einander wieder so vertraut, wie sie es als Kinder gewesen waren. Es waren oft nur stumme Fingerzeige, die das freundschaftliche Gefühl bekräftigten: der Verweis auf ein possierliches Eichhörnchen am Wegesrand, das einträchtige Grinsen, weil sie gleichzeitig das gleiche Wort wählten oder einander die Sätze vollendeten.

Fast bereute Alina, dass sie sich der Stadt näherten.

Heiner ließ die Zügel lockerer, und der Esel drehte die Ohren beim Klang seiner Stimme. Alina hielt ihre Nase in den kalten Wind und sah Heiner an, als er meinte: »Es gefällt dir, nicht wahr?«

»Ja, Heiner, es ist schön, wieder unterwegs zu sein. Du kannst immer noch meine Gedanken lesen.«

»Gerade diese waren dir deutlich im Gesicht geschrieben.«

»Andersherum gefällt mir der Gedanke, in einem richtigen Bett zu schlafen, ohne befürchten zu müssen, am Boden festzufrieren.«

Heiner maß Alina mit einem langen, freundschaftlichen Blick und meinte dann: »Als ob ich das zulassen würde! Weit ist es nicht mehr, zur Mittagszeit werden wir ankommen. Vater wird staunen, wenn er sieht, welch lieben Gast ich ihm ins Haus bringe. Du wirst doch unser Gast sein, nicht wahr? Er würde sich freuen, nein, wir würden uns beide freuen.«

Alina schüttelte den Kopf und klammerte sich an der Sitzbank fest, als das Gefährt durch eine Vertiefung holperte. »Nein, aber ich danke dir für die Einladung. Ich werde zusehen, dass ich in einem Beginenkonvent unterkomme. Hier gibt es doch gewiss solche Häuser, in denen Frauen vorübergehend ein Quartier erhalten können, nicht wahr? Ich habe es Tante Adelgunde versprochen.«

»Ich gönne den braven Beginen jeden Zugewinn, doch bedenke, dass du dein Geld vielleicht nutzbringender verwenden könntest. Es gibt doch sicherlich einige Dinge, die ihr auf dem Hof benötigt.« Heiner schlug sich gegen die Stirn. »Ich Dummkopf! Die Hufenbäuerin sorgte sich um deinen Ruf, glaubte, du bist alleine mit zwei wüsten Kerlen unter einem Dach.«

»Wüst hat meine Tante nicht gesagt.«

»Alina, du kannst meiner Einladung getrost Folge leisten. Ich werde in der Nachbarschaft die Wahrheit sagen. Du bist meine Spielgefährtin aus Kindertagen und eine Freundin Juttas. Außerdem wirst du nicht die einzige Frau sein, die unter unserem Dach lebt. Grit, die Magd, hält die Fäden der häuslichen Gemeinschaft recht gut in der Hand.«

Für Heiner waren somit alle Bedenken aus der Welt geschafft. Alina, die genau wusste, wie dringend die Münzen auf dem Hof für belangreiche Güter benötigt wurden, beschloss – getreu dem Gedanken, keine Pferde scheu zu machen – sich anderen Angelegenheiten zuzuwenden.

Über den schindelgedeckten Häusern qualmte es aus zahlreichen Essen. Der Geruch von verbrennendem Holz lag wie eine Glocke über der Stadt. Die Anspannung der Reisegruppe ließ nach, und die Menschen plauderten zufrieden von dem vergleichsweise mühelosen Verlauf der Reise, derweil der Tross auf das noch unfertige Stadttor zuhielt.

»Schau an, die zweite Ringmauer ist wieder ein gutes Stück in die Höhe gewachsen«, rief Heiner begeistert aus, deutete nach vorn und erklärte Alina: »Die Bauherren schlagen zwei Fliegen mit einer Klappe. Es gibt innerhalb der Stadt Ruinen, alte Bauten aus vergangener Zeit, und deren Steine werden hier wiederverwendet. So ist die Errichtung der neuen Stadtmauer erschwinglich, und zudem wird in der Stadt Grund und Boden frei, den der Magistrat verkaufen kann.«

Heiner, der als Trossführer Bogen, Lanze und ein Messer mit sich führen durfte, legte bei den Wachen Rechenschaft darüber ab und gab eine zusammenfassende Auskunft über den Verlauf der Reise. Nein, es war zu keinen Zwischenfällen gekommen, nein, Gesetzlose waren nicht in Erscheinung getreten, ja, alle Wege und Brücken waren passierbar. Und sie waren auch keinen Siechen begegnet.

Die Torwächter ließen die Gruppe passieren. Mensch und Wagen trennten sich nach geschwinder Verabschiedung. Die Hauptstraße war nur geringfügig breiter als der Platz, den zwei Fuhrwerke benötigten, um aneinander vorbeizukommen. Allerdings lag im Rinnstein zuhauf verrottender Unrat aufgeschichtet, in dem lebhafte Schweine wühlten. Eines rannte über die Straße, verfolgt von einem schreienden Hirten. Heiner sprang sofort ab, um die Eselstute zu führen. Sie ließen die ansteigende Hauptstraße hinter sich, bogen in krumme Gassen und querten kleine Plätze. Alina verlor jede Orientierung. Der Lärm war unbeschreiblich, es wurde gehämmert, gebrüllt, gesungen, gelacht und geflucht. Je weiter sie die Häuserfluchten entlangschritten, desto enger und dunkler wurden die Wege, doch aus eben diesem Grund waren sie auch sauberer. Vor ihnen eröffnete sich ein heller Platz, an dem ein sprudelnder Bach zutage trat, um nach nur wenigen Schrittlängen wieder im Erdreich zu verschwinden. Die Bürger hatten einen kleinen Wasserspeicher angefertigt, und Alina, die nun auch vom Wagen geklettert war, wusch sich mit Hingabe den Schmutz der Reise von Gesicht und Händen. Sie nahm ihre Fellmütze, tauschte sie gegen das Haartuch, zupfte daran und versuchte sich im Wasserspiegel zu erkennen. Heiner sah ihr vergnügt zu.

»Wie sehe ich aus?«

»Ach, Alina, wie du eben! Mach dich nicht zu hübsch, sonst wird Vater dich heiraten wollen. Als meine Stiefmutter wollte ich dich nicht ertragen.«

»Och, du blöder Spinner!« Sie spritzte zwei Handvoll Wasser in Heiners Richtung. Er sprang zurück und lachte.

»Wenn er so etwas auch nur denkt, dann werde ich ihm aufs schärfste abraten! Wir sind im Übrigen angekommen. Dies hier ist meines Vaters Haus!«

Sigmund freute sich tatsächlich bei Alinas Anblick, dem Heiner eine Erklärung vorausschicken wollte, die aber rüde unterbrochen wurde. Der alte Trossfahrer saß mit hochgekrempelten Ärmeln am Esstisch, eine Decke über den Schoß gebreitet, und streckte Alina die Arme entgegen.

»Papperlapapp, mein Sohn! Als ob ich nicht wüsste, wen ich vor mir habe! Alina! Komm her, Mädel. Lass dich begrüßen!«

Alina wurde aufs herzlichste gedrückt. Auch ihr traten Tränen der Rührung in die Augen, doch ebenso wie Sigmund tupfte sie diese rasch und unauffällig mit dem Ärmel fort.

Sigmund war deutlich gealtert, tiefe Furchen durchzogen sein Gesicht, sein Haar war nun grau, in den Schultern war er schmaler geworden, in der Mitte beleibter, doch seine Augen waren lebendig geblieben und glänzten wie eh und je. Über die Schulter rief der Hausherr einer stämmigen Magd zu: »Grit, hol Messer, bring Käse, Soleier, Brot und von dem guten Senf! Schaffe Met herbei, von dem besten und dann setz dich zu uns.« An Heiner und Alina gewandt, fuhr er fort: »Ihr müsst völlig ausgehungert sein. Wo ist meine Schwiegertochter, Sohn? Geht es ihr gut?«

Heiner beeilte sich zu erläutern, wo sich Jutta aufhielt und welchen Umständen dies zu verdanken war. Sigmund hörte aufmerksam zu. Mit breitem Schmunzeln sagte er gerührt: »Da habt ihr mich dann also zum Großvater gemacht!«

Er stellte einige Fragen über seine Enkeltochter und die Reise und war mit dem Gehörten zufrieden. Grit deckte den Tisch und rutschte dann auf die Bank. Die kleinen Aufmerksamkeiten, mit denen sie Sigmund bedachte, offenbarten, dass sie ein Verhältnis zu ihrem Dienstherrn hatte, das über das reine Dienen hinausging. Alina mochte ihre heitere Art sofort. Sie aßen gemeinsam, plauderten und scherzten. Nach dem Mahl verließ Heiner den Tisch, um die Fuhre zu entladen. Alinas angebotene Hilfe lehnte er ab.

Sigmund sah ihm nach und sagte nachdenklich: »Er ist ein guter Sohn. Einen besseren kann ich mir nicht wünschen. Hat er sich anständig aufgeführt?«

Alina wusste nicht so recht, was sie antworten sollte. »Heiner hat eine geschickte Hand im Umgang mit den Reisenden. Eine ganze Gruppe hat sich ihm ohne Argwohn unterstellt, und er hat uns heil hierher geleitet.«

»Schön. Jutta hat deinen Platz auf dem Hufenhof eingenommen? Obwohl ich Konrads Freund war, habe ich nie die Ehre gehabt, seiner Schwester Adelgunde die Aufwartung zu machen. Hab mich als junger Mann nicht getraut«, fügte Sigmund mit einem Lächeln hinzu.

»Bei Tante Adelgunde sind sowohl Jutta als auch ihre kleine Tochter in besten Händen. Die Frauen werden sich viele Geschichten zu erzählen haben.«

»Sie wird also wiederkehren?«

»Jutta? Aber natürlich!« Alina kamen die Fragen seltsam vor, doch bevor sie nach einem Grund dafür fragen konnte, lenkte Sigmund das Gespräch auf ein anderes Thema.

»Erzähle von dir, wie ist es dir ergangen?«

Alina raffte die vergangenen zehn Jahre in wenigen Sätzen zusammen, berichtete vom Hof, seinen Bewohnerinnen und den Arbeiten. Sigmund wiegte den Kopf zweimal hin und her.

»Das klingt eintönig. Keine Ehe, kein Nachwuchs, na, ist wohl auch noch etwas Zeit. Bist wohl in die Stadt gekommen, um dir einen Schatz zu suchen?«

»So kann man es tatsächlich sagen. Meiner ist mir nämlich abgenommen worden.«

»Ein anderes Weibsbild steckt dahinter, stimmt's?«

Alina nickte, und Sigmund räusperte sich verlegen. »Um es mit den Worten der Schmiede zu sagen: Dein Schatz ist wohl ganz schön behämmert.«

»Ja, ist er auch.«

Länger hielt es Alina nun nicht mehr aus. Sie kicherte. »Ach, Sigmund, nimm mir den kleinen Scherz nicht krumm. Es ist kein Heiratskandidat, dessen Verlust ich beklage, sondern den eines Schmuckstückes. Du erinnerst dich vielleicht noch an einen Ring aus dem Besitz meines Vaters. Er war aus Gold, seltsame verschlungene Muster zierten ihn, und er besaß einen glutroten Stein.«

Sigmund nahm bedächtig den Becher, führte ihn zum Mund, setzte ihn allerdings ab, ohne getrunken zu haben. Rau sagte er: »Ich erinnere mich.«

»Er war das Einzige, was ich von Vater hatte. Ich habe ihn zehn Jahre verwahrt, niemandem gezeigt, und kaum, dass eine ihn zufällig sah, hat sie ihn mir entwendet. Hätte sie mir gesagt, dass sie Münzen brauche, hätte sich gewiss eine Lösung finden lassen, aber mir den Ring zu stehlen kann ich ihr nicht durchgehen lassen.«

Nun trank Sigmund, doch er redete mehr zu sich selbst, als er Alina den Becher zum Nachfüllen hinhielt. »Der Reif weckt Begehrlichkeiten.«

Alina stand auf und strich mit beiden Händen über die Falten ihres Rockes. Sie rang mit sich, doch es half alles nichts, nun war die Gelegenheit gekommen, und sie wäre dumm, sie ungenutzt verstreichen zu lassen. Grit hatte den Raum verlassen, Heiner war noch nicht zurückgekehrt, die Gelegenheit somit günstig.

»Sigmund, darf ich dich etwas fragen?«

»Sicher.«

»Denkst du ab und an noch an meinen Vater?«

»Konrad war mir ein Kamerad, den ich nie vergessen werde.«

»Manchmal denke ich, ich trage Schuld an seinem Tod. Er starb, nachdem er den Streit zwischenHeiner und mir nicht schlichten konnte«

Sigmund sah sie fassungslos an. »Alina, damit plagst du seither deinen armen Kopf? Komm her, Mädchen, setz dich wieder zu mir und höre auf, dich zu grämen.« Er dachte einige Lidschläge lang nach. »Der Tod hat seinen eigenen Kalender. Konrads Zeit war verstrichen. Wäre es nicht sein Herz gewesen, dessen Versagen er erlag, dann wäre es ein herabfallender Ast im Wald, ein übler Pilz oder ein Fingerstreich Gottes gewesen, der ihm den Odem ausgehaucht haben würde. Jeder Atemzug, der im Leben getan wird, bringt einen dem Grab näher. Das ist die Ordnung Gottes, und es ist nicht an uns, sie in Frage zu stellen. Ich bin kein großer Redner, Alina. Wie kommst du nur auf diesen trüben Gedanken?«

»Weder du noch Heiner habt mich je auf dem Hufenhof besucht. In all den Jahren nicht einmal. Vor zwei Jahren traf ich Heiner aus purem Zufall in Hergens Gasthaus, und nun war das Zusammentreffen wieder nur auf einen Zufall begründet. Das kommt einer Anprangerung gleich, als wolltet ihr seit Vaters Tod nichts mehr mit mir zu tun haben. Andererseits lädt mich Heiner gleich ohne Umschweife als Hausgast ein, als sei es das Selbstverständlichste auf Erden, bei euch zu nächtigen. Ich weiß nicht recht, wie ich euch verstehen soll.«

»Hm, dass wir nicht angeklopft haben, ist freilich wahr.« Sigmund rieb sich den Bart und suchte nach Worten. »Das lässt sich nicht mit wenigen Worten erklären und vielleicht auch nicht entschuldigen. Nach Konrads Tod bin ich noch eine Weile auf unserer alten Route gereist. Kaum ein Abend verging, an dem ich sein Gesicht nicht vor mir sah, nicht seine Stimme hörte und nicht in starkem Wein ertrank. Ich nahm wahllos Frauen in mein Bett. Ich brauchte viel Zeit, bis ich bemerkte, was ich Heiner antat. Der Junge wurde stiller und hohlwangig. Mich befiel Fieber, eine Morgengabe einer meiner Huldreichen. Das Wechselfieber schlug auf die Gelenke und brachte mir ein starres Knie ein. Eine besinnliche Mahnung des heiligen Fridolin, bei ihm habe ich noch eine Schuld zu begleichen. Heiner war mittlerweile zwölf und musste nicht nur für uns beide, sondern auch für die Entlohnung des Doktors aufkommen. Der Junge hat das geschafft! Ah, ich höre Heiner!«

Sigmund unterbrach das Gespräch und rief laut nach seinem Sohn. Heiner schaute ins Zimmer. Er war verschwitzt, seine blonden Haare umstanden seinen Kopf. Gutgelaunt fragte er seinen Vater nach dessen Wünschen.

»Mir fehlt es an nichts, aber was hältst du davon, deiner Freundin die Stadt zu zeigen?«

»Morgen, Vater. Es hat begonnen zu schneien, und wir könnten beide eine Erholung gut verkraften. Nicht wahr, Alina?«

Wider Willen musste Alina herzhaft gähnen und bestätigte so Heiners Rücksichtnahme.

Kapitel 10

»Es ist mir einerlei, ob die Seife aus Genua oder Venedig stammt oder simple Hammelfettlauge ist. Sie ist in meinen Augen und brennt aufsässig. Leon, unternimm etwas!« Gerhard fuchtelte blind herum.

Ein muskulöser Badeknecht trocknete sich phlegmatisch die Hände ab, bückte sich und entleerte einen Wassereimer über Gerhards frisch gewaschenem Kopf. Der Marktgraf prustete, schnappte nach Luft wie ein Fisch auf dem Land und sah Leon aus tiefroten Augen an. Ein einziger Vorwurf sprach daraus: »Da hast du mir etwas eingebrockt! Ich habe noch nie gebadet, lediglich eine Kammer wollte ich gemietet haben. Mir sind Sinnenfreuden verheißen worden, nicht erbärmliches Absaufen. Nach dieser Tortur werde ich Vor- und Nachteile sehr wohl abwägen.«

»Du kannst nicht umhin zuzugeben, dass dir die Wärme guttut.« Leon, dem man den nebenstehenden Bottich zugewiesen hatte, tauchte seinen Kopf unter und strich schwungvoll die nassen Haare zurück. Anders als sein Waffengefährte empfand er das Bad als Vergnügen und machte keinen Hehl daraus. »Selbst den frommsten Asketen ist vom Pontifex Innozenz höchstselbst ein Bad im Monat zugestanden worden.«

»Mich wundert es nicht, dass fortan die Folter im gestrengen Rahmen der Inquisition rechtskräftig statthaft ist und Wasserproben an angeklagten Hexen und ähnlich Verdächtigten gestattet sind!« Gerhard ereiferte sich, aber Leons Aufmerksamkeit schweifte ab.

Der Raum war nicht groß, Wasserdampf stieg auf, und leise Stimmen, sogar heiterer und von einem Zupfinstrument begleiteter Gesang ertönten angenehm aus einem weiter entfernten Teil der Stube, die den Frauen vorbehalten war, wie ihnen der Badeknecht zuvor erklärt hatte. Der Mann hatte sich – obgleich es schon spät war, als sie das Haus erreichten – beider Gäste angenommen, ihnen Wasserschüsseln und Tücher gereicht, damit sie sich waschen konnten, und sie dann zu den Zubern geführt.

Warmes Wasser forderte einen reichlichen Aufwand, und nachdem sich Gerhard die Preise hatte mitteilen lassen, wählte er Wasser, in dem zuvor ein anderer gelegen hatte. Auch Leon störte sich nicht daran. Er schloss die Augen, atmete gleichmäßig ruhig und genoss die Wohltat. Seit beinahe drei Monaten war er an Gerhards Seite unterwegs. An die Reiterei war Leon gewöhnt, und ohne Panzerrüstzeug war sie leicht zu bewältigen. Der beschwerliche Part lag darin, sich bisweilen Tag und Nacht in Gerhards Gesellschaft zu bewegen. Dessen letzte Torheit war der überstürzte Ritt auf dem lahmenden Pferd gewesen. Der bedauerliche Gaul war irgendwann am Ende, und Gerhard hatte einsehen müssen, dass selbst sein starrköpfiger Wille das Pferd nicht zu heilen vermochte. Zeitweise musste sich Leons Pferd mit zwei Reitern abmühen, einen Teil der Strecke aber gingen die Männer neben ihren bepackten Rossen her.

Eine Nacht verbrachten sie im Freien, zugedeckt mit Tannengrün und Satteldecke, eine weitere in einem Schafstall. Wahrlich kein Vergnügen in dieser Kälte, an die sich Leon nach all der Zeit unter der Sonne nicht so leicht zu gewöhnen vermochte.

Er winkte nach dem Badeknecht und bat ihn um einen weiteren Bottich heißen Wassers. Ein Mädchen reichte Brettchen mit einer Vesper und schenkte Rotwein aus.

Jetzt war das Leben gerade schön. Wenn nun noch ein Weib auf ihn warten würde, mit einer Haut von Seide und einem Mund, süß wie Honig, und Augen, in denen sich die Farbe des Meeres spiegelte. Doch was wäre dann, dachte Leon? Auch in einer schwelgerischen Umgebung wie dieser vermochte Gerhard nicht, die Ärgernisse abzustreifen. Er trommelte ungeduldig mit den Fingern auf den Rand des Zubers, schnaubte und drehte sich zu Leon herum. Wasser schwappte auf den Boden.

»Was meinst du, wo mag Margarete wohl gerade sein? Ob sie schon in der Stadt ist?«

»Wahrscheinlich, falls sie sich überhaupt dazu entschieden hat, hierher zu kommen. Sie ging unseres Wissens auch zu Fuß.«

»Du brauchst nicht darauf herumzureiten! Ja, so habe ich es überlegt: Margarete ist jung, Leon, sie weiß nicht viel von der Welt und wird dorthin gehen, wo sie sich auskennt, nämlich nach Aachen. Das hatte sie von Anfang an vorgehabt, ich gehe jede Wette ein, dass sie der Käterin, an deren Feuer sie sich wärmte, ausnahmsweise die Wahrheit sagte: Die Flucht in die Ardennenwälder sei lediglich Ergebnis ihres Verirrens gewesen. Margarete hat einen sehr weiblichen Orientierungssinn. Zudem kenne ich ihre Kabale.«

»Du kennst sie und hast sie dennoch geheiratet?«

»Leon, du sprichst bisweilen mit der Zunge einer Schlange! Es war doch nicht verkehrt! Wir legten an dem Tag das Ehegelübde ab, an dem sie vierzehn Jahre alt wurde, und ich gelobte ihrer Familie hoch und heilig, sie nicht vor dem sechzehnten Lebensjahr zu berühren. Ich habe nur die Mitgift befingert.«

Leon glaubte Gerhard, dass er sein Versprechen gegenüber Margarete tatsächlich gehalten hatte. Allerdings war der Mitgift Unerfreulicheres geschehen als bloßes Betasten.

»Wirst du Margaretes Eltern aufsuchen? Es ist denkbar, dass sie dort untergekommen ist.«

»Gott ist mein Zeuge, dass ich eine gehörige Wut auf mein Weib habe, doch werde ich nicht vor meine Schwiegereltern treten. Ehre, Selbstbeherrschung und Verstand zählt man schließlich zu den ritterlichen Tugenden. Mein unheilvoller Jähzorn träte vermutlich niemals zutage, wenn ich mich nicht mit einer Unbill nach der anderen herumärgern müsste. Immer treiben mich die Heimtücken niederer Charaktere in meine Untugend. Wir werden abwechselnd das Haus beobachten, und falls sich Margarete dort herumtreibt, wird uns das nicht verborgen bleiben. Meine Schwiegereltern will ich um meiner Nerven Willen nicht mit dem Zwist behelligen. Meine Schwiegermutter ist eine dumme, aber aufopferungsvolle Person. Das genaue Gegenteil meines Schwiegervaters, der von mir unendliche Dankbarkeit erwarten würde. Mir wäre es ohnehin lieber, wenn Margarete das Kind unter einem vernünftigen Dach unterbringt. Vielleicht schaffen wir es noch nach Jülich, bevor sie niederkommt.«

Leon tauchte noch einmal unter und langte dann nach dem Handtuch. »Was willst du machen, sollte sie bei ihren Eltern sein? Sie unter deren Augen nach Jülich verschleppen?«

»Was heißt hier verschleppen? Ich würde sie nach Hause holen, wo sie hingehört und wo sie ihre Pflichten zu erfüllen hat. Mich interessiert brennend, wie sich das Frauenzimmer die Zukunft vorstellt. Mir das anzutun! Nein, ich weigere mich ausdrücklich, mich nun aufzuregen!«

Zu Leons Erleichterung unterbrach der Badeknecht die Unterhaltung. Das Bad war beendet. Er brachte vorgewärmte Lendentücher, die sich die Männer um die Hüften wanden. Höflich wies er auf hölzerne Gestelle, die mit Fellen bedeckt waren. »Den Herren wird nun angeraten, zu ruhen. Nach gegebener Mußezeit werde ich die Muskeln walken und auf Wunsch auch eine Rasur vornehmen.«

Sowohl der nachgeschenkte Wein als auch die Massage wirkten beschwichtigend auf Gerhard. Beide Männer, nun barbiert und in lockere, saubere Kleidung gehüllt, zogen sich in die schmucke Gaststube zurück. Nicht jedermann war der Zutritt gestattet. Die ausgesucht schöne Bedienung befleißigte sich kultivierter Zurückhaltung. Man wies ihnen einen begünstigten Tisch in der Nähe des Feuers zu. Weiche Schaffelle polsterten die Stühle, und auf dem Tisch stand ein Mühlespiel. Gerhard loste die Steine aus und frohlockte zum ersten Mal an diesem Tag. »Weiß! Der erste Zug ist der meine!«

Leon hatte leichtes Spiel. Ein paar wohlüberlegte Züge, schon war ihm der Sieg sicher. Er kannte Gerhards wenig überraschende Taktik mittlerweile im Schlaf. Sein anfängliches Bedauern, Gerhard nicht dazu bewegen zu können, Schach erlernen zu wollen, hatte sich mittlerweile verflüchtigt. Gerhard fehlte die Geistesgröße eines Strategen, dessen Beharrlichkeit indes hätte er besessen.

Gerhard war kein guter Verlierer, bislang jedoch hatte er nach jedem – wie immer kurzen – Spiel eine Revanche verlangt. Dieses Mal jedoch sammelte er seine Spielsteine ein und warf sie in das Kistchen. Seinem Gesicht waren die Schmerzen seiner Lenden anzusehen.

»Du wirst den weiteren Abend alleine oder in anderer Gesellschaft zubringen müssen, Leon. Meine Narbe schmerzt. Dieses gottverdammte Weib, jedes Tagesende, das der Herrgott werden lässt, verfluche ich sie.«

Gerhard erhob sich schwerfällig, lehnte aber die Hilfe des herbeieilenden Mädchens brüsk ab. Leon trank den Becher zur Neige und starrte nachdenklich ins Feuer. Das Mädchen war stehengeblieben, die Hände hinter ihrem Rücken verschränkt.

»Habt Ihr noch einen Wunsch?«

Sie war hübsch und freundlich, außerdem machte sie einen sauberen Eindruck und roch nach Salböl. Leon nickte und sah sie herausfordernd an. Sie nahm ihn bei der Hand und führte ihn in einen Raum, der auf die Bedürfnisse Liebender abgestimmt war. Alles hier war von erlesener Schönheit und erinnerte an den Orient. Das Mädchen legte die Haube ab und löste ihr langes Haar.

Ihre zimtfarbenen Arme umfingen Leon.

Mittlerweile bedeckte ein weißer Schleier die Stadt. Tausende und Abertausende dicke Flocken umtanzten das Haus *Zum Römerbrunnen* und dämpften auf den gepflasterten Gassen die Schritte derer, die noch zwischen den Häusern umhergingen. Huren und ihre Freier, Stadtsöldner, allerlei Gesindel, fleißige Bäcker und aufgeweckte Mönche.

Kapitel 11

»Natürlich habe ich schon von den Römern gehört! Ich war als Kind schließlich genau so unterwegs wie du. Mir brauchst du nicht zu erklären, dass das alte Volk seine Soldaten zum Kurieren der Kriegsverletzungen zu den heißen Quellen geschickt hat.«

Alina schritt, den Umhang fest um sich gelegt, begeistert neben Heiner her. Sie hatte nicht genügend Augen, um alles zu betrachten, was es zu sehen gab. Ihre Erinnerung an Aachen war beinahe verblasst, und die Bilder in ihrem Kopf mochten sich kaum zusammenfügen.

Die Stadt wuchs unentwegt!

Häuser wurden erweitert, Anbau an Anbau gesetzt. Lagerhäuser waren errichtet und zahlreiche Handwerksbetriebe angesiedelt worden. Armut und Müßiggang waren auf den öffentlichen Straßen kaum zu sehen. Ein gut Teil der Bürger ging, getrieben von der feuchten Kälte, rasch, aber dennoch fein gewandet, und die gefüllten Geldbeutel an deren Gürteln zogen dem Boden entgegen.

Nach dem engen Gewirr der Gassen erschien Alina die Weite des Markplatzes übergroß und hell. Im Winter wurden kaum Märkte abgehalten, dennoch war der Platz belebt. Eine Pilgergruppe querte laut debattierend den Fahrweg, zwei halbwüchsige Jungen zerrten eine Karre mit sich, die Räder steckten ständig im neuen Schnee fest. Von irgendwoher stieg der Duft gebratenen Specks auf.

Heiner lenkte Alinas Aufmerksamkeit auf einen gigantischen Berg Steine und einen seltsamen Scheiterhaufen.

»Schau, hier sind die Überreste des Kaiserpalastes. Er war einst aus großen Quadern gebaut, die nun neue Verwendung finden. Die verwitterten Steine werden aufgeheizt, so sind sie leichter zu behauen. So ist es den Steinmetzen möglich, auch im Winter zu arbeiten. Wenn die starken Fröste einsetzen, müssen aber auch sie pausieren.«

In dem ungeordneten Stoß wimmelte es vor Gesellen und Lehrbuben, die den Steinen mit Hämmern und Meißeln zu Leibe rückten. Diese Arbeit hatte ihre eigene elementare Melodie. Schubkarren und Ochsenfuhrwerke warteten darauf, beladen zu werden. Insgesamt erinnerte der Anblick an einen Ameisenhaufen.

»Was wohl der erste Kaiser Karl dazu sagen würde, wenn er sehen könnte, was aus seiner Idee entstanden ist?«, fragte Alina und drehte sich zu Heiner herum.

»Ich vermute, er würde seinen Segen über Aachen sprechen. Er sei ein praktisch veranlagter Mann gewesen, der die Zeichen der Zeit erkannte und bedachtsam reagierte, erzählen die Alten, die es so von den eigenen Großeltern hörten. Der Granusturm, die imposante Befestigung da vorne, soll erhalten werden. Dort hatte der allbekannte Herrscher gewohnt, wenn er die Stadt besuchte und schaute, wie weit seine Pfalzkapelle gediehen war.«

»Da war Aachen aber noch keine Stadt gewesen, sondern konnte kaum mehr als die Anhäufung der Handwerkerhütten gewesen sein«, wandte Alina ein.

»Immerhin zog die Baustelle die Händler an, denn gut verdienende Steinmetzen wollen auch etwas für ihren Lohn erstehen. Freie Reichsstadt mit Markt- und Münzrecht wurde Aachen erst unter Kaiser Friedrich Barbarossa. In der Pfalzkapelle befindet sich ein beeindruckender Leuchter aus gehämmertem Gold, den er zusammen mit seiner Gemahlin Beatrix der Stadt zum Geschenk gemacht hat. Kaiser Barbarossa war unserer Stadt ohnehin zugeneigt und machte es sich zur Obliegenheit, dass Kaiser Karl von Pontifex Paschialis heiliggesprochen wurde, obgleich der Gegenpapst, Papst Alexander, auf das schärfste intervenierte. Nicht, weil dieser Kaiser Karls Verdienste für gering hielt, sondern eher, um seinem Kontrahenten entgegenzutreten.«

Alina unterbrach die Ausführungen Heiners. »Du beschäftigst dich gern mit der Vergangenheit, nicht wahr?«

Er nickte. »Sie birgt viele spannende und aufschlussreiche Geschehnisse. Ich teile diese Neigung mit meinem Vater. Du musst ihm unbedingt einmal zuhören, wenn er erzählt. Er ist ebenso gut wie Neidhard und Gaston, aber er erfindet nichts hinzu. Irgendein mysteriöser Freund versorgt ihn mit Wissen, Vater macht ein richtiges Geheimnis daraus. Er genießt es, mir voraus zu sein. Ich möchte die beiden Erzähler übrigens an unseren Tisch einladen.«

»Darauf freue ich mich! Die Geschichten, die auf dem Hufenhof erzählt werden, sind allerdings alt, und die wenigsten sind heiter. Ich würde gerne etwas Fröhliches hören.«

Eine kleine Ziege sorgte für Wirrwarr, indem sie sich aufsässig einem Kind näherte, welches an einer schlaffen Möhre nagte. Voller Angst griff das kleine Mädchen nach der Hand seiner Mutter, quiekte und war sichtlich froh darüber, auf den Arm gehoben zu werden. Die besorgte Mutter strich über die Wange der Kleinen und sprach ihr liebevoll zu.

Alina sah sie nachdenklich an und ging weiter, ohne auf die Welt um sich herum zu achten. Wenn Heiner sie nicht zurückgerissen hätte, wäre sie unter die Räder eines Ochsenkarrens geraten.

»… sagt man jedenfalls. Alina, pass doch auf! Du hörst mir ja gar nicht zu!«

»Der Junge ist Margarete eine lästige Bürde!«

»Was sagst du da?«

»Margarete. Sie ist Felix' Mutter, aber das Kind ist ihr gleichgültig.«

»Vielleicht hat sie ihn auf dem Hof zurückgelassen, weil die Flucht mit einem Säugling zu gefährlich für das Kind gewesen wäre. So einem Kleinen kann unterwegs alles Mögliche zustoßen. Du solltest auch diesen Aspekt berücksichtigen. Straßenräuber, die Temperaturen, Kränklichkeiten …«

»Aber sie konnte nicht wissen, dass wir eine Amme finden würden. Ein Kind in diesem Alter ist ohne Muttermilch verloren. Mit Tiermilch kann man einen Säugling dieses geringen Alters nicht durchbringen.«

»Nein, ihr hättet alles auf euch genommen, eine Nährmutter für Felix zu finden, das wird Margarete gewusst haben.«

»Hm, da hast du wohl recht. Besonders Ilse hängt sehr an dem Kleinen. Was meinst du, was bringt eine Mutter dazu, ihr Kind nicht mit herzlicher Gewogenheit anzunehmen?«

Heiner zuckte mit den Schultern. »Ach Alina, was soll ich dazu sagen? Vielleicht ruft die Erinnerung an den Akt der Zeugung abstoßende Gefühle hervor. Oder sie kann oder will das Kind nicht ernähren. Ich kenne die Frau nicht. Deiner Beschreibung nach scheint sie mit vielen Wassern gewaschen. Sie ist jung und kann weitere Kinder haben, aber an so einen Ring wie deinen kommt sie gewiss kein zweites Mal.«

»Du könntest recht haben. Kennst du die Krämergasse? Nach Gastons Beschreibung dürften wir nicht weit vom *Römerbrunnen* entfernt sein.«

»So ist es.«

Vorbei an einem öffentlichen Ofen, einem Schuhmacher, den Werkstätten zweier Gewandschneider, einer Taverne, Silberschmieden, Kerzenhändlern und einem Bartscherer sowie allerlei weiteren Läden gelangten sie auf den Münsterplatz. Dort legten Alina und Heiner ihre Köpfe in den Nacken und verfolgten so lange die Gerüstarbeiten an der Kathedrale in schwindelnder Höhe, bis ihnen selbst beinah schwindlig wurde.

Der *Römerbrunnen* war ein städtisches Bad, wusste Heiner. Mit der Vermietung einiger Kämmerchen verdiente der Pächter ein privates Zubrot. Das flache Gebäude nahm mehr Fläche ein, als Alina erwartet hatte, und wurde gut besucht. Männer und Frauen betraten das Haus in der Gesellschaft ihresgleichen, nur ein Paar überschritt die Schwelle.

Unschlüssig lehnte Alina den Rücken an die Mauer und grübelte.

»Willst du fragen, ob der Markgraf und sein Steigbügelhalter hier eingekehrt sind?«, fragte Heiner.

»Was, wenn man drinnen misstrauisch wird? Ich kann ja schlecht sagen, wie es wirklich ist. Das würde mir kein Erdenbewohner abnehmen, und ich bin keine gute Lügnerin.«

Missmutig lugte Alina zur Pforte, packte gleich darauf Heiners Schulter und bugsierte ihn so, dass er der Tür den Rücken zukehrte und sie gleichzeitig verdeckte. Auf Zehenspitzen spähte sie über Heiners Schulter und wisperte in sein Ohr: »Wir haben unsagbares Glück! Da sind sie, nein, dreh dich nicht um! Wir müssen ein bisschen Abstand zwischen sie und uns bringen, dann verfolgen wir die Herren. Sie tappen auf der Suche nach Margarete vielleicht nicht ganz so planlos durch die Gassen wie wir. Los, ehe wir Gefahr laufen, sie zu verlieren. Der Markgraf trägt einen verbrämten Tasselmantel, Leon ein schweres Obergewand, darüber ein Lederwams.«

»Leon, aha, man hat sich einander vorgestellt?«

»Ach, jetzt sei nicht blöd, Heiner!«

Der Markgraf und sein Begleiter hatten für ihre Umgebung und die Mitmenschen keine Augen. Sie unterhielten sich kaum, der Markgraf hob ab und an seine Hände zum Schädel, als müsse er auf diese Weise dafür sorgen, dass ihm der Kopf nicht abhanden käme. Sie verließen die breite Gasse, bogen in eine engere und dann wieder in eine andere ein. Hier war kaum noch Fußvolk unterwegs, daher ließ Alina einen immer größeren Abstand zwischen ihnen entstehen. Zwei in ein tiefes Gespräch verwickelte Juden kamen ihnen entgegen und unterbrachen ihre Unterhaltung, bis sie einander passiert hatten. Alina lächelte fahrig und erntete von dem Älteren einen unsicheren Blick. Der Jüngere sah durch sie hindurch.

»Wo, um alles in der Welt, sind wir hier?«, flüsterte sie.

»In der Judengasse. Die Stadtoberen haben vorgeschrieben, dass sie alle zusammenleben müssen, was ihnen auch recht ist. So schützen sie einander gegenseitig vor möglichen Bärbeißigkeiten, und jeder, der einen Juden sucht, weiß, wo er ihn finden kann. Die Gegend ist nicht schlecht. Hier habe ich keine Angst vor Taschendieben. Sie biegen nach links ab, dort geht es zum Lindenplatz.«

Die beiden Männer erreichten vor einem langgezogenen Bau, der keine Besonderheiten aufwies, ihr Ziel. Alina hielt Heiner mit einem Ärmelzupfen zurück und hieß ihn, sich wie sie eng an die Hauswand zu pressen, auf dass sie unentdeckt bleiben würden. Vorsichtig lugte Alina zu den Männern, die sich unterhielten und sich sichtlich bemühten, einem speziellen Haus keine offenkundige Aufmerksamkeit zu schenken.

»Der Markgraf hat nicht vor, dort anzuklopfen. Die Männer machen nichts anderes als wir: Sie warten. Ich frage mich, worauf oder auf wen. Lass uns später wiederkehren und es herausfinden.«

»Einverstanden.«

Alina hütete sich davor, über ihre Schulter zurückzuspähen, obwohl der Reiz ungeheuer groß war. Ein wenig verkrampft ging sie neben Heiner her und seufzte erleichtert, als sie um die nächste Ecke bogen. »Wohin jetzt?«

»Grit hat mich gebeten, ihr Salz mitzubringen. In der Nähe unterhält ein Salzhändler sein Lager. Er verkauft gute Sorten zu einem vertretbaren Preis. Grit möchte Fisch einlegen. Einer ihrer Verwandten hegt am Frankenberg einen kleinen Teich und versorgt uns regelmäßig mit frischem Fisch, meist Karpfen, aber auch mit Rotaugen. Ich muss ein wenig ausholen:

Nicht weit von hier liegt, wie du bestimmt weißt, das Zisterzienserinnenstift von Burtscheid, das reichsunmittelbar ist, was bedeutet, dass die frommen Klosterschwestern direkt dem König unterstellt sind. Viele adlige Damen leben dort, Töchter, Schwestern und Mütter bedeutsamer und reicher Männer. Es kam in der Vergangenheit jedoch immer wieder zu Zwischenfällen, angefangen mit der Belagerung Aachens durch Wilhelm von Holland vor zehn Jahren, dessen Truppen den frommen Damen zwar keine Notzucht antaten, aber dennoch mehr als nur die Würste aus der Speisekammer plünderten.«

»Die Gefahr ist ja längst gebannt.«

»Gebannt, aber nicht vergessen, und deshalb befahl unser König Richard, den Schutz des Stiftes durch kampfbereite Landesvögte zu garantieren. Einem von ihnen, Arnold von Merode, wurden Land und Teich am Frankenberg überlassen, und er veranlasste die Errichtung einer Wehrburg mitsamt einem Wassergraben. Er hat sich viel Zeit damit gelassen, aber wenn die wiederaufgenommenen Arbeiten weiterhin so gedeihen, wird im Frühjahr Schluss sein mit dem Karpfenteich, jedenfalls für unsereins. Die Fische werden dann auf der Tafel des Vogtes liegen.«

»Arnold von Merode! Unser neuer Grundherr dient

dem Vogt. Kein Wunder, dass er den vollen Pachtzins eintreibt, wenn sein Herr eine Burg errichten lässt.«

Heiner öffnete eine niedrige Hoftür und ließ Alina den Vortritt.

Der Einkauf gestaltete sich vergnüglich. Der Salzhändler ließ seine Kundschaft großzügig probieren und erwähnte mehrmals beiläufig, dass die Taverne nebenan seinem Schwager gehöre und dieser sich vorzüglich auf die Herstellung von Birnenmost verstehe. Was durchaus stimmte, wie Heiner und Alina später am Tag uneingeschränkt bestätigen konnten.

Wie zuvor vereinbart, suchten sie erneut den Lindenplatz auf.

Die dichte Schneedecke hatte beinahe Knöchelhöhe erreicht. Der Jülicher und Leon hatten ihren Posten aufgegeben. Entweder hatten sie gesehen, was sie wollten, oder die Kälte war den Auskundschaftern unter die Kleidung gekrochen.

Auch auf den zweiten Blick war nichts Besonderes an dem Gebäude. Alina klopfte die Schneeflocken von ihrem Schultertuch und fragte leise: »Wer könnte hier wohnen?«

»Ein Kaufmann ist es nicht, die Kaufleute zieht es in die Nachbarschaft ihresgleichen. Eine Gasse weiter ist der größte Beginenkonvent, hinter dem Platz gibt es ein Johanniterspital, und Augustinermönche unterhalten eine Bettelküche. Dann ist da noch das entstehende Kloster zu Ehren des heiligen Paul.«

»Ein Kleriker demnach?«

»Das Haus ist zum Teil aus Stein und zeugt jedenfalls von einem begüterten Mann.«

»Ein Schöffe vielleicht?«, riet Alina weiter.

»Nein, die hohen Herren leben alle im Stadtkern. Das müssen sie, um rasch erreichbar zu sein.«

»Schau!« Alina wies mit vorgeschobenem Kinn auf eine

hagere Magd, die wie ein Gassenjunge in den Schnee trat und lustlos und mit hängenden Schultern auf die Haustür zuging. »Der Frau läuft bestimmt der Mund vor bitterer Galle über. Warte hier! – Gott zum Gruß, gute Frau!«

Alina hob eine Hand, ging auf die Dienerin zu und wurde mit grantigem Blick gemustert. Die Frau war älter, als sie von weitem aussah, und ihre Wangen waren eingefallen, was auf nur noch wenige vorhandene Zähne schließen ließ. Als die Alte die Hand auf den Türknauf legte, erreichte Alina sie.

»Gott zum Gruß«, wiederholte sie. »Kannst du mir helfen? Ich suche eine Anstellung. Ich bin kräftig und auch nicht faul.«

»Könntest meine haben, wenn ich nicht selbst etwas zum Beißen bräuchte.« Ein kräftiger Geruch von Bier umgab die sichtlich aufgebrachte Frau.

»Wohnen da gute Leute?« Alina gab sich leutselig.

»Die Mäuse beklagen sich nicht.«

»Aber du schaust nicht zufrieden aus.«

»Für Zufriedenheit wird man nicht entlohnt. Wie würdest du dich denn fühlen, wenn du dein Lebtag für die Familie geschuftet, den Rücken gekrümmt und das Kind aufgezogen hättest und dann auf deine alten Tage gesagt bekämest, du wärest lästig?«

»Wie niederträchtig! Verstoßen würde ich mich fühlen.«

»So erwünscht wie feuchter Kehricht auf dem Kopfkissen! Achtundzwanzig Jahre war ich für Frau Silja gut und siebzehn Jahre für die Kleine, doch nun muss ich vor die Tür. Als ob ich die Kleine nicht auch gernhätte und nur ihr Bestes wollte! Ich habe sie doch nicht mehr gesehen, seit sie nach Jülich heiratete. Ausgesperrt wurde ich, nur weil das Kind zu Besuch kam. Geheimniskrämer, pah.«

Alinas Herz tat einen kleinen Hüpfer. So war das also: Sie hatte Margaretes Elternhaus gefunden. Vielleicht hatte

123

die Magd noch mehr zu erzählen und würde sich von sanftem Mitgefühl etwas trösten lassen.

»Man ließ dich nicht einmal mehr mit deinem Ziehkind reden?«

»Ach wo! Dabei hat das Kind so kläglich geweint, und als ich sie aufmuntern wollte, drückte mir der Herr einen Groschen in die Hand und schob mich vor die Tür. Nur gut, dass er nicht alles weiß«, deutete die Alte an.

»Ah!« Alina legte den Zeigefinger auf ihre Nase, tat, als überlege sie, und strahlte dann. »Dein Ziehkind ist doch nicht etwa die schöne, junge, hochedle Margarete, Gemahlin des kühnen Markgrafen Gerhard von Jülich? Die ganze Stadt weiß von ihrer Schönheit.«

Die Stirnfalten der Alten entspannten sich, ihre Stimme klang nicht mehr so schroff. Alinas Worte waren Labsal, und die Magd wurde nun geradezu gesellig.

»Freilich! Eine gute Verheiratung für die Tochter eines Domschatzprinzipals, obwohl der Herr kein gutes Haar an dem Markgrafen ließ. Aber mein anmutiger Engel hat damals so gebettelt, dass es dem Teufel die Hörner hätte ablisten können. Sie war eine wunderschöne Braut. Ich habe ja immer gesagt, sie habe die üppige Mitgift überhaupt nicht nötig, denn ihre Lieblichkeit sei Ansporn genug für einen jeden Mann, der Augen im Kopf hat.«

»Was meinst du, dürfte ich einen Blick auf die vornehme Dame werfen? Ich habe bisher noch keine Edle leibhaftig gesehen«, plapperte Alina und hoffte, sie würde glaubhaft naiv klingen.

»Bist wohl zwischen Rüben aufgewachsen, was? Kannst sie doch nicht einfach begaffen. Margaretchen wird nicht mehr da sein, der Herr spricht eine deutliche Sprache. Sie wollte ihren Gemahl, also gehört sie auch zu ihm. Er hat ihren Nöten gar nicht zugehört, dabei wäre es leicht gewesen, dafür Verständnis aufzubringen. Die Tränen seiner

Gemahlin rührten ihn ebenso wenig. Da kann nur die heilige Kirche Tröstung bewirken.«

Alina hörte genau zu. »Dann ist sie auf dem Weg nach Jülich, ohne mit dir sprechen zu dürfen?«

»Ei, das glaube ich auch wieder nicht«, knurrte die Alte hintergründig und schüttelte die Schneeflocken ab. »Ich muss rein. Meine Arbeit macht ja keiner. Sprich nicht heute vor, heut ist kein segensreicher Tag, und du holst dir nur eine Abfuhr. Aber Hilfe könnte ich schon brauchen.«

Die alte Magd verschwand im Inneren des Hauses und nickte Alina zu, ehe sie die Pforte schloss.

Am liebsten wäre Alina gleich zu Heiner gerannt, doch sie zwang sich, gesittet zu gehen, wanderte an seinem Versteck vorbei und wartete an der nächsten Gabelung darauf, dass er sie einholte. In wenigen Sätzen berichtete sie, welche Hinweise sie zusammengetragen hatte, und fügte hinzu: »Margaretes Mutter leidet offenbar unter dem Zerwürfnis zwischen Vater und Tochter. Außerdem schien mir, als hätte Margarete zuvor schon heimlich, ohne den Vater, mit ihrer Mutter geredet, denn die Magd wusste, dass Margarete Kummer hatte, und ihr war der Grund desselben nicht unbekannt. Wenn ich mit Margaretes Mutter sprechen könnte, würde ich vielleicht Näheres über Margaretes Aufenthaltsort erfahren.«

»Wie willst du das anfangen? Beim besten Willen kann ich mir nicht vorstellen, dass sie einer, die sich als Aushilfe ausgibt, sofort das Herz ausschüttet.«

Ärgerlich schüttelte Alina den Kopf. »Natürlich nicht! Aber die Magd erwähnte die Linderung des Kummers durch den Glauben. Vielleicht kann ich ein wenig nachhelfen und ihr etwas offerieren, woran sie sich klammern kann.«

»Eine Reliquie?« Heiner musterte Alina mit gerunzelter Stirn.

Sie antwortete frei heraus. »Ja.«

»Du willst dich als Händlerin ausgeben?«

»Ja, was ist daran nicht zu verstehen?«

»Du dürftest wissen, dass man in deinem Gesicht die Wahrheit lesen kann. Du bringst einfach keine glaubhaften Lügen zustande, außer vielleicht in finsterer Nacht.«

»Mein Vater handelte nebenbei mit Reliquien, wenn er als Trossbegleiter unterwegs war. Ich habe nicht alles vergessen.«

»Schneidest du eine Ecke aus deinem Schneuzlappen und preist es unter Hosianna und Halleluja als ein Stück des Kleides der Heiligen Mutter an? Luchst mir ein paar Haare ab, gibst sie als Engelshaar des Michael aus oder gräbst Knochen von Gehenkten aus, welche das Unglück auf sich ziehen? Oder welch frevlerische Scharlatanerie auch immer? Alina, du willst eine unglückliche Frau zum Narren halten.«

»Wie kannst du so etwas von mir denken! Was immer ich mitnehme, werde ich vorher natürlich in die Kirche tragen.«

»Heuchelei! Hat man dir so etwas beigebracht?«

Alina lag eine scharfe Erwiderung auf der Zunge, die sie jedoch hinunterschluckte. Stattdessen fragte sie, um Friedfertigkeit bemüht: »Weißt du etwas Besseres?«

»Nein«, bekannte Heiner. »Aber wir haben genug Zeit, um darüber nachzudenken.«

»Wir?«

»Man sagte mir, dass die Straßen mit Fuhrwerken kaum noch passierbar sind. Und die erfahrenen Wetterdeuter prophezeien sogar weiteren Schneefall. Die Wachen sind angehalten, die Tore nur noch in Ausnahmefällen zu öffnen.«

»Das freut mich!« Alina sah Unverständnis in Heiners Miene. »Niemand kann die Stadt verlassen. Also auch

Margarete nicht. Solange Schnee fällt, habe ich gute Aussichten, sie innerhalb der Stadtmauer ausfindig zu machen.«

Heiner hielt den Salzsack in die Höhe. »Unsere beiden Spießgesellen aber auch. Ich werde dir helfen, aber nun lass uns heimkehren. Grit und die Fische warten.«

Den nächsten Vormittag verbrachte Alina damit, Getreide zu mahlen. Grit bereicherte es mit allerlei Zutaten, gab Wasser hinzu und verarbeitete das Gemisch zu einem robusten Teig. Die rohen Laibe ruhten mehlbestäubt in einem halben Dutzend Körbchen. Die Frauen stellten sie in einen großen Korb und beluden eine Kiepe mit gut drei Armvoll Brennholz. Grit hievte die Trage auf ihren Rücken. Sie war nicht mehr die Jüngste, hatte ein liebes, rundes Gesicht und lockige Haare, die ihren Zopf zerrauft aussehen ließen. Alina war nicht entgangen, dass Grit für eine Magd recht große Freiheit genoss.

»Der öffentliche Ofen ist zum Glück nicht weit von uns entfernt. Der Bäcker verlangt für jeweils drei Brote eines für sich, welches er zum Kauf anbietet. So ist es üblich, aber wir werden Holz beisteuern. Ich hoffe nur, wir sind rasch an der Reihe.«

Grits Hoffnung erfüllte sich zu Alinas Bedauern nicht. Nur zu gern hätte sie die Suche nach Margarete fortgesetzt. Doch ihre Erziehung verbot ihr, kostenfrei zu essen und zu schlafen und Grit die ganze Arbeit zu überlassen. Trotzdem, wenn sie jeden sprichwörtlichen Stein umdrehen wollte, durfte sie keine Zeit verstreichen lassen. Auf Heiner konnte sie indes nicht zählen, er war zusammen mit Sigmund zu einem Kaufmann gebeten worden.

Ein wenig ärgerlich sah Alina auf die Reihe der Wartenden, doch letztlich wurde ihr die Zeit nicht lang. Es war kurzweilig, mit der sympathischen Grit zu schwatzen, die allerlei über die Stadt und deren Bewohner sagen konnte. Alsbald waren sie zum Bäckermeister aufgerückt. Er stapelte die Scheite zu seinem Vorrat und scherzte mit Grit, die ebenfalls nicht auf den Mund gefallen war.

Alina stampfte auf und ab, um ihre Füße zu wärmen, und sah sich um. Inmitten all der schnatternden Frauen fiel ihr ein dunkelhäutiger Junge auf. Er war mager, trotz der Kälte barfüßig und hatte kaum mehr als einen zerschlissenen Sack über dem Leib, der von einem ausgefransten Seil zusammengehalten wurde. Er hüpfte zwischen den Frauen umher und bettelte, machte Kratzfüße und artige Diener.

Einer Vettel, die sich Brocken lauwarmen Brotes in den Mund stopfte, entglitt ein Bröckchen, und der Knabe stürzte sich darauf. Gerade als er die Hand ausstreckte, wurde rücksichtslos ein Holzschuh auf Hand und Brotbrocken gestellt.

»Was hast du unter meinem Schuh zu suchen?«, schnauzte die Vettel und verlagerte absichtlich ihr beträchtliches Gewicht. »Abschaum aus dem Armenhaus! Nirgends ist man vor deinesgleichen sicher!« Ihrem feindseligen Keifen folgte ein langgezogener, gellender Schrei. Das Brot rollte in den Schnee, die Vettel zwickte den Jungen, der sich nach dem Brot bückte, unerbittlich in den Nacken und schüttelte ihn. »Er hat in meine Wade gebissen. Holt die Büttel, hole doch einer endlich die Wächter herbei. Zu Hilfe, zu Hilfe! Ins Tollhaus mit ihm!«

Alina, die voller Empörung zuerst nach Grits Ärmel gegriffen hatte, marschierte nun geradewegs auf die Kreischende zu. »Übergebt mir getrost meinen Diener, ich werde ihm die Ohren gehörig langziehen. Der Tunichtgut lief mir davon, und ich bin Euch von ganzem Herzen dankbar, dass Ihr in gefangen habt.«

»Typisch Morgenländer! Stehlen und betteln können sie alle.«

Alina lächelte katzenfreundlich. »Ach, Ihr seid wohl mit sehr vielen Orientalen bekannt?«

»Beileibe nicht!«, entgegnete das Weibsbild entrüstet. »Aber so etwas weiß man schließlich!«

»Grit, sei so gut, ersetze der Dame das Brot und stecke ihr eine Münze als Belohnung zu, wenn sie eine verlangt. Dafür will ich keinen Stadtwächter hier sehen. Und du hältst den Mund, Bursche!«

Der Junge hielt still und sprach kein Wort. Die Frau hob den Fuß fort, glotzte irritiert und verglich die abgenutzten Lumpen des Herumtreibers mit Alinas schlichter, aber untadeliger Kleidung. Grit rettete die Situation, indem sie die Vettel gebieterisch anblaffte: »Habt Ihr nicht gehört, was meine Herrin sagte? Gebt den Jungen her!«

Alina als Herrin bezeichnet zu hören, veranlasste die Frau, der Bitte schleunigst nachzukommen. Der Junge hielt sich mit gesenktem Kopf zwischen Alina und Grit, bis sie außer Sichtweite des Ofens waren. Dann verbeugte er sich.

»Danke, werte Damen, nun komme ich alleine zurecht.«

Alina erwischte den Knaben am Saum seines dünnen Jutesacks. »Du vielleicht, aber wir nicht. Du könntest dich erkenntlich zeigen, wenn du nichts Besseres vorhast.«

Die Miene des Kindes verfinsterte sich. Was immer er erwartete, es war nichts Gutes.

»Ich bin Alina, das ist Grit. Ich bin neu in der Stadt und brauche morgen einen Schutzherrn bei einer Besorgung.«

»Einen Schutzherrn? Ihr meint sicher einen Träger.«

»Nein. Man warnte mich, dass die Stadt Gefahren birgt. Beutelschneider, schlitzohrige Händler, Fälscher. Du weißt sicher mehr darüber als wir beiden Frauen zusammen. Wärest du bereit, mir bei einer Unternehmung beizustehen?«

»Da wäre ich schon der Richtige ...«

»Schlafplatz und Brei?«

»Da bin ich ganz sicher der Richtige!«

»Wie lautet dein Name?«

»Martin, vom Siederplatz.«

Am Siederplatz befand sich das städtische Armenhaus, wie Alina seit Heiners Führung wusste.

Über den struppigen Haarschopf des Jungen warfen sich Alina und Grit einen vielsagenden Blick zu, und Alina hoffte von Herzen, dass Sigmund nicht mürrisch wegen ihres fremdländischen Findlings wäre. Er sollte ja nicht überwintern, sondern lediglich ein bisschen aufgefüttert werden.

Und die Sache mit den Besorgungen war nicht geschwindelt.

Alina wollte ihren Augen nicht trauen, als Martin seinen Löffel in Windeseile immer wieder in die Schale tauchte. Es war bereits die dritte Füllung, Napf um Napf leer gekratzt, der Topf nun blitzblank leer. Grit hatte den Jungen zuvor dazu angehalten, Gesicht, Hals und Hände zumindest oberflächlich zu waschen. Jetzt, nach dem Mahl, versuchte er mühsam, aufrecht zu sitzen, doch fiel sein Kopf immer wieder vornüber.

»Du kannst im Stall schlafen, aber iss den Tieren nicht auch noch das Heu fort. Morgen sehen wir weiter.«

Alina begleitete Martin in den winzigen Stall. Die betagte Eselin war glücklicherweise ein gutmütiges Tier, das sich nicht daran störte, einen Gast zu haben. Vielmehr schien sie sich sogar über die Gesellschaft zu freuen, schnupperte sanft über Martins Haare und hatte auch nichts dagegen, dass Alina die Pferdedecke über den liegenden Knaben breitete. Es brauchte nur vier Atemzüge, da schlief er selig ein.

Alina hatte die blauen Flecke am Arm des Jungen gesehen, die Frostbeulen an seinen Füßen und die knochigen

Gelenke. Kein Gramm Fett war an ihm. Er war ungefähr in dem Alter, in dem sie ihren Vater verloren hatte, und unerwartet heftig überkam sie der Wunsch, dem Jungen etwas Gutes angedeihen zu lassen. Was das sein könnte, wusste sie noch nicht, aber das würde sich zeigen.

So leise wie möglich schloss Alina die windschiefe Tür, stemmte sich gegen den Ostwind und kehrte ins Wohnhaus zurück. Sigmund und Heiner mussten vor einem Moment heimgekommen sein. Dienstbereit half Grit dem Älteren beim Umkleiden, zog ihm die Stiefel von den Füßen, stellte sie ans Feuer, half ihm zu seinem bevorzugten Platz und deponierte seinen Gehstock in Griffweite.

Heiner war guter Laune. Er streifte den Tragegurt über Kopf und Schulter, ließ die schwere Tasche auf den Boden gleiten und hangelte nach dem Inhalt. Er überreichte Grit zwei Handvoll Unschlittkerzen, schmunzelte und präsentierte gleich darauf ein halbes Dutzend echter Bienenwachskerzen. Eine davon entzündete er und reichte sie seinem Vater. Sigmund ersuchte um einen Krug Wein, den zu leeren er auch ausdrücklich Grit an den Tisch bat. Rotwangig und neugierig hockte sie sich neben Alina, stützte ihre Ellbogen auf und legte ihr Kinn in die Handflächen.

Sigmund wandte sich an sie: »Du musst morgen für reichliches Essen und gute Getränke sorgen. Wir hatten einen guten Tag. Heiner hat nicht nur den Auftrag, eine Wegkarte zu zeichnen, sondern wir trafen bei dem Kaufmann auch auf zwei alte Freunde. Die Geschichtenerzähler Gaston und Neidhard werden uns morgen Abend die Ehre eines Besuches erweisen.«

Kapitel 12

»Ich werde Martin mitnehmen, dann bin ich nicht allein in den Gassen unterwegs.« Alina zog den Umhang enger um ihre Schultern und hielt den Blasebalg in die verglimmenden Holzreste des Abends. Ein, zwei Tannenzapfen hinzugelegt, und schon loderte das Feuer wieder auf.

Heiner rieb die Hände aneinander und streckte sie den Flammen entgegen. »Weißt du etwas über den Knaben? Einer, dessen Haut im Winter die Farbe einer Haselnuss hat, fällt auf, und selbst Grit hat ihn noch nie in der Stadt gesehen.«

»Aber sie geht auch nicht oft auf den Siederplatz. Ich habe ihn nicht ausgefragt. Der Junge ist fleißig und willig, und obwohl seine Hand lädiert ist, hat er für sein Essen gearbeitet. Er spricht unsere Sprache – sogar mit dem hiesigen Dialekt – und trägt einen christlichen Namen. Deinem Vater genügten diese Auskünfte.« Leichter Tadel lag in Alinas Stimme.

»Vater ist nicht unbedingt ein Menschenkenner.«

»Aber du bist einer, ja?«

Heiner verfolgte das Thema nicht weiter. »Willst du dich als arbeitssuchende Magd oder als Händlerin ausgeben?« Er konnte seine Geringschätzung Alinas Plänen gegenüber kaum verhehlen. Brummig schüttete er Wasser in einen Topf und hängte ihn an das dreibeinige Kochgestell.

Alina seufzte, legte den Blasebalg zurück und schüttelte den Kopf. »Die Reliquienhändlerin war wirklich keine gute Idee. Ich bin zu der Überzeugung gekommen, dass es das beste ist, die Wahrheit zu sagen. Nur werde ich den Diebstahl als ein Versehen Margaretes darstellen. Ich bin keine begnadete Lügnerin, die Hausfrau würde mich ohnehin durchschauen und mir schlimmstenfalls eine räuberische Absicht unterstellen, mit der ich mich in ihr Haus eingeschlichen habe.«

»Das gefällt mir ausnehmend besser.« Heiner setzte sich auf einen Schemel. »Ich begleite dich. Wir könnten danach noch irgendwo einkehren.«

»Heiner, das geht nicht schon wieder. Wir können genau so gut hier etwas essen und trinken.«

»Ach, lass mich dich doch ein wenig verwöhnen. Sei ehrlich, wie oft bist du schon eingeladen worden?«

»Nicht oft, Heiner, und es scheint mir auch nicht richtig. Tante Adelgunde …«

»… ist weit weg«, vollendete Heiner ihren Satz und sah sie nachdenklich an. »Gelegenheiten muss man am Schopfe packen, Alina. Ich bin nicht irgendein Schwerenöter, ich will dir nur ein wenig von der Welt zeigen. Du wirst ohnehin bald zum Hof zurückkehren, wieder bei deiner Tante sitzen und genügend Zeit haben, darüber nachzudenken, ob du nicht vielleicht doch etwas verpasst hast.«

Heiners Worte weckten Alinas verborgene Sehnsüchte. Als Kind war ihre Welt groß und bunt gewesen, umfasste das ganze Reich und einige Straßen darüber hinaus. Nicht nur, dass die ewige Pflicht der Freude gewichen war: Seit Vaters Tod war diese Welt auf eineinhalb Hufen geschrumpft, dazu kam noch das Wegstück entlang der Krönungsstraße, und diese endete für Alina mit dem *Schwarzen Kapaun*.

Ach, was soll's!

Heiner hatte recht!

Doch bevor Alina etwas erwidern konnte, betraten Grit und Martin die Küche. Alina und Heiner staunten nicht schlecht, welche Verwandlung der Junge erfahren hatte. Die dunkelbraunen Haare waren nun ordentlich gestutzt, das Gesicht und die Arme sauber, und der verschlissene Sack war gegen ein etwas zu großes Hemd, Bruche, Strümpfe und Schuhe getauscht. Martin zupfte stolz an der ungewohnten Kleidung herum.

»In einigen Jahren wird der junge Mann den Mädchen die Köpfe verdrehen«, erklärte Grit schmunzelnd. Martin tat, als hätte er die schmeichelhafte Bemerkung nicht gehört.

»Wann werden wir losziehen, Frau Alina?«

Alina warf Heiner einen entschuldigenden Blick zu, doch er zuckte nur mit einem enttäuschten Ausdruck die Schultern. Dann wandte er sich ernst an Martin. »Ich erwarte, dass du mit deinem Leben für die Herrin einstehst!«

Welch eine übertrieben martialische Anordnung! Alina wollte verbessern, besann sich aber angesichts Martins Miene eines Besseren. Der Junge stand stolz und kerzengerade wie ein Soldat und gelobte ebenso ernst: »Ich verspreche es.«

Grit schloss sich ihnen bis zum Markt an, dann bog sie in die Krämergasse. Später wollten sie einander wieder treffen, um die Einkäufe gemeinsam heim zu tragen. Martin kannte sich in dem Gewirr der Gassen bestens aus, und Alina fand sich rasch vor dem langen Gebäude am Lindenplatz wieder. Fußspuren im Schnee verrieten, dass einige Menschen hier ein und aus gegangen waren.

»Warte bitte an der Ecke auf mich, Martin. Es wird nicht lange dauern«, bat Alina und klopfte an die Pforte. Eine kleine Frau öffnete. Sie hatte Ähnlichkeit mit ihrer Tochter. Wahrscheinlich war sie früher selbst einmal hübsch gewesen, doch der Kummer hatte tiefe Falten in ihr Gesicht gegraben. Misstrauisch sah sie Alina mit geröteten Augen an. »Ja?«

»Bitte verzeiht mein Erscheinen, aber ich wusste mir keinen anderen Rat in einer Angelegenheit, die mir am Herzen liegt. Mein Name ist Alina vom Hufenhof. Darf ich annehmen, dass Ihr Margaretes Mutter seid?«

»Frau Silja Bergk, ja. Ist meinem Kind etwas zugestoßen?«

»Nein, ich glaube nicht ...«

Silja Bergk riss die Augen weit auf, packte Alinas Ärmel und zerrte sie ins Haus. »Ihr glaubt? So redet doch! Kommt herein, schnell, die Treppe hinauf, folgt mir! Da sind wir ungestört.«

Die Frau sprach hastig, ließ kaum Luft zwischen den atemlos hervorgestoßenen Worten. Das Zimmer, in das Alina der Frau folgte, war pedantisch aufgeräumt und stand in einem seltsamen Kontrast zu seiner Bewohnerin, die eine gewisse Verwahrlosung erkennen ließ. Die Haare waren unordentlich aufgesteckt, die Haube war fleckig, und der Geruch alten Schweißes stach scharf in Alinas Nase. Frau Silja schien sich dessen nicht bewusst zu sein. Sie wies Alina einen Platz an, ließ sich ihr gegenüber nieder und fragte hastig: »Habt Ihr Kunde von meinem Kind? Geht es Margarete gut?«

»Als ich sie zuletzt sah, war sie bei bester Gesundheit.«

»Ihr seid ihre Freundin! Endlich hat sie jemanden. Gott sei gelobt! Sie hat so vieles durchmachen müssen. Eine Freundin ist ein Segen für mein Kind. Ich konnte ihr nicht beistehen, als ihr Gemahl in Gefangenschaft gehalten wurde, wie sehr hat sie da gebangt. Entschuldigt, dass ich so viel rede, aber ich habe sonst niemanden. Und Ihr, als Margaretes Freundin ...«

»Gerhard von Jülich war in Gefangenschaft?«, rief Alina aus. »Wie entsetzlich! Das habe ich nicht gewusst.«

»Es wurde nicht an die große Glocke gehängt. Es ging um einen schändlichen Erbschaftsstreit, die Vergabe von

Ländereien, zwischen meinem Schwiegersohn und seinem nichtswürdigen Vetter Reinhard, bei dem es zu Waffenge- plänkeln kam. Der Markgraf von Jülich wurde von einer Übermacht Söldnern mit Forken niedergestochen, lag ver- letzt auf dem Acker danieder. Reinhard ließ ihn in den Zwinger schaffen, um ihn mürbe zu machen. Besagte Län- dereien sollten auf Reinhard übertragen werden, der Sach- walter saß schon mit gespitzter Feder bereit. Reinhard, der Widerling, widmete sich den schönen Künsten, sang und dichtete, derweil sich Margarete die Augen aus dem Kopf weinte. Mein Lämmchen ersuchte den Herrn Reinhard beinahe täglich, beschwor ihn, flehte ihn an, kroch auf Knien vor ihm und erniedrigte sich, um ihren lieben Mann heimzuholen. Ach, sie hat ein so schweres Leben.«

Alina nickte. »Ja, so ist Margarete. Immer auf das Wohl anderer bedacht.«

»Ihr habt ihr unschuldiges Herz auch sogleich gesehen.« Frau Silja lächelte dankbar und tupfte ihre Tränen ab. »Ihr müsst selbst eine erlesene Seele haben. Dieser Bluthund Reinhard hat sich die Schwäche meines treuherzigen Kin- des zunutze gemacht, wie es nur ein ruchloser Mann ver- mag. Er hat sie ein ganzes Jahr lang hingehalten, bevor er seine Forderungen nach einem Lösegeld stellte. Mein Gatte ist selbstverständlich für die Summe aufgekom- men.«

»Wie ich Margarete kenne, wird sie selbst die schreck- lich gefahrenvolle Aufgabe übernommen haben, das Geld zu befördern.«

»Nichts hätte sie lieber getan, aber mein Mann entsandte ihr eine Botschaft und hieß sie daheimzubleiben. Dies sei nun wirklich keine Aufgabe für eine zarte Frau. Er über- ließ es Gerhard, einen vertrauenerweckenden Vasallen zu uns zu schicken, der das Säckel zu dem schäbigen Rein- hard brachte. Ich kannte den Mann nicht, aber ich betete darum, dass alles seine Richtigkeit hat. Ach, Gerhard kann ja trotz seines Unglückes gut reden, dass er einen begüterten Schwiegervater hat. Mein armes Kind, nun hat sie erkannt, dass Geld und Titel nicht alles sind, obwohl ich ja nie einem geglaubt hätte, der mir prophezeit hätte, dass meine gutbürgerliche Familie einem vornehmen Markgrafen gefällig sein darf. Allerdings hat mein Mütterlein auch nie annehmen wollen, dass ihre Tochter dem Domschatzmeister die Hand zur Ehe gereicht. Verzeiht, ich rede und rede, aber ich bin so froh, dass Ihr hier weilt.« Siljas Kulleraugen sahen Alina fragend an.

»Margarete hat versehentlich etwas an sich genommen, das mir gehört. Nun wird mir deutlich, welche Umstände sie daran hinderten, es mir bislang zurückzugeben.«

Silja schüttelte den Kopf. »Ach, wie dumm, wenn Ihr nur etwas früher gekommen wäret. Ihr habt sie knapp verpasst. Mein Kind hat alles Menschenmögliche auf sich genommen, um ihrem Vater für die Bereitstellung des Lösegeldes zu danken. Sie ist nicht so gedankenlos wie mein Schwiegersohn, der das als selbstverständlich hingenommen hat. Nun ist sie, auf Anraten meines Mannes, zurück zu ihrem Angetrauten nach Jülich gereist. Ich hätte das Kind gerne noch etwas hierbehalten. Sie sah so mager aus.«

Aus dem Erdgeschoß erklang ein Rumoren, welches die ohnehin nervöse Hausfrau in Aufregung versetzte. Sie sprang auf.

»Es war schön, mit Euch zu plaudern, aber Ihr müsst nun leider gehen. Gleich wird mein Mann heimkehren. Er … er hat es gerne ruhig, wenn er heimkommt.«

Frau Silja lag daran, dass Alina nicht gesehen wurde. Sie lotste Alina zur Hintertür hinaus und flüsterte ihr zu, wie sie sich zwischen den Gärten durchschlängeln konnte, um wieder auf den Hauptweg zu gelangen. Weit genug entfernt, dass selbst zufällige Passanten nicht vermuten würden, sie wäre Gast in besagtem Haus gewesen. Innerlich murrend hob Alina den Rock an, stiefelte über verschneite Beete, Disteln, Laubhaufen und überwand eine Mauer, hinter der ein zähnefletschender Hund an seiner Kette riss.

Es war nicht daran zu rütteln, dass Martin immer noch nahe dem Haus des Domschatzmeisters wartete und Alina sich gleich wieder an der Gassenseite einfinden musste. Doch zunächst verweilte sie unter dem schützenden Dach eines Schuppens.

Sie hatte allerhand Neuigkeiten erfahren, die ein zweites Überdenken lohnten. Frau Silja log nicht gezielt, um Alina auf einen falschen Weg zu führen. Dazu war ihr Geist zu schlicht.

Vielmehr belog sie sich selbst. Die alte Magd, die auch in Margarete vernarrt war, mochte ebenfalls in den Lobgesang einstimmen, aber nicht einmal diese beiden Stimmen klangen zusammen, schließlich hatte die Alte kundgemacht, der Hausherr habe seine Tochter gescholten. Und Margarete selbst hatte ihrer weltfremden Mutter den größten aller Bären aufgebunden. Weder war die geliebte Tochter eigens für ein Dankeschön aus Jülich angereist, noch war sie auf dem Weg dorthin zurück. Jedenfalls nicht, solange das Wetter so bliebe! Falls Margarete tatsächlich beabsichtigte, nach Jülich zurückzukehren, dann wohl nur, weil sich Markgraf Gerhard derzeit ganz sicher dort nicht aufhielt.

Wer weiß, vielleicht hatte sie sogar mit jenem Reinhard gemeinsam den Plan ausgeheckt, für Gerhard von Jülich Lösegeld einzufordern. Ihr waren derlei Schlechtigkeiten durchaus zuzutrauen. Und wie es schien, waren Margaretes Vater solche Gedanken ebenfalls in den Sinn gekommen, wenn er einen Fremden als Geldboten bevorzugte.

Einen Fremden? Es war denkbar, dass es sich dabei um Leon Dabrey handelte. Dann: kein Wort über Felix. Es gab nicht einen Grund, sich des Kindes zu schämen, doch wusste Frau Silja nicht, dass Margarete sie zur Großmutter gemacht hatte. Aber weshalb nicht? In Alina reifte ein Gedanke, den sie nur zu gerne auf der Stelle überprüft hätte. Es musste sich jemand finden lassen, der ihr weiterhelfen konnte!

Und wie passte der Diebstahl des Rings in diese krude Angelegenheit? Margarete stammte aus einem betuchten Elternhaus, ihre Mutter verehrte sie wie eine Göttin. Margarete brauchte gewiss nur mit den Wimpern zu klimpern, und schon wurden ihre Wünsche erfüllt, zumindest von ihrer Mutter. Der Vater schien aus anderem Holz zu sein, jedenfalls wollte er sie nicht mit offenen Armen aufnehmen.

In Gedanken vertieft, bog Alina um die Ecke des nächsten Holzhauses, stolperte über einen verschneiten Stein und fand sich im nächsten Moment in den kräftigen Armen eines dunkelgekleideten Mannes wieder, der einen Kopf größer war als sie.

»Verzeihung, der Herr, ich habe nicht auf den Weg geachtet.«

»Und auf den Mann auch nicht.«

Ausgerechnet!

Seine Haare waren eine Spur kürzer als Tags zuvor, kein Schatten eines Bartwuchses schimmerte auf seinen Wangen. Der Mann sah so frisch aus, als habe er in den Armen der himmlischen Heerscharen geruht. Seine Kleidung war augenscheinlich auf ihn zugeschnitten.

»Zufrieden?«

Alina war sich ihres Starrens nicht bewusst gewesen. Ärgerlich lenkte sie ihre Augen auf Martin, der sich, dreißig Schritte entfernt, mit einem anderen Knaben eine wilde Schneeballschlacht lieferte. Der Junge hatte sie noch nicht entdeckt.

»Ich versäumte, mich bei unserer ersten Begegnung vorzustellen, wie es die Höflichkeit verlangt. Leonhard Dabrey.«

Alina nickte und verschwieg, dass sie seinen Namen und den seines Begleiters längst kannte. Er sollte nicht auf den Gedanken kommen, dass sie sich für ihn interessierte. Überhaupt: es ging nur um den Ring. »Ich heiße Alina.«

»Wieso will es mir so scheinen, als sei es kein Zufall, dich ausgerechnet hier anzutreffen?«

Alina zuckte mit den Schultern und schenkte Leon einen eigensinnigen Blick. »Dieser Flecken Erde ist für mich genau so gut wie jeder andere.«

»Das nehme ich dir nicht ab. Verfolgst du meinen Herrn und mich?«

»Euch? Das wäre das Letzte auf der Welt, was mir in den Sinn käme.« Alina legte ihren größten Hochmut in diesen Satz. In ihren Ohren klang er sehr glaubhaft. »Ich habe Besseres zu tun, als mich mit Gewalttätigen abzugeben.«

Ihr Gegenüber sah sie mit leicht schief gelegtem Kopf an. Gleich darauf hielt er ihr auf ausgestreckter Hand ein kleines Häufchen Münzen entgegen. Alina wäre nicht Konrads Tochter, wenn sie Silber nicht auf Anhieb erkannte.

»Nimm es als Entschädigung für das rohe Betragen meines Herrn! Zahle einen wandernden Zimmermann damit, der die demolierten Möbel wieder richtet. Vielleicht bleibt noch genügend, der Bäuerin bei Gelegenheit etwas Hübsches zu kaufen.«

»Ja.« Alina nahm die Münzen, ohne sich zu zieren, aber auch ohne ein Wort des Dankes. Um sie sicher unterzubringen, trat sie zwei große Schritte beiseite, nestelte mit kälteklammen Fingern an ihrem Gürtel herum und achtete einen Augenblick nicht darauf, was um sie herum vorging.

Plötzliche Bewegungen, eine Drehung, leises Keuchen und ein Fluch kamen unerwartet und endeten ebenso rasch, wie sie begonnen hatten. Martin saß auf seinem Hosenboden, seine Hand umklammerte einen dünnen Stock. Leon stand über dem Knaben. Sein Gesicht war finster, seine Worte klangen leise.

»Ich hätte nicht wenig Lust, dich im nächsten Bach zu ersäufen«, zischte er dem Jungen zu.

Alina kam dem Jungen sofort zu Hilfe und legte ihm ihre Hände auf die Schultern. Über seinen Kopf hinweg entsandte sie einen wütenden Blick. »Lasst Martin in Frieden! Wenigstens ein wehrloses Kind anzugreifen sollte unter Eurer Würde sein, wenn Ihr schon vor Frauen keinen Respekt habt.«

»Martin? Ein christlicher Name? Akim, Mohammed oder Süleyman würde besser zu dem vermaledeiten Derwisch passen.«

»Sein Name lautet aber nun mal Martin, und er hatte nicht die Absicht, mich auszurauben, sondern den Auftrag, mich vor zwielichtigen Gestalten zu schützen.«

»Du rechnest damit, am helllichten Tag in einem angesehenen Viertel überfallen zu werden?«

»Ich würde es nicht ausschließen.«

Martin ließ den Stock sinken und maß Leon kühn. Dem Blick in die Augen hielt er stand, doch Alina berührte seine Schulter. »Martin, triff dich bitte am verabredeten Punkt mit Grit und hilf ihr, die Körbe zu tragen. Richte ihr aus, ich habe jemanden getroffen, mit dem ich etwas zu bereden habe. Wartet zu Hause auf mich.«

»Wer achtet nun auf dich?«, fragte der Junge ernst.

Leon neigte leicht den Kopf. »Das werde ich übernehmen.«

»Seid Ihr etwa ein Ritter?«, fragte Martin in einem aufmüpfigen Ton, der nicht zu der sonstigen Höflichkeit des Jungen passte.

»Ich habe die ritterlichen Tugenden erlernt.«

Martin machte sich nur widerwillig davon und auch nur, weil es Alinas ausdrücklicher Wunsch war. Er sah sich immer wieder um und winkte ihr, bevor er außer Sichtweite geriet.

»Er ist dir treu ergeben«, bemerkte Leon. »Liegen dir alle Männerherzen so geschwind zu Füßen?«

»Kaum dass ich aus den Wäldern komme, laufe ich ständig Gefahr, eines zu zertreten«, beendete Alina ein wenig brüsk das Thema, ehe es sich zu einem leichtfertigen Geplänkel vertiefte. Sie schritt forsch aus und sagte sachlich: »Mir dünkt, wir halten nach derselben Person Ausschau.«

Leon sah sie nachdenklich an, und Alina fiel auf, dass sie mit dieser Aussage den Boden für eine Vielzahl an Fragen bereitet hatte. Verdammt, aber vielleicht hatte Dabrey nicht genau hingehört.

»Das Gasthaus *Weißer Schwan* versteht sich vorzüglich auf Geselchtes vom Schwein, habe ich mir sagen lassen. Begleite mich dorthin!«

»Wird Euer gestrenger Herr nicht ungehalten, wenn Ihr ihn Eurer Gesellschaft beraubt?« Alina lächelte mokant.

Dabrey antwortete gelassen. »Er frönt Beglückungen, die ich ihm nicht zu verschaffen vermag: Er lässt sich im *Römerbrunnen* schröpfen.«

»Ich habe von derlei Behandlungen gehört.« Ein kleiner Schauder lief über Alinas Rücken. »Ist Euer Herr krank?«

»Das Heilverfahren soll wahre Wunder bewirken, wird behauptet. Mittels der Schröpfgefäße werden krankmachende Aufkeime und üble Dämonen aus dem niedergedrückten Leib gezogen und gebannt«, erklärte Dabrey, ohne Alinas Frage zu beantworten.

Der Schwanenwirt konnte nicht über Mangel an Kostgängern klagen. Obwohl es erst Mittagszeit war, gaben sich beileibe nicht alle der vornehmen Gäste nur mit Brot und

Bier zufrieden. Zahlreiche Schüsseln mit Schweinegeselch-
tem, Braten und Hühnchen mit unterschiedlichen Füllun-
gen standen auf den Tischen, davor saßen mehr oder minder Hungrige, unterhielten sich oder kauten mit glänzenden Mündern. Die Knechte und Mägde hatten reichlich zu
schleppen. Almosenempfänger kamen nicht hierher, um
ihre Scherflein in wärmende Speisen umzusetzen. Derzeit
war die Gaststube der Versammlungsort der Dinanter Gebildebäcker, die lautstark und von weiten Gesten begleitet
über die Brauchbarkeit der hiesigen Ausstechformen dis-
putierten.

Der Wirt kümmerte sich persönlich darum, Leon und
Alina einen ruhigen Platz zuzuteilen. Er katzbuckelte und
sah verständnisheischend zu dem Bäckertisch. »Alldieweil
machen sie so einen Radau, doch davon werden die Formen auch nicht glatter und die Muster wirklichkeitsnaher.
Und dem Bauch ist es ohnehin egal, der will nur das Gebäck. Freilich, das darf man ihnen nicht laut sagen, sonst
sind sie gekränkt. Dinanter halt.« Der Wirt ließ seine
Hand um den Kopf flattern, eine unhöfliche Geste.

Aber das war schon immer so gewesen. Sowohl in Aachen
als auch in Dinant wurden wertvolle Erze gefördert und verarbeitet, und wegen der so entstandenen Konkurrenz ließ
keiner ein gutes Haar an dem anderen.

Der Wortführer erkannte Alina, nickte freundlich und
sorgte nun für einen gemäßigten Ton. Leon gab die Bestel-
lung auf und begann eine unverfängliche Plauderei. Erst
als das Bier und die köstlich geräucherten Hühnerkeulen
in Specksoße auf dem Tisch standen, nahm er das Gespräch wieder auf. Leon sah nachdenklich drein, dann wich
seine ernste Miene einem erkennenden Lächeln.

»Was hat Margarete dich glauben gemacht, dass du ihr
aus den Wäldern nacheilst? Lass mich raten: Der Markgraf
sei ein brutaler Kerl, der personifizierte Zorn, der kolos-

salste Unhold auf Gottes Flur und sie eine sündlose, hilflose Maid? Ein malträtierter Engel? Dann lass dir gesagt sein, das Ehegespann passt besser zusammen, als es selbst wahrhaben will. Mein Herr ist unleugbar der Jähzorn in Person, sein cholerisches Gemüt will ich nicht schönreden. Und der vermeintliche Engel hat es faustdick hinter den hübschen Ohren. Solch ein Paar kann nur der gerechte Gott zusammenfügen. Geschaffen, sich gegenseitig die Hölle auf Erden zu bereiten.«

Im Stillen war auch Alina der Gedanke schon gekommen, aber sie zuckte nur mit den Schultern.

Leon sah Alina forschend an. »Begleitest du sie? In ihrem Zustand wäre das vorstellbar. Nein, das ist es nicht, das sehe ich dir an.«

Verflixt, warum nur las jeder so selbstverständlich ihre Gedanken! Alina blieb stumm, aber Leon senkte die Hähnchenkeule, an der er gerade genagt hatte, und begann plötzlich leise zu lachen.

»So ist das? Selbst darin hat Margarete gelogen? Sie hat ihren Mann glauben gemacht, sie trüge ihr Kind erst seit März, also das wären nun acht Monate, dabei hat sie es längst zur Welt gebracht. Dann muss man kein Prophet sein, um zu begreifen, dass sie das Kind auf dem Hufenhof gebar. Ist das so?«

»Mh.«

»Soll ich dort nach dem Kind suchen? Das würde mir wenig Mühe bereiten. Was ist es?«

Alina entschied, die Wahrheit zu sagen. »Ein Junge, den wir Felix genannt haben, doch ich bitte Euch inständig, lasst ihn dort, wo er ist. Vorläufig wenigstens. Der Säugling ist noch viel zu klein für eine solche Reise, und außerdem braucht er neben Wärme und Sauberkeit eine Amme, da er von seiner leiblichen Mutter verlassen wurde. Ich kann Euch nicht daran hindern, den Sohn Eures Markgrafen zu holen, doch wenn Ihr wollt, dass das Kind überlebt, wartet bis zum Frühjahr. Das gibt Euch zudem Zeit, eine andere Amme in Dienst zu nehmen.«

»Ist es eine von eurem Hof? Ich habe keine in Erinnerung, die dafür in Frage käme.«

»Nein. Frau Jutta ist eine freie Frau, die das Kind aus Barmherzigkeit nährt.«

»Verstehe. Deine Argumente klingen einleuchtend, und ich werde meinen Herrn noch ein wenig hinhalten. Nun aber verrate mir deinen Grund, die Markgräfin aufstöbern zu wollen.«

»Zusammen mit ihr ist mein Ring verschwunden, an dem mir sehr viel liegt. Margarete hatte sich vor der Zeit, die es dauert, drei Mariengebete zu beten, heimlich davongemacht, bevor Ihr auf dem Hufenhof eingetroffen seid. Da wusste ich noch nichts von dem Diebstahl. Doch etwas anderes: Ich habe gehört, Margaretes Vater sei ein betuchter Mann.«

»Du willst Geld als Ersatz von ihm fordern?«

»Nein. Ich will nur wissen, weshalb eine wohlhabende Frau stiehlt.«

»Diese Frage kann sie dir beantworten, wenn wir sie gefunden haben. Wie auch immer, solange die Straßen unpassierbar sind, können wir gemeinsam nach der Dame und dem Ring suchen. Hoffen wir, dass sie sich nicht längst von dem kostbaren Schmuck getrennt hat.«

»Ich habe nicht behauptet, dass der Ring wertvoll ist«, erklärte Alina ein wenig spitz.

Doch Leon winkte ab. »Er bedeutet ihr mehr als ihr eigenes Kind, aber nicht das allein bringt mich darauf. Margarete ist die Tochter des Prinzipalen, der, stellvertretend für den Oberschatzmeister, über den Domschatz und die Heiligtümer wacht: Büsten und Ketten, Reliquien, zeremonielle Gegenstände und edelsteinbesetzte Goldschreine. Fun-

145

kelnde Juwelen locken Jungfern an wie der Kerzenschein die Motten. Unser raublustiger Cherub begleitete ihren Vater von Kindesbeinen an in die unangreifbaren Gewölbekeller und hat gründlich gelernt, Edles von Tand zu unterscheiden. Wie solch ein hochkarätiges Stück allerdings in deine Hände gelangte, kümmert mich nicht. Das liegt vermutlich in deinem Interesse.«

Alinas Ohren brannten vor Empörung. Leon legte zwei Münzen neben die Schüssel, und der Wirt kam flinken Schrittes heran, um sich nach weiteren Wünschen zu erkundigen. Leon lehnte dankend ab und folgte Alina hinaus auf die Straße.

»Mit wem sollte ich mich bekannt machen, damit wir uns treffen und austauschen können? Deinem Herrn, deiner Herrin? Oder deiner Frauenwirtin oder wem auch immer?«

Alina schüttelte den Kopf. Wer hätte gedacht, dass sie ihre brennende Entgegnung so rasch loswerden würde. Sie lächelte kühl. »Ich bin keine Bauernmagd, falls Ihr darauf anspielt. Ich bin auch kein umherschweifendes Flittchen, sondern Gast einer angesehenen Familie und so ungebunden in meinen Entscheidungen, wie es einer tugendhaften Frau zu Gesicht steht. Es wäre mir unangenehm, Euch dort vorstellen zu müssen, belassen wir es dabei. Meinen Ring, den ich im Übrigen nicht entwendet habe, werde ich lieber ohne Eure Hilfe suchen. Auch wenn Ihr, Leonhard Dabrey, einen höheren Rang als ich bekleidet, so seid Ihr dem Markgrafen unterstellt. Vermutlich entstammt Ihr selbst verarmtem Niederadel. Folglich wäre Eure Herkunft keine besondere. Und Euer Betragen ist ohnehin nichts, worauf Ihr stolz sein könnt.«

Ihre Erwiderung hatte auf Leon die Wirkung, als hätte man ihn mit eisigem Wasser übergossen.

Es ließ sich nicht leugnen, Alina spürte eine Woge ergötzlicher Genugtuung, eine kleine Rache für sein einseitiges und geringschätziges Duzen.

Erst wesentlich später, beim Rupfen der Hühner, ärgerte sich Alina darüber, dass sie vergessen hatte, Dabrey nach der Gefangenschaft seines Herrn zu fragen, auch wenn es nur ein unbestimmtes Gefühl war, dass dies ein wichtiger Punkt war.

Kapitel 13

Der Sonntag begann mit heftigem Schneefall. Dennoch ließ sich kaum jemand davon abhalten, für sein Seelenheil zu beten. Die Lesung der Andacht in Sankt Foillan, einer alten Kirche, die zunehmend in den Schatten der stetig wachsenden Kathedrale geriet, war gut besucht. Der hoheitsvolle Dom stand zwar jedermann offen, doch ein unsichtbarer Dünkel hemmte nicht nur die Armen, sondern auch die Handwerker und ihre Familien, das neue Gotteshaus zu betreten.

Man blieb lieber unter sich. Die Vermögenden wohnten dem lateinischen Hochamt unter dem goldenen Barbarossaleuchter im Dom bei. Die Genügsameren suchten die Messe in der einzigen Pfarrkirche im muttersprachlichen Raum auf, die dem iro-schottischen Märtyrerbischof aus dem siebten Jahrhundert geweiht war. Hier standen Männer und Frauen durch den Mittelgang getrennt, um einander nicht von Gottes Wort abzulenken. Der Gedanke, der hinter dieser Verfügung steckte, mochte ersichtlich sein, allein bei der Umsetzung haperte es. Verdächtig oft juckte den Jungfern die linke Gesichtshälfte, so dass sie taktvoll den Kopf wandten, um sich zu kratzen. Und dabei nach rechts linsten, wo die jungen Burschen standen, die nicht weniger schöpferisch waren, um einen Blick zu erheischen.

Auch Alina, die neben Grit im hinteren Kirchenschiff stand, hielt heimlich Ausschau. Es war natürlich dumm, nach Leon zu äugen, trotzdem reckte sie sich auf die Zehenspitzen, als der Prediger einen Moment abgelenkt war. Der Herr von Jülich und Dabrey befanden sich aller Wahrscheinlichkeit nach bei ihresgleichen im hohen Dom zu Aachen.

Was man von der Gattin des Domschatzmeisters Bergk ebenfalls vermuten würde. Doch stand sie keine zehn Schritte vor Alina, zusammen mit der alten Magd, beide den Kopf zur Kanzel erhoben, in mehr oder weniger inbrünstiges Gebet vertieft. Die restliche Predigt floss an Alina vorbei. Sie ließ Frau Silja nicht mehr aus den Augen, und als die Gläubigen nach dem Segen zum Sonntag entlassen wurden, ließ sich Alina zurückfallen, bis sie dem moosgrünen Schultertuch unbemerkt folgen konnte.

An der Pforte herrsche großes Gedränge, sogar mit Ellenbogen wurde gestoßen, und grobschlächtige Wörter entschlüpften einigen vorher fromm murmelnden Lippen.

Dann passierte es.

Von der Seite, direkt aus dem Beichtstuhl, huschte eine zarte Gestalt an Frau Siljas Seite. Es war Margarete. Frau Silja nahm mit einer raschen Bewegung das Schultertuch ab und steckte es ihrer Tochter zu. Sie wechselten zwei, drei Sätze, erreichten das Portal, dann strebte Margarete in höchster Eile und wenig zimperlich davon. Es war Alina unmöglich, ihr zu folgen, sosehr sie sich auch bemühte. Das Portal, ein hemmendes Nadelöhr, war nicht im Laufschritt zu passieren. Immerhin wurde ihre Vermutung zur Gewissheit: Sie suchte in der richtigen Stadt.

Der Tag des Herrn war zum Müßiggang bestimmt, dieses Gesetz galt auch für die Dienerschaft, solange sie nicht gebraucht wurde. Grit war werktags immer als Erste auf den Beinen und meist die Letzte, die schlafen ging. Nun schlenderte sie geradewegs zu ihrem Strohsack, der durch einen Vorhang von der Kochecke abgeteilt war, und legte sich nieder. Hinter dem Behang waren bald darauf gleichmäßig kratzige Atemgeräusche zu vernehmen.

Alina fuhr mit den Vorbereitungen zum Abendessen fort. Sie war nicht müde, und das Kochen mit ungewohnten Gewürzen, wie sie in Sigmunds Küche zu finden waren, bereitete ihr Freude. Außerdem – aber das würde sie niemals laut sagen – war Grit eine wenig einfallsreiche Köchin, die lieber auf Althergebrachtes zurückgriff. Ihr Gebäck hingegen war vortrefflich.

Der Weißkohl war schließlich gehaspelt, Pastinaken, Zwiebeln und Speck fein gewürfelt. Schmalz stand, in ein Steinguttöpfchen gestrichen, bereit, und von dem Salzblöckchen hatte Alina einen Teil in den Mörser gegeben und sandfein gerieben. Sie trocknete ihre Hände an einem Tuch, als Sigmund um die Tür spähte. Seine Augen leuchteten auf, als er Alina erblickte.

»Hast du Muße, einem alten Mann Gesellschaft zu leisten?«

»Freilich, gerne. Ich werde die Speisen zuvor noch in die kalte Kammer tragen.«

Sigmunds Lieblingsplatz war ein hoher Lehnstuhl, unweit des Feuers. Alina ließ sich auf der Bank nieder und reichte ihm eine Decke, die er über seine Knie breitete. Der Hausherr faltete die Hände über dem runden Bäuchlein und blinzelte Alina neugierig an. »Hast du etwas herausfinden können?«

»Nicht viel, Sigmund. Außer, dass Margarete noch in der Stadt ist.«

»Da wird sie wohl auch noch eine Weile bleiben. Heiner hat am Tor erfahren, dass die Wege teilweise beinahe mannshoch verweht sind. Nun bin ich schon so alt und kann mich an keinen so plötzlich hereingebrochenen und derart heftigen Winter erinnern, der diesem gleichkäme.«

»Ich habe dafür gebetet, dass es den Hufenfrauen gutgeht. Wenigstens war es um die Vorräte gut bestellt. Da ist noch etwas anderes, was mich beschäftigt. Weißt du, wie Vater in den Besitz des Ringes kam? Ich kann mich nicht daran erinnern, ihn vor Vaters Tod gesehen zu haben.«

Der alte Trossführer fuhr sich durch den Bart, eine nachdenkliche Geste, die Alina schon mehrfach aufgefallen war.

»Das war eine ungewöhnliche Geschichte, denn der Ring stammte aus Aachen, bekommen hat dein Vater ihn aber von Hergen.«

»Unserem Hergen?«

»Dem Wirt des *Kapaun*, ja. Besagter Ring war das Pfand eines Wanderarbeiters, eines bitterarmen Kerls, der in Aachen gearbeitet hatte und aus irgendeinem Grund eiligst heimmusste. Seine Familie lebte in einem Ardennendorf, keine Ahnung, wie es hieß. Der Schüttelfrost hatte den Mann so hart gepackt, dass seine Zähne aufeinanderklapperten. Es ging ihm schlecht. Er brauchte dringend einen Schlafplatz und warmes Essen. Er bot Hergen den Ring, versprach, er würde ihn gegen Rückzahlung des Gegenwertes von Bett und Brot wieder abholen. Du kennst Hergen, der würde sich kein derartig gewinnbringendes Geschäft entgehen lassen. Er nahm den Schmuck und wies dem Unglücklichen eine Decke und einen Platz am Tisch zu.«

»Kam es Hergen nicht seltsam vor, dass ein solcher Ring gegen eine derart geringe Gegenleistung in seiner Hand landete?«

»An diesem Abend hielt sich eine Gruppe streitbarer Söldner im Gasthaus auf. Da fragt man tunlichst gar nichts, und etwa zu dem Zeitpunkt sind wir vor dem Gasthaus eingetroffen. Wir begleiteten eine kleine Gruppe Flamen, die auf dem Weg zu einer Trauung waren. Frauen und Kinder waren dabei, und niemand wollte sich auf Streit einlassen. Heiner und dir haben wir damals eingeschärft, beim Wagen zu bleiben. Konrad und ich beschlossen, uns die Krakeeler

151

näher anzuschauen, zum einen, um festzustellen, ob Hergen Beistand benötigte, und zum anderen, um auszuloten, ob wir Wachen für den Tross würden aufstellen müssen. Das Glück des Wanderarbeiters war sein Fieber, denn keiner der zänkischen Lohnkrieger wollte ihm nahe sein, und irgendwann im Laufe des Rausches vergaßen sie ihn. Am nächsten Morgen war der Wanderarbeiter fort, und die Söldner stritten sich erbittert, denn einer von ihnen behauptete, bestohlen worden zu sein.«

»Von dem Wanderarbeiter?«

»Nein. Der Söldner suchte seinen Lohn, den er am Vorabend versoffen hatte. Er gebärdete sich wild, drohte Hergen mit den Bütteln, und der bekam es angesichts der ungestümen Horde mit der Angst zu tun. Wäre der Schmuck bei Hergen gefunden worden ... Nun ja, es gab einige Jahre zuvor etwas, an das besser nicht gerührt werden sollte. Hergen steckte Konrad das gepolsterte Beutelchen mit dem Ring zu, mit der Bitte, es zu verstecken. Dein Vater – es wird dir nicht neu sein, wenn ich ihn ein Schlitzohr nenne – band es dir um den Hals.«

»Daran kann ich mich erinnern!« Alina lächelte versonnen und betrachtete das Gedankenbild, welches sie längst verloren glaubte. Sie sah sich selbst als kleines Mädchen, mit offenem Haar, langem Hemd und neugierigem Blick, wie sie vor ihrem Vater stand, der ihr groß und beschützend wie ein Fels erschien. Er beugte sich zu ihr hinunter und flüsterte ihr etwas zu, was nur für ihre Ohren bestimmt war.

Etwas Besonderes!

Und sie solle nicht einmal Heiner davon erzählen! So geheim sei der Beutel.

»Ich dürfe den Beutel nicht öffnen, denn eine kleine Elfe sitze darin und bewahre mich vor Unglück. Er hat mir haarklein beschrieben, wo er sie gefunden hatte, wie sie

152

aussah und was für ein Kleidchen sie trug. Jede Frage hatte er beantwortet, damit mich nicht die Neugierde übermannte und ich nachsehen musste und somit die Fee der Welt der Menschen aussetzen würde. Als Vater dann wenig später bei dem Unglück starb, glaubte ich erst recht daran, denn mir war mein Leben geblieben und das, was ich am Leib trug.«

Sigmund nickte und seufzte schwermütig. »Ja, du hast mir damals so leidgetan. Konrad verstand es wie kein Zweiter, Geschichten zu erzählen, vielleicht hat ihn der Herr deshalb so früh zu sich berufen.«

Nach einem Räuspern kehrte Sigmund in die Vergangenheit zurück. »Der Soldat hatte sich immer noch nicht beruhigt, und andere schlossen sich seiner Meinung an, dass Hergen sie betrogen habe. Dieser wiederum sammelte den Hufschmied, dessen Gesellen, die Knechte und sonstiges Gelichter um sich. Es war unsere Aufgabe, die uns Anvertrauten vor Schaden zu bewahren. Mittags zogen wir weiter, ohne uns in die Auseinandersetzung einzumischen. Es war jemand aus unserem Handelszug, der den ausgezehrten Wanderarbeiter am Wegesrand liegend fand. Für ihn kam jede Hoffnung zu spät. Obwohl es schönster Sommer war, hatte ihn eine verschleppte Erkältung dahingerafft. Wir haben kein Aufhebens darum gemacht, denn es hätte nur unnötige Unruhe eingebracht. Zwei der Hochzeitsfahrer haben ihn in aller Eile bestattet und uns wieder eingeholt.«

»Hergen hat mich nie nach dem Ring gefragt. Genau genommen hatte er doch Anrecht auf den Schmuck.«

»Er weiß nicht, dass du ihn hast, und wenn du mich fragst, hat er auch keinen Anspruch darauf.«

«Da ist ja auch noch die Familie des Wanderarbeiters. Ihr gebührt der Schatz.«

»Alina, lass dir eines gesagt sein: Manchmal ist es sinn-

153

voller, schlafende Hunde ruhen zu lassen. Niemand kannte seinen Namen und seine Herkunft. Ebenso nahm der Wanderarbeiter das Geheimnis mit in sein Grab, woher er das Schmuckstück hatte.«

Damit mochte der Ältere recht haben. Gedankenverloren griff Alina nach dem neuen Band, welches sie anstelle des verlorenen um den Hals trug. »Ich habe oft nachgedacht, woher der Ring wohl stamme, welchen Menschen er gehörte, und du hast ein wenig Licht in das Dunkel gebracht. In Aachen wurden bereits unzählige Häupter hochwohlgeborener Herren gekrönt. Ob der Ring einst einem Edlen gebührte?«

»Unzählig? Es waren siebzehn Häupter, und es ist möglich, dass du recht hast. Dein Gedankenflug ist außerordentlich interessant.«

»Sigmund, mit wem disputierst du über die Stadtgeschichte? Wer trägt sie dir zu? Heiner erwähnte, dass du eine Quelle hast, die du ihm nicht zugänglich machst.«

Schelmisch verzog Sigmund das Gesicht. Er sah hinüber in die Küche, aber Grit schnarchte tief und fest hinter ihrem Vorhang. Trotzdem senkte er seine Stimme. »Du tust gut daran, danach zu fragen. Ich werde dich meinem altbewährten Intimus empfehlen, wenn du versprichst, Heiner gegenüber diese Vergünstigung nicht zu erwähnen. Der Junge muss nicht alles vorgesagt bekommen, er soll seine eigenen Erkenntnisse sammeln! Lukas Bergk lautet der Name meines Freundes. Er ist ein sehr verständiger, ernsthafter Mann. Manchmal ein wenig zu ernst.«

»Bergk? Welchem Beruf geht er nach?« Alina ahnte es, doch sie wollte es hören.

»Er ist Domschatzmeister«, bestätigte Sigmund ihre Vermutung. »Wir kennen uns seit mehr als zwei Jahrzehnten. Was ist los, warum bist du aufgesprungen?«

Aufgeregt ging Alina einige Schritte auf und ab, setzte

sich wieder und strich die Falten ihres Rockes glatt. »Die Tochter des Herrn Bergk ist diejenige, die mir den Ring gestohlen hat! Margarete von Jülich, geborene Bergk.«

Was Alina bestürzte, versetzte den alten Trossbegleiter zunächst in frohgemutes Erstaunen. Er schlug sich gegen die Stirn. »Ich dachte, Lukas' Tochter sei ein kleines Mädchen, kaum den Wickeltüchern entwachsen. Da siehst du, wie die Zeit vergeht! Na, ist ja auch nicht bedeutungsvoll, wenn man sich lediglich anständig über die Stadtgeschichte unterhalten will. Deswegen haben wir so gerne miteinander zu tun, weil da die schnöden Ungelegenheiten vor der Tür bleiben. Männergespräche eben, ohne weibische Schnörkelei, wenn du mir diesen Ausdruck verzeihst.«

»Ich weiß, wo Herr Bergk wohnt, und würde ihn dort aber ungern aufsuchen.« Alina dachte mit Abneigung an das Haus und die versponnenen Frauen.

»Das ist in meinem Sinne. Wenn ich dich ihm empfehle, solltest du in meinen Fußstapfen gehen. Du erreichst ihn in seiner Schatzkaverne, wie er seine Werkstatt zu nennen pflegt. Der Eingang ist nahe dem Klosterplatz. Dort treffen wir zusammen.«

»In der Sichtweite des öffentlichen Brotofens?«

»Genau. In der Mauer gegenüber ist eine Pforte, da musst du anklopfen. Nenne meinen Namen, und das Losungswort werde ich dir auch noch geben.« Sigmund gähnte, reckte sich, schob die Decke beiseite und stützte sich auf den Stock. »Ich sollte mich noch ein wenig hinlegen, ehe die Gäste eintreffen.«

Der Tisch sah ein wenig wüst aus, Münder und Finger glänzten, und satte Zufriedenheit machte sich breit. Grits und Alinas Mahl war gut aufgenommen worden, obgleich viele Schalen mit Brot ausgewischt waren, gab es doch noch üppige Reste. Die Frauen räumten das Geschirr zusammen und ließen es in einem Bottich einweichen, die Männer kümmerten sich unterdessen ums Feuer und ausreichende Beleuchtung. Martin war die Aufgabe zuteil geworden, runde Honigküchlein aufzutragen.

»Wenn ich Neidhard davon berichte«, Gaston rieb sich den gewölbten Bauch und seufzte genießerisch, derweil er sein Tischmesser an seinem Wams abwischte, »wird er seiner ersten Namenssilbe gerecht. Was muss sich der arme Kerl auch den Magen verderben! Man kann ihn schon bedauern. Magd Grit, du gehörst ebenso wie die Jungfer Alina in den Köchinnenhimmel gelobet, lasst es euch von einem gesagt sein, dessen Gaumen erfahren ist.«

»Danke.« Grit lächelte erfreut, und Heiner, der bisher noch nicht viel zu der Unterhaltung beigetragen hatte, füllte schwungvoll erneut die Becher, bevor er sprach. »Habt ihr die Vögel gesehen? Sie sammeln sich zu riesigen Schwärmen und ziehen gen Süden. Rabenkälte wird kommen und die Wölfe aus den Wäldern in die Gärten treiben, wo sie alles reißen, wohinein sie ihre Zähne schlagen können.«

Nach dieser finsteren Vorhersage, die überhaupt nicht zu seinem ansonsten frohen Gemüt passte, stürzte Heiner den Wein hinunter. Alina sah ihn befremdet an, Sigmund schüttelte leicht den Kopf.

»Der Schnee liegt so hoch, dass Katzen bis zu den Schnurrhaaren darin verschwinden würden. Und draußen vor den Mauern wird es noch schlimmer sein. Da heult der Wind über die Straßen und schiebt die Flocken zu mannshohen Wehen zusammen – du hast es mit eigenen Ohren gehört. Das ist keine Zeit für Wölfe.«

»Noch nicht, aber sie wird bald kommen, draußen in den Wäldern. Ich werde vorher noch einen kleinen Tross Dinanter Gebildebäcker führen, die es sich ordentlich etwas kosten lassen, mit heiler Haut heimzukommen. Die

Torwächter wollen niemanden rauslassen, aber mich können sie nicht aufhalten.« Heiner stieß geräuschvoll auf und langte erneut nach dem Weinkrug, den Grit ihm zuvorkommend zureichte. Gereiztheit ging von ihm aus. Alina legte Sigmund, der etwas erwidern wollte, beschwichtigend die Hand auf seinen Arm. Heiners Plan war leicht zu durchschauen.

»Auf dem Weg nach Dinant kommst du am Hufenhof vorbei. Du willst Jutta besuchen!«, meinte Alina.

»Was nutzt das Besuchen? Sie gehört hierher, hier in unsere Mitte, an diesen Tisch, nicht in die Wildnis. Hier gibt es einen Doktor, es gibt Apotheken, und hier ist sie sicher vor Schurken wie deinem Steigbügelhalter. Mit dem bist du ja auf gutem Fuß, was? Habe euch heute zusammen gesehen ...«

Was der Nüchterne denkt, spricht der Bezechte aus, dachte Alina und ballte trotzdem eine Faust. Heiner war auf bestem Weg, mit seinem trunkenen Gerede die gute Laune zu zerstören.

Gaston, mit dem feinen Gespür für die Stimmung seiner Mitmenschen, klatschte in die Hände, erhob sich, breitete die Arme aus und gewann dadurch die Aufmerksamkeit aller. Die Flammen des Kaminfeuers warfen wilde Schatten auf die verharrenden Menschen. Das Feuerholz fiel knarrend in sich zusammen.

»Ich bin ein armer Erzähler, der euch das opulente Mahl nur mit einer nahrhaften Kost für die Ohren zu vergelten vermag. Mag diese Speise euch laben und erquicken, den Geist erheitern und den Horizont erweitern. Wählet weise, was wollet ihr euch gönnen? Die vergessene Geschichte von der verzehrenden Hinneigung Kaiser Karls zu seiner Gattin Fastrada, für den unglücklichen jungen Mann hier, der Seite an Seite mit mir sitzt? Macht es euch neugieriger, wie wohl die gefahrvolle Geschichte von dem

Ritter mit dem Schwan passierte, die man sich hinter vorgehaltener Hand in Paris erzählt? Oder wollt ihr den kühnen Erlebnissen einer frommen Jungfer von Reims lauschen, welche dem kaltherzigen Mordbuben mit seiner eigenen List beikam?«

»Paris!« Grit entschied spontan, und Sigmund pflichtete ihr bei: »Ja, von dem Ritter, wenn die Magd davon hören will. Wir sind auf Aachener Grund, da sind Geschichten von jenseits der Mauern unterhaltsamer.«

Grit warf ihrem Brotgeber einen dankbaren Blick zu, den dieser mit einem breiten Lächeln quittierte. Gaston band einen handtellergroßen Schellenreifen von seinem Gurt los und schlug eine eingängige Melodie an.

Alina, die für die geheime Geschichte der Kaiserin gestimmt hätte, lehnte sich behaglich zurück und krempelte die Ärmel hinunter. Gänzlich unrecht hatte Heiner nicht, irgendwann würden die Wölfe enger um die einsamen Höfe streichen, aber nie hatte Alina erlebt, dass sie den Menschen nahe rückten. Im Gegenteil, sie fürchteten bereits den Schatten eines Menschen und mehr noch seinen Geruch. Auf das Vieh musste man freilich ein Augenmerk haben, wenn man es zum Ausmisten aus dem Stall ließ und auf die verschneite Weide schickte.

War Heiner ein Hasenherz, was Jutta anging? Oder bestimmte auch Selbstsucht sein Gebaren?

Außerdem ärgerte es Alina, dass Grit so rasch mit dem Krug dabei war, wenn Heiners Becher geleert war. Er trank mehr, als ihm guttat.

Eine kurze Unterbrechung gab es noch, als Sigmunds Nachbarn herüberkamen. Gaston freute sich sichtlich, vor einem größeren Publikum erzählen zu können, und es geriet nicht zu seinem Nachteil.

Die Geschichte, gespickt mit weiten Bogen, erzählerischen Schleifen und teils deftigen Doppelsinnigkeiten, fesselte seine Zuhörer. Besonders Grit litt mit der Heldin und seufzte, kicherte und jauchzte.

Der Hausherr hatte an ihrer Natur einen Hauch mehr Freude als an Gastons Erzählung. Versteckt reichten sie einander die Hände, und Alina freute sich über das späte Glück der beiden Älteren.

Gaston erzählte soeben vorgebeugt und mit verhaltener Stimme, wie die verzauberten Kinder in seiner Geschichte die Flügel spreizten und aufflogen, als sich im beinahe unbeleuchteten, hinteren Teil der Küche etwas rührte. Unauffällig, um die anderen so wenig wie möglich zu stören, erhob sich Alina, um dem leisen Planschen auf den Grund zu gehen.

Sie erwischte Martin am Ohr, der beide Hände in die Salzlake gesteckt hatte, in der die Rotaugen so lange lagerten, bis Grit an die Reihe kam, den öffentlichen Räucherofen nutzen zu dürfen.

Zu Martins Füßen lag eine schäbige Pilgertasche, aus der ein gebratenes Hühnerbein stakte, an dem noch viel Fleisch hing. Einige gekochte Eier kullerten hinter einem Ziegenkäse heraus. Martin sank zu einem kläglichen Bündel zusammen. Alina wandte den Kopf, niemand schenkte ihnen Beachtung. Sicherheitshalber behielt sie ihren Flüsterton bei, zog Martin aber hinter sich her.

»Menschenskind, Martin, was soll das?«

»Ich, ich …«

»Bist du nicht satt geworden?«

»Doch.«

»Ich habe dich gerade beim Stehlen ertappt, in einem Haus, in dem dir nur Gutes widerfuhr.«

Martin duckte sich, als erwarte er Schläge, mit den Händen schützte er seine Ohren. Der Junge redete schnell. »Genau das ist der Grund! Bitte nicht schimpfen! Ich habe einen Freund im Armenhaus, er hätte auch Besseres verdient. Er war immer gut zu mir, und man muss doch für alles im Leben bezahlen.«

»Mit Diebesgut?« Alina lenkte angesichts seines erbarmungswürdigen Blickes ein und brachte keine weitere Schelte über ihre Lippen. Sie ging zur Eingangstür und winkte Martin zu, er möge an ihre Seite huschen. Einen Arm um die Schultern des Knaben gelegt, löste sie den Riegel. Sofort, als sie die Tür auch nur einen Spalt öffnete, wirbelten Tausende Flocken herein, und Martin, der nur ein langes Hemd und Heiners abgelegte Beinkleidung trug, wich vor der schneidenden Kälte zurück.

»Was immer dir vorschwebt, die Tat wird ohnehin bis zum hellen Tage warten müssen. Mir wäre es lieber, ich würde dich begleiten, einverstanden? Hänge den Beutel nahe dem zugigen Fensterladen, dann verderben Huhn und Käse nicht. Und nun lass uns hören, welchen Ausgang die spannende Geschichte nimmt.«

»Wirst du dem Herrn davon erzählen?«

»Nicht, wenn du ihm selbst berichtest und um Erlaubnis bittest, die Almosen zu vergeben.«

Martin zögerte, dann nickte er rasch. »Ehrenwort.«

Kapitel 14

Die Bediensteten des *Römerbrunnen* waren längst zu Bett gegangen, nur ein Glatzkopf wachte brummig an der Pforte, beklagte den Tag und dessen Unbilden, doch war es Leon willkommen, dass ihm mit heißem Met aufgewartet wurde. Sein Umhang trocknete dampfend, und die nassen Beinkleider klebten unangenehm auf seiner Haut. Als ob der Himmel den gesamten Schnee des Winters in einer einzigen Nacht entsendete! Er nippte, den Becher mit beiden Händen umschlossen, und fühlte, wie die Flüssigkeit ihn wärmte. Der Glatzkopf half ihm, die Stiefel abzustreifen, dann entließ Leon ihn aus dem nächtlichen Dienst. Es gab so vieles, über das er in Ruhe nachdenken wollte. Doch dazu sollte es nicht kommen. Ein blonder Kopf blinzelte um die Ecke. Gerhard durchschritt den Raum und zog sich geräuschvoll einen Schemel heran.

»Ah, dacht' ich's mir, dass du es dir gut gehen lässt. Ich finde keinen Schlaf, so dringend warte ich auf deine Nachricht.« Er sah Leon aus geröteten Augen ungeduldig an, verströmte den Geruch starken Biers und spie in das verlöschende Feuer. »Nie wieder werde ich die Kaschemme am Südtor betreten. Pfui Deibel! Der Wirt hat seine Gäste ordentlich abgefüllt, aber im letzten Bierfass müssen tote Ratten gewesen sein. Jedenfalls ist mir kotzübel. Erzähl mir etwas, was mich ablenkt. Was hast du herausgefunden? Wo kommst du überhaupt her? Das Completorium ist schon längst gehalten.« Gerhard nahm Leons Becher und leerte ihn bis zur Neige.

»Ich wartete an der Pforte der besagten Kirche. Du hast richtig vermutet, Margarete besuchte die Andacht.«

»Die liebe Gewohnheit! Wie ich meine Holde kenne, hat sie ihrer einfältigen Mutter ein Rührstück vorgetragen, und Silja wird alles unternehmen, um ihr zu helfen. Nichtsdestoweniger wird mein strenger Schwiegervater da den Daumen drauflegen. Hm, vor dem Raffsack habe ich sogar so etwas wie Achtung. Der wird nicht zulassen, dass sie ihre Füße unter seinen Tisch stellt.« Gerhard hob eine Augenbraue und sah sich betont genau in dem verlassenen Schankraum um. »Wo ist sie nun? Ich kann mein Weib nicht sehen.«

»Weil sie nicht hier ist.«

»Du hast sie entwischen lassen? Eine hochschwangere Frau? Das darf doch nicht wahr sein!«

»Sie hat mich an der Nase herumgeführt. Im Gegensatz zu mir kennt sie die Gassen und Schlupfwinkel und entkam inmitten einer Gruppe Zisterzienserinnen, dort, wo die Korbmacher zu finden sind.«

Gerhards Gesicht nahm eine hässliche Farbe an. »Und nun? Willst du warten, bis sie an dir vorbeispaziert? Wenn man nicht alles selbst macht! Wir könnten längst auf dem Weg nach Jülich sein! Und so einem Unfähigen übertrage ich Verantwortung, ich Narr!« Gerhard ballte die Faust und hieb mit aller Kraft auf den Tisch.

Leon maß ihn beherrscht. »Hast du vergessen, wer *ich* bin? Wer *mein* Herr ist? *Wem* ich mich verpflichtet habe?«

Gerhards Hand entkrampfte sich, und er wischte über seine Nase. »Schon gut.«

Die Tür zu den Gästekammern öffnete sich. Eine üppige Brünette mit weit ausgeschnittenem Hemd steckte ihren zerzausten Kopf in den Schankraum, sah, dass Gerhard nicht allein war, und verschwand stillschweigend.

»Sie gibt sich Mühe, behauptet, sie hätte noch jeden

Mast aufgerichtet.« Zu oft hatte sich Gerhard schon solchen Versprechungen ergeben, nur um am nächsten Morgen bitter vor Enttäuschung der Wahrheit ins Gesicht zu sehen. Es lohnte nicht, das Thema zu vertiefen, nicht, wenn der Markgraf getrunken hatte.

Leon sah Gerhard regungslos an. »Wir sind nicht die einzigen, die nach deinem Weib suchen. Eine junge Frau ist ihr auf den Fersen, behauptet, Margarete hätte sie bestohlen. Ich glaube ihr und werde mich wiederum an ihre Sohlen heften. Nur eine Frau versteht es, den verschlungenen Gedanken einer anderen zu folgen.«

Gerhard lachte rau. »Die Markgräfin von Jülich – nun auch eine Diebin! Sie ist tief gesunken, meine Angetraute. Trotzdem gäbe ich etwas darum, sie zu finden. Morgen kann ich dir nicht bei der Suche beistehen. Ich habe mich nach einem Rosshändler erkundigt. Der Bader konnte mir einen Mann benennen, der gute Preise macht, wenn man keine Fragen stellt. Allerdings heißt es, er wende bei Fremden Täuschertricks an, die eine alte Mähre wie ein scheinbar feuriges Ross erscheinen lassen. Mein Segen, dass ich mit allen Wassern gewaschen bin.« Gerhard setzte den Krug an die Lippen, knallte ihn auf den Tisch und wischte sich über den Mund. Dann erhob er sich schwankend und ging unsicheren Schrittes auf die Tür zu. Anklagend drehte er sich herum.

»Mir kommt es vor, als sei ich nur noch von Lug und Trug umgeben. Nur auf die Münzen kann ich mich verlassen, sie halten ihre Versprechen. Mir ist es egal, wenn eine Hure morgen bei einem anderen liegt und übermorgen beim Nächsten, ich zahle, und sie gibt mir ihre Gunst. Doch mein eigen Weib räkelte sich unter meinem besten Gefährten, nicht wahr, Leon, das wissen wir beide?«

Leon blieb noch eine Weile an dem Tisch sitzen und starrte auf die glimmenden Kohlen. Ohne etwas zu bemänteln: Gerhard hatte recht. Leon verschränkte die erhobenen Arme hinter seinem Kopf und blieb lange in dieser Haltung sitzen. Es war nun still im ganzen Haus, und sein Flüstern war leiser als das Knistern der Glut.

»Und sie trägt den kleinen Bastard nicht mehr, Gerhard. Das wirst du auch noch verkraften müssen. Du hast mein Mitgefühl. Auch wenn es dir nichts wert ist.«

Kapitel 15

In gnadenloser Frühe wurde Alina an der Schulter gerüttelt. Grummelnd drehte sie sich herum, zog die Decke bis über beide Ohren, doch so entkam sie dem fröhlichen Wecker nicht. Martins helle Stimme verkündete leise: »Alina, du hast es versprochen! Ich habe sogar allein die Tür vom Schnee frei gebuddelt.«

»Es ist noch dunkel.«

»Im Osten ist es schon ein bisschen hell.«

»Herrje, deine kalten Finger spüre ich sogar durch mein Schultertuch hindurch.« Alina setzte sich aufrecht und wischte ihre Haare aus dem Gesicht.

Martin, Wangen und Nase rot wie der Purpur des Kaisers, strahlte sie frohgemut an. »Ich habe eben dem Herrn Barth meine Verfehlung gebeichtet. Er hat mich nicht vertrieben, sondern mir sogar die Erlaubnis gegeben, meinem Kameraden das Essen zu bringen. Aber ich solle sofort gehen«, flüsterte der Junge.

Am vorangegangenen Abend hatte Sigmund entschieden, dass alle Haushaltsmitglieder unten in der warmen Stube schlafen durften. Das obere Stockwerk war sehr zugig und unbeheizt, und im Stall hätte es nur noch ein Tier mit Winterfell gemütlich. Mit dem hellwachen Knaben hatte Sigmund schon die Gelegenheit, seine Verfügung zu bereuen.

»Sofort? Ich kann mir den Grund denken.«

Martins schuldbewusster Miene war anzusehen, dass er Alinas Annahme teilte. Sie gähnte verhalten und streckte einen Fuß unter der Decke hervor.

165

»Lass mich einen Moment alleine, damit ich mich zurechtmachen kann. Du kannst mir oben aus der Frauenkammer Kamm, Spiegel und Fußwickel holen. Alles findest du offen auf der Truhe.«

Nachdem Martin von der Stiege verschwunden war, wollte sich Alina rasch erheben, stellte jedoch fest, dass Heiners Arm unter ihrer Decke und auf ihrem Rock lag.

Wahrscheinlich war Heiner im Schlaf zu ihr herübergerollt. Vielleicht hatte er gefroren, denn die fester gewebten Decken waren den Frauen überlassen worden. Trotzdem – jemand, der nicht wusste, dass sie eine alte Freundschaft verband, könnte schnell falsche Schlüsse ziehen. Hoffentlich war Martin noch zu sehr Kind, um Arges zu vermuten.

Vorsichtig entzog sich Alina Heiners Nähe, strich über ihren Rock und erledigte ihre morgendlichen Notwendigkeiten. Zwischendurch sah sie immer wieder auf Heiner. Irrte sie sich? Alina war sich ziemlich sicher, dass Martin neben ihr hätte liegen sollen, doch eine Wette wäre sie darauf nicht eingegangen. Schließlich hatte sie sich zuerst hingelegt und war rasch eingeschlafen. Schuld an ihrem lückenhaften Gedächtnis trug nur der sorglose Umgang mit dem kaum verdünnten Wein. Im Haushalt Barth mochte man an diesen Genuss gewöhnt sein, ein Bauernmädel war es nicht.

Zu den Speiseresten gesellte sich ein Käse sowie eines der Brote – gemäß Tante Adelgundes Philosophie, dass man bei Almosen nicht knausern sollte. Die beiden Hühnerschlegel beließ Alina in der kleinen Schale. »Die trägst du, Martin, denn in der Tasche würden sie nur klebrige Sauerei anrichten.«

Über Nacht war die Welt in einer alle Geräusche dämpfenden Decke untergegangen. An Martins Beinen gemessen, lag der Schnee über Knie hoch. Tapfer stampfte er mit einem ständigen Blick auf die abgedeckte Holzschale voran und war Alina immer ein Stück voraus. Der Junge schlug einen abschüssigen Weg abseits der breiteren Straßen ein. Alina ergab sich in seine Führung durch labyrinthische Gassen. Manche von ihnen waren so schmal, dass ihre Schulter Stein oder Holz berührte. Hier lag kaum Schnee, aber trotz der Kälte roch es nach Schimmel und Fäulnis. Eine graue Katze lag auf einem Vorsprung, und Alina hielt ihr eine Hand zum Schnuppern hin. Das alte Tier reckte sich vor, schnurrte bebend, als Alina sachte über seinen silberfarbenen Katzenhals strich.

»Du Liebe, darauf hast du lange gewartet, nicht wahr?«

Martin blieb stehen, schaute mit schiefgelegtem Kopf zurück in die Gasse und rief: »Alina, wo bleibst du? Och, eine Katze! Krötendreck, ich wollte sie nicht in Angst versetzen! Wir sind da, wollte ich nur sagen.«

Der Siederplatz hatte die Bezeichnung Platz nicht verdient, das Armenhaus jedoch wurde schon von weitem seinem Namen gerecht. Das windschiefe Haus, inmitten ähnlich geneigter Gebäude, wirkte alles andere als einladend. Der Zahn der Zeit hatte das Holz sehr angeknabbert. Niemand hatte sich die Mühe gemacht, die Schäden auszubessern, als sie noch gering waren. Nun waren sie beträchtlich, kaum noch zu reparieren. Wie auch an anderen Häusern bemühten sich einige Männer mittels Schiebern den schweren Schnee von den Schindeln zu stoßen. Ein wichtiges Unterfangen, was die Gassen aber nicht leichter passierbar machte.

Martin hielt die Tür offen. Alina, die nicht groß war, musste beim Eintreten dennoch den Kopf einziehen. Ihre Augen gewöhnten sich nur langsam an die halbdunkle Umgebung, der Junge fand sich sofort zurecht. Sie standen in einem Gang aus festgetretenem Lehm. Die Luft roch unangenehm, und kehliger Husten überschallte die Unterhaltungen. Alina wusste von Martin, dass eine Mahlzeit am Tag üblich war, für Schale und Löffel hatte jeder selbst zu sorgen. Der Junge kam zurück, als er bemerkte, dass Alina ihm nicht länger folgte.

»Gib mir ruhig den Beutel und warte auf der Bank. Sie ist für Besucher gedacht. Ich werde mich beeilen.«

Alina tat wie geheißen, kam sich aber unangenehm fehl am Platz vor. Bittere Armut flößte ihr Unbehagen ein, obwohl dies ein Gefühl war, welches eine gute Christin nicht hätte verspüren dürfen. Aber es war da und beschämte sie zugleich. Von vielen Augen verstohlen beobachtet, lenkte Alina ihren eigenen Blick auf einen unordentlichen Haufen dunkelbrauner Kleider. Das Bündel bewegte sich, ächzte, ruderte mit den Armen, und ein Kopf erhob sich. Eine Kapuze verbarg das Gesicht des Mannes.

»Weh mir, ich armer Tor!« Weiteres Stöhnen untermalte das mühselige Erwachen eines Zechers. »Oh, lieber Herrgott! Was ist mir elend! Wo bin ich hier überhaupt?«

»Im Armenhaus«, antwortete Alina zuvorkommend. Mühsam stemmte sich der Mann auf die Knie. Ein erschütternder Geruch ging von ihm aus. Alina unterdrückte das Bedürfnis, zum anderen Ende der Bank zu rutschen. Sie reichte dem sichtlich Verwirrten dennoch die Hand und half ihm, neben ihr Platz zu nehmen.

Dann erkannte sie ihn.

»Neidhard? Wahrhaft, du bist es! Wie, um alles in der Welt, kommst du ins Armenhaus? Du hättest den Abend im Hause Sigmunds zusammen mit Gaston verbringen sollen. Was ist mit dir?«

Neidhard, der lädierte Geschichtenerzähler, schaute unglücklich drein. Die Haare umstanden seinen Kopf wie ein gezackter Heiligenschein, und er schwankte sogar im Sitzen. Kläglich rieb er mit einem Ärmel über sein Gesicht.

»Mir war übel, aber ich musste irgendetwas in den Bauch bekommen. Ich war am Südtor, wollte mich nur kurz in der Gaststube aufwärmen und habe Bier getrunken, damit ich nicht vom Fleisch falle. War eine lustige Runde dort, und ich habe mich mit einem Auswärtigen unterhalten. Für drei oder vier Humpen hat er mir eine neue Geschichte aus der Gegend preisgegeben. Na ja, war eine endlose Schilderung über einen Jülicher Markgrafen. Kürzer deklamiert aber ist sie unterhaltsam.«

»Und diese Geschichte weißt du nach dem Gelage noch?«

Neidhard sah Alina beinahe vorwurfsvoll an. »Das will ich meinen! Was glaubst du, wie ich sonst immer an die neuesten Begebenheiten gelange? Alles im Leben hat seinen Preis! Es könnten auch fünf oder sechs Humpen gewesen sein, wenn ich so darüber nachdenke. Der Jülicher war auch da, aber der hat seine Nase noch tiefer in den Becher gesteckt. Muss wohl wahr sein, was man sich über ihn erzählt. Auweh, ich bin dem Tode geweiht.« Neidhard klammerte sich mit beiden Händen an die Bank.

»Du musst dich ordentlich ausschlafen und etwas in den Bauch bekommen, dann wird dir die Welt wieder als ein freundlicher Ort erscheinen. Ah, da ist Martin. Er kann deine Tasche tragen, und du stützt dich auf meinen Arm. Wir gehen zu Sigmunds Haus«, erklärte Alina.

Die Kälte half Neidhard dabei, seinen klaren Verstand wiederzuerlangen. Alle drei waren erschöpft, als sie endlich das Haus erreichten. Heiner nahm sofort Alinas Platz ein und schleppte den Angeschlagenen in die Stube, wo Gaston ihn mit ernster Miene ins Gebet nahm.

In der Küche stapelten sich mehrere prallgefüllte Säcke. Grits Wangen leuchteten vor unverkennbarer Freude. »Schau, Alina! Die Dinanter Gebildebäcker haben Heiner bereits reichlich für die bevorstehende Fahrt entlohnt, damit er im Nachhinein keine abschlägige Antwort erteilt. Mir soll es recht sein: Rüben, Korn und Nüsse sind mir lieber als Münzen, zumal die Gästeschar des Herrn Sigmund jeden Tag mehr Häupter zählt. Sogar zwei Hasen waren unter den Gaben, ich will überhaupt nicht wissen, wo die herkommen. Sie werden uns schmecken, hoffe ich.«

»Aber es ist ein Wahnsinn, jetzt an eine so weite Reise zu denken!«

Grit zuckte mit den Schultern. »Wie der Vater so der Sohn. Ist der Mann, den ihr gebracht habt, der Gast, der gestern fehlte?«

»Ja. Hast du etwas zu essen für Neidhard?«

»Er wird sich gedulden müssen. In meiner Speisekammer taten sich wohltätige Resteräuber gütlich, wie du weißt. Kannst du die Beize für die Hasen bereiten? Die Senfkörner habe ich zusammen mit den anderen Gewürzen bereits in den Mörser getan. Martin! Wir brauchen Holz zum Nachfeuern – hole es bitte. Die Männer werde ich hochschicken, sie sollen die undichten Stellen in Dach und Wänden ausbessern.«

Grit war eine tüchtige Person, ihre praktische Art rief keinen Widerspruch hervor. Martin schleppte das Holz, brachte die Abfälle hinaus, und der Magd fiel auf, dass Martin Alinas Nähe suchte. Um dem Jungen weitere Schleichereien zu ersparen, verkündete Grit, dass sie nachsehen wolle, ob die Männer etwas bräuchten. Als die Magd die Empore erreicht hatte, langte Martin unter sein Hemd und hielt Alina eine kleine Figur hin. »Für dich.«

Alina nahm sie und trat näher ans Licht. Die Figur, klein genug, dass man sie mit einer Hand umschließen konnte, war bis ins kleinste Detail liebevoll gearbeitet – vom Faltenwurf des Gewandes bis hin zum ausdruckvollen Gesicht. Die magere Figur trug die einfache Kleidung eines Bauern.

»Das ist der heilige Lazarus, nicht wahr?«

»Von meinem Freund, als Dankeschön für die hochherzig überlassenen Speisen.«

»Seine Freigebigkeit beschämt mich, es waren doch nur Reste. Außerdem gebührt Grit auch Dank.«

»Der Käse und das Brot waren unangetastet, die hast du selbst dazugelegt.«

»Dein Freund ist ein begnadeter Schöpfer!«

Martin nickte. »Das sage ich ihm ja auch, aber er will nicht auf mich hören. Er ist zu bescheiden. Er meint, die Dombaumeister würden keinen Herrgottschnitzer wie ihn brauchen, und er ist lieber ein Bettler vor dem Herrgott als vor einem Menschen. Stur wie ein Maulesel! Dabei hat er nur ein einziges Mal beim Dombaumeister nachgefragt. Er verschenkt die meisten Heiligen, anstatt sie für Geld herzugeben.«

»Ich werde Lazarus in Ehren halten.« Alina umwickelte die Figur sorgsam mit einem weichen Tuch und barg sie in dem Beutel, der an ihrem Gurt hing. Wenn es sich ergab, würde sie Martins Kameraden selbst aufsuchen und eine weitere Figur ertauschen. Adelgunde hätte gewiss große Freude an einem geschnitzten Guido van Anderlecht, dem Patron der Bauern und Mägde, dessen Name jedermann in den Ardennenwäldern wohlbekannt war.

Jede Hand packte tüchtig an, und als die Sonne unterging, waren die zugigsten Ritzen in Sigmunds Haus mit einem Lehm-Heu-Gemisch abgedichtet. Gaston war ein erstaunlich geschickter Handwerker, und nachdem Neidhard wieder zu sich gefunden hatte, half auch er tüchtig.

Da man gut zusammen gearbeitet hatte, lud Sigmund die Erzähler an seinen Tisch, um ein weiteres Mahl zu sich zu nehmen. Grit und Alina bereiteten einen Getreidebrei und reichten anschließend jedem ein Stück Käse.

Der Abwasch war rasch erledigt, und Martin versorgte emsig die Tiere.

Zufrieden, gesättigt und voll Erwartung ließen sich die sechs Zuhörer um Neidhard nieder und machten es sich gemütlich. Grit holte ein kleines Kissen und polsterte damit Sigmunds Stuhl. Alina nahm die Decke von ihrer Schlafstatt, um sich darauf zu setzen. Ein kleiner Gegenstand polterte ihr entgegen und landete unauffindbar im Schatten. Flüchtig schaute sie sich um, konnte aber weder etwas sehen noch ertasten. Nun gut, was immer es war – sie würde es morgen finden.

Dem Erzähler war der größte Becher vorbehalten. Neidhard hatte die gestrige Havarie mit dem Alkohol längst aus seinen Gedanken verbannt. Er genoss sichtlich die Spannung und trank einen großen Schluck, bevor er feierlich anhob.

»Höret, wie es sich zugetragen, jüngst zu Jülich, wo ein hochwohlgeborener Markgraf, Reinhard lautete sein Name, in des Schicksals ungelenke Finger geriet.«

Bereits dieser erste Satz brachte Alina zum Grübeln. Reinhard, nicht Gerhard? Jülicher Markgrafen waren wohl so zahlreich wie Korn in einer Mühle. Aber so fremd war ihr der Name nicht … War es nicht der Name desjenigen, der jenen Gerhard festgesetzt hatte? Doch, Alina war sich sicher.

Neidhard beherrschte seine Kunst, und Alina sah sich dem Drang ausgesetzt, ihm auf die Zehen zu treten, damit er rascher zum Kern der Geschichte gelangte. Grit, die blutrünstigen Erzählungen ebenfalls nicht sonderlich zugetan war, zuckte leicht mit den Schultern.

Zunächst setzte Neidhard bei zurückliegendem, politischem Geplänkel ein, erzählte von Erbschaftsgeschichten und Kriege um die als die drei Herrlichkeiten bekannten Orte: Millen, Geldern und Waldfeucht. Gegen 24 000 alte Schilde wurden die Gemeinden von einem Edlen zu Heinsberg aus Geldnot zu gleichen Teilen an die verwandten Waffengänger Reinhard und Gerhard verpfändet. Für die Bauern und unfreien Landbesteller waren die Zeiten schwierig, wussten sie doch kaum, wem sie verpflichtet waren. Die Vetter, vormals die besten Freunde, versuchten jeweils, ihre Vorteile aus den Abmachungen zu ziehen, und es kümmerte sie wenig, wenn dies zum Schaden des anderen geschah.

»Reinhard, der den Beinamen ›der Schöne‹ trug, wurde eines Abends von Gerhard wegen seiner übergroßen Putzsucht so böse vor den Söldnern veralbert, dass die Wut in Reinhard brodelte und er beschloss, dem Waffenbruder die bitterböse Neckerei heimzuzahlen. Findig gab der Schöne die Ländereien unter Geheimhaltung vor seinem Vetter einem anderen Territorialherrn weiter, der ihm seinerseits die Unterstützung mittels bewaffneter Söldner zusicherte. Auf diese Weise war Reinhard in der Lage, ein eigenes Söldnerheer zur Verfügung zu haben. Was so nicht geplant war, wuchs sich zu einem Krieg aus: Es galt, Gerhard zu vertreiben. Der schöne Reinhard erbat von dem Territorialherrn lediglich ein vorzügliches Rückkaufsrecht für die beliehenen Ländereien. Sein Plan ging zur vollen Blüte auf. Derweil Gerhard auf Freiersfüßen gen Aachen zog, verleibte sich sein Vetter die Länder dessen ein und mehrte sein Markgrafentum.«

Die Bemerkung »Freiersfüße« ließen Alina aufhorchen. Das wurde ja immer spannender!

»Gerhard warb in der Stadt, hier in Aachen, um eine liebliche Braut, ein holdes Wesen, deren Anmut weit über die Grenzen bekannt war. Vor allem – und das sage ich nur euch, geneigtes Publikum –, weil das Gold des Vaters den

173

Glanz der gern maulenden Jungfer mehrte. Gerhard, der insgeheim mit einer Arglist in der Heimat rechnete, brauchte das Geld und nahm die Jungfer in Kauf. Diesen, längst noch keine vierzehn Jahre alt, gelüstete nach einem eigenen Hausstand. Sie fühlte sich vom Vater geknechtet und von der Mutter zu sehr gekost. So versprachen sich die Jungfer und der Markgraf einander, ließen sich vor Gott trauen, und Gerhard zog mit der Mitgift gen Jülich. Zwei Jahre später holte er die Braut und weiteres Geld vom Vater. Doch ach, eine Vagabundenhorde, schlimme Finger, Bauern oder Reinhards Söldner – wer wusste es genau – lauerte dem Paar und den Münzen auf. Mit Forke und Knüppel stachen und prügelten die Unholde, doch der frischgebackene Gemahl wollte sich vor seiner Braut beweisen. Tapfer schlug er die Bande in die Flucht, unterstützt von seinem Getreuen. Doch, ach und weh, eine Forke, von einem Zigeunerweib geführt, hinterließ eine gar grauselige Wunde nahe dem Gemächt unseres kühnen Helden. Das Brautbett war noch nicht bezogen und des Bräutigams Takelwerk schon ramponiert.«

Neidhard leerte den Krug vollends, und Alina bemerkte, dass sie nervös mit einer Haarsträhne spielte, die sich unter dem Kopftuch hervorgestohlen hatte.

»Doch es gab bei weitem Schlimmeres zu beklagen. Kaum dass er auf dem Ross sitzen konnte, begab sich Gerhard zum schönen Reinhard, verlangte Rechenschaft und sein Land zurück. Man munkelt, er sei nicht im Traume der Idee verfallen, für seine Frotzeleien, die schließlich den Zwist ausgelöst hatte, um Abbitte zu leisten, sondern tobte und schalt den Schönen mit garstigen Namen!«

Grit kicherte laut. »Das wird der sich doch nicht gefallen gelassen haben!«

»Hat er nicht, brave Frau, hat er nicht. Der Schöne ließ unseren bockigen Markgrafen kurzerhand in den Karzer versenken, wohl wissend, dass niemand übereifrig anstehen würde, ihn aus dem dunklen Loch zu holen.«

»Und die junge Braut?«, wollte Gaston wissen.

»Die fand den Weg zu Reinhards Tür und – ja, was soll ich lange reden? – auch in seine Kammer. Im Karzer wurde sie nur ein einziges Mal gesehen. Ihr war nicht daran gelegen, ihren kruden Gatten frei zu wissen, nachdem sie von der honigsüßen Minne Reinhards gekostet hatte. Was hat er gesungen und gedichtet, geschmachtet und sie gepriesen! Dem schönen Reinhard wiederum gefiel es, das Weib seines Widersachers so lenksam zu finden. Gerhard schnaubte und gärte, spuckte böse Galle und raufte sich in dem Verlies die Haare. Reinhard trank die Rache wie süßen Wein, doch auch Met, im Übermaß genossen, verliert bald seinen Wohlgeschmack, und der Gaumen verlangt nach einer anderen Kurzweil. Der schöne Markgraf schickte eine Lösegeldforderung an den Vater der abtrünnigen Braut, wohl wissend, auch sie damit zu verprellen. Die Summe war aberwitzig gering und stellte daher sicher, dass der Gefangene tatsächlich ausgelöst wurde. Und so geschah es. Doch nicht der Mann wurde Reinhard zum Verhängnis, sondern das Weib! Sie heulte und zeterte, wollte sich nicht aus den Decken schieben lassen und begehrte, dass Reinhard um sie kämpfen möge. Dieser lachte sich halb tot, beschied ihr, dass er lieber mit Gerhard ein Bett teilen mochte als mit einer, die ein gerüttelt Übermaß an Hingebung über ihn ausschütten wolle. Und ahnt ihr, weshalb das Weib zu anhänglich ward?«

»Sie trug sein Kind«, fügte Alina zusammen.

»Ganz recht, und mit jedem Tag wurde es offensichtlicher!«, bestätigte Neidhard. »Wie wohl sollte sie das dem Gehörnten unterschieben? Dieser wurde natürlich von dem grantigen Schwiegervater freigekauft, obgleich dieser sich ein reichliches Maß an Zeit gönnte.«

»Floß Blut?«, fragte Sigmund. »Brach eine Fehde los?«

»Mitnichten, das unterband ein geheimnisvoller Freund des Gehörnten, der ihn mit Klugheit zähmte und mit Verstand fesselte. Allerdings hielten diese Bande nur so lange, bis die erste Magd – verzeiht, Frau Grit – mit der zweiten flüsterte und Gerhard von Jülich auf diesem Wege erfuhr, dass seine Gattin einen Bankert erwarte, gezeugt von seinem Erzfeind. Die Jungfer raffte ihren Rock und rannte, was das Zeug hielt, denn ins Kloster wollte sie nicht. Nun folgte eine wilde Hetzjagd durch die Lande, die noch ohne Ende ist. Und wer weiß, ihr freundlichen Zuhörer, vielleicht seht ihr selbst eines Tages ein rennendes Weibsbild, gefolgt von einem ungehaltenen Kerl. Dann erinnert euch an mich und wisset, dies ist keine Mär, sondern ein Werk, wie es das Leben schmiedet. Habt Dank für eure geneigten Ohren …«

Neidhard schwang sich zu einer blumigen Abschlussrede auf, die mit dem vorangegangenen Thema nichts mehr gemein hatte. Heiner rutschte näher zu Alina und flüsterte angespannt: »Nun wissen wir bedeutend mehr, nicht wahr?«

»Ein unglaublicher Zufall! Selbst wenn Neidhard nicht alles getreu dem Geschehen wiedergab, verstehe ich nun, weshalb Margarete das Kind zurückließ!«

»Weil sie fürchtete, dass der cholerische Gerhard es umbringen würde!«

Alina schüttelte nachdenklich den Kopf. »Ich glaube eher an das Gegenteil! Du hast doch gehört, dass Gerhard … in gewisser Hinsicht ein Taugenichts geworden ist. Er kann keine Nachkommen zeugen. Wenn er Felix zu fassen bekommt, ihn vor dem Allmächtigen, der Kirche und dem Staate an Sohnes statt anerkennt, so ist nicht nur seine Ehre gerettet, sondern er hat auch einen Erben. Auch wenn andere hundert Zweifel äußern würden, ein anerkanntes Kind ist und bleibt ein ebensolches.«

»Ein wenig hanebüchen, aber nachzuvollziehen. Und Margarete?«

»Sie wird vermutlich versuchen, zu jenem Reinhard vorzudringen, um ihm von Felix zu berichten, in der Hoffnung, dass er sie als Mutter seines Sohnes aufnehmen wird.«

Heiner sah skeptisch drein. »Das würde der Erzbischof nicht dulden.«

»Margarete kann sich darauf berufen, dass die Ehe mit Gerhard nicht vollzogen wurde und ihr somit keine Gültigkeit zukommt. Stellt sie Reinhard als Verführer dar, wird der Erzbischof ein mächtiges Bröckchen zu beißen haben. Margarete kann sehr überzeugend sein. Hilflose Kullertränen und bebende Lippen haben schon so manchem Mann den Kopf verdreht.«

Kapitel 16

»Alina, ein Mann steht an der Tür und wünscht dich zu sprechen. Den Grund nannte er nicht«, sagte Grit übertrieben laut und wisperte leutselig hinterdrein: »Sieht gut aus, den habe ich hier noch nie gesehen. Groß, dunkle Haare und ordentlich gekleidet.«

Alina nickte als Zeichen, dass sie auch den Anhang verstanden hatte. Sie schluckte das letzte Brot des Frühmahles hinunter und klopfte die Krümel von ihren Händen. Ebenso leise fragte sie: »Und wie sehe ich aus?«

Grit rückte Alinas Haartuch gerade. »Kannst dich getrost sehen lassen. Nimm die Schürze ab, das ist ganz sicher kein Händler. Und nimm das Tuch ab, er kann ruhig sehen, dass du ledig bist.«

»Grit!«

Die Magd schaute unschuldig drein und nahm das Tuch entgegen. Die Schuhe hatte Alina neben dem Feuer stehen lassen, und nun waren sie warm und trocken. Sie schlüpfte hinein, warf das Vortuch so schwungvoll auf den Schemel, dass es zu Boden fiel.

Als Alina sich danach bückte, wurden ihre Augen von einem kleinen Gegenstand angezogen. Richtig, gestern war etwas aus der Decke geglitten. Es war ein Kämmchen, fein gearbeitet, mit zauberhafter Holzschnitzerei versehen. Es musste Jutta gehören, was aber nicht erklärte, wie es zwischen ihre Sachen geraten war. Wahrscheinlich hatte Martin es versehentlich mit heruntergebracht, als er den Kamm holte. Sie würde es wieder in das Frauengemach zurückbringen, bevor Heiner auf den Gedanken käme, sie wolle sich an Juttas Dingen bereichern. Natürlich war es weder Heiners noch ihre Art, aber Irrtümer dieser Art konnten zu bösem Blut führen.

»Alina! Was stehst du noch da?« Grit riss sie aus ihren Gedanken. Hastig steckte sie das Kämmchen ein und begab sich zur Tür.

»Herr Leon Dabrey.«

»Gott zum Gruß, Frau Alina.«

Schneeflocken glitzerten in Leons Haar und auf seinem altgedienten Umhang aus braunem Walkstoff. Umständlich zog er ein Spanschächtelchen hinter seinem schlichten Gurt hervor und hielt es ihr hin. »Eine bescheidene Gabe zur Entschädigung meines Fehlurteils, Jungfer Alina.«

Sie nahm es mit fragendem Blick entgegen. Erst der Lazarus und nun dies – Alina war noch nie so beschenkt worden. Leon versuchte ein Lächeln, und seine unbeholfene Miene erinnerte an einen Lehrjungen, der bei einem dummen Streich ertappt wurde. Ungeduldig wedelte er mit einer Hand. »Wollt Ihr es denn nicht öffnen?«

In der kleinen Dose befanden sich mehrere flache Backwaren, die einen köstlichen Duft verströmten und auf getrockneten Blüten gebettet lagen. »Es ist keines zerbrochen«, stellte Leon erleichtert fest, als hinge Alinas Gunst davon ab. Er machte vermutlich nicht häufig Geschenke.

»Honiggebäck! Das habe ich sehr gerne! Vielen Dank! Ihr habt Euch extra auf den Weg gemacht, um mir dieses Geschenk zu überreichen?«

»Wenn ich ehrlich bin: nein. Nicht nur jedenfalls. Aber ich habe mich eigens auf den Weg gemacht, um Euch zu sprechen. Ihr erinnert Euch an unser gemeinsames Anliegen?«

»Freilich.«

179

»Ich werde jemandem einen Besuch abstatten, und ich wäre Euch sehr verbunden, wenn Ihr mir die Ehre zuteil werden ließet, mich zu begleiten.«

»Zu wem und wohin?«

»Zu Herrn Lukas Bergk.«

»Diesen Besuch hatte ich ohnehin vor, zwar nicht jetzt, aber warum nicht? Ja, er könnte uns vielleicht weiterhelfen.«

Grit lugte um die Tür herum. Sie strahlte Leon an, redete aber mit Alina. »Hier, nimm, du erfrierst noch ohne Umhang! Oder wollt ihr nicht in die Stube treten? Dies ist ein gastfreundliches Haus, müsst Ihr wissen, Herr.«

Mit weitem Schwung legte Alina den schweren Wollstoff um ihre Schultern und wickelte sich darin ein. »Danke, Grit, jetzt nicht. Der Schneefall hat etwas nachgelassen. Es bietet sich daher eine gute Gelegenheit, etwas Wichtiges zu erledigen. Bitte richte Sigmund aus, ich würde seinen Bekannten aufsuchen, dessen Name vorhin noch einmal fiel. Und sei so gut, und verwahre dieses Kistchen für mich.«

Grit nickte und schloss fröstelnd die Tür. Leon stapfte voran, wartete an der Gasse auf Alina.

»Von welchem Bekannten war gerade die Rede?«

»Von eben jenem Lukas Bergk, der ein Freund meines Gastgebers Sigmund Barth ist. Ich wäre auch ohne Euch dieser Spur gefolgt. Ihr vermutet, Margarete habe ihren Vater um Einschätzung des Wertes gebeten?«

»Nun, wie ich erwähnte, versteht er sich auf Geschmeide und sakrale Kunst. Allerdings ist er nicht gut auf seine Tochter zu sprechen. Sie hat bekommen, was sie wollte, gegen seinen Willen, und nun muss sie mit den Konsequenzen leben.«

»Das ist mir zu Ohren gekommen, Margaretes Mutter deutete es an.«

»Da wart Ihr also auch? Ach richtig, vor deren Haus bin ich Euch begegnet.«

Alina machte eine vage Handbewegung. »Habt Ihr ebenfalls mit Frau Silja gesprochen?«

»Nein. Frau Silja mag mich nicht, sie hält mich für einen Unglücksboten, einem Raben gleich, der Aas umkreist, oder einer Eule, die mit ihrem Ruf einen Todesfall ankündigt. Aber ich kann mir denken, was sie gesagt hat.«

»Sie ist von einfachem Gemüt.«

»Sucht keine Entschuldigung für sie: Sie ist dumm.« Leon stellte es als Tatsache hin, und obwohl Alina das Ansehen von Margaretes Mutter einerlei sein konnte, fühlte sie sich berufen zu protestieren.

»Sie ist minderen Verstandes, leichtgläubig, aber so etwas kann ich leichter vergeben als einen gescheiten Menschen, der seinen Verstand dazu einsetzt, anderen Leuten Angst einzujagen. Vor allem dann, wenn es sich dabei um Kinder und Frauen handelt.«

»Herrje, musst du, Verzeihung, müsst Ihr ständig darauf herumreiten? Ihr redet, als würde ich mein täglich Brot damit verdienen, meine Mitmenschen zu peinigen.«

Alina hob ihre Nase ganz bewusst ein Stückchen höher. »Könnte doch sein.«

»Dann pflegt und nährt Eure Voreingenommenheiten, die Ihr bei anderen so sehr verpönt.«

Alina öffnete ihren Mund, um weitere Theorien zu verkünden. Unvermittelt hörte sie ein nahes Kratzen. Leon schaute geistesgegenwärtig himmelwärts und stieß Alina kräftig zur Seite. Sie prallte heftig mit der Schulter gegen eine Hauswand und landete schwungvoll auf ihrem Hinterteil. Spitze Eiszapfen bohrten sich genau dort in den Schnee, wo sie eben noch gegangen war!

Und es fielen immer mehr.

»Verdammter Bengel, hast du keine Augen im Kopf?

Willst du uns umbringen?«, brüllte Leon und schützte Alina mit seinem Rücken. Der Junge, der das Eis mit einem Besen vom Dachüberhang herunterstieß, wurde totenbleich. Er lehnte sich weit vor und rief mit erstickter Stimme: »Werte Dame, edler Herr, ist Euch etwas geschehen? Verzeiht mir, bitte verzeiht! Mein Meister ist unten in der Schuhmacherwerkstatt, wenn Ihr ihm Bescheid geben wollt. Er ... er wird mich strafen, dann ist meine Unachtsamkeit vergolten, Herr!«

»Alina, bist du unverletzt?« Leon reichte Alina die Hand und half ihr, sich aufzurichten. Ihre Hände hielten einander länger als nötig, dann befreite sich Alina mit einem schüchternen Lächeln und klopfte ihren Rock mit zitternden Fingern aus. »Es geht mir gut. Danke, Herr Dabrey!«

»Nennt mich bei meinem Vornamen, wenn es Euch recht ist. Ich heiße Leon. Ich falle immer wieder in die vertraute Anrede, es ist nur ...« Leon vollendete den Satz nicht.

»Ja, es ist recht, aber nur, wenn du keinen Fuß über die Schwelle des Schuhmachers setzt. Der Lehrbub ist vor Angst ganz krank. Das ist ihm Strafe genug. Sein Meister ist gewiss sehr streng.«

Leon trat so weit in die Straßenmitte, dass er den schlotternden Burschen sehen konnte.

»He, Tollpatsch, pass künftig ein bisschen besser auf. Dein Meister hat großes Vertrauen in dich gesetzt, wenn er dir eine solch verantwortungsvolle Arbeit anvertraut.«

Der Lehrbursche bekam rote Ohren, während er sich mit diesem völlig neuen Gedanken anfreundete und die zuvor ungeliebte Tätigkeit aus einem anderen Blickwinkel betrachtete.

Da sich kein Fuhrwerk näherte, folgten Alina und Leon dem Beispiel eines Mädchens mit einem Brotkorb und setzten den Weg in der Mitte der Gasse fort, wobei sie Margarete für eine Weile vergaßen. Sie erzählten einander Episoden, die mit Schnee und Eis zu tun hatten, und Alina bedauerte insgeheim, dass sie ihr Ziel so geschwind erreichten.

Der Brotofen verströmte weithin seinen Wohlgeruch, und wieder wartete eine ganze Traube Menschen schwatzend darauf, den Teig backen lassen zu können. Alina fand die von Sigmund beschriebene Pforte ohne Schwierigkeiten. Ein bis an die Zähne bewaffneter Wachposten versperrte ihnen den Weg. Leon nannte seinen und Alinas Namen und brachte das gemeinsame Anliegen vor. Mit einem einzelnen dumpfen Glockenschlag rief der Wächter einen mickrigen Mann herbei. Dieser ähnelte sehr einem Wiesel, ging rasch und beinahe lautlos.

»Ja?«, fragte er verschlagen. »Euer Begehr?«

»Das haben wir diesem Wächter bereits hinreichend …«, murrte Leon, doch Alina fuhr ihm in die Rede.

»Das Passierwort lautet Kräuterweiblein.«

Die Miene des Wiesels wurde freundlicher. »Folgt mir!«

Er ging voran in das kaum beleuchtete Gemäuer. Fackeln waren in spärlicher Anzahl angebracht. Die Treppen und Korridore waren in einem Labyrinth angelegt. Jemand, der sich hier verliefe, war verloren. Hilfe konnte nur mittels einer Glocke gerufen werden, die in einem befackelten Vorraum angebracht war. Denjenigen, der sie zu nutzen gezwungen war, erwarteten mit Sicherheit keine freundlichen Fragen.

Schließlich gelangten sie in einen weiteren, niedrigeren Vorraum, von dem drei Türen abgingen. Das Wiesel klopfte an eine von ihnen, öffnete sie und schob seinen Kopf in das sich dahinter befindende Zimmer, sprach hinein, nickte, blickte über seine Schulter und winkte die Besucher endlich heran.

183

Zuweilen hatte sich Alina Gedanken darüber gemacht, wie es in einem Raum aussehen mochte, in dem Alchemie betrieben wurde. Das, was ihre Augen nun erblickten, stimmte erstaunlicherweise mit ihrer Einbildungskraft überein. Es gab kein Geräusch, welches von außen hereindrang, einzig das Knistern der Flammen war zu hören. Dem Feuer musste eine Substanz beigefügt worden sein, Weihrauch, vermutlich minderwertiger und nicht für die Kathedrale taugend, aber stark. In einem flachen Kellerraum entwickelten sich daraus betörende Schwaden. Der mittlere Bereich wurde von einem riesig anmutenden Tisch dominiert, auf dem sich allerlei aufgeschlagene Folianten befanden. Tintengefäße, Siegel und Lacke, feingemahlene Späne zum Ablöschen, Gänse- und Taubenfederkiele lagen in größter Ordnung. In der Mitte des Tisches, von acht Kerzen erhellt, war ein Tuch ausgebreitet, darauf eine Gemme und ein Pinsel aus weichem Tierhaar. Eine Kerze rutschte scheinbar von Geisterhand bewegt auf die Tischkante zu und erhellte das runde Gesicht von Lukas Bergk.

»Ja, bitte? Oh! Ihr seid es, Dabrey. Nehmt es nicht persönlich, wenn ich mich nicht an Eurem Besuch freuen kann. Worum geht es diesmal?« Die geradlinige Frage erhielt eine ebensolche Antwort. Alina hielt sich im Hintergrund, im Schatten verborgen, und beobachtete die Männer.

Leon faltete die Hände vor seinem Mund und ging wenige Schritte auf und ab. »Nicht um Euren Schwiegersohn. Ihm geht es gut, und er entsendet Euch seine aufrichtigen Grüße.«

Lukas Bergk ließ den Leuchter los, machte sich an einer Schublade zu schaffen und holte weitere Kerzen hervor. Er trug ein feines Gewand aus blauem Scharlachstoff. Ärmel und Halsausschnitt waren jedoch nicht mit Fell umsäumt, wie es dem Zeitgeschmack der Reichen und der Gernegroße entsprach.

»So? Das wäre neu. Verschwendet nicht meine Zeit! Ich bin ein vielbeschäftigter Mann, Dabrey. Weshalb seid Ihr wirklich hier? Und wer ist die Frau hinter Eurem Rücken?«

Ehe Leon antworten konnte, schob sich Alina in den Vordergrund und verneigte sich tief, in der vagen Hoffnung, dass Lukas Bergk eine solch fügsame Geste wohlwollend zu schätzen wusste. Das sollte als Entgegenkommen genügen.

»Alina vom Hufenhof. Ich berufe mich auf Herrn Sigmund Barth, der mich zu Euch sandte, da er der Auffassung ist, dass Ihr mir helfen könnt. Herr Dabrey war so freundlich, mich zu begleiten.«

»Helfen? Wie soll diese Hilfe aussehen?«

»Ich benötige eine Auskunft über ein vermutlich altes Schmuckstück, genauer einen goldenen Ring, dessen Herkunft mich interessiert.«

»Zeigt ihn mir! Vielleicht kann ich etwas aus der Machart und der Materialfärbung ableiten.«

Bergk hielt Alina die offene Hand hin, doch sie schüttelte den Kopf.

»Er ist mir, hm, abhandengekommen.«

Sie hatte sich einige erklärende Sätze zurechtgelegt, in denen Margaretes Name nicht erwähnt wurde. Bergk unterbrach sie nicht.

»Jetzt wollt Ihr den Wert erfahren?«

»Ja. Ich trage mich mit der Hoffnung, ihn wiederzuerlangen.«

»Der Optimismus der Jugend. Ich bin nicht willens, ihn unnötig zu dämpfen, doch solltet Ihr bedenken, dass mir beinahe jede Woche Artefakte vorgestellt werden. Es gehört zu meinen Aufgaben deren Echtheit herauszufinden, und zweifellos sind alle Stücke alt und wertvoll, so man den Überbringern Glauben schenkt, doch die meisten Dinge demaskiert bereits ein gründlicher Blick als belangloser

185

Firlefanz. Immerhin lässt der Diebstahl des Rings seine Echtheit vermuten. Freund Sigmund hat sich im Laufe der Jahre ein Gespür dafür angeeignet, welches uns schon häufiger die richtige Richtung wies.« Der Prinzipal schob Alina Pergament und Feder zu. »Frau Alina, zeichnet den Schmuck. Ihr werdet verstehen, dass ich mich nicht sogleich und auch nicht ausschließlich der Suche nach dem Ring widmen kann und diese bisweilen viele Wochen, gar Monate in Anspruch nehmen kann, nicht wahr?«

Alina nickte, ließ sich ihre Enttäuschung nicht anmerken und wählte eine feinangeschnittene Feder. Der erwähnte Optimismus der Jugend war mit dem letzten Satz schlagartig verflogen. Über die Suche würde es Frühjahr werden, unmöglich, so lange in der Stadt zu bleiben! In Gottes Namen, dann sollte Margarete ihn behalten. Den Hof würden sie auch auf andere Weise erhalten können. Es fanden sich immer Mittel und Wege. Sie schloss einen Moment die Augen, dann begann sie mit der Zeichnung. Nach den ersten Linien war sie völlig in ihrer Arbeit versunken, der Unterhaltung der Männer folgte sie nur mit halbem Ohr.

»Wo würdet Ihr nach diesem Ring suchen?« Leon konnte seine Ungeduld kaum im Zaum halten, doch er bemerkte, dass er mit seinem Umhergehen die Arbeit Meister Bergks eher behinderte denn vorantrieb. Lukas Bergk saß an seinem Tisch, die Arme auf dessen Platte gestützt, die Hände wie zum Gebet vor seinem Mund gefaltet, und überlegte bereits geraume Zeit.

»Zum einen in Büchern, Schenkungsurkunden, auch auf alten Bildern, falls der Ring charakteristische Merkmale aufweisen würde. Aber um tatsächlich etwas herauszufinden, müsste es sich um ein ganz besonders wichtiges Stück handeln. Mir stehen glücklicherweise zahlreiche einzigartige Quellen zur Verfügung. Sie sind nicht hier unten gelagert, das wäre ein unverantwortlicher Frevel. Die Pergamente würden hier Schimmel ansetzen, Ungeziefer ernähren und dergestalt nicht als Bildungsbericht dienen. Unverantwortlich, so mit unikalen Werken umzugehen. Ich pflege sie an anderem Ort zu bewahren.«

»Und zum anderen?«, fragte Leon.

Lukas Bergk ließ seine Mundwinkel hängen und sagte abschätzig: »Zum anderen bei Kalle Haas, in der Metzgergasse. Was man sich nicht traut, zu mir zu bringen – aus welchen Gründen auch immer –, wird häufig in die Metzgergasse getragen. Haas ist ein undurchsichtiger Kerl, handelt mit allem und weiß von nichts. Ein Lump wie er ist mit allen Wassern gewaschen, die nicht aus einem Weihwasserbehälter stammen. Lasst Euch nicht von seinem Äußeren täuschen.«

Alina stippte den Federkiel in die dünnflüssige Tinte zurück und schob das Pergament beidhändig über die Tischplatte, bis es vor Meister Bergks Augen lag. Sie hatte sich alle Mühe gegeben und war einigermaßen mit dem Ergebnis zufrieden. Das Muster schien ein unendliches Gewirr aus Linien und Knoten, die aber alle in einer komplizierten Ordnung miteinander verbunden waren. Alina wischte die Feder an einem Läppchen trocken und nahm die Spitze bei der Erklärung zu Hilfe. »Das Gold stellt zwei Schlangen dar, die ineinandergewunden sind. Das sind die Köpfe, einander zugewandt und mit weit aufgerissenen Mäulern. Sie halten den Stein.«

Lukas Bergk schaute tief vorgebeugt mit größer werdenden Augen auf die Zeichnung. Er drehte sie ins Licht, und auf seiner Stirn zeigten sich Furchen. Dann sah er aufmerksam zwischen Alina und Leon hin und her. Abwägend rieb er seinen Bart.

»Dieser Ring ist mir nicht unbekannt. Auf Anhieb kann

ich ihn nicht zuordnen, aber ich bin mir sicher, ich habe ihn bereits gesehen. Diese Schlangen … Der Stein ist glutrot, wenn ich ihn richtig in Erinnerung habe.«

Alina bestätigte dies, und der Domschatzmeister fuhr fort: »Ein aufsehenerregendes Stück! Ich kann verstehen, dass Ihr ergründen wollt, in welche Tasche es entschwand. Ich werde meinen Boten zu Sigmund senden, sobald ich etwas herausgefunden habe. Nun entschuldigt mich, ich habe Verpflichtungen, die keinen Aufschub dulden.«

Alina bedankte sich, und der Prinzipal begleitete die beiden zur Tür. Bevor er sie erreichte, drehte er sich zu Leon um, öffnete den Mund, als wolle er etwas sagen, schloss ihn jedoch wieder, ohne einen Ton hervorgebracht zu haben. Er beließ es dabei, Leon mit einem langen Blick zu bedenken.

Alina zupfte an ihrem Schultertuch und versuchte, ihre Ohren vor dem Wind zu schützen.

»Ich bin froh, das Tageslicht zu sehen. Schätzt du unser Gespräch mit Bergk als Erfolg ein?«

»Hm, ich fand interessanter, was nicht zu hören war. Ist dir aufgefallen, dass Bergk keine Grüße von seiner Tochter erwartete und sich auch nicht nach ihrem Wohlergehen erkundigte?«

»Warum sollte er eine Frage stellen, deren Antwort er bereits kennt. Zudem: Herr Lukas Bergk konnte es kaum abwarten, unsere Rücken zu sehen! Ich würde nicht großartig mein Glück herausfordern, wenn ich behauptete, dass er sehr wohl weiß, in welches Archiv er greifen muss. Binnen drei Tagen wird der Bote an Sigmunds Tür klopfen.«

»Was ist, wenn nicht?«

»Ich werde recht behalten. Sollte ich mich irren … Ach, ich weiß es nicht. Wenn die Suche länger währt, werde ich sie aufgeben müssen. Man braucht mich auf dem Hof, und ich kann auch nicht ewig auf die Gastfreundschaft der Familie Barth vertrauen. Heiner, Sohn des Hauses, wird bei der nächsten Gelegenheit in Richtung der Ardennenwälder aufbrechen, und ich sollte mitfahren, sonst sitze ich womöglich bis zum Frühjahr hier fest.«

»Wenn du recht behältst und Bergk weniger als drei Tage benötigt, um die Herkunft des Rings zu klären, dann komme ich mit dir auf den Hof und repariere drei Tage lang, was es zu richten gibt!«

»Du? Na ja, du weißt selbst, was alles kaputt ist.«

»Trotzdem – du sagst das mit einem spöttischen Unterton. Traust du mir nicht zu, eine Axt zu benutzen? Oder fürchtest du, ich dresche mit dem Nagel auf den Hammer ein?«

»Ganz so arg nicht. Aber wie ein Handwerker schaust du nicht aus. Eher wie ein Söldner. Wie jemand, der einen anderen seinen Herrn nennt. Ein Kriegshandwerker.«

»Aha. Mich interessiert viel mehr, was du zu tun gedenkst, wenn du unrecht hast.«

»Ich habe nichts, was du begehren könntest.«

Sowohl um einer Diskussion als auch dem andauernden Wind zu entkommen, steuerte Alina eine kleine Kapelle an. Die Innenwände und die Decke waren vor vielen Jahren weiß gekalkt worden. Nun jedoch blätterte das trockene Material von den Mauern und fiel auf die blankgewetzten Holzdielen. Ein alter Mann fegte gemächlich und schenkte den Durchfrorenen ein beseeltes Lächeln aus zahnlosem Mund. Alina bekreuzigte sich, kniete sich auf den Boden und faltete ihre Hände. Leon tat es ihr gleich. Einige Herzschläge lang gedachten sie ihrer Lieben, ohne dies miteinander abgesprochen zu haben. Als der alte Mann den Kehricht fortbrachte, erhoben sie sich und setzten sie ihre Unterhaltung leise fort.

»Weißt du, dass man sich Geschichten über Margarete und den Markgrafen erzählt? Es wird auch von dem schönen

Reinhard berichtet. Und von einer Forke, die, welch Unglück, dort landete, wo es beim Manne besonders schmerzhaft ist.«

Leon sah Alina aus dem Augenwinkel prüfend an. »Das ist übel. Wo hast du davon gehört?«

»Ein Geschichtenerzähler trug dies zum ersten Mal bei uns vor.«

»Verdammt! ›Bei uns‹ hast du gesagt. Dann ließe sich die Verbreitung der Geschichte vielleicht noch aufhalten?«

»Weshalb? Neidhard verdient damit sein Brot. Erzähler genießen die Freiheit der Wiedergabe, wenn die Ereignisse wahr sind! Du hast kein Recht dazu, jemandem den Mund zu verbieten, nur weil die Hausehre deines Herrn eine Schramme abbekommen könnte.«

»Die Hausehre eines Mannes, der keine Kinder mehr zeugen kann, um genau zu sein. Gerhard von Jülich will Felix als sein eigen Fleisch und Blut anerkennen, als seinen Sohn und Erben. Margarete und er sind schließlich rechtmäßig getraut.«

»Ich habe mir schon so etwas gedacht, doch sei ehrlich, Leon: Margarete ist keine gute Mutter, und bei einem Vater wie Gerhard aufzuwachsen birgt sicherlich auch kein Glück. Er ist jähzornig, die Mutter eine Müßiggängerin, und mindestens einer von beiden wird Felix sicherlich in dem Wissen aufwachsen lassen, er sei ein Bastard. Auf dem Hufenhof geht es dem Kind gut! Niemand muss erfahren, dass der Junge dort lebt.«

Leon schlug sich mit der flachen Hand gegen die Stirn und funkelte Alina an. »Mädchen, bist du so naiv? Spätestens wenn Margarete gefunden wird, wird Gerhard wissen wollen und auch erfahren, wo das Kind abgeblieben ist. Sicher ist, dass sie alles erzählen würde, was ihn irgendwie verletzen oder reizen könnte. Möglich, dass sie sich eine Lügengeschichte ausdenken wird, auch möglich, dass

Gerhard die Wahrheit zu hören bekommt. Du selbst hast mich gebeten, über Felix Stillschweigen zu bewahren. Das werde ich, bis zum Frühjahr, wenn nötig. Aber sorge du dafür, wenn immer es dir möglich ist, dass das Geplauder nicht in die Welt getragen wird.«

Alina sah betreten drein und fühlte die aufsteigende Röte auf ihren Wangen. »Und ich nenne Frau Silja dumm. Ich habe einfach nicht nachgedacht.«

»Weil du für Felix das Beste willst, das habe ich herausgehört, und es ehrt dich. Aber manches kannst du einfach nicht wissen. Was immer du dir unter der Erziehung an einem Adelshof vorstellst, ist gar nicht so schrecklich, wie du vielleicht glaubst.«

»Als kleines Kind den Eltern entrissen und allein unter Fremden in der Fremde! Das zerbricht einem Kind das Herz! Ich weiß, wovon ich rede!«

»Aus deiner Sicht, nehme ich an, aber höre mir bitte trotzdem zu: Der Junge würde vom ersten Moment an von einer Amme betreut, genau so, wie es nun auch geschieht. Seinen Eltern würde er nur bei Audienzen begegnen. Mit dem Antritt seines siebten Lebensjahres begänne gleichzeitig seine Lehrzeit als Page, einige Jahre später dann die Weiterbildung zum Knappen. Die Ausbildung ist vielschichtig.«

»Hauen, stechen, beten?«

»Unter anderem!«, bestätigte Leon ungerührt. »Neben dem Erwerb von Historienkenntnissen über das Reich, dem Erlernen zumindest einer anderen Sprache, dem Ausüben von Demut gegenüber Gott, König und dem Lehrherrn. Dienen und Unterordnen ist eine zähe Strapaze für die Muskeln, mehr aber noch für den Geist. Ebenso wie die Fähigkeit, Befehle zu erteilen und Verantwortung für andere Leben zu tragen. Mir jedenfalls fiel letzteres schwerer, als den Griff eines Schwertes beidhändig zu führen, auch wenn ich dir ansehe, dass du mir nicht glaubst.«

»Du hast tatsächlich eine ritterliche Ausbildung genossen, so, wie du es Martin gegenüber sagtest? Ich dachte, du würdest vor ihm prahlen.«

»Vor einem Kind? Ich habe nicht gelogen.«

»In deinem Alter, also … Ich bin Rittern begegnet, früher, wenn wir auf der Heeresstraße reisten, weil die Krönungsstraße nicht passierbar war, und da habe ich eine Vorstellung von den Herren gewonnen. Ach, es geht mich ja auch nichts an.«

»Du willst wissen, weshalb ich kein eigenes Lehen besitze und weshalb ich mich in meinem Alter mit Knappendiensten verdinge? Und ob ich tatsächlich in den Ritterstand erhoben wurde?«

Alina fuhr mit dem Zeigefinger über die Maserung des Holzes. »Ich wollte nicht …«, hob sie anstandshalber an.

Leon maß Alina von der Seite und versuchte, sie einzuschätzen. »Dann belassen wir es dabei und kehren zu unserem Gespräch zurück, denn du hast einen weiteren Schluss, den wichtigsten vielleicht, außer Acht gelassen. Ließest du den Knaben auf dem Hufenhof und machtest ihn glauben, er sei dein eigenes Kind oder wessen auch immer, brächtest du ihn um sein Erbe. Wenn er selbst entscheiden könnte, wie er aufwachsen will, wofür würde er sich aussprechen? Für ein Leben als verhätscheltes Spielwerk griesgrämiger Frauen, die nicht wissen, wohin mit ihrer Zuneigung, oder dafür, der zukünftige Markgraf von Jülich zu werden?«

Alina war für einen Augenblick derart empört, dass sie kaum die richtigen Worte fand. »Das glaubst du also? Dass ich aus Eigensucht handle?«

»Liegt diese Vermutung nicht nahe?«

»Du hast keine Ahnung! Es geht mir nur um den Jungen. Ein Kind sollte wissen, wohin es gehört, und es darf die Menschen nicht verlieren, die es liebt. Das ist allemal wichtiger, als Rang und Namen zu haben.« Alina sprach den letzten Satz leise aus. Es hatte keinen Sinn, mit Leon zu streiten, denn er hatte in gewissem Maße recht. Säuglinge besäßen noch keine Seele, hieß es. Erst indem sie die Milch der Mutter oder Amme tranken, saugten die Kinder von der Nährenden ihren späteren Charakter auf, und Jutta war dazu nach Alinas Einschätzung eine bedeutend geeignetere Frau als Margarete. Die Seelenbildung sei beendet, sobald das Kind Brei essen könne. Anlagen, die es bis dahin nicht mitbekommen habe, seien auf immer verloren, auch wenn es unter den Hufenfrauen zu verschiedene Ansichten über Erziehung gab, wie Alina aus eigener Erfahrung wusste.

Schadeten Strafen oder nutzten Grenzen? Sollte man Langmut und Anteilnahme zeigen? Und was war das rechte Maß der Freiheit? Auch wenn sie es nicht zugeben wollte, ja, auch dies stimmte: Die Hufenfrauen vergötterten den Kleinen, und mit jedem weiteren Tag, den er bei ihnen verbrachte, würde er enger zu ihrem Leben gehören. War sie, Alina, diejenige, die den Fehler beging? Wäre es besser für den Knaben, man brächte ihn möglichst bald zum herzöglichen Haushalt? Wahrscheinlich, denn er war nicht einmal getauft. Zwar hatte Tante Adelgunde in Ermangelung geistlichen Beistandes selbst die notwendigen Worte gesprochen, die das Kind von der Erbsünde befreiten, aber eine richtige Taufe ersetzten die wenigen Worte nicht.

Alina war derart tief in ihre Gedanken versunken, dass sie zusammenfuhr, als Leon für einen Moment sacht ihre Schulter berührte.

»Alina? Das ist kein Dekret. Ich wollte nur, dass du über die Zukunft des Jungen nachdenkst. Gerhard von Jülich ist kein bestialischer Mann. Er würde dem Jungen die beste Versorgung zukommen lassen, denn Felix ist und bliebe sein einziger Nachkomme. Auch wenn er keine naturbedingte Teilnahme an der Zeugung hatte.«

»Ja, ich werde darüber nachdenken, aber nun begleite mich bitte zurück zum Haus meines Gastgebers, ehe man sich dort Sorgen macht.«

Grit befand sich in der Speisekammer, den Rücken zur Tür, und legte einen Apfel nach dem andern in einen Korb, den Martin ihr hinhielt. Überschwänglich fuhr Alina durch Martins Haare und lugte dem Jungen über die Schulter.

»Gibt es heute Äpfel in Honig gebacken?«

Grit schüttelte niedergeschlagen den Kopf und hielt Alina einen der Äpfel hin. »Sieh dir das an! Überall faulige Stellen. Der Schnee hat reichlich Feuchtigkeit mitgebracht, und unser Herdfeuer hat zuviel Wärme abgestrahlt. Das hat das Lagerobst verdorben. Ich wollte sie dörren, aber nun sind die Äpfel hinüber.«

»Alle?«

»Nein, aber mehr, als wir verzehren können. Die guten werde ich in Scheiben schneiden, auffädeln und über das Feuer hängen. Es wäre zu schade, wenn wir sie auch noch entbehren müssten. Aber ich weiß nicht, was wir mit den befallenen machen sollen.«

»Aus ihnen schneiden wir die ungenießbaren Stellen heraus und kochen die kleingeschnittenen Äpfel auf, zerstampfen eine gute Handvoll geröstete Nusskerne und geben diese sowie maßvoll Honig hinzu. Oder gedörrte Weintrauben, die sind sogar noch besser.«

»Das klingt einfach, aber lecker.«

»Genau so ist es. Lauwarm schmeckt das Schmorobst zwar am besten, aber kühl gestellt hält sich die Apfelspeise recht lange. Das Rezept hat mein Vater aus dem Orient, eigentlich gehört noch eine Prise Zimt hineingerührt. Tante Adelgunde versüßte mir damit manchmal die Fastentage.«

»Dann geben wir halt Zimt hinzu!«, erklärte Grit vergnügt. Ihre gute Laune war zurückgekehrt, und sie offenbarte Alina eine kleine Kiste, in der sich Phiolen und Beutelchen befanden. Ein betörender Geruch stieg in Alinas Nase. Martin sah den Frauen neugierig zu.

»Eine Art der Bezahlung«, erläuterte die Hausmagd und fischte mit sicherem Griff nach einem Bund brauner Röhrchen. »Dankbare Kaufleute entlohnen ab und an mit den Gewürzen, doch leider habe ich nicht gänzlich herausgefunden, was sich damit anrichten lässt. Aber einiges habe ich ausgetüfelt. Nicht immer zur Freude des Gaumens, muss ich gestehen. Schau mal. Diese Tannennadeln hier …«

»Sind keine Tannennadeln, sondern Rosmarinnadeln, und diese schmecken gut zu Hühnerfleisch, wenn man sie sparsam verwendet. Das hier ist Majoran, köstlich zu Fleisch. Was hast du in der Kiste?«

Grit hieb mit einer Hand auf den Deckel, bevor Alina ihn anheben konnte. Dann griff sie mit einer Hand einen leeren Bottich und drückte ihn Martin in die Arme. »Hole ein bisschen Schnee herein, weißen, keinen gelben. Ganz hinten aus dem Garten.«

Grit reckte den Hals, und als die Tür hinter Martin zuklappte, öffnete sie selbst den Deckel.

»Grundgütiger, Grit! Was willst du mit soviel Dillsamen? Die Menge reicht aus, um ein ganzes Feld zu bestellen.«

»Pst, sprich nicht so laut! Weißt du, wozu er gut ist?«

Alina stippte einen Finger in die Samen und naschte. »Dill hilft, wenn Winde den Bauch blähen, besänftigt gereizte Nerven, reinigt den Atem, regt den Appetit an …«

»Und dämpft sinnliche Lüste. Lähmt die Fleischeslust.« Grit lächelte hölzern und biss sich gleichzeitig auf die Unterlippe.

Alina ließ sich auf einem Schemel nieder und sah die Magd belustigt an. »Du verabreichst Sigmund Triebschwächer?«

»Bin ich denn verrückt? Ihm doch nicht! Aber Heiner – wo doch Jutta nicht hier ist. Heimlich natürlich, zu Pulver zermahlen und in den Wein gestreut. Ich habe bemerkt, dass du böse mit mir warst, als Gaston erzählte und ich Heiner nachschenkte. Aber das hatte rein medizinische Gründe. Du solltest mir dankbar sein.«

»Ich? Dir? Sicher, bin ich, aber doch nicht wegen des Dills.«

»Solltest du aber, Alina! Hast du denn keine Augen im Kopf?« Das Schaben der Hintertür über den Boden ließ Grit erst verstummen und dann ein neues Gespräch beginnen: »Martin, stell den Bottich neben der Tür ab. Ich habe eine neue Aufgabe für dich: Hacke bitte die Haselnüsse für die Apfelspeise!«

Alina versuchte, Blickkontakt zu Grit herzustellen, doch die alte Magd wich ihr aus. Es schien, als bereue Grit entweder, das Gespräch überhaupt begonnen zu haben, oder aber, es nicht zu Ende geführt zu haben.

Die Männer kamen heim, als Martin gerade loslief, um nun einen Auftrag Alinas zu erfüllen. Sie hatte ihn zum Quartier von Gaston und Neidhard geschickt und ließ Letzterem ausrichten, er möge die jüngst erzählte Geschichte aus wichtigen Gründen eine Weile nicht vortragen. Die Münze, die sie Martin mitgab, wollte der Erzähler jedoch nicht annehmen. Lieber wünschte er sich irgendwann eine Erläuterung zu den Gründen hinter der Bitte, der er selbstredend nachkommen würde, wie Martin später getreu ausrichtete, während er mit unbeschönigter Begierde auf den gedeckten Tisch lugte.

Die Apfelspeise wurde auch von den Männern ausgiebig gelobt, und Martins Mitwirken blieb nicht unerwähnt. Grit hatte ihm eine eigene Schale gefüllt. Martin sah das Mus abschätzend an, schlang eilig die Hälfte davon hinunter und legte dann den Löffel fort. Die andere Hälfte blieb unangetastet. Unaufgefordert half der Junge Alina nach dem Mahl dabei, das benutzte Geschirr zum Becken zu tragen. Die halbvolle Holzschale schob er wie nebensächlich in ein Regal.

»Bevor der Schnee zu Spülwasser geworden ist, wird noch etwas Zeit verstreichen.« Alina krempelte die Ärmel hoch, setzte sich auf die Bank und lächelte Martin an. »Du bewahrst wieder einen Anteil für deinen Freund auf. Du musst ihn herzlich gerne haben. Was meinst du, dürfte ich ihn kennenlernen?«

»Einen Armenhäusler? Ich weiß nicht, es grauste dir dort doch.«

»Wenn ich dich darum bitte? Ich würde gerne eine Heiligenfigur für meine Tante in Auftrag geben, gegen Entgelt, versteht sich.«

»Weiß nicht, ob er sich darauf einlässt. Morgen ist er sowieso nicht im Armenhaus. Am Mittwoch bettelt Matthias am Nebenportal des Doms. Da hat er einen Platz. Ist doch klar, dass ich an ihn denke, er hat sich auch immer um mich gekümmert. Ich werde wieder vor die Tür gesetzt, spätestens, wenn du weg bist und Grit keinen Laufburschen mehr braucht. Für einen Strohsack zum Schlafen und zwei Schalen Brei am Tag macht einer wie ich vieles, aber darüber vergisst er seine Freunde aus der Gosse nicht.« Martin zog den Kopf ein und grinste schüchtern, als ob ihm seine eigenen Worte nun zu vorlaut erschienen. »Ich bin ehrlich dankbar, dass ich ein Dach über dem Kopf habe«, fügte er an. »Es ist bitterkalt!«

»Lebst du immer im Armenhaus?«

»Nee, nur im Winter. Ansonsten bin ich mal hier und

mal da, versuche, etwas zu verdienen oder zu erbetteln. Aber das Betteln klappte besser, als ich jünger war. Mit kleineren Kindern haben die Leute eher Mitleid. Es gibt viele gute Orte zum Schlafen, wenn man nicht ängstlich ist oder es riskiert, den Buckel gegerbt zu bekommen. In den Ställen ist es am besten, da gibt es Stroh, und die Pferde leisten einem Gesellschaft. Und die Katzen, die mag ich gerne.«

»Ach, Martin! Warum bin ich nicht eher auf die Idee gekommen, dich zu fragen?« Alina sah Martin gespannt an. »Stell dir vor, ich sei eine verwöhnte Dame, würde gerne einigen Leuten aus dem Wege gehen und bräuchte eine verschwiegene Unterkunft innerhalb der Mauern. Wohin würdest du mich schicken?«

»Bist du hübsch, oder hast du Münzen?«

»Äh, ich habe Münzen.«

Martin rieb seine Nase. »Dann solltest du bei Winand Sibling nach einer Kammer fragen. Es war übrigens seine unleidliche Schwester, Meta Sibling, die ich auf dem Platz gebissen habe. Die Geschwister sind reich, und bei denen liegen eine Menge Leichen im Keller, die ganz schön stinken würden, wenn man sie ans Tageslicht zerrte.«

»Bildlich gesprochen.«

»Jawohl!« Martin grinste flegelhaft und fuhr dann unter Alinas tadelndem Blick reumütig fort: »Wenn du behaglich unterkommen magst, dann ist der *Römerbrunnen* fein, habe ich gehört. Drin war ich natürlich noch nie.«

»Und wenn ich hübsch wäre?«

»Na, beinahe überall, gerade wenn der Winter so eisig ist«, sagte Martin in ernstem Ton, zog aber vorsichtshalber den Kopf ein. »Das stimmt wirklich. Es gibt einige ehrwürdige Männer, die ... verfrorene Damen gerne wärmen. Schöffen, Kaufmänner und sogar einige Kleriker.«

»Auch Lukas Bergk?«

»Der Domschatzprinzipal? Nee, der nicht. Der ist ein achtbarer Bürger, jedenfalls habe ich nichts Gegenteiliges gehört.«

Alina nahm den Kessel vom Haken und goss das Wasser in den Spülstein. Heißer Dampf stieg auf.

»Was sagt dir der Name Kalle Haas?«

Martin zuckte mit den Schultern. »Für manche ein Lumpenkerl, für andere ein Gesegneter, kommt drauf an, von wo aus man ihn beurteilt. Ich habe noch nie mit ihm zu tun gehabt. Alina, was meinst du? Ob ich wohl einige Scheithölzer haben kann?«

»Martin, das musst du mit Grit besprechen. Ich kann nichts herschenken, für das ich nicht gearbeitet habe.«

Kapitel 17

»Hier bist du, mein Bester! Ich habe dich überall gesucht. Warum hast du mir nicht gesagt, wohin du gehst?«

Mit federnden Schritten eilte Kaiser Karl auf den Bischof zu und lächelte ihn warmherzig an. Er sah besser aus, erholter, hatte sein vernachlässigtes Äußeres in tadellose Ordnung gebracht, war rasiert und trug frische Kleidung. Der Gestank, der ihm in den letzten Wochen wie eine zweite Haut anhaftete, war fort. Gottlob!

»Carolus Magnus Rex! Seid gegrüßt, Herr.« Turpins Stimme klang brüchig. Er nahm eine aufrechte Haltung ein, erwiderte das Lächeln jedoch nur unter Mühen. Seit nunmehr drei Tagen hatte er selbst kaum geschlafen, und wenn, dann hatten ihm quälende Träume zugesetzt.

Der Ring wog schwer an dem Finger der linken Hand. Glücklicherweise hatte er den Reithandschuh, der sein Geheimnis verbarg, nicht abgestreift.

Der Kaiser nahm den Kleriker bei den Schultern, eine gleichsam ungewohnte wie sanfte, streichelnde Geste. Bekannt war Kaiser Karl als einfacher Mann, volksnah im Betragen, Freund robusten Lebens und ebensolcher Kleidung, der für höfischen Prunk, aufdringliche Nähe und ölige Umwerbungen nichts übrighatte. Aber nun beugte er sich, näher als dem Bischof lieb war, zu ihm herüber. Der warme Atem streifte sein Ohr. Er rückte ab, Kaiser Karl rückte nach und sprach mit wohlklingender Stimme: »Mein liebster Begleiter, ich habe über deine wohlgemeinte Empfehlung nachgedacht und mich dazu durchgerungen, mein Weib in die ewige Ruhe zu entlassen. Tatsächlich habe ich viel zu lange gezögert. Das arme Weib ist darüber unansehnlich geworden und riecht streng. Deinen Vorschlag, mich neu zu vermählen, zog ich ebenfalls in geneigte Erwägung und kam zu dem Entschluss, dass du auch hier recht hast. Jene Luitgard, die Alemannin, scheint mir ein geeignetes Frauenzimmer. Kein anspruchsvolles Weibchen, welches umgarnt werden muss. Selbstredend werde ich nicht zulassen, dass sie deine Stelle an meiner Seite einnimmt, denn dir alleine gebührt mein Vertrauen. Niemand wird einen Keil zwischen uns treiben, mein Treuester.«

»Mein Herr.«

Der ungeschickte Kratzfuß des Bischofs stockte inmitten der Bewegung. Karls Schwerthand legte sich gelinde auf den Kragen des Klerikers, und mit seinen großen Augen suchte er die im Gesicht seines Gegenübers. Er zog ihn empor und beschwor den Bischof inständig: »Ich hege die Absicht, meinen Beraterstab morgen früh antreten zu lassen. Ich war achtlos den Ratgebern gegenüber und taub für die Kundschafter. Mein Volk möge mir vergeben. Das wird sich ändern, das gelobe ich dir, bester Gefährte. Doch vor die Pflicht würde ich gern einstweilig das Vergnügen stellen, dem ich mich so lange versagte. Wir beide sollten einander mehr Zeit widmen und uns besser kennenlernen, nicht wahr?«

Der Magen des Bischofs krampfte sich zusammen. Dieser schmeichelnde Turteltäuberich war nicht sein Herr. Dies war nicht Kaiser Karl, der Große, der Herrscher über Europa! Der raue, aber gerechte Machthaber über das fränkische Reich. Der freie Mann, dem jeder Respekt zollte, der dem Volk auf das Maul schaute, wenn er wissen wollte, wie die Lage war. Der, der sich über die Zuneigung heischenden Höflinge im Stillen lustig machte.

Dieser hier ... war jemand anders.

Dieser vermaledeite Ring. Er war schön, aber unselig.

Turpin hätte Begga gerne dazu befragt, aber als sie ihm am Morgen mitteilte, dass sie ein Kind erwarte, hatte er sie zu ihrem Ehemann zurückgeschickt. Das Mädchen hatte geheult und geklagt, aber er war schließlich ein Kirchenmann und sie ein pflichtvergessenes Eheweib.

Und wenn es die halbe Nacht brauchen sollte, er musste dem übermäßig zutraulichen Kaiser entrinnen.

Selbst wenn dazu eine List vonnöten war.

In der einsamen Zeit zwischen der finsteren Nacht und dem fahlen Morgengrauen begab sich Turpin, barfüßig und in ein schlichtes Nesselgewand gehüllt, zu den Pferden. Sein gutmütiges Tier verriet ihn nicht, rieb nur die Nüstern am Kleid seines Herrn und ließ sich dann folgsam in die Wälder lenken.

Die Zeit hätte kaum gereicht, um zwei *Gegrüßet seiest du, Maria* zu beten, als Turpin hinter sich erst einen Ast brechen hörte, dann gleich darauf einen zweiten.

Das war kein Zufall. Er wurde verfolgt.

»Guter Turpin, so warte doch!«

Kapitel 18

Martin bestand darauf, den Korb zum Domplatz zu tragen. Er war nicht so reichlich mit Lebensmitteln bestückt wie beim vorangegangenen Besuch. Grit hatte den Jungen schließlich überzeugt, dass es ein äußerst schwieriges Unterfangen war, Mus zu transportieren, und dem Stück Brot stattdessen zwei hartgekochte Eier beigelegt.

Das hohe Gewicht des Korbes wurde durch die gut abgelagerten Buchenscheite darin verursacht.

Zunächst hatte Alina angenommen, Martin wolle seinem Freund Brennholz stiften, an dem dieser sich Leib und Hände wärmen könne. Dafür kam der Stadtsäckel nicht auf. Einzig barmherzige Wohltäter ermöglichten den Bedürftigen ab und an ein Feuer. Doch die Hingabe, mit der Martin in den Scheithölzern nach Bestimmtem suchte, ließ Alina den richtigen Schluss ziehen. Der Junge wog die Stücke in seinen Händen, ließ die knorrigen, nassen und die minderwertigen Nadelhölzer unbeachtet und entschied sich für drei Klötze. Holz für den Herrgottschnitzer, natürlich!

»Schau, da ist Matthias, wie ich gesagt habe.«

»Der alte Mann dort?«

»Jawohl!«

Der Bettler saß bewegungslos, ohne auf Martins Winken und Rufen zu reagieren, den Rücken gegen das Gotteshaus gelehnt, den Kopf gesenkt, auf einem Brettchen. Langes, schmutzstarrendes Haar hing ihm beinah bis auf die Oberschenkel, und sein linkes Bein endete unterhalb des Knies.

203

Vor dem entblößten Stumpf, dem Beweis, dass seine Bettelei kein Blendwerk an den Spendablen war, lag ein handgroßer Lumpen. Münzen befanden sich nicht darauf. Seine Hand umklammerte einen Gehstock.

»Matthias!« Martin lief los und ließ sich vor dem Bettler auf die Knie sinken. »Schau, wir haben dir etwas mitgebracht! Brot, Eier und Holz. Matthias, aufwachen!«

Der alte Mann rührte sich nicht.

Der Junge rüttelte ihn an der Schulter. Flehend rief er: »Matthias! Wach auf, bitte.«

Der Gehstock fiel zur Seite, die Hand, die ihn gehalten hatte, leblos zu Boden. Verzweifelt sah Martin zu Alina, die die letzten Schritte ebenfalls laufend zurückgelegt hatte.

»Alina, was machen wir denn jetzt? Er ist doch nicht …«

»Lass mich nachschauen!«

Nase und Wimpern des Mannes waren von Schneeflocken bedeckt, seine Haut war eisig. Aber er atmete, wenn auch nur flach. Alina wand sich aus ihrem Umhang und legte ihn dem Bettler um die Schultern.

»Er lebt! Versuchen wir, ihn aufzurichten, genauso, wie wir es bei Neidhard gemacht haben. Wir müssen aus der Kälte heraus. Langsam zwar, aber wir müssen uns bewegen. Lass das Holz und das Essen hier stehen! Ein anderer wird sich darüber freuen.«

Über den Versuch, ihn aufzurichten, erwachte der Bettler endlich aus seiner Ohnmacht, und nach einem Moment der Orientierungslosigkeit erkannte er Martin, der ihm sogleich den Gehstecken reichte und auf ihn einredete. »Du musst mit uns mitkommen, Matthias! Stütz dich auf mich, wir bringen dich zum Siederplatz.«

»Nein, nicht dorthin, sondern in den Stall der Barths«, entschied Alina.

»Aber wenn der Herr etwas dagegen hat?«

»Ich nehme die Verantwortung auf meine Schultern.«

»Warum dann nicht hinein, ans Herdfeuer? Nur so lange, bis es ihm bessergeht. Er würde nichts stehlen, oder was man sonst von unsereins glaubt.« Der Junge nestelte linkisch mit der freien Hand an seinem Hemd und holte ein Holzkreuzchen hervor. »Ich beeide darauf, wenn du willst. Oder ich schenke es dir!«

»Darum geht es nicht. Große Wärme würde ihm arge Schmerzen zufügen. Bedeutend peinigender als ein abgeschnürter Körperteil, der plötzlich wieder durchblutet wird.«

Der Einbeinige half, so gut es ging, aber es war nicht viel. Martin trug seinen Stecken, Alina den leeren Korb, den Bettler hatten sie in die Mitte genommen. Langsam bewegte sich das Trio durch die Gassen, ohne große Aufmerksamkeit auf sich zu ziehen. Alina wandte sich an den abgezehrten Mann.

»Es ist nicht mehr weit, haltet noch ein wenig durch. Martin, wir helfen ihm zu deinem alten Lager. Dort ziehst du ihm die Lumpen vom Fuß und knetest erst ihn und danach die Hände behutsam, bis wieder ein wenig Wärme in ihnen ist. Ich sage Grit, sie möge etwas Suppe erhitzen, und schaue, ob noch eine Decke vorhanden ist, die wir entbehren können.«

Gottlob war dies ein reicher Hausstand und Grit eine anstellige Frau!

Mit einer trockenen Decke und einem Becher Brühe, auf dessen Oberfläche dicke Fettaugen schwammen, marschierte Alina zügig in den Stall. Martin hatte die Anweisungen befolgt, und zu Alinas Erleichterung war das Bewusstsein des Geretteten nicht mehr eingetrübt. Die Stimme des Bettlers versagte vor Dankbarkeit, und nachdem sich Alina davon überzeugt hatte, dass Martin einen guten Samariter abgab, ließ sie die beiden alleine. Im Haus traf sie auf Heiner, der soeben den Schnee von der Kopfbedeckung klopfte.

»Grit hat mir schon berichtet, dass du einen neuen Gast eingesammelt hast.«

»Im letzten Moment, so will mir scheinen, sonst wäre der arme Mann erfroren. Ich hoffe, du hast nichts dagegen einzuwenden, wenn er ein paar Tage im Stall auf Martins altem Lager verbringt. Ach, Heiner, das ist erst der Auftakt des Winters. Wie soll das nur weitergehen?«

»Tja, wenn du so weitermachst wie bisher, werden wir bald mehr Bedürftige versorgen als das Armenhaus. Zieh nicht so ein Gesicht, das war ein Scherz. Ich hätte dir gerne noch einige städtische Besonderheiten gezeigt, doch das können wir an einem anderen Tag nachholen.«

»Aber nicht vergessen. Darauf freue ich mich.«

Alina half Grit im Haushalt. Nachdem die grobe Arbeit erledigt war, beschäftigte sie sich mit einer zurückgelassenen Handarbeit Juttas und bemühte sich, die Ärmel des Hemdes mit ebenso feinen Stichen zu umsäumen. Allerdings musste sie die Arbeit unterbrechen, denn die Lider fielen ihr immer wieder zu. Erst als sich Grit hinzugesellte und eine seichte Plauderei eröffnete, wurde Alina wieder munterer.

Wenig später huschte Martin ins Haus, holte seine Decke und erklärte, dass er Matthias Gesellschaft leisten würde. Die Apfelmusschale fand ebenfalls – allerdings ohne wortreiche Rechtfertigung – den Weg in den Stall. Das Abendessen verlief ohne den Jungen, dann widmeten sich Grit und Sigmund zurückgezogen häuslichen Besprechungen, über die beide in Schlaf fielen. Es ergab sich, dass Heiner und Alina als Letzte am Feuer zurückblieben und sich leise unterhielten. Heiner betrachtete den Stoff auf Alinas Schoß und zog einen Zipfel in die Höhe.

»Du nähst an meinem Hemd weiter? Das wird Jutta freuen, sie hat selten Muße zu solcher Arbeit, und ich werde dieses Stück beizeiten in deinem Andenken besonders schätzen. Es tut mir wirklich sehr leid, dir bislang bei der Suche nach dem Ring keine große Hilfe gewesen zu sein. Die Geschäfte sind auch jetzt noch nicht gänzlich zum Erliegen gekommen, und Vater gibt den Freuden des Lebens den Vorzug, was ihm natürlich von Herzen gegönnt sei.«

Sigmunds friedliches Schnaufen mischte sich mit Grits leisem Schnarchen, und Alina lächelte.

»Ich mag die beiden sehr gerne. Mach dir um den Ring keine Gedanken, Heiner. Leon hat mir geholfen.« Alina musste sich zwingen, an das Versprechen zu denken, welches sie Sigmund gegeben hatte, seinem Sohn gegenüber nicht den Domschatzmeister zu erwähnen!

Doch schon die bloße Erwähnung des Namens eines anderen Mannes ließ Heiner sofort aufmerksam werden. Er hob seine Stimme: »Mit diesem Widerling gibst du dich ab? Was würde wohl deine Tante Adelgunde von deiner Ehrlosigkeit halten, mit dem Steigbügelhalter eines Rüpels zu paktieren? Geh ihm aus dem Wege und halte dich an mich, ich werde für dich da sein. Ich nehme mir Zeit, wir beide klären den ganzen Hintergrund auf, und du bekommst deinen Ring zurück. Versprochen! Ich zeige dir die Stadt und mache dich mit einigen bedeutsamen Leuten bekannt. Wichtige Familien mit weitreichenden Verbindungen.« Er schenkte sich großzügig ein. Beinahe kam sein Ärmel der Flamme zu nah.

»Verbindungen? Männer, meinst du? Willst du mir zur Ehe verhelfen?«

»Du solltest nicht mehr zu lange warten. Noch bist du ansehnlich. Irgendwann bist du zu alt, um noch wählen zu können, und bis dahin solltest du deine Schäfchen im Trockenen haben.«

»Das geht dich nichts an.«

Heiner griff wieder zum Becher und trank. »Es geht

mich sehr wohl etwas an, wenn du dich aus lauter Verzweiflung dem Erstbesten an den Hals wirfst.«

»Heiner, ich werfe mich niemandem an den Hals.«

»Ach nein? Ich bin dein Freund, hast du das vergessen?«

Heiner wurde lauter. So harmonisch die Unterhaltung auch begonnen hatte, dieser Verlauf gefiel Alina gar nicht. Sobald Heiner angetrunken war, befleißigte er sich eines Verhaltens, das sie befremdete. Doch andererseits, sein Vater und auch er selbst gewährten ihr nicht nur Obdach, sondern duldeten auch Martin und Matthias und teilten ihre Mahlzeiten bereitwillig mit ihnen. Vielleicht entsprang das, was Alina als Anmaßung empfand, doch nur Heiners Sorge. Einlenkend sagte sie deshalb: »Nein, ich habe nie vergessen, dass du mein Freund bist. Mit wem willst du mich bekannt machen?«

»Er ist ein netter Kerl, wirst schon sehen. Langmütig, ehrsam, fromm und tugendhaft, kurz: Er hat all das, was sich eine Frau herbeisehnt.«

»Sieht er gut aus?« Das war ein bisschen provozierend, doch Heiner bemerkte es nicht. Er schenkte sich nach, trank in langen Zügen und schaute ins Feuer.

»Nun sag schon, Heiner! Wie sieht er aus?«

»Wie schon? Wie ein normaler Mann eben. Das ist doch nicht wichtig, wenn man verheiratet ist.«

»Ich denke, man sollte einander gefallen.«

»Was nutzt die Schönheit, wenn sie nicht die Bettdecke hebt?«

Nun konnte Alina sich nicht länger beherrschen: »Heiner! Das ist Unsinn! Du bist betrunken. Du warst schon berauscht, als du heimkamst, und nun ist es genug.«

»Ist es nicht! Wer glaubst du zu sein, dass du mich so behandelst?«

»Ich will nicht länger mit dir reden! Ich muss ohnehin zum Abtritt.«

Alina legte Hemd und Nähzeug zur Seite und ging, ohne zu zögern, hinaus. Allerdings verharrte sie mit argem Herzklopfen nahe der eben durchschrittenen Tür und lauschte in die Dunkelheit des Hauses. Beim Aufstehen stieß Heiner heftig gegen den Tisch. Grits Sätze über Heiners Triebhaftigkeiten kamen Alina in den Sinn. Der Reim, den sie sich darauf machte, wollte allerdings nicht gänzlich schlüssig aufgehen. Sie wartete, bis die Kälte sie zurück ins Haus trieb.

Obgleich Heiner deutlich über den Durst getrunken hatte, schlief er in der Nacht derart unruhig, dass Alina keine Ruhe fand. Martin war im Stall geblieben, Sigmund und Grit schlummerten selig. Nachdem Heiners Hand zum wiederholten Male nach ihr gegriffen hatte und sie erneut aufgeschreckt war, packte Alina entschieden ihre Decke und stieg die Treppe hinauf, um in der Frauenkammer zu übernachten.

Hier oben heulte der Wind stärker, und obgleich die Fugen abgedichtet worden waren, schlich die Kälte in den Raum. Das kleine Handlicht, das sie mitgenommen hatte, erhellte das Zimmer kaum, doch es reichte aus, um das Bett zu finden. Alina rollte sich auf dem durchgelegenen Strohsack zusammen. Ihre Gedanken wanderten von einer Angelegenheit zur nächsten. Sie hatte Heimweh, nicht so stark, dass sie gleich aufbrechen wollte, aber sie fragte sich, was wohl auf dem Hof vorging. Sie nahm den kleinen Lazarus hervor, stellte das Figürchen neben ihr Kopfkissen und flüsterte: »Ob Jutta sich wohlfühlt und vielleicht sogar an meiner Handarbeit weitermacht? Sinnvoller wäre es, wenn sie Kleidung für Felix nähen würde. Wenn der Kleine den Winter übersteht, und das wird er hoffentlich, wird er spätestens im Sommer ein paar Hemdchen brauchen.« Ihr letzter Gedanke vor dem Einschlafen jedoch galt Leon, und sie nahm ihn mit in ihre Träume …

Sie erwachte von ihrem eignen Zähneklappern. Der Wind hatte es irgendwie geschafft, den dicken, ledernen Vorhang trotz seiner Beschwerung zu lupfen, und hinterließ einen maulwurfhügelgroßen Schneehaufen im Zimmer, um den immer neue Schneeflöckchen tanzten. Kein Wunder, dass sie fror. Alina streckte sich, schlang die Decke eng um ihre Schultern und erhob sich. Sie spähte in den Spiegel und löste mit flinken Fingern ihren zerzausten Zopf. Beim Anblick von Juttas Putzkistchen fiel ihr der gefundene Zierkamm ein. Jutta war die Schwiegertochter eines wohlhabenden Mannes. Sie würde hoffentlich nichts dagegen haben, wenn Alina einen bewundernden Blick in das Kistchen und somit auf hübsches Geschmeide werfen würde.

Der Anblick, der sich ihr bot, blieb weit hinter ihren Erwartungen zurück.

Nur eine einfache Kette aus Holzperlen lag darin sowie ein sandkorngroßes Reliquiar, gebettet auf fadenscheinigen Samt und umrahmt von einem bronzefarbenen Anhänger. Der weitere Inhalt des Kästchens war von rein praktischer und schlichter Natur und passte so gar nicht zu dem verschnörkelten Kamm.

Alina ließ das Fundstück offen liegen, flocht ihre Haare neu, legte die Decke zusammen und eilte die Treppe hinunter.

Grit war längst geschäftig. Feuer brannte, und auf dem Tisch standen mehrere Gefäße. Mit hochgekrempelten Ärmeln spießte die Magd silberglänzende Neunaugen auf einen angespitzten Stock. »Grüß dich! Frost und Eis haben auch Vorteile. Schau! Die Fische sind beinahe hart gefroren. Ich könnte sie noch eine Weile lagern, ohne dass sie verderben. Doch verlassen will ich mich nicht darauf. Alina, würdest du so gut sein und drei Stöcke Fisch zum Räucherhaus bringen?«

Alina streckte die Hände aus und wärmte sich am Feuer.

»Gerne, Grit. Ich werde Martin bitten, mir zu zeigen, wo das ist.«

»Ich werde es dir beschreiben. Martin ist in aller Frühe losgelaufen, um die Sachen des Bettlers aus dem Armenhaus zu holen. Ich weiß ja nicht, was für Besitztümer ein Almosenempfänger hütet, aber dem Jungen schien es wichtig zu sein. Und wenn er zurückkommt, kann er mir helfen, Wasser zu schleppen, denn die Männer wollen heute baden.«

»Heute? Hier? Im Winter?«

Grit zuckte die Schultern. »Das, was sie Baden nennen, ist eher ein Benetzen des Leibes mit angewärmtem Wasser. Weißt du, nachdem ich einmal Läuse eingefangen hatte, bestand Jutta darauf, dass sich jeder einmal in der Woche gründlich reinigt. Ins Badehaus gehen sie aber nur, wenn Jutta droht, böse zu werden.« Grit schmunzelte. »In der Nähe des Ofens gibt es einige hübsche Läden. Lass dir ruhig Zeit, dir alles anzusehen. Wenn du zurückkommst, werden die Männer sauber und bekleidet sein.«

Es gab unangenehmere Arten, seine Zeit herumzubringen, und etwas Geld besaß sie noch. Da war auch noch Leons Geld. »Vielleicht finde ich ja etwas Schönes für Tante Adelgunde«, sagte Alina und griff nach dem dicken Filzumhang, den Grit ihr hinhielt.

»Gib nur acht, dass man dich nicht betrügt. Wann immer du etwas erstehen möchtest, erwähne beiläufig, dass du zum Haushalt der Barths gehörst.«

Grit stand Tante Adelgunde im Erteilen wohlgemeinter Ratschläge nichts nach. Ihre Wegbeschreibung war gut, der Räucherofen war zudem nicht zu übersehen. Hilfreich war auch, dass man in der klirrend kalten, klaren Morgenluft seinen Standort beinah wittern konnte. Trotz der Kälte herrschte hier reges Treiben. Mägde und Kinder, Hausfrauen und Knechte liefen durcheinander. Grit hatte nicht zu viel versprochen, die Läden zogen Alina magisch an.

Eine wortkarge Silberstickerin ließ sich bereitwillig bei der Arbeit zusehen, und bei ihr erstand Alina vier feine Nadeln sowie helles Garn. Der Krämer nebenan bot Messer, Scheren und Kessel feil. Besonderen Zulauf hatte ein winziges Lädchen, dessen Besitzerin duftende Salben offerierte. Die Hökerin war berechnend freizügig mit ihren Kostproben, und Alina sah sich schließlich genötigt, eine Phiole Salböl zu einem hohen Preis zu erstehen.

In dem Laden gegenüber befand sich die Werkstatt eines Schuhmachers, der auf acht Regalbrettern Schuhe feilbot, die er auf gut Glück nach gängigen Maßen gefertigt hatte. In einer Stadt verkauften sich solche Paare, es fand sich immer jemand, dem sie passten. Der beste Handel gelang ihm jedoch mit abgelegten Kinderschuhen. Dann waren da noch ein Gürtelschläger und ein Sattler, der sogar Geißeln für Flagellanten empfahl. Alina staunte und ging Haus um Haus weiter.

Unbemerkt war sie der Metzgergasse näher gekommen. Der ganz eigene Geruch verriet unmissverständlich die Nähe zu den Schlächtern, Darmwäschern und Wurstkochern. Alina drückte sich in einen Türbogen und sah die Gasse hinab, derweil sie ihr Gedächtnis nach einem Namen durchforschte.

Haas? Richtig, Kalle Haas! So hatte Bergk den Hintermann genannt.

Irgendwo hier, in einem der schiefen Häuser, musste jener fragwürdige Mann seiner Hehlerei nachgehen. Alina hatte schon einige Schieber kennengelernt. Auch Hergen duldete bisweilen solche Männer unter seinem Dach, und selbst ihr Vater hatte die Dienste dieser Männer gelegentlich als nützlich erachtet. Gefährlich war ihr keiner vorgekommen. Warum auch? Sie wollten eine Ware verkaufen, sie zu Geld machen und niemanden im Gasthaus berauben.

212

Dennoch zögerte sie weiterzugehen. Nur wenige Frauen waren hier unterwegs. Aus einem der Höfe erklangen schrilles Schweinequieken und unwirsches Fluchen. Ein Lehrjunge rannte geduckt vorüber und hielt sich die Wange.

Sollte sie Heiner bitten, sie zu begleiten? Nach der gestrigen Erfahrung würde sie ihm am liebsten vorerst nicht begegnen und schon gar nicht um einen Gefallen ersuchen. Es war, als würden zwei Seelen in seiner Brust hausen und die dunkle erwachen, wenn sie sich am Wein labte. Nein, Heiner schied aus.

Und Leon? Ihn bitten? Es war das Wort »bitten«, das sich widersetzte, weil es gegen ein anderes stieß: Stolz. Des Weiteren war der *Römerbrunnen* viele Gassen entfernt, und es war kein Vergnügen, durch den Schnee und wieder zurück zu stapfen, ohne sicher sein zu können, dass der Gesuchte sich überhaupt dort aufhielt. Den Rücken an die Tür gelehnt und mit ihren Gedanken hadernd, fiel Alina erst viel zu spät der lüsterne Blick eines verlotterten Kerls auf, der breitbeinig auf sie zustampfte. Unmöglich, ihm zu entgehen.

»Hast du schon etwas vor, holde Maid?«, fragte der Zahnlose.

Das war keiner, den man mit Sittsamkeit beeindrucken konnte, und so erwiderte Alina forsch: »Kalle Haas erwartet mich. Wo finde ich ihn?«

»Solltest du wissen, wenn er wartet, was? Diese Seite, vier Häuser weiter, ich komm mit. Und merk dir: Der Knochenhauer – das bin ich – macht dir Ärger, wenn du dem Kalle Scherereien machst!«

Vor dem vierten Haus zitterten Alinas Knie immer noch. Umkehren konnte sie aber auch nicht, denn der vierschrötige Kerl war an der Ecke stehengeblieben und sah ihr mit verschränkten Armen nach.

Die Entscheidung darüber, wie sie sich am vernünftigsten verhalten sollte, wurde Alina abgenommen, als ein gutgekleideter Herr das Haus verließ und ihr zuvorkommend die Tür offenhielt. Der Laden stand in einem drastischen Gegensatz zu seiner Außenwelt. Während es draußen grob und rau zuging, befand man sich innerhalb dieser Wände in einer Enklave des Feinsinns.

Hunderte Gegenstände der unterschiedlichsten Art reihten sich auf Regalen entlang der Wände aneinander. Schon etwas schadhafte, feingestickte Tapisserien zierten die Wände, Wachskerzen verströmten feinen Duft, und der Boden war feucht vom Schnee, den die Besucher hineinbrachten.

Inmitten all der Güter hockte ein unauffälliger Mann über einen Folianten gebeugt und nickte Alina knapp zu. Sein Dutzendgesicht war in seinem Metier sicherlich von unschätzbarem Vorteil. Seine Kleidung war gediegen und keinem bestimmten Stand zuzuordnen. Seine Stimme jedoch schien aus einem Grab zu kommen. Jedes einzelne Wort sprach er betont und klirrend aus.

»Dich kenne ich nicht.«

»Gretchen Schmitz.« Alina stellte sich mit dem erstbesten Namen vor, der ihr einfiel, und knickste dabei leicht.

Das Gesicht ihres Gegenübers verzog sich kein Quentchen. »Und was begehrt Gretchen Schmitz?«

»Eure Hilfe. Ich bin auf der Suche nach etwas von Wert.«

Alina erbat ein Wachstäfelchen und zeichnete mit gewonnener Übung die Windungen des Ringes. »Mein Herr sucht genau so ein Schmuckstück für seine Gattin, möchte indes jedoch ungenannt bleiben. Ist Euch ein solches Stück bekannt?«

Haas hob die Augenbrauen und sah Alina geradewegs ins Gesicht. »Nein.«

»Könntet Ihr es beschaffen?«

»Nein.«

»Mein Herr würde es sich einiges kosten lassen.«

»Das ändert nichts.«

»Ihr seid nicht der einzige Hehler in Aachen.«

Nun kam Bewegung in das Dutzendgesicht, und Alina hoffte, nicht zu weit gegangen zu sein. Kalle Haas legte ein Lesezeichen zwischen die Seiten und musterte Alina aus schmalen Augen.

»Gretchen Schmitz oder wer immer du in Wahrheit bist – dieser Ring ist nicht zum Verkauf angeboten worden. Und er wird es auch nicht. Ich bin nicht der einzige Hehler, das stimmt, aber ich kontrolliere den Markt. Hier geschieht nichts ohne meine Zustimmung. Geh dorthin zurück, woher du gekommen bist, und vergiss meinen Namen, solange ich dir mein Wohlwollen gewähre.«

Alina nickte. Bei der Ehre des Hehlers – sie glaubte ihm. Mit einem hastigen Nicken verabschiedete sie sich und schloss die Tür. Hinter ihr wurde ein Riegel zugeschoben.

Haas mochte von weitem sehr viel vertrauenswürdiger als der Knochenhauer wirken. Auge in Auge jedoch würde Alina die Nähe des Hauers allzeit als die behaglichere vorziehen. Sie blickte zurück, schauderte und prallte gegen einen breiten Brustkorb.

»Na, Honigmäulchen, wie wäre es, wenn du dich dankbar zeigst?« Der Knochenhauer grinste auf sie herab und umschlang mit festem Griff ihre Taille. Alina riss den Kopf zurück, um seinem fordernden Mund zu entgehen, und ließ ihn, als sie die keuchenden Atemstöße an ihrem Ohr spürte, wieder nach vorne sausen. Zwischen ihren Augen zuckte ein gleißender Schmerz, der Hüne hingegen stöhnte nur kurz, ohne den zwingenartigen Griff zu lösen. Aus seiner Nase lief ein dünnes Rinnsal Blut, und er zeigte seine wenigen Zähne. »Ich mag es, wenn die Weiber unfügsam sind!«

Alina fühlte sich in die Luft gehoben, strampelte, schlug um sich und kratzte mit aller Verzweiflung, um der drohenden Schändung zu entgehen. Sie wehrte sich tapfer, aber

diesem abgebrühten Kerl und seiner Heftigkeit konnte sie
zu wenig entgegensetzen.

»Hilfe!«

Die schwielige Hand auf Alinas Mund verhinderte weitere Schreie.

Von weitem schimpfte eine Frau aus einem Fenster,
drohte dem Übeltäter mit einem Stock, doch sie war Alina
keine tatkräftige Hilfe.

Kapitel 19

»Dieser verdammte Gaul, ein Teufelspferd! Mein Fuß schmerzt, als seien zwanzig Schlachtrosse mit allen verfügbaren Hufen gleichzeitig darauf getreten.« Gerhard besah ärgerlich den schillernd verfärbten Rist seines rechten Fußes. Der Rosshandel war zu seiner Zufriedenheit verlaufen. Im Eintausch gegen sein lahmes Pferd sowie die Zahlung eines überschaubaren Betrages hatte er ein lebhaftes Pferd erstanden. Ein tatsächlich junges Ross, schwarzfellig, temperamentvoll, schön und ... übelst zugeritten.

Gleich nach dem ersten Absitzen hatte Gerhard die Form seiner Zehen und des Fußrückens eingebüßt. Sein Stiefel war geborsten wie eine überreife Frucht. Nun saß Gerhard im Badehaus, den malträtierten Fuß in einen Bottich mit eingeweichten Heilkräutern gesteckt, und grollte. »Der verdammte Zehnagel ist bis in die Wurzel gerissen. Wo bist du gewesen?«

Leon setzte sich grimmig lächelnd auf den nächsten Stuhl. »Ich hatte eine impulsive Begegnung mit einem, der sich Knochenhauer nennt und der im Begriff stand, sich an unserer kleinen Helferin zu vergehen. Es war purer Zufall, dass ich zur rechten Zeit am rechten Ort war.«

Leon, der sich, von dem Gedanken getrieben, dem Hehler Haas ein wenig auf den Zahn zu fühlen, auf den Weg zu ihm gemacht hatte, war gerade noch rechtzeitig eingetroffen, um zu sehen, wie ein breiter Kerl seinen zappelnden Fang in eine schmale Gasse zerrte.

Eine alte Frau schrie ihm mit dünner Stimme zu, Leon solle etwas unternehmen. So war er beherzt in den Durchlass getreten, der kaum mehr als ein Pfad zwischen zwei Häusern war und auf dem Unrat verstreut lag. Da erst hatte er Alina erkannt, die sich mit verrutschter Kleidung heftig wehrte. Sie hatte dem Unhold einige unschöne Kratzer beigebracht, war ihm aber unterlegen. Der Knochenhauer hatte ihr drohend eine Hand um den Hals gelegt. Als er seines Verfolgers gewahr wurde, hatte er damit gedroht, Alina zu ersticken. Sie hatte ihn angesehen und war dann unvermutet zusammengesackt. Zwar war sie eine zierliche Person, aber ihr Gewicht hatte den Oberkörper des Hünen nach vorn gezogen, und Leon war darauf spezialisiert, jede noch so kleine Chance zu nutzen.

»Suchen die Wachen nach dir?« Gerhard winkte die Bademagd heran, orderte zwei Becher verdünntes Bier und vergaß für einen Augenblick seinen verletzten Fuß.

Leon schüttelte mit einem Anflug des Bedauerns den Kopf. »Nein. Ich habe ihn nicht umgebracht. Er wird lediglich mit höllischen Kopfschmerzen inmitten des Abfalls erwachen.«

»Und das Mädchen?«

»Ist wieder daheim.«

Gerhard lächelte verschlagen. »War dir gewiss recht dankbar, die Kleine, was?«

Leon schwieg. Die Magd brachte das Dünnbier. Gerhard gab es auf, noch länger auf eine Antwort seines Gefolgsmannes zu warten, und fragte: »Was hast du herausfinden können?«

»Nicht viel. Bevor ich die Metzgergasse aufsuchte, habe ich in einigen Gasthäusern nachgefragt, aber ohne Erfolg. Niemand hatte Margarete gesehen, und mir schien keiner dabei zu sein, der log. Von dem Besuch des Hehlers versprach ich mir mehr. Vielleicht hätte ich tatsächlich mehr aus ihm herausgeholt, aber ich wollte Alina nicht noch mehr Handgreiflichkeiten zumuten.«

»Sie hätte draußen warten können, falls du dir in den Kopf gesetzt hättest, den Helden abzugeben.«

»Sie war vor mir bei ihm. Als ich ihn aufsuchte, wartete sie tatsächlich draußen.«

»Was?«

Nun war es Leon, der grinste. »Ja. Sie ist hineinmarschiert, hat sich für eine andere ausgegeben und befragte den Hehler. Ein Mann wie aus dem Grab – er beherrscht scharenweise finstere Kreaturen, doch ich habe Grund zu glauben, dass er mir die Wahrheit sagte, als er erfuhr, was seinem Exekutor widerfahren war. Er hat den Ring nicht angenommen und somit auch nicht weiterverkauft.«

»An eine Frau wie Margarete erinnert sich ein Mann. Hast du in den Hospitälern gefragt, in den Nonnenklöstern und dem Beginenkonvent? Eine Schwangere kann sich nicht in Luft auflösen, Herrgott noch mal! Es sei denn …« Gerhard brach ab und schwieg einen kurzen Augenblick. Er sah melancholisch in seinen Becher und riss dann plötzlich den Kopf hoch. »Daran habe ich noch gar nicht gedacht: Ob sie vielleicht die Geburt nicht überlebt hat? Viele Frauen sterben im Kindbett, auch junge, starke. Plötzlich dahingerafft von der kalten Hand des Todes, sie und das Kind. Vielleicht bin ich längst Witwer, ohne es zu wissen. Ach nein, nicht meine Margarete, die würde sogar dem Sensenmann den Garaus machen oder ihn zumindest das Fürchten lehren.«

Bei seinem letzten Satz war eine Mischung aus Hoffnung, Stolz und Verzweiflung mitgeschwungen. Leon bereute, Alina sein Wort gegeben zu haben, die Geburt des Jungen noch eine kleine Weile zu verschweigen. Gerhard litt wie ein Hund. Mochte ihn auch Seife in den Augen zum Jammern verleiten, die echten Schmerzen ertrug er, ohne zu lamentieren.

»Ich habe mich zu einem sprichwörtlichen Gang nach Canossa durchgerungen. Sobald mein Stiefel in Ordnung gebracht wurde, werde ich vor meine Schwiegereltern treten, demütig, wie einst König Heinrich vor Papst Gregor zu Kreuze kroch. Ich sehe keinen anderen Weg. Silja muss mir sagen, wo meine Frau zu finden ist. Sie haben mir ihr widerspenstiges Kleinod anvertraut, und ich will verdammt sein, wenn ich es nicht schaffe, sie unter mein Dach zu bringen! Lukas hat mir schließlich die Hand seiner Tochter gegeben.«

Äußerst widerstrebend allerdings nur, nachdem Margarete und Gerhard unbekleidet in einem Bett aufgefunden worden waren. Es war Margaretes Idee gewesen, mit dieser Provokation ihre Ehe durchzusetzen. Margarete versiegelte den Mund der Hebamme, die ihre Unversehrtheit festgestellt hatte, mit einem Silberstück, und dann ließ dieses bildhübsche Luder ihrem Vater keine andere Wahl. Sie hingegen hatte ihre Wahl bereits getroffen: Sie wollte den Adelstitel.

Wie wohl Wilhelm von Jülich seine skrupellose Schwiegertochter gefallen hätte? Und was hätte er wohl von seinem Sohn gehalten?

Leon überließ Gerhard seinen Sorgen und der Behandlung durch die fußkundige Bademagd. Mit raschen Schritten betrat er sein schlichtes Quartier. Betrachtete man die verschwenderische Üppigkeit des *Römerbrinnens* und schloss daraus auf die Ausstattung der Unterkünfte, so wurde man enttäuscht. Die Zimmer glichen in der Möblierung eher Klosterzellen. Ein Bett, eine Decke, ein Regal und eine Waschschüssel. Allerdings waren die Bretter des Bettes abgehobelt und stabil zusammengezimmert, über der Matratze lagen weiche Felle, und die Decken rochen nach den getrockneten Blüten, die das Tuch vor Mottenfraß schützen sollten.

An dem schwarzen Holzkreuz über der Tür steckten geweihte Buchsbaumzweige. Das dauerhafte Grün wuchs an der Mosel und vertrat hierzulande die Palmenfächer.

Leon zog die Stiefel von seinen Füßen und streckte sich auf dem Bett aus. Seine Gedanken wanderten zurück zu den urwüchsigen Palmen, murkeligen Bäumen, die der immerwährende Wind beutelte ... zu den sandfarbenen, gemauerten Häusern, die sich an die zerklüfteten Berge duckten, bis sie eins mit ihnen wurden ... zu dem smaragdfarbenen Meer, schön und gefährlich zugleich ... zu dem Tosen der Brandung und der schäumenden Gischt ... und schließlich zu Wilhelm von Jülich, der auf fremdem Boden sein Leben ausgehaucht und Leons Leben eine andere Wendung gegeben hatte.

Kapitel 20

Alina blieb einen Moment an der Tür stehen, schirmte mit einer Hand ihre Augen ab und genoss die Aussicht, die sich ihr bot. Es war kein neuer Schnee gefallen, vor dem strahlendblauen Himmel sah die Winterwelt wunderschön aus. Die Sonne brannte sogar ein wenig auf der Haut und ließ sie die durchdringend nasse Kälte der letzten Tage rasch vergessen. Heute würden die Tücher draußen und nicht am Ofen trocknen.

Heiner war früh aus dem Haus gegangen, und Sigmund schlief noch. Diese Tageszeit war Grit die liebste, um ungestört in der Küche zu hantieren. Sie hatte bereits Brei für die Stallgäste gewärmt. Martin hatte ein sicheres Gespür für Nahrung, er lief auf Alina zu und nahm ihr die dampfende Schale und die Löffel bereitwillig ab.

»Wie geht es deinem Freund?«

»Viel besser!« Martin grinste fröhlich, und Alina folgte ihm in den Stall.

Der Bettler war gerade erst erwacht, er sah noch ein wenig verschlafen drein und rieb sich die Augen. Bei Alinas Anblick griff er nach seinem Stock und wollte sich erheben.

»Bleibt sitzen, in Gottes Namen. Martin, haben wir hier etwas, womit wir einen provisorischen Tisch errichten können?«

Sie entdeckten eine wurmstichige Truhe, deren Deckel reichlich Platz für die Schale bot. Der alte Mann und Martin kamen tatsächlich gut damit zurecht. Im Nu war der

Brei verspeist, beide wischten sich mit gleicher Geste den Mund ab. Auf einen Wink hin holte Martin ein Lumpen-bündel unter dem Stroh hervor und legte es dem Bettler auf den Schoß. Matthias griff hinein, zog eine kleine Figur hervor und reichte sie Alina.

»Der bescheidene Dank eines Almosenempfängers für die Köchin des Hauses.«

»Ich werde sie ihr aushändigen, aber sie wird bestimmt schelten, weil die Figur um ein Vielfaches mehr wert ist als die bescheidenen Mahlzeiten.«

»Das zu beurteilen liegt im Ermessen des Hungrigen. Auch Euch möchte ich danken, denn was Ihr für den Jun-gen und mich getan habt, ist nicht selbstverständlich. Ich weiß, wovon ich rede.«

Alina errötete leicht. »Bleibt noch, und erholt Euch, bis Ihr genesen seid. Der Hausherr ist einverstanden.«

»Er muss ein guter Mann sein.«

»Ein herzensguter«, bestätigte Alina und spähte hinaus, um zu sehen, wer sich dort so laut unterhielt. Grit stand an der Haustür und sah abwechselnd zwischen zwei Männern hin und her, die offensichtlich die Meinung vertraten, dass Lautstärke ihren schauderhaften Dialekt wettmachte. Grit, die normalerweise jeder Lage gewachsen war, sah so ratlos drein, dass Alina ihr im Laufschritt zu Hilfe kam.

»Ich weiß nicht, was sie wollen.«

Alina erkannte die Gesichter. Die Herren waren Dinan-ter Gebildebäcker und gehörten zu Heiners Reisegruppe. Das eine und andere Wort verstand sie.

»Die Herren wollen Heiner sprechen und sich erkundi-gen, ob er eine baldige Abreise für möglich halte. Und sie wollen wissen, wie sie davon erfahren, wenn sich der Tross in Bewegung setzt«, übersetzte Alina für Grit und wandte sich wieder an die Männer. »Ich werde Heiner von Euch er-zählen und …«, zur Untermalung ihrer einfach gewählten

223

Worte nahm Alina die kleine Heiligenfigur zu Hilfe und kippelte sie über ihre Hand, als würde der kleine Mann gehen, »… Heiner wird Euch aufsuchen.«

Der größere der beiden nickte als Zeichen, dass er verstanden hatte. Der kleinere Dinanter, ein kerzengerader Mann mit vornehmen Zügen, griff zu Alinas Überraschung hastig nach der Figur, hielt sie mit Ehrerbietung vor sich und betrachtete sie von allen Seiten. Erregt tauschte er mit seinem Begleiter einige fremdländische Worte, dann erhielt Alina die Figur zurück. Die Männer verabschiedeten sich sehr höflich, und Grit schüttelte den Kopf, als sie die Tür schloss.

»Dinanter, ja?«, grummelte sie unwirsch. »Der junge Herr lässt sich mit seltsamem Volk ein.«

»Aber die Bezahlung in Form von Lebensmitteln hat dir zugesagt. Schau, die Figur hat Matthias mir für dich mitgegeben. Er dankt dir für die zugetane Bewirtung … Wer klopft denn nun schon wieder? Ob die Gebildebrotbäcker etwas vergessen haben?«

Ein atemloser Bote des Herrn Lukas Bergk stand vor der Tür. Nachdem der Bursche seine Nachricht übermittelt hatte, erhielt er einen Kanten Brot, einen halben Becher warme Milch und neue Instruktionen.

Noch vor dem Mittagsläuten erreichten Leon und Alina die Schatzkammer. Der Meister erwartete sie bereits. Alle Fackeln waren entzündet worden, die Luft war erhitzt und stickig. Um den Tisch herum herrschte eine wilde Unordnung, die wahrscheinlich nur der Prinzipal selbst beherrschte, auf dem Tisch lag eine fleckige Pergamentrolle. Bergk wies mit knapper Geste auf die Stühle.

»Bitte, nehmt Platz! Ich bin auf etwas gestoßen, was von Wichtigkeit sein könnte.«

Alina warf Leon einen verstohlenen Blick zu. Natürlich

hatten sie unterwegs darüber spekuliert, was sie erwarten würde. Alina war es immerhin gelungen, ihre Genugtuung zu verbergen. Sie war sich völlig im Klaren darüber, dass die Eile, mit der Bergk gearbeitet hatte, einzig seiner Freundschaft zu Sigmund zu verdanken war. Diese Wette hatte sie gewonnen. Aber es wäre unfreundlich, über jemanden zu triumphieren, dem sie schon zum zweiten Mal für ihre heile Haut dankbar sein musste.

Lukas Bergk entrollte den Bogen feierlich. Ein muffiger Geruch ging davon aus. Das Pergament war so lang wie ein Arm und so breit wie ein Unterarm. Bergk fixierte Anfang und Ende mit zwei faustgroßen Kieseln.

»Was ist das?«, fragte Alina wissensdurstig.

»Ein uralter Plan. Ein Entwurf, genauer, einer von vielen, für die schmückende Gestaltung der Pfalzkapelle, und es ist sogar wahrscheinlich, dass Kaiser Karl der Große ihn selbst in der Hand gehalten hat. Was ihr hier seht, ist gut und gerne vierhundertfünfzig Jahre alt und verdient es, mit Ehrfurcht behandelt zu werden.«

»Wie kann Pergament so lange überdauern, ohne zu verrotten?«

»Die Entwürfe steckten in einer mit Öltuch umwickelten Metallhülse und waren so vor extremer Witterung und Schädlingen geschützt. Der Pergamentbogen ist wie die weiteren Funde auch von hervorragender Qualität, und wer immer sie so schützte, dem sollten wir Dank zollen. Die Farben sind allerdings verblasst. Seht genau hin!«

Die Zeichnung zeigte die Brustbildnisse eines Paares mittleren Alters. Der Mann trug sein Haar lockig und kurz, sein Bart war sorgfältig gestutzt, und seine Gesichtszüge waren die eines achtbaren Mannes. Die Reichsinsignien, Krone und Reichsapfel, offenbarten, dass er ein Herrscher war. Neben ihm und ein wenig kleiner, um die Autorität des Machthabers nicht zu schmälern, war eine

Frau gezeichnet. Alina fragte sich, ob die Dame wohl mit dem Bildnis einverstanden gewesen war. Sie war schön, doch ein gebieterischer Zug um ihren Mund und ihre kühlen Augen ließen einen niederträchtigen Charakter vermuten.

Lukas Bergk begann in der Kammer auf und ab zu schreiten.

»Ihr seht Kaiser Karl und seine dritte Gemahlin Fastrada, die ihm die Töchter Theodrada und Hiltrud gebar. Was hier vor uns liegt, ist der Entwurf eines Mosaiks. Man darf davon ausgehen, dass der Handwerker dem erhabenen Kaiser ein Denkmal setzen wollte. Einem Eitlen hätte diese Huldigung gefallen, aber Kaiser Karl war ein genügsamer Mann, einer, der dem Volk nahe war. In einem Gotteshaus hatte das Abbild des Kaisers nichts zu suchen, und so wurde der Entwurf des Künstlers verbannt.«

»Warum schabte man das Bildnis nicht einfach ab? Tierhäute sind seit je her sehr wertvoll und, kunstvoll bearbeitet, kaum zu bezahlen.«

»Diese Frage beschäftigte mich auch, Frau Alina, und ließ mich die Hülse genauer betrachten. Eine herausragende Arbeit, und gleich aus mehreren Gründen lässt sie den Rückschluss zu, dass der Kaiser selbst sie bei einem Feinschmied in Auftrag gegeben hat. Später, nachdem er das Bild gesehen hatte.« Abwehrend hob Bergk die Hände: »Lasst mich ausreden! Vielleicht beantworte ich schon im nächsten Satz die Frage, die Euch auf der Zunge liegt. Ich kann nur vermuten, was damals passierte. Carolus Magnus ließ, wie erwähnt, ein Gotteshaus errichten. Er wollte keine Ruhmeshalle für sich selbst schaffen. Doch brachte er es nicht fertig, den Entwurf zu vernichten, und ich könnte sogar einen Grund dafür nennen: Man spricht auch heute noch von der mythischen Liebe Kaiser Karls zu seiner Gemahlin Fastrada und davon, dass dieser hochherzigen Verehrung ein abscheulicher Zauber zugrunde lag, Hexenwerk gar. Man munkelt, ein verwunschener Ring habe das gute Wesen des Kaisers verblendet und es bis über den Tod hinaus in Fastradas Gefangenschaft gehalten. Darum ist die Haut nicht abgeschabt worden: Der Kaiser verbarg sie vor der Welt. Das Mosaik hätte vermutlich die Größe des halben Daches haben sollen und ist vielleicht deshalb so detailgetreu. Seht auf die Hand der Kaiserin! Der Mosaikbildner hat selbst die kleinsten Windungen des Ringes genau festgehalten, und der Stein …«

Lukas Bergk schwieg bedeutungsvoll und sah Alina an. Sie nickte fasziniert.

»Ja, das ist der Ring. Oder eine Nacharbeit eines Kopisten.«

»Eine Nacharbeit halte ich für ausgeschlossen. Ich verwalte den einzigen Schlüssel zu den bestehenden Plänen.«

Leon holte mit einem Blick Alinas Erlaubnis ein, weitere Fragen zu stellen.

»Wäre es dennoch möglich, dass eine andere Person den reellen Wert des Schmuckstückes erkannt und den Ring deshalb an sich genommen haben könnte?«

Bergk trat näher an den Tisch heran. »Der vorhergehende Domschatzmeister kennt die Pläne natürlich, möglicherweise auch seine Gehilfen, wenn sie noch leben. Ebenfalls der Erzbischof und der Archivarschreiber, der mir zur Seite steht, aber sonst fiele mir keiner ein, der sich dafür interessieren könnte. Mein Freund Sigmund wahrscheinlich, aber ihm habe ich die Zeichnung nie gezeigt.«

»Und Eurer Tochter Margarete?«

Der Meister fiel sichtlich aus allen Wolken. »Wie kommt Ihr nur auf diesen abstrusen Gedanken? Margarete … nein. Na ja, vielleicht. Aber sie hat nichts damit zu tun. Sie ist in Jülich, bei ihrem Angetrauten. Kennt Ihr sie?«

Leon antwortete in sachlichem Ton: »Wir waren einst verlobt.«

Alina war froh, zu sitzen. Lukas Bergk verschlug es schlichtweg die Sprache. Er schnappte nach Luft wie ein Fisch auf dem Trockenen, starrte Leon an und versuchte, sich zu erinnern. »Ihr … mit meiner Tochter?«

»Vor elf oder zwölf Jahren – wir waren noch Kinder. Wahrscheinlich erinnert sich Margarete überhaupt nicht mehr an mich. Ich war damals schon dreizehn. Mein Herr hatte in der Stadt allerhand zu erledigen, und die Aufgaben, die ich derweil zu bewältigen hatte, beschäftigten mich nicht über die gesamte Dauer seiner Abwesenheit. Mir wurde bald langweilig, und ich fand einen Weg aus dem Fenster hinaus, in die Gasse hinunter. Dort lernte ich Margarete kennen. Na ja, sie war ein kleines Kind, eines heranwachsenden Knappen eigentlich nicht würdig, aber meine Jungenehre wurde nicht von Gleichaltrigen beobachtet und belacht. Ich mochte die Kleine, auch wenn sie bisweilen etwas zu anhänglich war. Bereits in der zweiten Woche unserer Freundschaft musste ich ihr hinter dem Backhaus schwören, sie zur Frau zu nehmen. Ein Schwur, der mir leichtfiel, denn er brachte mir eine ordentliche Ecke frischen Brotes und eine Wurst ein. Sie verlangte zur Hochzeit Geschmeide, schön und kostbar wie das, was ihren Vater umgab. Sie weckte in mir eine seltsame Vorstellung von Euch, werter Herr Bergk, die Ihr mir bitte nachseht.«

Bergk schaute ein wenig säuerlich drein. »Ich habe Margarete häufiger mit hierher genommen. Es gefiel ihr, und ich war froh, sie für etwas begeistern zu können.«

»Steht Ihr in Verbindung mit Eurer Tochter?«, fragte Alina.

»Bei meiner Treu, ich wüsste nicht, was Euch das anginge.«

»Es war Eure Tochter, die mir den Ring gestohlen hat!«

Bergk schüttelte den Kopf, dann begann er zu lachen. »Das kann nicht stimmen! Ihr spielt doch ein Spiel, erdacht von Sigmund Barth, um mich auf die Probe zu stellen. Mein alter Freund ist ein listiger Fuchs, geht, sagt ihm, ich habe seine Herausforderung angenommen und die gestellte Aufgabe gemeistert. Nun bin ich an der Reihe, mir etwas auszudenken.«

»Das ist beileibe kein Spiel«, begehrte Alina auf, doch Bergk hielt an dem fest, was er glauben wollte.

»Unsinn, hört auf! Der Ring der Kaiserin gilt seit mehr als vierhundertfünfzig Jahren als verschollen. Es heißt in einer Sage, Bischof Turpin habe ihn an sich genommen und in einen Teich geworfen. Wo soll der Ring denn nun so plötzlich herkommen?«

Darüber hatte Alina bereits nachgedacht. »Das ist mir auch noch ein Rätsel. Vor zehn Jahren geriet er in die Hände meines Vaters. Zuvor gehörte der Ring einem notleidenden Wanderarbeiter, der aus Aachen kam und zu seiner Familie heimwollte.«

»Notleidend, ach ja?« Deutliche Skepsis trat in Bergks Miene.

»Er war krank und starb bald darauf in den Ardennenwäldern. Eine fiebrige Erkältung raffte ihn mitten im Sommer dahin.«

»Vor zehn Jahren, sagt Ihr.« Der Schatzmeister überlegte eine Weile. Das Lachen war ihm vergangen. Er strich sich nachdenklich über die Unterlippe. »Das würde sogar einen Sinn ergeben ... Vor zehn oder elf Jahren begann Arnold von Merode den Bau einer Wehrburg am Frankenberg. Das Fundament war beinahe zur Gänze erstellt, doch die Lieferung der restlichen Bruchsteine verzögerte sich, weil die Steine fälschlich zur Dombaustelle geliefert und dort verbaut worden waren. Vogt Arnold von Merode entließ seine Arbeiter jedoch nicht, sondern beschäftigte sie mit der Ausschachtung des Wassergrabens. Er war zu einem Viertel gegraben, da hieß es, die neuen Steine sollten endlich gebracht und der Bau fortgesetzt werden. Die Bauarbeiter waren ruppige Kerle, solche, für die man beim Dombau keine Verwendung hatte. Einige von ihnen huldigten noch einer heidnischen Göttin namens Arduinna, und ihre christlichen Berufsgenossen begegneten den Heiden mit Misstrauen. Habt Ihr jemals schon von Bauopfern gehört?«

Leon nickte. »Ja, etwas Lebendiges wird in das Fundament eingemauert, um das Gebäude zu stärken und Unglücke fernzuhalten. Tiere meist, manchmal aber auch Menschen.«

»An der Frankenburg geschah Letzteres. Vielmehr sollte es geschehen. Ich kann nur wiedergeben, was ich damals gehört habe: Die Arbeiter lockten ein Kind in die Grube und mauerten es ein, um ganz sicherzugehen, dass kein Unglück über die Burg kommen würde. Allerdings war es ein findiges Kind, es schaffte sich zu befreien und floh. Steinarbeiter sind abergläubisch, und auch der Vogt von Merode verstand die Flucht des Opfers als ein schauerliches Omen, von Dämonen war gar die Rede. Er ließ die Baustelle umgehend ruhen. Erst auf Geheiß des Kaisers wurden die Arbeiten vor vier Jahren wiederaufgenommen.«

»Ihr habt ein gutes Gedächtnis.«

Leon hatte sehr wohl bemerkt, dass Lukas Bergk mit sich haderte, bevor er weitersprach.

»Kalle Haas saß vor zehn Jahren dort, wo Ihr jetzt sitzt, und bot mir einige Relikte zum Kauf an. Steingut, Krüge, ein Messer und die Dornenkrone Christi, die unsere Heiligkeit Carolus Magnus angeblich in Jerusalem aus Dankbarkeit für die Vertreibung der Ungläubigen von den Christen erhalten hatte. Die Dornenkrone war noch so frisch, dass sie Wurzeln ausbilden konnte, aber die restlichen Artefakte passten tatsächlich in die Ära des großen Kaisers. Arbeiter hatten sie im Aushub des Wassergrabens der Burg Frankenberg gefunden.«

»Eben spracht Ihr davon, der Bischof habe den Ring in einen Teich geworfen. Aachen ist auf ehemaligem Sumpfgebiet gebaut, nicht wahr? Könnte es demnach nicht möglich sein, dass dort, wo nun fester Boden ist, früher ein Teich war?«

»Das ist sogar sehr wahrscheinlich. Ein Karpfenteich ist ja noch jetzt in unmittelbarer Nähe, er soll nach Fertigstellung des Grabens in eben diesen abgeleitet werden. Früher war das Gewässer vermutlich noch größer als heute und hatte ein flacheres Ufer.«

»Die Arbeiter buddelten deshalb auch nicht sonderlich tief. Recht schnell stießen sie auf die Scherben, und einer von ihnen fand den Ring«, grübelte Alina und sprach ihre Gedanken laut aus. »Wahrscheinlich erhoffte er sich Glück und Reichtum von seinem Fund und ahnte dessen Wert zumindest annähernd. Allerdings starb er an der Erkältung, die er der feuchten Arbeit zu verdanken hatte. Ein trauriges Schicksal.«

Alina schilderte in wenigen Sätzen, wie sie selbst an das Schmuckstück gelangt war. Bergk hörte interessiert zu, und Leon runzelte kurz die Stirn.

»Du hast den Ring nie getragen?«

»Nein, Leon, nie. Es schien mir wie ein Sakrileg.«

Der Prinzipal war still geworden. Nun seufzte er tief und wischte sich die Augen. »Seid froh darüber. Als für die Kirche Tätiger darf ich nur begrenzt an die Zauber glauben, die nichts mit den himmlischen Wundern unseres Herrn Jesus Christus zu tun haben. Was meine ungeratene Tochter angeht, werde ich sie, sollte sie einen Fuß über meine Schwelle setzen, zur Rede stellen. Ihr sollt den Schmuck zurückerhalten, denn wenn ...«

Bergk hätte vermutlich noch etwas zu sagen gehabt, aber ein klerikaler Würdenträger klopfte an, flüsterte ihm etwas Dringliches ins Ohr. Der Prinzipal musste sich wieder seinen eigentlichen Aufgaben widmen.

Kapitel 21

»Nachdem ich die Geschichte Fastradas gehört habe, bin ich mir gar nicht mehr so sicher, ob ich den Ring überhaupt zurückhaben möchte. Es ist mir unheimlich zumute bei dem Gedanken, ein vielleicht zaubertätiges Ding um den Hals getragen zu haben.« Alina schüttelte sich. Sie waren in eine kleine Schankstube eingekehrt, hatten jeder ein Schmalzbrot verzehrt und sprachen nun die Gedanken aus, die sie bewegten.

Leon stimmte ihr nicht zu. »Es ist ja nur eine Sage.«

»Eine Sage hat aber immer einen wahren Kern. Ob Margarete diese Überlieferung kennt?«

»Ganz sicher. Hast du als heranwachsendes Mädchen etwa nicht derartig mystische Geschichten gemocht?« Leon wischte sich das Fett von den Fingern. »Geschichten von Rittern und Prinzessinnen, Drachen und Wichtelmännchen?«

»Doch, natürlich. Ich hatte das besondere Glück, dass mein Vater sich auf bildreiches Erzählen verstand. Er hatte diese Kunst im Orient erlernt, und seine Geschichten waren voller Leben. Ich roch den Duft der exotischen Blumen, ich schmeckte die fremde Luft, hörte die Musik, tanzte dazu und schritt auf weichen Teppichen durch die prächtigsten Paläste, wenn er nur von ihnen erzählte.«

»Märchen.« Das klang verächtlich.

»Nein, Leon, das war meine zweite Welt.«

»Ich bevorzuge diese Welt.«

Alina beschloss, diesen Satz überhört zu haben. »Vater

und ich sind in einem Karren umhergezogen, der Himmel war unser Dach. Wenn ich die Sterne sehe, muß ich noch heute an diese Zeit denken. Sie war viel zu kurz.«

»Wahrscheinlich empfändest du sie nur noch halb so schön, wenn du sie nun aus sachlichem Blickwinkel beurteilen müsstest. Du warst ein Kind und lebtest in den Tag hinein. Dein Vater wird alle Sorgen von dir ferngehalten, für einen vollen Topf gesorgt und dich beschützt haben, und obendrein gab es auch noch ergötzliche Orientphantasien zu hören.«

»Verwechsle mich nicht mit Margarete! Mein Leben bestand nicht nur aus Honiglecken. Aber darum geht es nicht, stimmt's? Was macht deine Stimme so bitter? Magst du keine Kinder? Oder magst du nur keine orientalischen Kinder wie Martin? Ich weiß nicht, was du erlebt hast, aber mit Sicherheit trägt der Junge keine Schuld an deinen Narben.«

»Was weißt du schon?«

»Ich habe Augen, und deine Hände sind unbedeckt.«

Leon sah seine Hände mit Missachtung an. Beide Daumen waren gebrochen gewesen, und die tiefe Wunde im Handrücken der Rechten war erst verheilt, nachdem eine verheerende Entzündung darin gewütet hatte. Eine tiefe weiße Narbe war geblieben.

»Was ist geschehen, Leon?«

»Warum willst du das wissen?«

Alina überlegte. Wenn sie Leon die falsche Antwort gab, würde er sich von ihr zurückziehen, das spürte sie. Genau das aber wollte sie nicht. Spätes Mitleid hätte einem mimosenhaften Mann gefallen, war bei Leon jedoch völlig unangebracht. Er musste sich mit der Wahrheit begnügen. »Weil mich Geschichten interessieren.«

Er schnaubte. »Geschichten? Denkst du überhaupt daran, dass sich hinter deinen unterhaltsamen Abenteuern Schicksale verbergen?«

Diese Bemerkung kränkte Alina, aber sie versuchte, sich nichts anmerken zu lassen. »Das mag sich herzlos anhören, aber ich kam in den letzten zehn Jahren meines Lebens kaum über den Pachtgrund hinaus. Was meinst du, wie viele Gelegenheiten ich wohl hatte, etwas anderes zu hören als die ewig gleichen Geschichten? Sicher, ab und an kamen Erzähler in den *Schwarzen Kapaun* und auch Gäste in unser Haus, aber es gab keine Tanzvergnügen, keine geselligen Erntedankfeste und keine Viehmarktbesuche für mich. Kannst du dir nicht vorstellen, dass es mich danach hungert, von den Schicksalen anderer zu erfahren?«

Und ganz besonders dem deinen, fügte sie in Gedanken hinzu.

Leon sah sie abschätzend an, seine Stimmung war schwierig einzuschätzen.

»Also gut, du sollst deine Geschichte haben, und ich werde mich bemühen, sie nicht zu rasch enden zu lassen. Ich wurde zusammen mit zwei weiteren Jungen als Page ausgebildet. Wir machten uns einen Spaß daraus, anderen Menschen Streiche zu spielen. Beging einer von uns eine Narretei, so war die nachfolgende noch verwegener und stand deshalb unter noch höherer Strafe, falls der Übeltäter erwischt würde. Wir stahlen Eier und Brot, bestellten erfundene Botschaften, klagten bei Festessen lauthals über grässliche Bauchschmerzen und bereiteten somit der Köchin arge Ungelegenheiten. Unser Dienstherr, ein frommer alter Mann namens Erasmus, sah sah unsere Possen zunächst mit Milde nach, was wir ihm als Schwäche auslegten und was uns veranlasste, uns noch unbändiger zu geben. Es war nur eine Frage der Zeit, bis wir zu weit gehen würden, und wie du dir wahrscheinlich denken kannst, war ich es, den man ertappte. Die Osterfeierlichkeiten standen bevor, im ganzen Haus wurden Vorbereitungen getroffen. Uns Jungen hatte der Dienstherr Erasmus eine

Überraschung angekündigt. Sie war, wie insgeheim erwartet, wenig aufregend und zudem weit unter meiner Würde: Mir wurde auferlegt, die Kapelle, in der man mich nur selten sah, zu Ehren des Herrn feierlich zu schmücken. Ich war ungeheuer missgelaunt. Ich genoss die Ausbildung eines zukünftigen Ritters, eines Kriegers, war mit einem Schwert gegürtet und sollte nun Blumenkränze flechten! Voller Wut tauschte ich die Altarkerzen gegen dicke Pastinaken, in deren Mitte ich zuvor kräftig hineingebissen hatte, und stellte Brennnesseln und trockene Äste in die Vasen. Als ich fertig war, schloss Erasmus die Kapelle ab, ohne hineingesehen zu haben. Ich dachte mir, dass die Überraschung gelungen sei!«

Ein leichtes Lächeln legte sich auf Leons Lippen, doch es verging, als er seine verformten Daumen gegeneinanderrieb.

»Am nächsten Morgen sollten wir uns in unseren besten Kleidungsstücken in der Kapelle einfinden, zu Ehren eines hohen Gastes, eines persönlichen Freundes unseres Dienstherrn.«

Bei diesem Gast handelte es sich um Wilhelm von Jülich, einem Ritter, der in dem Ruf stand, alle chevaleresken Eigenschaften in sich zu vereinen. Nie und nimmer hätten die Jungen gedacht, dass ein solch edler Herr ein Freund des alten Erasmus sein könne, und als der Ritter nach den Jungen schicken ließ, ahnten sie, dass er nicht zufällig, sondern wegen ihnen hier war. Eine fatale Situation für Leon.

Erasmus stellte die Pagen vor, äußerte über einen jeden von ihnen lobende Worte und erwähnte, was die Jungen zutiefst beschämte. Ihre Boshaftigkeiten jedoch verschwieg er. Es gab für Leon kein Zurück. Die Kapellentüren schwangen weit auf, der Priester schritt der rituellen Prozession voran. Natürlich fiel sein Blick auf die

Brennnesseln und die angebissenen Pastinaken. Das Gekicher der Jungmägde verstummte rasch, und der alte Erasmus wurde vor Niedergeschlagenheit ganz bleich. Wilhelm von Jülich jedoch tat, als wäre nichts geschehen. Nach der Andacht ließ er Gunter und Bertram vortreten und berief sie unter dem Jubel der Menschen und dem Zeugnis Gottes in den Knappenstand. Leon hingegen würdigte er keines Blickes.

»Diese Nichtachtung schmerzte mich mehr als ein Dutzend Hiebe mit dem Lederriemen. Glühend vor Scham verbarg ich mich vor den Augen der Feiernden und wünschte mir, nie wieder zurück zu müssen. Ich haderte, zögerte und verfluchte mich selbst, doch am Morgen tat ich, was mir als einsichtig erschien: Ich entschuldigte mich. Es kostete mich ungeheuerliche Überwindung, für meine Verfehlung um Ablass zu bitten, und ich erhielt eine Lektion, die ich im Leben nicht vergessen werde. Es waren nur wenige Sätze, aber sie trafen mich bis ins Mark.«

»Man hat dir verziehen, und du bist Knappe geworden?«

»Wilhelm von Jülich höchstselbst nahm mich in seine Dienste, und was mit einem Dummenjungenstreich begonnen hatte, veränderte mein Leben von Grund auf. Mein Dienstherr war auf dem Weg ins Morgenland, um sich den Truppen Ludwigs IX. anzuschließen. Es war ein erhabenes Gefühl, mit dem Heer zur Befreiung Jerusalems zu ziehen, auch wenn wir unter vielen Entbehrungen litten. Die Aussicht auf Ruhm lässt einen vieles hinnehmen. Hunger und Durst, die brennende Sonne und den Staub. Die Herbststürme spielten uns übel mit, doch schließlich erreichten wir Zypern, wo wir überwintern und neue Kraft schöpfen wollten. Ich war für unsere Pferde und für die Pflege der Rüstungen zuständig, und nachdem ich Routine in den dafür notwendigen Arbeiten erlangt hatte, begann ich mich nach wenigen Wochen zu langweilen. Ich erkundete Famagusta, eine muntere Handelsstadt und Schmelztiegel der Völker. Es herrschte ein unvorstellbares Sprachengewirr. Die Auswahl an fremdländischen Gütern war unerschöpflich. Die Händler machten ein gutes Geschäft, denn keiner der Männer wusste, ob er den Frühling überleben würde. Man umgab sich mit Schönem und Luxus, soweit es möglich war.

Auch Frauen boten sich dar, und ihre Dienste wurden rege angenommen. Ich aber hatte keine Augen für sie. Meine ganze Aufmerksamkeit galt Yasemin, der Tochter eines maronitischen Olivenölhändlers, und sie erwiderte mein Interesse. Wann immer wir es einrichten konnten, trafen wir uns heimlich, doch wir mussten geschickt sein, denn Yasemins Bruder Akim, der mich an deinen Martin erinnert, stellte uns nur allzu gern nach. Dieser kleine Schnüffler sorgte dafür, dass Yasemins Vater uns zusammen erwischte und mir den Umgang mit seiner Tochter untersagte. Ich habe versucht, sie wiederzusehen, das kannst du mir glauben, aber es gab viele Männer in Yasemins Familie, und alle waren darauf bedacht, mir beizubringen, was ein Araber unter der Ehre einer Frau verstand.«

Alina verspürte einen schmerzhaften Stich der Eifersucht, aber sie ließ sich nichts anmerken. »Brachten sie dir deine Verletzungen bei?«

»Ja, aber es war einzig meine Hartnäckigkeit, mit der ich ihre Handlungen heraufbeschwor.«

»Sie haben dich misshandelt, und du verzeihst ihnen leichten Herzens?«

»Ja, weil ich Yasemin nicht genug liebte, um sie zu heiraten. Ich versuchte, meine geschundenen Hände vor meinem Dienstherrn zu verbergen, es gelang mir sogar einige Tage, aber dann wurden die Schmerzen unerträglich, und ich brach zusammen. Wach wurde ich im Hospital des Johanniterordens, wo man sich darum bemüht hatte, meine Verletzungen zu kurieren.«

»Vermisste dein Dienstherr dich nicht?«

»Dazu hatte er keine Gelegenheit. Yasemins aufgebrachte Familie hatte Wilhelm von Jülich aufgesucht und verlangte Genugtuung für meine Tat. Ihre Gesetze gaben ihnen recht. Wilhelm war allerdings der Meinung, dass wir diesen Ungläubigen nichts schuldeten, schließlich waren wir im Begriff, gegen sie in den Krieg zu ziehen. Wilhelm verstand eine Geste eines jungen Orientalen als Angriff auf ihn, zog sein Schwert und tötete Yasemins ältesten Bruder, woraufhin ein blutiges Gemetzel entfesselt wurde. Kampfgesellen Wilhelms kamen hinzu und warfen sich ins Getümmel. Daraus folgten einige Wochen mit immer wieder aufflammenden Auseinandersetzungen.«

»Großer Gott, was für eine unglückliche Fügung!«, entfuhr es Alina.

»Ja, das war es, und ich allein trug die Schuld daran. Wilhelm von Jülich hatte innere Verletzungen davongetragen, die zunächst nicht schwerwiegend zu sein schienen. In Wirklichkeit aber starb er langsam und qualvoll. Ich arbeitete mittlerweile in dem Hospital, in dem ich selbst geheilt wurde. Abends, wenn mein Werk getan war, setzte ich mich meist an sein Bett. Wir waren beide dankbar füreinander. In der Ferne in vertrauter Mundart über die Heimat reden zu können vertrieb bisweilen sogar ein wenig die Trostlosigkeit, die uns erfasste, denn es war klar, dass unsere Schlacht verloren war, ehe der Krieg begonnen hatte. Wilhelm wurde zusehends schwächer und fasste einen Plan, in den er mich bald darauf einweihte. Es war die Sorge um seinen Sohn Gerhard, die ihn nicht in Frieden sterben ließ.«

»Du stehst also im Dienste Gerhards, weil du dich am Tod seines Vaters schuldig fühlst.«

»Sein Vater wusste um das ungestüme Wesen seines Sohnes. Wir schlossen einen Pakt: Ich würde in den Dienst Gerhards treten, ihm zur Seite stehen und nötigenfalls für ihn kämpfen. Im Gegenzug dazu erhielt ich genügend Münzen, um mir eine Passage auf dem nächsten Schiff zu sichern und an Land ein Pferd zu erwerben. Beinahe hätte Akim das zu verhindern gewusst. Dieser Bengel hasste mich glühend, und es war reines Glück, dass ich der Familienrache entkam. Der Kapitän war ein Halsabschneider, die Umstände waren keines Menschen würdig, aber ich war ein glücklicher Mann, als ich genuesischen Boden betrat. Längst habe ich die überstürzte Eile bereut. Ich hätte bei Wilhelm bleiben sollen, bis er seinen letzten Atem ausgehaucht hatte. Manchmal denke ich, er lebt noch dort auf Zypern.«

»War Gerhard von Jülich damit einverstanden, dass du in seine Dienste tratst?«

Leon rückte ein wenig zur Seite, ließ einen mageren Spielmann vorbei und lehnte sich dann zurück. »Er hatte keine andere Wahl. Als ich Jülich erreichte, war er kein freier Mann mehr. Die Nachricht über Wilhelms Tod war mir vorausgeeilt. Wie es hieß, hatte Wilhelm seinem Neffen Reinhard aus Zorn auf seinen Sohn irgendwann einmal voreilig Land versprochen. Ehedem waren die Vettern unzertrennlich, doch der Streit um die Erbschaft hatte die Männer entzweit.«

Und nicht nur diesen Streit erfuhr Alina. So manche Einzelheit stimmte mit Neidhards unterhaltender Geschichte überein, anderes aber mochte er ersonnen und hinzugefügt haben.

Bei einem Kampfgetümmel war Gerhards Gemächt zu Schaden gekommen, und um dem Fass noch den Boden auszuschlagen, verführte der schöne Reinhard die blutjunge Frau seines Vetters, als sie halbherzig um dessen Freiheit ersuchte. Reinhard zu Bongartz, ein feingeistiger

240

Charmeur, widmete sich voller Hingabe Margaretes Bedürfnissen. Und Margarete? Sie genoss seine Leidenschaft und machte keinen Hehl aus ihrer Zuneigung zu Reinhard. Bald kam sie nur noch zu Besuch in ihr eigenes Haus. Gerhard tobte in seinem Karzer, doch nichts in der Welt brachte ihn dazu, Reinhard zu Bongartz das von diesem begehrte Land zuzugestehen. Das war der Stand der Dinge, als Leon in Jülich eintraf. Gerhard war wegen seines aufbrausenden Wesens kein beliebter Mann. Niemand riss sich ein Bein aus, um den Herrn frei zu sehen, Margarete am allerwenigsten.

Leon fand heraus, was er wissen musste, da er aber nicht über die Mittel verfügte, Gerhard freizukaufen, entsandte er ein Gesuch mit der Bitte um Zahlung des Lösegeldes an Lukas Bergk. Der Prinzipal weilte zu dieser Zeit in Köln, und so zogen mehrere Wochen ins Land, bevor seine Antwort eintraf. Inzwischen stellte Margarete zweifelsfrei ihre Schwangerschaft fest. Sie beschwor den schönen Reinhard, zusammen mit ihr den Legaten Konrad Are von Hochstaden aufzusuchen, dessen persönliche Interessen mit denen des Reiches nicht immer konform gingen. Sie vermutete, dass ein Geschenk in Ehren, eben jenes Land, um das der Streit entbrannt war, dessen angekratzte Machtposition restaurieren würde. Im Gegenzug sollte Hochstaden die Annullierung ihrer Ehe mit Gerhard herbeiführen und somit der Eheschließung mit Reinhard zu Bongarz den Weg ebnen.

»Ein klarer Plan. Aber stellte Lukas Bergk das Lösegeld bereit, bevor es soweit war?«, fragte Alina.

»Ja, er händigte es mir aus, und ich suchte den Bongarzhof auf. Für Margarete mussten sich einige schwarze Tage aneinandergereiht haben. Ihr Bauch wurde rund, und sie bedrängte Reinhard, setzte ihm zu und flehte ihn verzweifelt an. Für eine Geliebte brachte sie viel zu viele Forderungen und Probleme mit sich, und eine Ehefrau wollte Reinhard nicht. Schon gar nicht eine, von der er wusste, dass sie untreu war. Margarete hing schwer wie Blei an seinen Füßen. Längst hatte er eine andere Gespielin auserwählt. Bergks Lösegeldzahlung für Gerhard kam Reinhard gerade recht. Er nahm die Münzen, ließ das Gitter öffnen, und Gerhard, der über die Machenschaften seiner Gattin mehr wusste, als dieser lieb war, stürzte ihr hinterher, nachdem er einige Angelegenheiten geregelt hatte.«

»Margarete ergriff die Flucht, was in Anbetracht ihrer Lage auch recht vernünftig war. Sie kam im Hufenhof nieder, sah den Ring an meinem Hals, erkannte und entwendete ihn. Wenn der Schmuck tatsächlich ein Herz zu binden vermag, kennen wir wahrscheinlich Margaretes nächstes Ziel. Wo lebt Reinhard zu Bongarz?«

»Auf einem befestigten Gutshof nahe Dürboslar. Allerdings verließ er den Hof wohlweislich, bevor sein Verwalter Gerhard in die Freiheit entließ.«

Alina dachte nach. »Unweit von Dürboslar verläuft die Krönungsstraße, die Flandern mit Oberitalien verbindet, nicht wahr? Leon, denkst du auch, dass Margarete erneut versuchen wird, Reinhards Zuneigung zu erringen?«

»Ja, vermutlich wird sie genau das versuchen.«

»Wenn wir sie hier nicht finden, nimmst du mich dann mit nach Dürboslar?«

Leon sah sie bestürzt an. »Alina, du bist eine Jungfer, du kannst nicht in der Gefolgschaft zweier Männer reisen, ohne deinen Ruf zu gefährden!«

»Meiner Tante habt ihr keine Wahl gelassen.«

»Das war nur ein kurzer Weg, und deine Tante … sie ist alt und verheiratet. Du bist hübsch, jung und wehrlos, wie du ja am eigenen Leib erfahren hast.«

Es war eine Bloßstellung, wieder an ihr Erlebnis in der Metzgergasse erinnert zu werden.

Alina hob die Nase ein wenig höher. »Ich gestatte dir, auf mich aufzupassen. Ich verspreche auch, dass ich deinen Anweisungen Folge leisten werde.« Sie senkte sittsam die Augenlider, aber unter den Wimpern hindurch konnte sie sehr wohl erkennen, dass sie Leon erstaunt hatte. Gut! »Komm morgen zur Vesper, dann kannst du meinen Hausherrn kennenlernen.«

»Und ihm die Genehmigung zu deiner Reise abluchsen?«

»Herrje! Du musst mich nicht gleich heiraten! Beruhige ihn nur, sag ihm, dass du über Kampferfahrung verfügst, mach ihn glauben, dass mir nichts geschieht. Leon, ich brauche den Ring!«

»Um einem Mann den Kopf zu verdrehen?«

Die Bemerkung war als Scherz gemeint, aber Alina konnte sie nicht lustig finden.

»Das habe ich nicht nötig!« Sie wandte sich brüsk ab, doch Leon ergriff ihren Arm und hielt sie einen Augenblick fest.

»Stimmt, Alina.«

Sigmund litt unter schmerzhaftem Gliederreißen. Grit hatte ihm nahe dem Feuer sein Nachtlager gerichtet und es mit Fellen gepolstert. Die Magd lehnte mit dem Rücken an dem Lager, die bloßen Füße dem Feuer entgegengestreckt, und war mit einer Näharbeit beschäftigt. Als Alina heimkam, hob Grit ihren Kopf und klopfte auf den freien Platz neben sich. Sie wechselten einige belanglose Worte, dann seufzte Grit und flüsterte: »Heiner ist immer noch nicht da. Kannst du nicht mal mit ihm reden? Sigmund zuliebe, er macht sich Sorgen. Jutta fehlt ihm. Er treibt sich herum.«

»Du machst dir bestimmt unnötig Sorgen, Grit, und den Grund, warum Heiner ausbleibt, glaube ich zu kennen:

243

Heiner machte ein Geheimnis daraus, aber wahrscheinlich marschiert er umher und versucht, einen seiner Freunde dazu zu bewegen, mich kennenlernen zu wollen. Dies ist Tante Adelgundes Werk, die mich verheiratet sehen will. Lass ihn ruhig, mich stört es nicht.«

»Also, ich weiß nicht … Er ist doch nur dein Spielfreund und nicht dein Vater oder Bruder.«

»Was ist denn schon dabei? Vielleicht gefällt er mir ja sogar.«

»Spiel nicht mit dem Feuer, so manche hat sich schon mehr als nur die Finger verbrannt! Das ist kein Zeitvertreib, glaub mir! Und was ist mit dem Mann, der dich an der Tür abgeholt hat? Der war bemerkenswert.«

»Leon Dabrey – ich habe ihn zur morgigen Vesper eingeladen. Ich hoffe nur, dass der Hausherr nichts dagegen hat.«

»Vielleicht solltest du ihn wenigstens einmal fragen, bevor du Gäste einlädst! Aber nicht jetzt, ich möchte nicht, dass er aufwacht.« Grit sah besorgt aus.

Alina strich ihr tröstend über den Arm. »Eine bessere Pflege als die deine kann Sigmund nicht bekommen. Sag mir bitte nur, wo du das Honiggebäck gelassen hast, dann bin ich auch schon weg.«

Das Körbchen fand sich in der eisigkalten Frauenstube. Alina stellte das Handlicht auf die Holzdielen, nahm das hauchzarte Körbchen mit klammen Fingern auf und setzte sich auf das Bett. Das süße Gebäck zerschmolz geradezu auf ihrer Zunge, und wenn sie sich nicht einer gewissen Selbstbeherrschung befleißigt hätte, wäre das zarten Backwerk auf der Stelle in ihrem Magen verschwunden.

Hoffentlich behielt sie recht, und Margarete würde tatsächlich mitsamt dem Ring nach Dürboslar ziehen, um erneut die Zuneigung Reinhards zu gewinnen. Was musste das für ein Mann sein, dem Margarete derart verfallen war, dass sie für ihn sogar ihren heißgeliebten Titel opfern würde?

Bestimmt war er eindrucksvoll, hatte eine angenehme Stimme, war gewandt und gebildet.

So wie Leon.

Alina ließ sich auf die Strohmatratze zurücksinken. Ihre Gedanken trieben zwischen Wachen und Schlafen eine Weile ziellos umher, bevor sie zu dem unangenehmen Zwischenfall in der Metzgergasse zurückkehrten. Der grobe Kerl hätte ihr tatsächlich Gewalt angetan, wäre Leon nicht erschienen. Eine Art Schrecken lähmte sie, und erst jetzt begannen ihre Finger zu zittern.

Es war, als würde sie das, was ihr widerfahren war, ganz genau so noch einmal erleben. Als würde die ungeschlachte Umklammerung sie immer fester umfangen ... als würde sie die derben Finger auf ihrem Rücken fühlen.

Alina setzte sich mit einem Ruck auf und starrte in die Flamme, dann sah sie hinter sich auf den Strohsack. Ein kleines Kreuz, ein geschnitzter Kettenanhänger, lag dort. Auf ihm hatte sie gelegen.

Unten klappte eine Tür zu. Heiner war endlich nach Hause gekommen und trat den Schnee von seinen Schuhen ab. Alina kletterte die schmale Stiege bis zur Hälfte hinab, und Heiner sah ihr mit schlechtem Gewissen entgegen. »Ich muss mit dir sprechen, falls du überhaupt noch mit mir reden willst.«

Sie winkte ihn zu sich und flüsterte: »Psst. Wenn du nicht wieder so einen Unsinn reden willst, komm nach oben. Dein Vater braucht seinen Schlaf.«

Heiner musste den Kopf einziehen, als er über die Schwelle der Frauenkammer trat. Er steuerte sogleich das Bett an, ließ sich darauf nieder und zog die Holzschuhe von seinen Füßen. Sein Blick streifte das beinah leere Naschwerkkörbchen. Er räusperte sich.

245

»Alina, stimmt es, dass du dich mit einem Kerl in Schankstuben herumtreibst?«

»Ich wurde eingeladen, das stimmt, aber woher weißt du das?«

»Unwichtig.«

Der Holzboden unter Alinas Füßen knarrte. Sie setzte sich auf den Deckel der Truhe und sah Heiner herausfordernd an. Schelmisch legte sie ihren Kopf ein wenig schief und fragte: »Du hast mich doch nicht etwa beobachtet?«

»Mh.«

»Heiner!«

»Ja, ich habe dich gesehen.«

»Herr Dabrey ist morgen unser Gast, da kannst du ihn kennenlernen. Du kannst es dir sparen, hinter mir herzuschleichen. Wie kommst du überhaupt dazu?«

Alina verging der heitere Umgangston, als sie die Empörung in Heiners Gesicht sah. Sie hatte geglaubt, einen Reumütigen vor sich zu haben, aber statt eine Entschuldigung zu hören, wurde sie angeklagt.

»Wie ich dazu komme? Weil du dich nicht wie eine gottgefällige Maid verhältst. Bettler schleppst du an, einen Gassenjungen, versoffene Geschichtenerzähler. Nun lädst du zu allem Überfluss auch noch den Kerl ein, der das Haus deiner Tante verwüstet hat. Bist du von allen guten Geistern verlassen? Die Gutmütigkeit meines Vaters derart auszunutzen ist widerlich, Alina! Warum machst du das? Warum? Wen willst du damit demütigen?«

»Ich wollte es niemandem sagen, aber Dabrey hat mich aus einer bedrohlichen Situat…«

»Sei still!«

Heiner stand auf. Sein fahles Gesicht war merkwürdig verzerrt. Er hatte seine Fäuste geballt. Seine Größe schien die gesamte Dachstube auszufüllen, und hätte Alina nicht gesessen, wäre sie unwillkürlich zurückgewichen. So aber schluckte sie nur und sah Heiner an. Er war ihr fremd geworden – und er flößte ihr Angst ein.

»Nun tu nicht so unschuldig, Alina. Du hast Jutta unter das Dach der Huferinnen gelotst, du bist anstelle meiner Gemahlin mit mir gefahren und hast dich des Nachts lüstern an mich gedrückt. Komm her, zier dich nicht!«

Voller Verzweiflung wehrte sie sich. Sie trat und schlug um sich, doch vermochte sie kaum Beine und Arme zu bewegen. Die Luft wurde ihr knapp, Schweißperlen traten auf ihre Stirn, und wäre sie nicht vor Schreck aufgefahren, hätte sie wahrscheinlich das ganze Haus zusammengeschrien.

Es war wie in der Metzgergasse, nur hier würde ihr Leon nicht zu Hilfe eilen.

Kapitel 22

Alina rang keuchend nach Luft. Die Kerze war verloschen. Allmählich gewöhnten sich ihre Augen an das dumpfe Licht. Sie war alleine in der Dachkammer, allein mit ihren Dämonen.

Mit ihrem Erwachen verblassten auch diese, und Alina schwang die Beine aus dem Bettkasten. Unten war alles still, kein Licht drang herauf. Die Bewohner des Hauses schliefen schon längst.

Armer Heiner, dass ausgerechnet er in ihrem haarsträubenden Traum den Bösewicht darstellte, hatte er wahrlich nicht verdient. Alina fröstelte, tastete nach einem Fell und hängte es sich um die Schultern. Etwas fiel leise zu Boden, und Alina zog das Leder von der Luke. Der Mond schien hell. Suchend tastete sie um ihre Füße herum und hielt das Kreuzchen in ihrer Hand, von dem sie glaubte, es hätte alleine zu ihrem grässlichen Traum gehört. Doch es war real.

Erst vorgestern hatte sie das Kreuzchen bei Martin gesehen. Er trug es an einem Lederband um den Hals, und sie hatte die feine Machart gelobt. Was allerdings immer noch nicht erklärte, wie es den Weg in die Frauenkammer gefunden hatte. An diesem Ort hatte Martin wahrlich nichts ohne einen Auftrag zu suchen. Alina benutzte das Nachtgeschirr, wickelte sich ins Bettzeug, bevor sie traumlos einschlief.

Grit war bereits wach und stocherte in der Glut, um ein neues Feuer zu entfachen. Kleine Funken stoben auf. Alina legte zuerst Stroh nach und dann, auf Grits Geheiß, einige kleine Klumpen schwarzer Kohle, die vor den Toren Aachens abgebaut wurde.

»Ausgerechnet für heute hast du einen Gast geladen? Schau!« Grit hielt Alina ihre Hände hin, die Finger wie Krallen gekrümmt. »Heute sind die Schmerzen in den Gelenken besonders schlimm. Es wird anderes Wetter geben.«

»Du meinst, es wird wärmer?«

»Ja, es wäre gut, wenn der Winter uns eine Verschnaufpause gönnen würde. Alina, wärst du bitte so gut und würdest heute das Kochen übernehmen? Meine Schwester hat mich gebeten, sie zu besuchen, so wie ich etwas Zeit erübrigen kann. Arger Familienkummer plagt sie, und vielleicht ist es mir möglich, ihr beizustehen. Die Bedauernswerte hat es wirklich nicht leicht, hat es nicht so gut getroffen wie ich. Mein Schwager ist ein guter Mann, aber die Kinder machen Kummer.«

»Geh nur! Ich werde zurechtkommen. Sag mir nur, was ich bereiten soll.«

»Ich werde dir sagen, welche Zutaten für heute vorgesehen sind. Du kannst sie verwenden, wie es dir gefällt. Nimm Gewürze und Kräuter, ganz wie du sie brauchst.«

Grits Vorschlag stieß nicht auf taube Ohren. Kaum dass die Magd sich auf den Weg gemacht hatte, sah sich Alina in Ruhe in der Speisekammer um, öffnete die Säckchen, die zum Schutz vor Nagern hoch oben an der Decke hingen, entkorkte Flaschen und hob schwere Deckel. Auch Grit hatte ein Vorratsloch im kleinen Garten, doch Alina fand alles, was sie benötigte, im Haus. Einen Moment blieb sie vor dem Arbeitstisch stehen und prüfte, ob alles bereitlag, bevor sie Martin rief und ihn anwies, das Korn zu mahlen. Diese Arbeit war jedem verhasst, sie erlahmte die Arme und dauerte lange. Bei Martin aber konnte man sich darauf verlassen, dass er sich ins Zeug warf, um möglichst rasch wieder in den Stall huschen zu können.

Sogar Honig war vorhanden, ebenso Senfkörner und trockene Beeren. Mit den gedörrten Datteln würde sie sparsam umgehen. Sie waren äußerst wertvoll, und es kam einem Wunder gleich, überhaupt solche Früchte zur Verfügung zu haben.

Alina konnte sich nicht mehr an ihre Mutter erinnern, sie war nur noch der Hauch eines Schattens. Einzig Alinas Existenz zeugte vom Dasein ihrer Mutter. Tante Adelgunde jedoch hatte es sich in Andenken an Alinas Mutter zu eigen gemacht, ein paar orientalische Rezepte von den Reisenden auf der Krönungsstraße in Erfahrung zu bringen und aufzuzeichnen. Zumindest einige, von denen sie glaubte, dass sie im Morgenland ihren Ursprung hatten und zu denen sie die Kräuter verwendete, die ihr Bruder Konrad damals von den Fahrten mitgebracht hatte.

Auch Grits Vorrat war eine Bereicherung. Alina war beinahe den ganzen Tag beschäftigt, obgleich sie nur dicke Brühe, ein Schmorgericht und eine Süßspeise anrichtete. Martin lief für sie zum Gemeinschaftsofen und war ihr auch sonst eine Hilfe.

Einige Male hatte Sigmund neugierig in die Grapen geschaut, aber er hatte sich in keiner Weise eingemischt. Als Grit zurückkehrte, nahm er sie einen Moment zur Seite und wisperte mit der Magd. Ihr Besuch schien wenig erfreulich verlaufen zu sein. Gram stand auf ihrem Gesicht.

Alina bearbeitete gerade einen Kessel mit der Wurzelbürste, als Grit hinzukam, einen Lappen nahm und damit die Tischplatte reinigte.

»Hast du deiner Schwester helfen können?«, fragte Alina mit ehrlichem Interesse.

Grit rieb sich müde die Stirn und schüttelte den Kopf. »Da kann ich nichts tun. Meine Nichte ist ein liebes Mädel, aber sie macht meiner Schwester nur Kummer. Heiraten soll sie, das wurde mit einem Handschlag besiegelt.

Der Hühnermetzger ist kein ansehnlicher Mann und dreizehn Jahre älter als Gretchen, aber sie hat zugestimmt. Nun aber tändelt sie offen mit dem Bäckerlehrling. Das ist nicht gut, gar nicht gut.« Grit nahm ein Stück Brot und tunkte es in die Soße. Mit vollen Wangen meinte sie lobend: »Das ist richtig lecker.«

Alina legte das Vorbindetuch ab und wusch sich die klebrigen Hände. »Ich bin schon vom Kochen satt! Wenn ich nicht sofort einen anderen Geruch in die Nase bekomme, brauche ich mich erst gar nicht an den Tisch zu setzen.«

»Dann geh in den Stall und gib den Kostgängern etwas zum Probieren. Ich werde saubermachen«, sagte Grit und griff nach der Bürste.

Obwohl die meisten Stücke des Huhnes für die Familie vorgesehen waren, schwammen einige Bröckchen in den Topf herum, den Alina vorsichtig in den Stall trug. Die Brühe verbreitete einen so guten Duft, dass die beiden Kostgänger ihre Aufmerksamkeit von dem fesselnden Tabula-Spiel umgehend dem bei weitem noch interessanteren Topf zuwendeten. Martin hatte seine ganze Überzeugungskraft aufbringen müssen, um Matthias dazu zu bewegen, noch einen weiteren Tag auszuruhen.

»Er fühlt sich wie ein Gefangener, sei ihm nicht böse, Alina«, hatte der Junge ihr zugeraunt, als er den Mist aus dem Stall karrte und Alina beim Spülwasserauskippen begegnete. »Matthias ist das unabhängige Leben gewöhnt.«

»Mir scheint, dass ihm ein paar weitere Tage Ruhe guttun würden. Aber ich kann ihn nicht zwingen hierzubleiben. Genau so wenig wie dich.«

»Ich habe alles, was ich brauche, und würde gerne hier in Dienst bleiben, wenn ich darf«, versicherte Martin. Der Junge machte sich nützlich, ohne dass man ihn lange bit-

ten musste. Er kümmerte sich selbständig um die Esel-
stute, tränkte und fütterte sie, bewegte sie in der Gasse am
Halfter auf und ab, um lebensbedrohliche Koliken zu ver-
hindern, und mistete den Stall aus. Er erledigte Lauf- und
Botendienste und hatte mit einigen der Gassenjungen
Freundschaft geschlossen und zu wenigen anderen die
Feindschaft gefestigt.

Alina hatte es sich zu eigen gemacht, auf ein beschauli-
ches Schwätzchen im Stall zu verweilen, heute aber plagte
sie die Unruhe, und sie erzählte den beiden auch den
Grund, noch bevor sie die Löffel aus ihrer Tasche hervor-
holte.

»Heute ist es das erste Mal, dass ich hier ohne Hilfe ein
Gastmahl bereite, und die Hühnerbrühe muss bereits sieben hungrige Mägen anwärmen. Und gerade als ich die
Küche verließ, kam ein Bote und kündigte an, dass Heiner
einen weiteren Hausgast eingeladen hat. Ich werde mich
grässlich bloßstellen. Am liebsten würde ich dem Tisch
fernbleiben.«

Martin aß unverdrossen und versicherte Alina, wie
schmackhaft er das Mahl fand. Er konnte ihre Sorge nicht
verstehen, wusste nicht, wie sehr sie Leon imponieren
wollte und wie sehr ihr an dessen guter Meinung gelegen
war. Der Junge wischte seine Schale mit Brot trocken und
lief dann los, um sie Grit zurückzubringen.

Der Alte aß bedächtiger.

»Fünf sind geladen, zehn sind gekommen; gieß Wasser
zur Suppe, heiß alle willkommen«, sprach der Bettler mit
fester Stimme und hielt Alina, als hätte er sie aus dem Ärmel gezogen, vier tadellose neue Löffel hin. Sie waren
nicht nur glatt, sondern die Griffe auch noch mit Mustern
versehen. »Mein Dank der Köchin.«

»Es geht doch nicht, dass Ihr Euch für eine Mahlzeit
derart üppig bedankt.«

»Es ist nicht nur die Mahlzeit, wisst Ihr, es ist auch die Menschenwürde, die Ihr mir entgegenbringt. Ihr, der Gastherr und der Junge.«

»Ich weiß, ich bin vorwitzig, darf ich Euch dennoch eine Frage stellen?«

»Nur zu.«

»Ist Martin Euer Sohn?«

Der alte Bettler schüttelte den Kopf. »Nein, er ist ein Knabe, der in seiner Heimat noch weniger eine Zukunft hatte als in meiner. Der Bastard eines Ritters – die Mutter war eine arme Frau mit einem ganzen Stall voller Kinder. Sie hat ihn mir verkauft, wie Joseph von seinen Brüdern einst nach Ägypten verkauft wurde. Martin hat mir nach dem Verlust des Beines dasselbe ersetzt, und ich habe nach bestem Wissen dafür gesorgt, ihn zu lehren, was er wissen muss, um hier zu überleben. Wie mir scheint, ist er bei der Magd gut gelitten und ist so beflissen, dass ich stolz auf ihn sein kann.«

»Das könnt Ihr wahrlich.«

»Mh, so etwas habe ich lange nicht gegessen. Rosmarin, Thymian und Knoblauch … Wer ist der junge Mann, dessen Bewunderung Ihr erringen wollt?«

Gegen ihren Willen flog zarte Röte über Alinas Wangen. »Herr Leon Dabrey. Ich kenne ihn kaum, und er macht nicht unbedingt den galantesten Eindruck.«

»Aber er gefällt Euch.«

»Mehr, als er es sollte«, gestand Alina. »Meine Tante hegt die leise Hoffnung, dass ich bei meinem Besuch hier vielleicht einen Mann kennenlerne, der mir die Ehe anträgt. Mir ist allerdings eines klargeworden: Ihr Plan kann unmöglich aufgehen, denn in Aachen werde ich niemals – schon gar nicht im Winter – die Bekanntschaft eines Bauern oder Großknechts machen. Leute meines Schlages kommen erst im Frühjahr wieder, wenn die Saathändler ihre Zelte

253

aufschlagen. Herr Dabrey ist einem Edelherrn verpflichtet, meine unrühmliche Bekanntschaft aus der Metzgergasse hätte mich am liebsten vergewaltigt, und wenn ich – mit Verlaub – Euch und Martin unerwähnt lasse, habe ich ansonsten nur mit dem Brotbäcker, dem Räucherer, einem Hehler, einem Dinanter und dem Domprinzipalen Worte gewechselt.«

»Eine illustre Runde. Wie alt seid Ihr?«

»Achtzehn.«

»Ihr werdet noch sehr lange verheiratet sein können.« Diese Bemerkung hätte ebenso von Sigmund stammen können, doch hätte dieser dort geschmunzelt, wo Matthias ernst blieb. »Habt Ihr Herrn Dabrey Euer Herz geschenkt?«

»Nein, und selbst wenn, bedürfte es der Hilfe des Zauberringes, von dem ich Euch erzählte, damit er mich überhaupt als Frau bemerkte. Er ist ein kultivierter Mann, einer, der Knappe war und bestimmt schon bald, wenn er sein Gelübde erfüllt hat, zum Ritter geschlagen wird. Von Land hat er nie gesprochen. Ich sollte mir jeden Gedanken an ihn aus dem Kopf schlagen, denn eher geht ein Ritter in die Binsen, als dass er in achtbarer Absicht an ein Bauernmädchen herantritt.«

»Ausgenommen, es ist ein bettelarmer Ritter und das Bauernmädchen wäre steinreich, weil es, sagen wir … einen berühmten goldenen Ring besitzt? Würde dies etwas an seiner Zuneigung ändern?«

»Dieser Gedanke ist mir noch nie in den Sinn gekommen, aber ja, ich glaube, es würde die Liebe verändern. Wenn nicht gar unmöglich machen.«

Alina seufzte nachdenklich und schlang die Arme um ihre Knie. Der Stallkater kam heran, schmiegte sich buckelnd an sie und ließ sich ausgiebig streicheln.

Steinreich … Wieviel mochte der Ring wohl wert sein?

Warum nur hatte sie Lukas Bergk nicht nach dem ungefähren Wert gefragt?

»Ach, ich weiß nicht, was ich glauben soll. Es ist einfacher, seinen Bauch in der Stadt zu füllen, aber das Leben ansonsten ist hier viel verwickelter. Die Mädchen hier liebäugeln, ohne gleich die Sitten zu verletzen, aber ich fühle mich so schrecklich plump.«

Sie hätte längst zurückkehren und sich herrichten, ihre Haare kämmen und neu flechten, das Gesicht waschen und das Kleid ausbürsten sollen. Doch wozu? Missmut trat in ihr zutage wie ein galliges Gewächs, und ein paar unschöne Vermutungen schossen hoch auf. Doch ehe es überhandnehmen konnte, scheuchte Grit sie beiseite. Sie lugte mit hochroten Wangen in den Stall, nickte dem Bettler lächelnd zu und winkte Alina eiligst heran.

»Bist du da festgewachsen? Komm endlich, man fragt schon nach dir!«

»Herr Dabrey?«

Grit nahm Alina beim Ärmel und lotste sie energisch zurück. Vor der Hintertür zupfte sie noch ein wenig an Alinas Haube und rückte die Falten ihres Rockes zurecht.

»Nein, Heiner ist es, und er hat einen Mann mitgebracht, der dir gefallen könnte. Obwohl er Dinanter ist.«

»Du sagst das, als sei dies eine Krankheit.«

»Ein Makel ist es allemal, das wirst du wohl kaum abstreiten, nicht wahr?«

Eine Totenfeier mochte mehr Freude hervorgerufen haben, als es das Vespermahl im Hause Barth tat. Es lag nicht an den Speisen, die Grit und Alina auftrugen. Tatsächlich entstand im Austausch der Meinungen darüber so etwas wie ein harmonisches Gespräch, was aber leider nur von kurzer Dauer war. Der Dinanter Gebildebäcker mit dem Namen Filip war jener aufrechte Mann, mit dem Alina bereits flüchtig gesprochen hatte. Eine ausdauernde Mittelmäßigkeit umgab ihn. Beharrlich gab er sich Mühe, Alina zu unterhalten, aber seine Anstrengungen waren zäh und in dem Bestreben, möglichst perfekt zu sein, auch unendlich eintönig. Alinas höfliche, kaum verhohlene Langeweile wiederum ließ Filip zunehmend fahriger werden. Zwei Löffel polterten unter den Tisch, und den Weinbecher konnte Sigmund gerade noch vor dem Sturz bewahren. Der Dinanter war ein artiger Tölpel, nicht mehr und nicht weniger.

Und mit diesem hatte Heiner sie in guter Absicht bekannt gemacht. Dazu würde Alina mit ihm beizeiten mehr als nur ein Hühnchen zu rupfen haben.

Sie gähnte verhalten und gab vor, dem holprigen Monolog des Gebildebäckers zu lauschen, derweil ihre Ohren versuchten, der Unterhaltung zwischen Sigmund und Leon zu folgen.

Vom ersten Lidschlag an herrschte zwischen Heiner und Leon eine angespannte Stimmung. Sie taxierten einander und wechselten keine Worte, die über den höflichen Gruß hinausgingen.

Alina versuchte, eine Unterhaltung anzubahnen, in der es um den Zustand der Straßen innerhalb und außerhalb der Mauern ging und die alle am Tisch einbezog. Das Thema wurde dankbar erörtert und schlug Brücken zwischen den Gastgebern und ihren Gästen. Heiner und Leon brachte es einander jedoch nicht näher.

Sigmund knabberte an einem Kaninchenbein und vergab seine Aufmerksamkeit zu gleichen Teilen. Als Heiner eine Unterhaltung mit dem philisterhaften Gebildebäcker begann, wandte sich der Hausherr mit sonorer Stimme an Leon. »Ihr seid auf Wunsch meiner derzeit anwesenden Haustochter hier. Hat das einen tieferen Sinn?«

»Gewiss. Die Angelegenheit ist aber ein wenig heikel.

Wäre zu gegebener Zeit ein Gespräch unter vier Augen mit Euch möglich?«

Sigmund nickte, und nachdem alle gegessen und das Dankgebet gesprochen hatten, erhob er sich und wies Leon den Weg hinaus in den kleinen Hof hinter dem Haus.

Alina blieb noch kurz am Tisch, entschuldigte sich aber bald mit der Behauptung, der Magd helfen zu müssen. Niemand bemerkte ihre kleine Lüge. Grit wurde stattdessen von Martin unterstützt, der mit der Aussicht, Reste zu ergattern, gern beim Abwasch half. Die Magd hatte den Vorhang, der die Stube von der Küche trennte, vorgeschoben und war mit ihren Arbeiten beschäftigt. Heiner und Filip unterhielten sich drinnen, Leon und Sigmund draußen.

Natürlich wusste Alina, dass Sigmund es nicht gutheißen würde, wenn sie das Haus verließ, ohne jemandem Bescheid zu geben, und dass er vermutlich ungehalten war, weil sie dies gerade dann tat, als Besuch zugegen war. Aber andererseits bestand die Möglichkeit, dass niemand Alinas Alleingang bemerken würde und sie zurück wäre, ehe jemandem ihre Abwesenheit auffiel.

Die Kälte der Nacht hatte die Unruhestifter aus Straßen und Gassen vertrieben, nur dann und wann schlich ein Lehrjunge über die Wege. Die für die Sicherheit der Bürger zuständigen Abgestellten der Gilden drehten ihre Runden. Einer der Wächter rief Alina zu und begleitete sie an ein Ziel, welches ihn, gelinde gesagt, erstaunte.

Drei Augenpaare starrten Alina an. Heiner wirkte angespannt, Sigmund ärgerlich, und Grit sah zugleich erleichtert und ein wenig bange aus. Alina schob die Kapuze vom Kopf und rieb ihre gerötete Nase. Sie klopfte den Schnee von ihren Schuhen und spähte in die Stube.

»Sind unsere Gäste schon gegangen?«, fragte sie munter.

»Sie sind bereits so lange fort, dass man in der Zwischenzeit das Hohelied hätte auswendig lernen können«, brummte Sigmund. Heiner stemmte sich auf und erklärte, ihn drücke der Magen. Grit reckte sich gekünstelt und verabschiedete sich zur Nachtruhe.

Alina schenkte sich den Rest des Würzweines ein und sah den beiden nach. Sigmund beobachtete sie eigenartig, und diesmal erwiderte er ihr Lächeln nicht.

»Jungfer, wir müssen uns unterhalten. Du bist mir vorhin von Dabrey als keuscher, solider und folgsamer als die heilige Ursula von Köln geschildert worden. Ich hatte seinem Gesuch, dich mitzunehmen, nach zähem Ringen bereits stattgegeben. Dieser Mann versteht es zu reden. Leichtgefallen ist es mir nicht, schließlich trage ich die Verantwortung für dich und deine Unversehrtheit, Jungfer Alina.«

Ach, dann war es nur diese Sorge, die Sigmund brummig dreinschauen ließ. Diese konnte sie ihm nehmen. Konnte es einen besseren Abend geben? Ihre stummen Gebete waren erhört worden. Vorhin noch war ihr genau unter dem Dachvorsprung ein Tropfen auf die Hand gefallen, die Eiszapfen tauten, und die Krönungsstraße würde in absehbarer Zeit wieder befahrbar sein. Alina hätte sich vor lauter Freude übermütig drehen wollen, beschränkte sich aber darauf, Sigmund einen herzlichen Kuss auf die Wange zu drücken. »Ich danke dir. Kaum wagte ich, daran zu glauben. Ich werde niemandem Schande bereiten.«

»Daran hättest du denken sollen, als du die Tür hinter dir geschlossen hast!«, brüllte der Hausherr unvermutet laut, und Alina zuckte zusammen. »Du selbst hast dich als Herumtreiberin gebrandmarkt, hast mich vor den Gästen blamiert! Sie haben beide nach dir gefragt, und ich hatte nicht die geringste Ahnung, wo du herumstrolchst. Auf dein Geheiß hin hat Heiner den armen Filip eingeladen, den du nicht einmal angeschaut hast. Dabrey indessen verehrt dich dergestalt, dass man meint, du seiest sein Schatz.«

»Oh!«

»Das ist nichts, worauf du stolz sein solltest! Dieser Kerl ist ein Habenichts, ein Söldner. Zu gestrenge Zügelung beanstande ich im Allgemeinen, doch der heutige Abend hat mir deutlich gemacht, dass sie notwendig ist.«

Sigmund sah nun, wo sich der erste Zorn gelegt hatte, alles andere als glücklich aus. Sein Bart hing trübselig herab, und Alina wurde erst jetzt gewahr, was sie von dem, was ihr in den wenigen Tagen zuteil wurde, schon als selbstverständlich erachtete. Sie hatte sich die Freiheiten eines Mannes angeeignet. Oder die eines Kindes ohne jede Verantwortung. Alina hatte sich Eigenständigkeiten herausgenommen, die ihr nicht oblagen.

Schuldbewusst kniete sie sich neben den Stuhl des Hausherrn und beugte den Kopf. »Ich …«

»Ich bin noch nicht fertig!« unterbrach er sie. »Nach reiflicher Überlegung habe ich Martin mit einer Botschaft ins *Römerbrunnen* geschickt. Du wirst nicht mit Dabrey durch die Lande ziehen. Ich bin nicht willens, die Verantwortung für das zu übernehmen, was geschehen könnte. Sobald die Wege frei werden, stellt Heiner einen Wagenzug zusammen, und du wirst dich unverzüglich zurück in die Obhut deiner Tante begeben.«

»Sigmund, bitte, das ist doch nicht dein Ernst. Der Ring …«

»Ich hätte dir nicht einmal erlauben dürfen, mich respektlos zu duzen. Ich meine es nur gut mit dir, Alina. Als Freund bin ich deinem Vater eine solche Entscheidung schuldig. Er hätte dich erst gar nicht alleine nach Aachen reisen lassen dürfen! Was den Ring angeht, bin ich bereit, dir so viele Münzen mitzugeben, wie ihr braucht, um die Pacht zahlen zu können.«

»Sigmund …«

»Geh jetzt und bette dich zur Ruhe.«

Eben noch war sie frohen Mutes, ja beinah euphorisch, und nun dies! Von einem Augenblick zum anderen war alles anders. Alina schlich betrübt in die Frauenkammer, warf sich auf das Bett und traktierte die Matratze mit zwei kräftigen Faustschlägen.

Verdammt! Wer hätte gedacht, dass Sigmund so kleinbürgerlich handeln würde! So engstirnig!

In ihrem tiefsten Inneren wusste Alina, dass sie ungerecht dachte, aber das machte die Sache nicht besser. Indem sie auf Sigmunds großherziges Verzeihen sann, hatte sie sich unhöflich verhalten und dabei den Bogen überspannt. Vielleicht aber ließe sich Sigmund morgen umstimmen. Wenn sie ihm alles erklärte! Heiner hatte sich früher schon darüber ausgelassen, dass man seinem Vater zwar auf der Nase herumtanzen konnte, seine Verbote jedoch unwiderruflich wurden, sobald eine unsichtbare Linie überschritten sei.

Alina drehte sich unruhig hin und her, sah schlaflos in die Dunkelheit, grübelte und begann zu frieren. Der Mond wanderte über den klaren Himmel, der Wind hatte gedreht. Er blies nun aus dem Süden.

Von welcher Seite sie es auch betrachtete: Sigmund hatte ihr Wesen falsch eingeschätzt. Als ob sie nicht länger an dem Ring interessiert sei, sondern vielmehr an Leon! Auf Sigmund mochte es durchaus so wirken, dabei war es schließlich nicht ihre Schuld, wenn Leon sie mit freundlichen Worten rühmte. Doch das Wissen darum tat ihr gut.

Sigmund hätte sich vermutlich anders verhalten, wenn Alina ihn inniger in die Suche nach dem Ring einbezogen hätte. Das würde sie nachholen, gleich morgen. Es waren auch andere Dinge passiert, und vor der heutigen Erkenntnis verblasste sogar der vermaledeite Ring.

Verflixt, war das kalt! Alina erwog kurz, in Juttas Truhe nach Kleidung zu suchen, da klopfte es sachte.

Das war bestimmt Grit, die treue Seele, die gewartet hatte, bis Sigmund eingeschlafen war.

Die Tür schabte über die Bodendielen. »Alina?«

»Heiner? Was, um aller Heiligen willen, hast du hier verloren?«

Im Dunkeln konnte sie sein Gesicht nicht erkennen. Heiners Stimme klang nicht verwaschen, er hatte sich demnach nicht übermäßig am Wein gelabt, Gott sei's gelobt!

»Darf ich eintreten? Ich habe dir zwei Schaffelle gebracht. Vater braucht sie ganz sicher nicht länger auf dem Stuhl. Es ist lausig kalt hier. Das ist im Winter immer so. Und im Sommer bringt einen die aufgestaute Wärme beinah um den Verstand.«

Heiner tappte drauflos. Das Bett stand nur sechs Schritte entfernt gegenüber der Tür und war nicht zu verfehlen. Alina ließ es sich gerne gefallen, dass Heiner ihr die Felle auflegte. Sie rochen noch ein wenig nach heimeligem Feuer. »Du hast gelauscht und weißt von meiner Abfuhr, stimmt's? Aber ich habe nichts Unredliches angestellt.«

»Gelauscht habe ich nicht, Vater sprach sehr laut«, stellte Heiner richtig. »Darf ich mich setzen?«

»Du wirst wohl kaum meinen Ruf schädigen, und wenn du nicht ins gleiche Horn stößt wie dein Vater, bist du mir willkommen. Ach, Heiner! Ich finde keine Ruhe. Ich würde mich in Wahrheit sehr freuen, wenn du noch ein wenig bei mir bliebest.«

»Wenn du magst, gerne, aber wir müssen leise sprechen.«

Alina tastete nach Heiners Hand. Sie rückte an die Wand und klopfte sachte auf die freie Hälfte des Strohsacks. »Lass uns nur diesen einen Abend so tun, als seien wir noch Kinder.«

Heiner streifte die Holzschuhe ab und schwenkte seine Beine über das Seitenteil. Das Bettgestell knarrte unter dem Gewicht. Alina lag auf der Seite und achtete tunlichst darauf, Heiners Körper nicht zu berühren, aber sie spürte seine Nähe und seinen Atem und war unendlich froh, nicht alleine zu sein. Heiner legte sich ebenfalls auf die Seite, stützte seinen Kopf auf die Faust und wartete. Er sprach erst, als er den richtigen Zeitpunkt für gekommen hielt. »Was wolltest du mir erzählen, Alina?«

»Ich war vorhin im Stall und habe mich mit Matthias unterhalten. Du hast noch nie ein Wort mit ihm gewechselt, nicht wahr?«

»Nein«, bekannte Heiner. »Ich wüsste auch nicht, was ich mit einem Bettler zu bereden hätte.«

»Genau das ist es ja! Matthias ist gebildet und wählt feine Worte. Er erkannte die Gewürze Thymian und Rosmarin, als er sie schmeckte, und er stammt aus dieser Gegend. Er war nicht immer ein Bettler.«

»Worauf willst du hinaus?«

»Darauf, dass Matthias nicht der ist, der zu sein er vorgibt.«

»Und wer schläft dann im Stall?« Heiners Stimme klang skeptisch.

»Wilhelm von Jülich. Der Ritter.«

»Ich weiß, wen du meinst. Trotzdem: du spinnst!«

»Nein, das liegt doch auf der Hand, wenn man ein wenig nachdenkt. Vorhin versuchte ich, im Armenhaus mehr über ihn herauszufinden, deswegen bin ich fortgegangen. Matthias hatte sich mit einem Flamen angefreundet, und dieser Mann wusste zu berichten, dass unser Bettler zur See gefah-

ren ist und dass er sein Bein durch einen Schwertstreich verlor. Matthias ist ein Kriegsversehrter, der nicht länger dienen kann. Dann ist da Martin, der Bastard eines Ritters, den
er aufgenommen hat und um den er sich wie um sein eigen
Fleisch und Blut kümmert.«

»Warum sollte sich der Jülicher auf eine Maskerade einlassen und einen Bettler mimen? Er könnte auf seinen Hof
heimkehren, sein Haupt weich betten und müsste nicht
das erbärmliche Leben eines Bittstellers fristen.«

»Er gilt als verstorben, jedenfalls ließ Leon ihn sterbend
zurück, aber es ist durchaus denkbar, dass er sich erholt
haben könnte. Sein Hab und Gut wird von seinem Sohn
Gerhard und dessen Vetter Reinhard umkämpft. Was
meinst du, was passieren würde, wenn Markgraf Wilhelm
zum falschen Zeitpunkt auf sich aufmerksam machte, bei-
spielsweise bevor er seine Verbündeten um sich scharen
konnte?«

Heiner sog hörbar Luft ein. »Dann könnte ein rascher
Streich seinem Leben ein vorschnelles Ende setzen, denn
lebendig kann er sowohl Gerhard als auch jenem Reinhard
zum Schaden gereichen.«

»Ja, genau das meine ich.«

»Du solltest die Richtigkeit deiner wilden Vermutungen
erst überprüfen. Mir erscheint das Ganze ziemlich haar-
sträubend. Aber wenn es tatsächlich Wilhelm von Jülich
ist, den wir beherbergen, sollten wir ihm ein richtiges Bett
anbieten. Ich werde mit Vater reden, aber versuche du,
deine Mutmaßung zu untermauern. Die Mahlzeiten kann
er auch mit uns einnehmen und …«

Alina konnte nicht länger an sich halten. Sie schnaufte,
kicherte drauflos und versuchte, das aufsteigende Gelächter mit einem Ärmel zu ersticken. »Reingefallen! Gib zu,
du hast mir alles geglaubt!«

Heiner rang angestrengt um Fassung und setzte sich

263

ruckartig auf und stieß mit dem Kopf gegen das niedrige Dach. »Au. Du weißt ganz genau, dass ich für solch platten Ulk nichts übrighabe. Ich finde das nicht lustig.«

»Ach Heiner, das war doch nur eine kleine Rache dafür, dass du einen so langweiligen Mann wie den Gebildebäcker Filip für mich ausgeschaut hast. Du kannst doch nicht ernsthaft geglaubt haben, dass mir der Stockfisch gefällt.«

Heiner wollte ihr einen Nasenstüber verpassen, erwischte aber ihre Wange, und sogleich entflammte eine Rangelei. Sie hielten einander gepackt, rangen leise miteinander. Es gelang Alina sogar, eine Hand zu befreien, und sogleich pikste sie Heiner in die Rippen. Erschrocken japste er und erinnerte sich dabei an Alinas Schwächen aus vergangenen Kindertagen. Ungezwungen schnappte er nach Alinas Fußsohle, kitzelte sie, und Alina zappelte wie ein Aal auf dem Trocknen.

Gleich darauf fand sie sich unter Heiners schwer atmendem Körper wieder, spürte seinen Brustkorb auf ihren Brüsten und seinen erregten Unterleib zwischen ihren Beinen. Mit einer Hand nestelte er an ihrem Leibchen. »Alina, oh! Das hast du doch gewollt!«

»Heiner! Lass das!« Sie drehte und wand sich, doch Heiner war ihr kräftemäßig überlegen und ihren Worten gegenüber taub. Mit ihrer freien Faust schlug sie kräftig auf seinen Rücken, ohne damit etwas auszurichten. »Geh sofort von mir runter!«

Von unten erklang zu Alinas Erleichterung das Scheppern eines Eimers.

Heiner legte eine Hand über ihren Mund und rollte sich von ihr ab. »Leise! Das ist Grit. Sie darf uns nicht zusammen entdecken. Das gäbe nur wieder unnötigen Ärger.«

Alina war wütend, aber sie verhielt sich still. Ihr Herz schlug wie das eines gehetzten Vogels. »Dafür habe ich etwas bei dir gut, Heiner.«

»Na, gib zu, nun hast du mir einen Moment lang mein Schauspiel geglaubt. Das, meine Süße, war meine kleine Rache dafür, dass ich so eine philisterhafte Frau wie Jutta heiraten musste.«

»Wie bitte?«

»Mein Vater war bei deiner Tante Adelgunde, sechs Jahre ist es her. Er hielt in meinem Namen um deine Hand an, doch deine Tante Adelgunde meinte, sie wolle keine Entscheidung für dich treffen. Du seiest noch zu jung und wollest dich mir noch nicht versprechen. Ich hätte viele Jahre gewartet, bei Gott, das hätte ich, wenn auch nur die geringste Aussicht auf deine Liebe bestanden hätte! Und du hattest nicht einmal den Schneid, meinem Vater deine Entscheidung ins Gesicht zu sagen.«

Ehrlich erschüttert strich Alina ihre Haare zurück. »Heiner, ich habe nichts davon gewusst! Tante Adelgunde hat diese Anordnung ohne mein Zutun getroffen. Mit keinem Wort hat sie das Gesuch Sigmunds erwähnt.«

»Ich bin ein Mann, Alina! Ich habe natürliche Bedürfnisse, die von einer wackeren Ehefrau gebührend erfüllt werden müssen, nicht von einer Hure. Das ist doch völlig normal! Deswegen habe ich Jutta geheiratet. Bin ich denn deshalb ein Unmensch? So hat mich Gott erschaffen, so, und nicht wie einen verdammten Asketen! Du wärest die Richtige für mich, habe ich immer geglaubt, und ich bildete es mir auch noch ein, als wir hierher reisten. In den Nächten, in denen du dich an mich drücktest, wollte ich dich, Alina! Jetzt weiß ich: Wir sollten deiner Tante dankbar sein. So, wie du Dabrey ansiehst, hast du mich nie angeschaut.«

Seine letzten Worte klangen dünn und ein wenig tonlos. Heiner lag auf dem Rücken, einen Arm über seine Augen gelegt. Er klang schrecklich hilflos und schien auf etwas zu warten.

Alina wusste, dass sie nun rücksichtslos das letzte Pflänzchen seiner Hoffnung niedertrat.

»Geh, Heiner! Geh weg! Und lass uns wieder Freunde werden, wenn es dir möglich ist.«

»Ich weiß nicht, ob es mir gelingt.«

Alina lag noch wach, als der erste Hahn krähte.

Sie betete um ein Wunder.

Kapitel 23

»Ich sehe nicht ein, noch länger zu warten!« Gerhard war wütend und machte keinen Hehl daraus. Er humpelte in der Kammer umher wie ein gefangenes Tier und unterstrich seine Worte mit weiten Gesten. »Bist du neuerdings unter die Schönwetterreiter gegangen, hat dich das Stadtleben verzärtelt? So oder so, ich werde in aller Frühe aufbrechen. Es ist kein Schnee mehr gefallen, und es wird kein weiterer folgen. Wenn du mir schon nicht glaubst, dann vielleicht den stadtbekannten Propheten. Sie haben den Himmel ausgedeutet und bestätigt, dass der Winter eine Pause einlegt. Ach, weißt du was: Es steht dir frei, zu tun, was du willst. Einen verzärtelten Begleiter kann ich nicht brauchen.«

»Die Kaufleute bleiben noch hinter den Mauern. Wenn der Schnee sicher ausbliebe, wären sie als Erste auf der Straße, denn viele von ihnen sind fern der Heimat«, wandte Leon ruhig ein.

»Papperlapapp. Novemberschnee und Jungfernpracht vergehen über Nacht. Wenn sie angewärmt sind!« Gerhard lachte. »Lag deine kleine Bäuerin schon in Flammen?«

»Manchmal bist du mir zuwider.«

»Na, na, spricht denn ein Knappe so zu seinem Herrn?«

»Du hast meinen Geduldsfaden gespannt wie die Sehne eines Langbogens. Nun bist du kurz davor, ihn zu überspannen. Wenn du dich nicht wie ein Herr benimmst, dann vergiss deinen Knappen, Bruder! Vergiss dazu den einzigen Freund, den du noch hast, und mehre die Anzahl deiner Feinde um ein weiteres Haupt.«

Ein Blick in Leons düstere Miene ließ Gerhards Schritte langsamer werden. Schließlich setzte er sich breitbeinig auf einen Scherenstuhl und trommelte mit den Fingern auf die Armlehne. »Schon gut. Reagierst du wegen der kleinen Bäuerin immer so gereizt? Hat sie dir eine Abfuhr erteilt?«

»Nein, das hat sie nicht, aber ihr Gastgeber Sigmund Barth, dessen Mündel sie ist, solange sie unter seinem Dach lebt. Genau genommen trage ich eine Mitschuld daran.«

Gerhard rollte die Augen zur Decke, eine weitere Geste, die Leon an ihm verabscheute. »Ich verstehe: deine Eitelkeit! Die Geschichte in der Metzgergasse. Gewiss hast du dem Oberhaupt zu verstehen gegeben, dass du seine Gasttochter wie deinen Augapfel hütest. Führtest an, wie tadellos du sie vor dem Übergriff des Hünen verteidigt hast, und jener Sigmund wusste nicht einmal, dass sich das Landmädel alleine im Herz des Frevels herumtreibt, weil sie im Gegensatz zu dir so klug war, ihren Mund darüber zu halten.«

Genau so war es. Sigmund hatte Leons Darstellung nicht glauben wollen und ließ Alina von der Magd Grit suchen. Diese ließ sich Zeit und kehrte schließlich ohne Alina wieder, sagte, dass diese unauffindbar sei und auch deren Mantel und Überstrümpfe fehlten. Niemand wusste, wohin Alina gegangen war. Sigmund war schwer beschämt und versuchte, seine Würde zu bewahren. Erst da hatte Leon verstanden, was er angerichtet hatte, doch es war zu spät gewesen.

Gerhard schlug einen versöhnlicheren Ton an. »Unter uns Männern: Du hast die Kleine wirklich gerne, was? Du hast die Dienste der Badedirnen schon seit einiger Zeit nicht mehr in Anspruch genommen.«

»Du weißt sehr genau Bescheid.«

»Was man halt alles so erfährt, wenn man zur Untätig-
keit verdammt ist. Aber im Ernst: Ich weiß kaum etwas
über dich, dabei vertraue ich dir bisweilen sogar mein Leben an. Sitzt vielleicht irgendwo eine Frau und weint sich
die Augen nach dir aus? Du bist kein übler Kerl, und die
Weibsbilder gaffen dir nach. Es muss doch eine geben, der
zu Ehren du je einen Minnesang angestimmt hast!?«

Leon wusste, dass Gerhard nicht lockerlassen würde.
Bisweilen war es einfacher, die Decke der Vergangenheit
ein wenig zu lüpfen. »Ja, die gab es.«

»Und wo ist deine Liebste nun?«

»Als ich sie zuletzt sah, schien die erste Sonne des Jahres, und sie verweilte im Schatten der Olivenbäume.«

»Auf Zypern! Ich verstehe! Du hast dich davongemacht. Das Heimweh war wohl größer als die Liebe. Na,
dafür habe ich Verständnis. Liebchen findet ein Mann
überall, das Vaterland gibt es nur einmal. Sie wird es ver-
winden, so wie du es verwunden hast.«

Er klopfte Leon aufmunternd auf die Schulter.

»Nichts für ungut. Ich werde den Stallburschen aufsuchen. Er soll den Rappen ausführen, ehe er sich eine Kolik
einheimst.«

Leon fragte verblüfft: »Du willst ihn behalten?«

Gerhard lächelte. Wenn der Jähzorn nicht sein Wesen
vergiftete, war er zwar kein Mann, der den gängigen Schön-
heitsidealen entsprach, aber er verfügte über einen spöttischen Charme, den Leon auch an sich selbst festgestellt
hatte und der nicht nur auf das weibliche Geschlecht, sondern auch auf Männer anziehend wirkte. Das Erbe des gemeinsamen Vaters. Gerhard fuhr sich über das Kinn. »Er ist
nicht der einzige Dickkopf, mit dem ich mich umgebe.
Dieser bockige Rappe, mein geheimnisvoller Bastardbru-
der und meine abspenstige Frau.«

»In dieser Aufeinanderfolge?«

»In der Abfolge ihrer Erreichbarkeit«, erwiderte Gerhard und verließ hinkend den Raum.

Wenige Lidschläge später schaute die zimthäutige Bademaid fragend in die Stube.

Diesmal schickte Leon sie nicht fort.

Kapitel 24

Das Brot war drei Tage alt, aber solange noch ein Rest vorhanden war, würde Grit kein neues Korn zum Mahlen herausgeben, was ja auch vernünftig war. Wenn die Zähne des Bettlers nicht mehr gut waren, konnte er das Brot ja in Milch eintunken. Schweigend legte Alina einen Batzen Gerstenbrot in ein Tuch, packte eine Schale Milchbrei und bahnte sich mit gesenktem Kopf den Weg über den verkrusteten Schnee in den Stall. Sie stieß die Tür mit einem Fuß auf, und ein Windschwall blähte für einen Moment ihren Rock.

Martin sprang ihr entgegen, nahm das Brot und die Schale entgegen und stellte beides auf dem Deckel der Truhe ab, die nun dauerhaft als Tisch fungierte. Der alte Bettler legte den Schleifstein neben sich auf den Boden und sah Alina prüfend an. »Seit dem gestrigen Sonntag scheint Ihr verändert. Nachdenklich, still und ein bisschen trotzig.«

»Das seht Ihr mir an? Beinahe den ganzen Sonntag habe ich voller Inbrunst gebetet. Zwei Mal habe ich mit dem Hausherrn gesprochen. Er war freundlich, aber abweisend, und die Magd, der häuslicher Frieden wichtig sei, hat sich am helllichten Tag zurückgezogen und nicht im Traum daran gedacht, mir beizustehen. Woraus ich ihr keinen Vorwurf machen kann. Ach, verzeiht, Ihr habt genügend eigene Probleme, als dass meine noch hinzukommen sollten.«

»Martin hat mir ein wenig berichtet, nachdem ich ihm zugesetzt hatte.«

»Nun ja. Dann wisst Ihr, dass ich mich nicht durch Klugheit ausgezeichnet habe.«

Alina deckte den Tisch. Seit Matthias hier Einzug gehalten hatte, war er nicht untätig gewesen. Aus flachen Baumstammscheiben hatte er zwei Teller gefertigt, dazu einfache Löffel und sogar einen Kerzenhalter. Mit dem Tuch und dem Geschirr versehen, bot die ehemalige Truhe einen hübschen Anblick. Alina streichelte der Eselstute über die Stirn, setzte sich ins Stroh und fragte Matthias: »Wie überlebt man ohne ein Daheim, ohne Vorräte und ohne Familie? Ich meine, es gibt doch auch Frauen in Eurer ... Gilde.« Sie lächelte verlegen.

Matthias tauschte einen Blick mit Martin. »Ja, es sind nicht wenige in diesen Zeiten. Die meisten verkaufen sich gegen ein Teller Brei, einige sogar für weniger als das. Sie sind das Heer der Unsichtbaren, keinen Pfifferling wert. Das ist kein erbauliches Dasein. Wieso fragt Ihr?«

»Ich habe Euch von dem Ring erzählt. Ich mache mir Gedanken darüber, wo Margarete untergeschlüpft sein könnte. Sie suchte weder eine Herberge noch ihre Eltern auf. Weitere Verwandtschaft hat sie hier nicht, und wenn ich ihre Mutter richtig verstanden habe, hält sie mich für Margaretes einzige Freundin. Könnte ich sie in der Stadt stellen, müsste ich nicht den Weg nach Dürboslar auf mich nehmen und dem Verbot meines Hausvaters zuwiderhandeln.«

»Was weise wäre!«, erklärte der Bettler.

Alinas Wangen röteten sich sanft. Matthias hatte recht. In ihren Tagträumen hatte sie sich an Leons Seite reiten gesehen. Aber romantisches Sinnieren war nicht verboten. Sie zuckte die Schultern. »Ich würde die Gastfreundschaft Sigmunds nicht mit Verstößen vergelten. So viel habe ich gelernt.«

»Eure Erziehung ehrt Euch.«

»Mein Hausvater sieht das gerade anders. Die vornehmen Herbergen sowie die bürgerlichen Gasthäuser sind überprüft worden. Dort hält sich Margarete nicht auf.«

»Glaubt Ihr den Wirtsleuten?«

Alina lächelte, dachte an den geschäftstüchtigen Hergen und nickte. Leon hatte einen Jungen des *Römerbrunnens* zu ihr geschickt, der sie über die Neuigkeiten in Kenntnis setzte. Leon war sich anscheinend auch darüber im Klaren, dass ein persönlicher Besuch nur möglichen Ärger heraufbeschwören würde.

»Die Suche wurde von Münzgeklimper begleitet. Ich habe am Vormittag mit Grit an die Türen der Beginenhäuser und Nonnenklöster geklopft. Vergebens.«

»Ihr sucht nur dort, wo Ihr selbst um Aufnahme gebeten hättet«, stellte Matthias fest und traf zu Alinas Verblüffung ins Schwarze.

»Das stimmt! Margarete ist eine anspruchsvolle Frau. Ich kann mir nicht vorstellen, dass sie irgendwo an der Stadtmauer kauert und sich die Hände an den barmherzig bereitgestellten Kohlebecken der Zünfte wärmt.«

»Es gibt ein paar Häuser, in denen verwöhnte Leute ein und aus gehen. Im *Römerbrunnen*, bei Rika und vor allem in Kalle Haas' Niederlassung.« Martin kaute mit vollen Wangen und versuchte, sich trotzdem verständlich zu machen.

»Die in der Metzgergasse?«

»In derselben. Du hast mich schon einmal nach ihm gefragt, weißt du noch?« bestätigte Martin. »Ich mache dort ab und an Botengänge, wenn das Wetter besonders übel ist und die älteren Hurensöhne es selbst vorziehen, sich nicht das Wams durchweichen zu lassen. Na ja, die verbimsen sonst solche wie mich, wenn ich versuchen würde, dort ansonsten einen Botengang zu erheischen. Ich kann nicht viel sagen, wäre schlecht für mein Geschäft, aber da huschen solch vornehme Leute, Männlein wie Weiblein, herum, dass selbst die Ratten knicksen und dienern. Schöffen und Schöffengattinnen, verheiratet zwar, aber nicht miteinander. Dem Kalle Haas ist daraus kein Nachteil erwachsen, er ist der König selbst über die Grenzen des Viertels hinaus.«

»Du meinst, Haas würde die Tochter des Domprinzipalen nicht nur unter seinen Schutz, sondern ihr auch eine Unterkunft stellen?«

»Ist sie schön oder reich?«

»Schön.«

»Dann gewiss! Dafür bräuchte sie ihm nicht einmal einen einträglichen Handel anzubieten.«

Das war durchaus denkbar, denn aus Margaretes Sicht gab es keine Veranlassung dazu, ihrem Vater gegenüber Loyalität zu zeigen. Er hatte sie nicht aufgenommen. Der undankbare Spross des Domprinzipals erwähnte vielleicht sogar beiläufig, welche Schätze in den ihrem Vater anempfohlenen Truhen träumten.

Alina gab dem verdutzten Knaben einen schallenden Kuss auf die Wange. »Martin, du bist Gold wert! Hast du Lust, mich in die Metzgergasse zu begleiten?«

»Ja!«, antwortete er feierlich, und seine Augen glänzten.

»Es könnte gefährlich werden«, warnte Alina.

Martin grinste voller Vorfreude und zitierte mit einem Seitenblick auf seinen väterlichen Freund: »Das Leben als ein solches ist gefährlich. Aber Matthias hat gesagt: Wenn du wüsstest, dass du eines Tages auf einem Kohlblatt ausgleiten würdest, müsstest du dich schon heute vorsorglich hinlegen, nicht wahr?«

Alina und der Bettler lachten. Doch als Matthias die beiden bat, gut auf sich aufzupassen, nickten sie ernst.

Alina achtete sorgsam auf die kleine Flamme des Handlichtes. Sie durfte nicht verlöschen. Falls dies doch geschehen würde, wäre ihre Unternehmung zwar nicht gescheitert, doch könnte es unangenehme Konsequenzen nach sich ziehen, weil sie jemanden um Feuer bitten müsste. Der- oder diejenige könnte sich möglicherweise an ihr Gesicht erinnern, und Kalle Haas würde nach dem Verlauf ihrer Unternehmung an ihrer Beschreibung sehr gelegen sein.

Sigmund hatte das Haus verlassen, um seiner mehr oder minder geheim geglaubten Unterhaltung mit Lukas Bergk frönen zu können. Grit rechnete nicht mit einer raschen Rückkehr des Hausherrn, denn er war in Gesellschaft eines gutgefüllten Schlauches besten Rheinweins losgezogen und hatte der Magd bedeutet, sie solle nicht auf ihn warten.

Grit hatte zwar sorgenvoll geseufzt, aber dennoch versprochen, Alina nicht zu verraten. Aber wenn der Morgen hereinbräche und Alina immer noch nicht heimgekehrt wäre, würde sie die Männer wecken, damit diese sich auf die Suche nach ihr begäben, gab sie ihr unmissverständlich mit auf den Weg.

Alina hatte Juttas schwarzen Umhang entliehen. Je dunkler ein Kleidungsstück war, desto wertvoller war es. Der Umhang durfte also keinen Schaden nehmen, aber er machte seine Trägerin in den Schatten der Nacht beinahe unsichtbar, solange sie sich nahe den Hauswänden hielt. Schnee knirschte unter ihren Schuhen.

Die Metzgergasse, die tagsüber unheimlich wirkte, schien in der Nacht beinahe ein Weg zu sein wie jeder andere auch. Nur schimmerte mehr Licht unter den Ledervorhängen, Lumpen oder den Fensterläden hervor, und die beiden heimlichen Wanderer hörten mehr Stimmen als an anderen Orten. Es wurde gelacht, gesungen, geflucht und geplappert. Die Gasse selbst lag verlassen, nicht einmal eine Ratte kreuzte ihren Weg. Alina erschrak zutiefst, als das Licht auf von Blut rot gefärbten Schnee fiel.

275

Martin grunzte und strich mit einer raschen Geste erklärend über seinen Hals und ruderte mit den Armen wie ein flatterndes Huhn. Dann wies er mit dem Kinn auf das Haus von Haas und ließ sich die Lampe von Alina reichen. Der Junge drückte sich nun in eine Seitengasse, die in den gepflasterten Hof eines Pferdemetzgers mündete, und gelangte somit zugleich an die rückwärtige Seite des Krämerladens.

»Pass auf dich auf!«, wisperte sie ihm nach.

Alina hatte von Martin erfahren, dass der Hehler über dem Kramladen lebte, das Haus aber nicht nur über einen gastfreundlichen Anbau, sondern auch noch über eine unübersichtliche Anzahl von Kellerlöchern verfügte, in denen die bizarren Gelüste einer zahlungskräftigen Klientel bedient wurden. Näher wollte sich Martin dazu nicht äußern, und Alina hatte auch nicht weiter gefragt.

Der Pferdemetzger war ein ehrgeiziger Geschäftemacher, und deshalb endete nicht jede Mähre als Wurst und Leder. Ab und an gab es richtige Glücksgriffe wie unlängst das Ross eines knurrigen Edelmannes. Es hatte nur gelahmt, brauchte lediglich ein paar Tage Schonung, und schon war es wieder sehr viel Geld wert. Im Gegenzug dazu hatte sich der Metzger für viele Münzen eines Vollblutes entledigt. Es war wild wie der Teufel und viel zu früh mit schwerem Rüstzeug eingeritten worden, was einen irreparablen Schaden der Knochen zur Folge hatte. Über kurz oder lang würde er den Gaul für weit weniger Geldstücke zurückkaufen und verwursten können.

Martin wusste, dass es auf dem Hinterhof eine kleine Stallung gab, in der – gleich neben den Pferden – Stroh gelagert wurde. Jetzt stand dort nur ein braver Brauner, der neugierig mit ansah, wie der nächtliche Besucher einen ganzen Arm voll harter Halme an sich drückte und sich sogleich nahezu lautlos damit davonstahl. Nach wenigen

Augenblicken kam der Junge zurück, löste den Strick des Pferdes, führte es durch den Hof in die Gasse und gab ihm einen ermunternden Klaps aufs Hinterteil.

Martin arbeitete schnell. Er legte das Stroh locker vor die Hintertür, hielt die Flamme der Lampe daran und sah zu, wie das Feuer wuchs. Dann nahm er einen Pflasterstein, schleuderte ihn mit aller Kraft gegen die Bretterwand des Anbaus, brüllte und schrie schließlich gellend, als briete er am Spieß. »Feuer! Feuer! Die Stallung fackelt lichterloh! Flieht nach vorn! Zu Hilfe! Zur Gasse, zur Gasse! Hier gibt es keine Hoffnung mehr!«

Die Rauchentwicklung war enorm, die Anteilnahme der Nachbarschaft ebenfalls. Schrie einer Zeter und Mordio, kümmerte es kaum einen Anwohner. Ein Überfall war zwar unerfreulich, aber nicht für die eigene Person bedrohlich. Feuer jedoch, so wusste ein jeder, vernichtete selbst im Winter ganze Viertel, ja ganze Städte. Die Leute fürchteten sich davor.

Genau auf diese Angst hatte Martin gesetzt.

Er lief durch die Gasse zu Alina, die, hinter eine Regentonne gekauert, auf ihn wartete, und hockte sich neben sie. Der Rauch wallte nun über das Dach, doch das gierige Geräusch des gefräßigen Feuers war kaum zu hören. Zwei Hunde steigerten sich in tolles Gekläff.

»Ich habe schon um Hilfe gerufen!«, keuchte Martin begeistert und ließ es zu, dass Alina ihm einen Arm um die Schulter legte und ihn kurz an sich drückte.

»Das hast du gut gemacht! Nie würde ich mir verzeihen, wenn dies außer Kontrolle geriete.«

»Keine Angst, Alina! Da wird nichts passieren. Ich habe die Tränkbottiche voll Schnee geschaufelt. Man kann sie gar nicht übersehen. Schau!«

Die ganze schier endlos scheinende Zeit über hatte Alina ihren Blick gebannt auf die Tür des Kramladens gerichtet.

Nun wurde diese nach innen aufgezogen. Drei Jungen in Martins Alter quollen hustend heraus, keinen Faden trugen sie am Leib. Ihnen folgte Kalle Haas, der an jeder Hand eine Frau mit sich zog. Die eine war rund wie ein Fass. Alina erkannte in ihr Meta Sibling, das feiste Gesicht verschmiert vom Heulen. Die andere war zierlich, blond und trug ein blaues Kleid. Unter anderen Umständen wäre sie wahrscheinlich hübsch anzusehen, doch nun stand ihr das blanke Entsetzen im Gesicht geschrieben. Immer wieder sah sich Margarete um, schlug ihre Hand vor den Mund und keuchte. Ihre Knie gaben schließlich nach. Kalle Haas stützte Meta, redete ihr gut zu, und die Matrone klammerte klagend sich an den Hehler. Margarete blieb sich selbst überlassen. Sie saß im Schnee, die Arme um ihre hochgezogenen Knie geschlungen.

Martin sah Alina an. Seine Zähne bissen vor Aufregung auf die Unterlippe. Obgleich er nervös war, vermied er es, mit spitzem Finger auf die junge Frau zu deuten. »Das ist sie, nicht wahr? Die, die dich beklaute?«

Alina ließ ihren Blick schweifen. Befehlsgewohnte Stimmen gellten durch die Nacht, Brunnengewinde quietschten, Meister, Gesellen und auch Lehrbuben hasteten durch die Nacht.

Alina schüttelte zögernd den Kopf. »Nein, Martin. Das ist sie nicht.«

»Bist du ganz sicher?« Martin war die Bestürzung anzusehen. Er fasste sich an den Kopf. »Genau so hast du sie aber beschrieben!«

»Nein! Wenn ich es dir doch sage.«

Grits Tränen kullerten. Immer wieder wischte sie mit dem Ärmel ihre Augen trocken, aber was nutzte das schon? Alina sah immer wieder zu ihr hin, schob schließlich das Holzbrettchen zurück, ging zu der Magd und sagte ein wenig vorwurfsvoll: »Du hast es nicht einmal probiert. Wenn du durch den Mund atmest, dann beißt selbst die schärfste Zwiebel nur halb so arg. Lass nur, ich mach das hier fertig. Hat Martin dir verraten, woher er den Hecht hat?«

»Nein, er sagt so gut wie nichts. Ich weiß nicht, was er hat.«

Alina wusste es sehr wohl. Natürlich hatte der Junge gespürt, dass Alina ihn angeschwindelt hatte, und sie bedauerte dies, aber dennoch war sie nicht bereit dazu, ihre Gründe dafür mit einem Kind zu erörtern. Den gesamten Rückweg über hatte Martin mit hängendem Kopf geschwiegen, am Morgen hatte er sich davongemacht und war wenig später mit dem Hecht zurückgekehrt.

Seither war er unauffindbar. Mit der verstreichenden Zeit wurde Alina zunehmend unruhiger und fuchtiger. Das Messer polterte auf die Tischplatte.

»Das ist doch zu vertrackt! Martin weiß, dass ich auf ihn warte, damit er mich zu Sankt Foillan begleitet. Wenn ich Sigmund nur nicht versprochen hätte, keinen Fuß alleine über die Schwelle zu setzen, wäre ich längst wieder zurück! Wo ist der Junge nur?«

»Spielen wahrscheinlich, das machen Kinder manchmal! Sei nicht böse.« Grit probierte den Sud und zog die Nase kraus. »Egal was man macht, gekochter Fisch schmeckt immer fad. Was willst du eigentlich so dringend in der Kirche? Wie eine fromme Büßerin kommst du mir nicht vor, obwohl du bestimmt genügend zu beichten hättest, nicht wahr?«

»Wie meinst du das?«

»Das wirst du schon wissen. Ich habe Heiner aus der Frauenkammer kommen hören.«

»Grit, wir haben uns unterhalten, mehr nicht. Was du immer denkst.«

279

»Mich geht es nichts an, oder?« Grit schaute demonstrativ in den Topf und spitzte die Lippen.

»Grit!«

»Na schön. Die Tochter meiner Schwester hat eine Menge Wirbel veranstaltet. Davon habe ich dir doch schon erzählt. Meine Schwester hat sie beschworen, von der Tändelei mit dem Bäckerburschen abzulassen und den Hühnermetzger zu heiraten. Gretchen hatte dem Verlöbnis schon zugestimmt. Aber seit einigen Tagen treibt sich ein Kerl vor Schmitzens Haus herum und fragt meine Schwester, wann er Gretchen endlich treffen kann, weil er mit ihr reden muss. Nun also doch ein Hühnermetzger, aber nicht der, mit dem die Ehe abgemacht ist. So eine Verwirrung! Dabei ist Gretchen nicht sonderlich hübsch. Hat krumme Beine und ausladende Formen, aber die Männer macht sie verrückt. Heilige Mutter, meine Schwester wird eine große Kerze stiften, wenn Gretchen erst unter der Haube ist.«

Alina sah die Magd ungläubig an: »Moment, deine Nichte heißt wirklich Gretchen Schmitz?«

»Ja, es ist doch ein hübscher Name!«

»Äh, ja, da hast du recht. Aber vielleicht sollte sie sich eine Zeitlang aus der Metzgergasse fernhalten. Ist nur so ein Gedanke. Hier hast du deine Zwiebeln. Also, ehe du vor Neugierde platzt: Ich will mich bei Sankt Foillan mit Herrn Dabrey treffen. Ich kann ja schlechterdings, und besonders, wenn Sigmund so sehr auf meinen Ruf bedacht ist, geradewegs zum *Römerbrunnen* gehen. Ich möchte wissen, ob er in Erfahrung bringen konnte, wann die Straße wieder nutzbar sein wird, und somit herausfinden, wie viel Zeit mir bleibt, um nach Margarete zu suchen. Ich hatte große Hoffnung, dass Leon und der Jülicher Markgraf Margarete aufspüren, aber sie setzen wohl eher darauf, sie einzuholen, wenn sie sich auf dem Weg nach Dürboslar befindet. Sie sind ja nur an der Frau interessiert. Der Ring ist für sie nicht wichtig.«

»Ich kann mir vorstellen, dass die Söldner die Tore bald öffnen. Morgen oder übermorgen, wird geschwatzt.«

»So früh schon …«

»Sicher, steck die Nase raus, und du wirst spüren, wie warm es ist, verglichen mit den letzten Tagen. Nun schau nicht so griesgrämig! Ich kann nichts dafür, dass du hier hockst und dich nicht mit deinem Galan treffen kannst. Ich kann dir nur anbieten, dich an Martins statt zu begleiten.«

»Das würdest du tun? Dann müssten wir aber nach dem Essen los. Bis zum Sankt Nimmerleins-Tag wird Herr Dabrey wohl nicht in der Kirche sitzen.«

Grit schenkte Alina ein breites Grinsen. »Soso.«

»Du bist ein Goldstück.« Alina stippte den Rührlöffel in den Fischsud und kostete. »Sag, hast du noch von dem mittelscharfen Senf?«

»Ja, ich verwende ihn sehr sparsam, denn wie jeder weiß, macht ein Übermaß an Senf schwachsinnig.«

»Aber einen ungewürzten Kochfisch zu essen ist auch nicht gerade schlau. Ich weiß Abhilfe. Ich brauche etwas Honig, ein wenig Butter, einen Hauch Salz und etwas getrockneten Dill …«

»Ihr esst seltsame Dinge in den Ardennenbergen.«

Grit blieb so lange skeptisch, bis sie von der Soße probiert hatte. Sie naschte noch ein zweites und ein drittes Mal von der Soße. »Ich hätte nie gedacht, wie gut die Zutaten zusammenwirken, Alina!«

Die Magd drehte sich auf der Ferse herum, nahm eine Schale vom Regal, schnitt ein großzügiges Stück des Fischschwanzes ab und gab einen Klacks der Senfsoße darauf.

»Das ist für Matthias. Für seine wunderbaren Löffel hat er eigentlich den halben Hecht verdient. Bringe ihm das und bestelle ihm einen schönen Gruß. Er soll den Fisch essen, solange dieser noch warm ist.«

Der alte Bettler legte sein Werkzeug sorgfältig zur Seite und sah Alina gespannt an. Grit hatte die Mahlzeit mit einem Stück Brot ergänzt.

»Heute gibt es etwas Heißes. Das wird Euch den Magen wärmen. Martin ist selbst schuld, dass er etwas so Köstliches versäumt. Passt nur mit den Gräten auf!«

Der Mann nahm die Schale dankbar an, doch stellte er sie auf der Truhe ab, anstatt sich zu bedienen. »Es ist gerecht, wenn ich mit dem Essen auf ihn warte.«

»Hätte er sich meines Auftrages erinnert, könnte er zusammen mit Euch essen.« Leider war Alinas Übellaunigkeit aus diesem Satz deutlicher herauszuhören, als sie es wollte.

»Nun, wenn das so ist, sollte ich ihm noch dankbarer sein, denn er folgt meiner Bitte, obwohl er alles für Euch tun würde. Aber Ihr habt ihn gestern wohl sehr enttäuscht. Nein, nein, verteidigt Euch nicht, wenn Euch niemand anklagt. Kein Wort hat er gesagt, aber ich bemerke, wenn etwas seine Stimmung drückt.«

»Martin ist gekränkt ...« Alina sank ins Stroh und schlang die Arme um ihre Knie.

Matthias nickte. »Lacht ihn nicht aus, aber der Junge betet Euch an. Diese Anwandlung, ein weibliches Wesen anzuhimmeln durchlebt beinah jeder Knabe auf dem Weg vom Kind zum Mann. Auch wenn die angebeteten Geschöpfe unerreichbar bleiben – die Knabenseele ist in dieser Lebenszeit zart. Hartherzigkeiten können schmerzhafte Abschürfungen hinterlassen. Eines Tages fliegt die Schwärmerei davon, und die Zuneigung des Schmetterlings sucht sich eine andere Blüte. Doch bis dahin, Alina, vergesst nicht, dass er sein Herz in Eure Hand legt. Die erste Hinneigung ist immer etwas Besonderes im Leben.«

Nur zu gut erinnerte sich Alina an ihre eigene Schwärmerei für den wesentlich älteren Sohn des Knopfmachers, der einmal im halben Jahr anklopfte und auf ein Geschäft hoffte. Immer hatte sie als Erste bei der Tür sein wollen. Und es war ihr Geheimnis geblieben, dass Ilses Knopfkiste immer noch in der alten Latrine lag und der Knopfmacher in einem Jahr gleich drei Mal willkommen geheißen wurde. Grundgütiger, Knaben ging es genauso?

Alina sah nachdenklich auf die Schnitzwerkzeuge. »Habt Ihr Martin geholfen, einen Kamm und ein Kreuzchen zu schnitzen?«

»Er brauchte meine Hilfe nicht. Er hörte, dass Euch der Ring, den Ihr sonst am Halse trugt, abhandengekommen ist, und sann auf einen anmutigen Ersatz, auf dass Ihr nicht länger traurig wäret.«

Alina senkte den Kopf. »Ich dachte, es sei der Schmuck Juttas, die hier die Hausfrau ist, und legte ihn zu ihren Sachen. Wie hätte ich nur ahnen können … wie gedankenlos von mir.« Beschämt rieb Alina ihre Nase.

»Das alleine kann es nicht sein, denn Martin ist scheu, was Euch und seine Geschenke angeht, aber er ist nicht dumm. Er würde die Darbietung des nächsten Geschenkes geschickter anstellen. Ich habe aus Martins Worten herausgehört, dass noch jemand um Eure Gunst wetteifert. Es ist der junge Mann, nicht wahr, jener Leon, von dem Ihr gesprochen habt?«

»Er ist der Grund, weswegen ich Martin nicht die Wahrheit gesagt habe.«

»Erzählt Ihr mir, was geschah?«

Alina fasste den vorherigen Abend in wenigen Sätzen zusammen und fuhr dann fort: »Ich hätte die Söldner herbeirufen können sowie Sigmund Barth, der beeidet hätte, dass der Schmuck mir gehört. In diesem Augenblick wurde mir klar, dass, falls bekannt würde, dass ich Margarete gefunden habe, es keinen Grund mehr gäbe, Leon Dabrey wiederzusehen.«

283

»Das aber würdet Ihr gerne.«

»Ich habe sogar um ein Wunder gebetet. Ich will ihn wenigstens kennenlernen, bevor er wieder seiner Wege zieht. Dieses Eingeständnis fällt mir nicht leicht. Bitte lasst uns über etwas anderes reden. Oder besser noch: Esst, ehe der Hecht ungenießbar wird. Martin wird seinen Anteil erhalten, dafür werde ich sorgen.« Alina schob die Schale zu dem Almosenempfänger. »Wohin habt Ihr ihn entsendet?«

»Zum Armenhaus. Er soll nachsehen, ob mein angestammter Platz noch frei ist. Wahrscheinlich aber muss ich – wie jeder Neuankömmling – mein Lager nahe der Tür aufschlagen.«

Natürlich konnte der alte Bettler nicht für den Rest seines Lebens hier im Stall leben, das hatte Alina immer gewusst, doch während der zurückliegenden Tage war ihr der besonnene Mann mit seiner Weltklugheit ans Herz gewachsen.

Er rückte näher an die Schale, schnupperte, kostete und lächelte, als hätte er einen Blick auf den Heiligen Gral geworfen.

»Wer hat das gekocht? Ihr oder die Magd?«

»Grit hat den Fisch bereitet und ich die Soße.«

»So eine Soße bereitete anno dazumal nur eine Einzige, und ich war einst so gescheit, diese Dame zu meiner Frau zu nehmen.«

Alina saß starr da, als hätte man sie an einen Besenstiel gebunden. Nun fügten sich die Mosaiksteine zusammen.

»Jetzt sind es zwei, die es können. Die eine bin ich. Und die andere wird nie aufhören, auf Euch zu warten, Onkel Werner.«

Kapitel 25

Als Martin seinem Freund die Nachricht über eine für ihn erkämpfte Lagerstatt in der Raummitte des Armenhauses überbringen wollte, fand er zu seiner Überraschung den Stall – bis auf das alte Pferd und die Eselstute – leer vor. Matthias' Schnitzwerkzeug lag säuberlich aufgereiht neben der Truhe – seltsam, wo er es sonst immer sorgsam in ein Tuch hüllte.

Auf der Truhe stand eine Schale mit kaltem Fisch in einer delikaten Soße. Sich unbeobachtet fühlend, aß Martin mit beiden Händen und wischte auch den letzten lauwarmen Soßenrest mit dem Brot auf. Er nahm die Schale und trug sie zum Haupthaus.

Die Haustür stand weit geöffnet. Viele Stimmen sprachen wirr durcheinander. Anfänglich schenkte Martin diesem Umstand keine Beachtung. Händler, vermutete er, oder Nachbarn, die palaverten. Doch dann meinte er die Stimme des Bettlers herauszuhören. Was sollte dieser im Haus?

Martin zögerte einen Moment, betrat dann aber die Stube. Niemand der Umherstehenden achtete auf ihn. Heiner war in Begleitung des rotgesichtigen Dinanters. Beide diskutierten unter lebhafter Zuhilfenahme von Armen und Beinen. Filip, der freudlose Gebildebäcker, stand daneben und verzichtete für den Moment auf die Teilnahme an der Debatte.

Matthias, sein Matthias, saß auf dem Lieblingsstuhl des Hausherrn und wischte sich kleine Tränen aus den Augenwinkeln. Grit lief geschäftig umher, lobte den Herrn und

285

noch einige andere Heilige und schenkte freigebig von dem bernsteinfarbenen Honigwein aus. Der Hausherr hob zu einem Trinkspruch an. Alina kniete neben Matthias, hielt dessen Hand und wollte sich auch gar nicht recht beruhigen.

Es dauerte Ewigkeiten, bis annähernd Ruhe eingekehrt war und die Dinanter die Stube räumten. Martin schluckte den Met rasch hinunter, ehe sich jemand für die zurückgelassenen Becher der Gebildebäcker interessierte, und versuchte zu verstehen, was passiert war.

Die Dinanter hatten darauf angestoßen, dass Matthias – oder besser, Werner – ihnen eine Probe seiner Schnitzkunst zusenden würde, sobald er sich auf dem Hufenhof eingerichtet hatte. Sie hielten viel von seiner Arbeit, und schon jetzt versprachen sie gutes Geld und reichlich Aufträge. Nächtelang hatten sie mit sich gerungen, hatten in der Taverne konferiert, hatten auf die Einigung angestoßen, und als sie den Holzschnitzer in ihre Pläne einweihen wollten, war dieser gerade mit etwas anderem beschäftigt, hinter dem der gewaltige Auftrag zurückstehen sollte!

Unglaublich! Aachener waren keine guten Handelsmänner, aber was sollte man schon erwarten.

Dann hatte die junge Frau ein Einsehen und half, die Geschichte des Schnitzers halbwegs zu entwirren. Dieser Mann sei der Onkel der Jungfer, galt lange als verschollen und sei nun zur Freude aller wiederaufgefunden worden. Mon Dieu, sie wollten wohl mit der Größe ihres Stalles angeben, denn dort hatte der *Sculpteur sur bois* schon seit Tagen gewohnt, das hatte der Monsieur Barth selbst erzählt.

Sigmund ließ einen weiteren Krug seines besten Weines holen, eine sehr großzügige Geste, die Alina von Herzen rührte. In einem unbeobachteten Augenblick war sie in die Frauenkammer gehuscht und hatte dort kurz und heftig salzige Tränen geweint. Tante Adelgunde hatte immer recht gehabt, ihr Mann lebte! Immer hatte sie gebetet, nie einen Zweifel geäußert, wo andere längst aufgegeben hätten, war sie charakterfest und voller Gottvertrauen gewesen.

Wie sehr würde sie sich freuen!

Als Alina ihre Augen mit dem Ärmel trocken wischte, fiel ihr Blick auf Juttas Tischchen. Auf dem Boden daneben lag eine Stickarbeit. Alina zupfte einen Faden aus dem Garnknäuel, fädelte das Kreuzchen auf und legte es sich um den Hals. Hocherhobenen Hauptes ging sie zurück in die Stube. Martins Ohren röteten sich, und der Junge sprang vor Freude davon, um Grit in der Küche zu helfen.

Vor der Vesper verkündete Sigmund, dass er, Heiner, Martin und Grit die Andacht besuchen würden und es nicht nötig sei, dass Alina und ihr Onkel sie begleiteten. Als die Tür hinter ihnen zuklappte, atmeten Onkel und Nichte erleichtert auf. Alina ließ frische Luft in die Kammer, sammelte ein paar Becher ein und brachte sie zum Spülstein. Ihre Wangen glühten.

»Ach, Matthias ... verzeih, Onkel Werner!«

»Auch ich werde mich erst wieder an den Namen gewöhnen müssen.«

»Wieso hast du den Namen Matthias angenommen? Ich habe vorhin nicht alles gehört.«

»Die Übersetzung des Namens in unsere Sprache bedeutet: *Gottes Geschenk*. Mir ist mein Leben ein zweites Mal geschenkt worden. Damals hielt ich dies allerdings nicht für eine Gnade.«

»Wirst du mir von diesem Damals erzählen?«

»Ich bin mit dem Heer gezogen, dem ersten Heer, das das Kreuz trug. Das war 1247. Wir waren voller Tatendrang und Ungeduld und konnten es kaum erwarten, die Ungläubigen zu besiegen. Je eher diese die Waffen streckten, desto eher konnten wir heimkehren, zu Familie und Feldern. Wir waren der halbherzigen Meinung, es sei eine gute Sache, für Gott und die Christenheit zu kämpfen. Nur das und der unwidersetzliche Befehl, zu den Waffen zu greifen, haben uns von daheim fortgebracht. Nachts, wenn wir uns ausruhen durften und die Soldaten ihre Pferde versorgten, dachte ich jedoch immer an daheim. Die fremde Erde bot mir wenig Trost. Es ist leichter, von Ehre, Mut und Gottes Krieg zu reden, wenn man auf einem Pferd sitzt und aus freien Stücken in den Kampf zieht. Mich hatte man wie so viele andere Bauern in den Feldzug getrieben, und meine einzige Waffe war meine Sichel. Trotzdem, nach einer Zeit war es egal, auf welchem Weg man zum Lager gekommen war. Es ergab sein Gefühl von Gleichheit, welches uns Männer aneinanderband. Unsere lumpigen Banner flatterten gleich neben dem hohen Kreuz, und die Kleriker kanterten neben den Rittern. Doch genug davon. Es war ein schrecklicher Kampf, und selbst die Natur war unser Feind. Ich will dir nur so viel sagen, als dass es eine grauenvolle Zeit war, die ein einziges Gutes hatte, wenn ich es in Scham und Demut sagen darf.«

»Du meinst Martin?«

»Ich habe seine Mutter getötet, als er dem Säugen kaum entwachsen war. Die arme Frau hatte entsetzliche Angst vor einer Schändung, hatte sich zum Schutz davor Männerkleidung angelegt und hielt ein Messer umklammert. Als ich auf der Suche nach Lebensmitteln in ihr Haus eindrang, hielt ich sie für einen Mann und stieß ihr die Lanze in den Leib. Halte mich nicht für unehrenhaft, ich musste es tun, wenn ich überleben wollte. Alle taten es, Auge um Auge, Leben um Leben. Ich erkannte meinen Irrtum zu spät, aber dort, in diesem Haus verlor ich meine Einfalt. Als ob mir Gott selbst einen Schleier von den Augen genommen hatte, sah ich mit aller Deutlichkeit das, was um mich herum geschah. Ich nahm mir das weinende Kind, verbarg es mit einem Tuch und ging gemessenen Schrittes durch die staubigen Gassen. Niemand hielt mich auf, obgleich die Kämpfe um mich herum tobten. Es galt die Losung, dass keine Gefangenen gemacht werden durften. Ein kleiner Junge sollte kein Opfer sein, ebenso wenig wie ein Bauer ein Soldat sein sollte. Ich desertierte. Es gelang mir, mich mit dem Kind bis nach Limassol durchzuschlagen. Zum größten Teil jedenfalls; mein Bein ist heute noch dort. Zypern ist in der Hand der Johanniter. Die Ordensleute leisten Beachtliches im Dienste der Hinfälligen. Sie versorgten Martin, ohne nach seiner Herkunft zu fragen, und heilten meine brandige Wunde. Die Güte dieser Männer salbte meine Seele, und bei ihnen legte ich meinen alten Namen ab. Werner, der Verteidiger, wurde zu Matthias, der das Leben als Geschenk entgegennimmt.«

»Warum nur bist du nicht heimgekehrt? Tante Adelgunde hat die Hoffnung nie aufgegeben. Viele Tränen hättest du ihr ersparen können.« Alina sprach sehr leise.

Werner starrte ins Feuer. »Adelgunde hätte einen besseren Mann verdient.«

»Das verstehe ich nicht.«

»Wir sind im Streit auseinandergegangen. Sie hatte kein Verständnis für meinen Stolz, als der Einberufer an unsere Türe klopfte und ich ihn einließ. Nur freie Männer waren verpflichtet, Kriegsdienst zu leisten. Ich hatte es aus eigener Kraft in die Eigenständigkeit geschafft. Adelgunde weinte und haderte und schlug mir sogar vor, die Freiheit aufzugeben und in die Leibeigenschaft zurückzukehren. Sie wusste nicht, was sie von mir verlangte, und mir war es unmöglich, ihr dies zu erklären. Wir haben uns gründlich missverstanden und die Gelegenheit verstreichen lassen, uns auszusöhnen. Ich sammelte die Knechte um mich und verließ den Hof, bevor der Tag erwachte. Ich bin als Krüppel

289

zurückgekehrt, und wohin du auch schaust – es gibt keine einbeinigen Bauern. Zudem hatte ich Angst, Alina, entsetzliche Angst. Fahnenflucht wird mit dem Tod geahndet, und was sollte dann aus Martin werden? Als ich lange Zeit später hörte, dass der Kampf verloren war, hatte ich mich an das Leben eines Bettlers gewöhnt. Martin und ich hatten genug zum Überleben. Adelgunde sollte keinen untätigen Krüppel auf der Tasche liegen haben, der zu allem Überfluss auch noch einen ewig hungrigen Kostgänger angeschleppt hätte.«

»Wärest du niemals wieder zum Hufenhof zurückgekehrt?«

»Nein, wahrscheinlich nicht. Hier spricht man auch meine Sprache, und ich habe mein Auskommen. Hat Adelgunde …«

»Nein, dein Platz in ihrem Herzen und der in der Stube ist nie von einem anderen eingenommen worden. Deine wunderbaren Schnitzereien, Onkel, du hättest längst ein wohlhabender Mann sein können!«

Der Holzschnitzer lachte gedämpft. »Alina, du weißt wenig von den Zünften. Als Lehrbursche hätte ich in der Stube meines Meisters wohnen müssen, und als Geselle hätte ich im Falle eines Angriffs die Pflicht gehabt, die Stadtmauer zu verteidigen. Sieh mich an!«

»Das war eine dumme Frage. Doch was ist bei den Dinantern nun anders?«

»Das wird ein kleines Geheimnis zwischen dem Meister Gebildebrotbäcker und mir bleiben. Aber es wird keinen Schaden bringen, und vielleicht kann ich etwas zum Wohl meiner Lieben beisteuern. Wie sieht der Hof nun aus? War die Ernte gut? Habt ihr das Pferd noch? Es war damals kaum zwei Jahre, als ich auszog.«

Alina erzählte von Tante Adelgunde, und Werner wurde nicht müde, Fragen über sie zu stellen. Sie redete über Her-

gen und sein Gasthaus, berichtete über den Tod des Grund-
herrn, und die Mägde Urte und Ilse gaben auch herrlichen
Stoff zum Plaudern ab. Fragen über Fragen beantwortete
Alina, und als Matthias hörte, dass keiner der Knechte von
dem Feldzug zurückgekehrt war, wischte er sich die Augen.
Der Wein, an den er nicht gewöhnt war, unterstützte seine
Rührseligkeit.

Alina erhob sich und ging einige Schritte auf und ab. Sie
wusste einfach nicht, wie sie es fertigbringen sollte, eine
Frage, die ihr sehr auf dem Herzen lag, zu stellen, ohne
ihren Onkel zu beleidigen. Er hatte so vieles zu erzählen,
und auch Alina fielen noch hundert Dinge ein.

»Onkel Werner, du bist doch nun mein Familienober-
haupt?«

»So wird es wohl sein, auch wenn ich mich nicht als ein
solches fühle.«

»Ja, aber du bist es. Und ich habe ein ganz großes Anliegen ...«

»Alina, ich habe keine Lust, mir das Missfallen meiner
Nichte zuzuziehen, nachdem ich sie gerade erst als solche
kennenlernen durfte. Wenn dir mein holdes Weib gestattet
hat, nach Aachen zu ziehen, um dein Eigentum zurückzu-
erlangen, dann werde ich dich nicht auf halbem Weg zu
dem Schmuckstück in der Stadt festhalten. Allerdings
bitte ich dich, mir den jungen Mann, dem die Ehre zuteil
wird, auf dich und deine Unversehrtheit zu achten, erst
vorzustellen. Wenn er mir zu windig ist, bestehe ich auf
einer vorhergehenden Eheschließung.«

Für Werner, der in den vergangenen Jahren kaum mehr
als zwei, drei Becher Wein zum Weihnachtsfest getrunken
hatte, endete der Tag mit dem Untergang der Sonne. Er
sackte selig schmunzelnd auf dem Stuhl zusammen. Heiner, der inzwischen mit den anderen zurückgekehrt war,
und Alina halfen dem Einbeinigen zurück in sein Stalllager.

Trunken wie zehn Mann, sorgte er sich jedoch um Martin, der auf dem Weg in die Kirche ausgebüxt war.

»Der Junge soll mich hier vorfinden. Er soll keine Angst haben, ich bin immer noch sein Matthias, das musst du ihm sagen«, erklärte Werner einige Male in dem verwaschenen Ton eines Betrunkenen, bevor er in einen tiefen Schlaf abglitt.

Alina schlüpfte hinter Heiner aus dem Stall. Sie nahm eine Hand voller Schnee und drückte ihre glühenden Wangen in die erfrischende Kühle. »Mein armer Onkel, er wird sich noch sein Bettlerdasein zurückwünschen, wenn er erwacht.«

»Das glaube ich nicht. Er kann ja ausschlafen.«

»Oh, das denkst du nur! Grit und ich werden morgen früh in eine ordentlich geführte Badestube gehen. Und Onkel Werner nehmen wir auf ausdrücklichen Wunsch deines Vaters mit!«

Heiner kratzte sich den Kopf und nickte. »Mit einer Rasur ist es tatsächlich nicht getan, aber ich werde derjenige sein, der ihn begleitet. Ich will nicht verlottert aussehen, wenn ich Jutta abhole.«

»Es geht also bald los?«

Heiner sah in den Abendhimmel und sog hörbar Luft ein. »Ungeduldige Wandersleute haben die Torwachen schon heute ziehen lassen. Wir werden morgen die Wagen zusammenstellen und beladen, denn die Dinanter brennen darauf, möglichst bald heimzukehren. Sobald es hell wird, ziehen wir gen Dinant.«

»Margarete könnte längst irgendwo da draußen sein.« Alina starrte in die Nacht.

Heiner zuckte mit den Schultern und wandte sich zum Gehen. »Es hat sie ja niemand gezwungen. Halte dich bereit, du hast ja nicht viel Gepäck.«

»Heiner, die Lage hat sich geändert. Ich werde nicht mit

dir zum Hufenhof aufbrechen, sondern nach Dürboslar gehen. Onkel Matthias hat zugestimmt. Ich will Margarete stellen.«

Heiner sah Alina lange und prüfend an. Seine Stimme klang ein wenig rau. »Du brauchst mir nichts vorzumachen. Allerdings frage ich mich, ob dich dein Steigbügelhalter noch sehen will, nachdem du ihn in Sankt Foillan versetzt hast.«

Am nächsten Morgen war Martins Lager verlassen. Er musste sich an Grit vorbeigeschmuggelt haben, denn diese – wie immer die erste – hatte ihn bislang noch nicht zu Gesicht bekommen. Die Magd hatte saubere Strümpfe und Unterkleider zusammengeschnürt, und Heiner holte die Eselstute aus dem Stall. Die Gassen waren belebt, und die Menschen zeigten ihre Erleichterung über die Pause des weißen Winters. Nachbarn grüßten einander fröhlich. Es herrschte geschäftiges Treiben in den Gassen. So mancher Bummler nutzte die Gelegenheit, die Notwendigkeiten des täglichen Lebens zu erledigen. Handwerker fuhren ihre Waren aus, und einige Frauen fanden sich zusammen, um dem Müller Arbeit zu bringen.

Magd und Jungfer gingen aufgeregt plaudernd voran, Heiner führte den Esel, auf dem der schmuddelige Bettler zusammengesunken und mit umwölktem Blick hockte. Mit einer Hand hielt er sich an der Mähne fest, mit der anderen drückte er ein dickes Bündel vor den Leib. Darin waren Hemd und Hose, die Sigmund wegen seiner zunehmenden Körperfülle nicht mehr passten. Grit hatte angeregt, sie dem Holzschnitzer zu überlassen, damit er sie nach dem Bad anlegen könne.

Werner sah jedoch nicht allzu glücklich aus, und Alina fragte sich, ob sie nicht ein wenig voreilig gehandelt hatte, als sie seine wahre Identität ungefragt verkündet hatte.

Nun war es zu spät. Doch rasch drängte sich ein anderer Gedanke in den Vordergrund. Sie musste Leon mit Onkel Werner bekannt machen, und zwar schnell. Falls er überhaupt noch im Badehaus zu finden war.

Verflixt, da hätte Martin dringend als Bote tätig sein sollen! Das wäre ein wahrer Liebesdienst gewesen, grummelte Alina, obgleich sie wusste, dass ihre Gedanken ungerecht waren.

Vielleicht waren Leon und der Jülicher, die ja beide zu Pferd reisten, zu dem Entschluss gelangt, dass Alina sie nur unnötig aufhalten würde.

Grit fiel es zum Glück nicht auf, dass sie die Unterhaltung nun ganz alleine bestritt und Alina ihren zunehmend düsterer werdenden Überlegungen nachhing. Die letzte Entscheidung, die Sigmund getroffen hatte, lautete schließlich, dass Alina an keiner Reise teilnehmen dürfte.

Und niemand hatte diese bislang rückgängig gemacht.

Ob sie wohl alleine nach Dürboslar finden würde? Sicher nicht ohne Hilfe. Auch wenn es schnöde und feige klang – sie besaß nicht Margaretes bisweilen wagemutiges Wesen. Zu frisch war die Erinnerung an den Überfall in der Metzgergasse, zu präsent die Erinnerung an die eigene Machtlosigkeit.

Grit schlitterte, krallte sich unweigerlich an Alinas Ärmel und brachte diese so dazu, in die Wirklichkeit zurückzukehren. »… habe ich unlängst gehört, dass sich der französische Kaiser Ludwig wieder in den Kopf gesetzt habe, Damiette zu erobern. Diesmal plane er, über Sardinien nach Nordafrika einzufallen und von dort aus nilaufwärts zu ziehen, sobald er genügend Geld und Männer beisammenhabe. Das könne noch lange dauern, meinte der Räucherer. Der Kaiser müsse großzügig um Soldaten werben, denn das eigene Volk sei es müde, gegen Mohammed zu kämpfen, der seine Krieger stark macht. Wohingegen der

Herrgott nichts getan habe, um die Heere seiner eigenen Glaubenskämpfer zu retten.«

»Um Himmels willen, Grit, sei still! Dabei hat mein Onkel sein Bein verloren, und außerdem kann dir deine freizügige Zunge gewaltigen Ärger einbringen. Im Badehaus wird sich besser nur über den Inhalt von Töpfen, Pfannen und Tiegeln unterhalten!«

»Du liebe Güte, du hörst dich wie eine gestrenge Gutsherrin an. Aber du hast mein Wort, ich werde still sein.« Grits Augen sprühten voller Erwartung. »Du ahnst gar nicht, wie sehr ich mich freue! Ein warmes Bad! Eine Wohltat muss das sein!«

Damit hatte Grit recht. Selbst wenn Tante Adelgunde das Haus nicht gutgeheißen hätte, ihre bodenständige Magd Urte hätte sich bedenkenlos daran erfreut. Die *stupa balnei* verströmte eine gediegene Stimmung, Wohlgerüche lagen in der Luft, und leise Musik unterhielt die Gäste.

Alina sah sich zunächst ein wenig scheu um und überließ es Grit, die, die Börse fest umklammert, die Verhandlungen zu führen. Ein hübscher Mann mit etwas weibischem Gehabe erläuterte mit ausgesuchter Höflichkeit die Annehmlichkeiten der Einrichtung. Der Magd war anzusehen, dass sie im Geiste rechnete. Alina beugte sich einen Moment zu ihr hinüber. »Für mich nur ein Bad. Kein Speis, kein Trank, kein Muskelkneten.«

Grit nickte und orderte, was sie für richtig erachtete. Eine großzügig hergegebene Münze beschwichtigte die Bedenken, die Werners Erscheinung beim Bademeister hervorrief.

Die Männer folgten einer zimthäutigen Magd zum Kleiderraum. Grit hielt den Bader zurück, sie hatte noch ein Anliegen: »Wir bekommen doch Frauenwasser? Mir ist schon häufiger zu Ohren gekommen, dass unbescholtene Jungfrauen, die in einen Zuber stiegen, in dem zuvor

Mannsbilder lagen, schwanger wurden. Ich bin zu alt dazu, aber sie ...«

Ein Blick fiel auf Alina.

Der Bademeister handelte Grits Befürchtungen souverän ab. »Schaun's, das passiert scho, aber geht man der Sach' auf den Grund, da findet man einen Mann mit in der Wanne. Wir zwei schaun heuer ganz gründlich nach, edle Dame!«

Grit brummelte, lugte über den Bottichrand und wartete, bis sich eine Bademagd ihrer annahm. Alina war viel zu unruhig, um das Drumherum genießen zu können. Sie ließ sich ins Wasser gleiten, planschte ein bisschen mit den Zehen und war froh, als eine üppige Magd erschien. Sie entkorkte eine Phiole und goss sich honigfarbene Flüssigkeit in die Handfläche. Mit diesem Mittel wusch sie Alina gründlich den Kopf. Das Ausspülen der Haare war eine grässlich langwierige Angelegenheit.

In dem anderen Zuber döste Grit. Das Tuch, welches sie vor neugierigen Blicken schützen sollte, klebte wie eine zweite Haut auf ihren Schultern.

Alina wandte sich der Bademagd zu. »Wohnen der Markgraf von Jülich und sein Vasall noch hier?«

»So etwas darf ich nicht sagen. Es ist schon vorgekommen, dass Auskünfte solcher Art nicht im Sinne unserer Hausgäste waren.«

»Mh. Das ist schade.«

Die Magd schaute sich verstohlen um. »Seid Ihr seine Frau?«

»Nein.« Eine kleine Münze, die Alina sich wohlweislich zurechtgelegt hatte, wanderte von einer Hand in die andere.

Das Mädchen schätzte Alinas Vorausschau. »Ich frage das, weil es heißt, die Frau des Markgrafen sei spurlos verschwunden. Also, ich will Euch lieber sagen, worauf Ihr

Euch einlasst, wenn Ihr den Wunsch hegt, mit dem Herrn Markgrafen zusammenzutreffen. Der Markgraf ist stinkwütend. Er hat sich ein unfügsames Pferd andrehen lassen. Das hat ihm erst einen Fuß breitgetreten, und gestern in der Früh, als er aufsaß, hat es ihn in hohem Bogen abgeworfen. Wäre ja nicht so schlimm, aber der gräfliche Kopf ist auf dem steinernen Rand der Pferdetränke gelandet und dementsprechend verbeult. Wir haben den Markgrafen in seine Kammer getragen, und da schimpft er nun. Schwindlig ist ihm und speiübel.«

»Und sein Vasall?«

»Der hört sich das Gezeter an, und nachher geht er bestimmt wieder rüber in unsere Schankstube, um etwas zu essen. Da solltet Ihr auch hingehen, bis Eure Haare getrocknet sind. Ein Becher Würzwein geht auf Kosten des Hauses.« Die Bademagd zwinkerte und hob ein Körbchen auf, in dem allerlei Tiegel und Töpfchen durcheinanderlagen.

Geschickt bediente sie sich der Balsame und Puder, half Alina dann, ihr Kleid wieder anzulegen, und führte sie zur Schankstube. Auf Alinas Bitten hin erkundigte sich das Mädchen nach den Begleitern. Grit schliefe noch, aber gleich würden ihr die Haare gewaschen werden, Werner warte auf den Bartscherer, und Heiner ... nun, er entspanne sich.

Alina wählte einen Platz nahe dem Kamin und nippte an dem vortrefflichen Wein. Die Musik, die sie vorhin leise gehört hatte, kam von hier. Der angenehme Duft von böhmischem Erbsenmus mit Speck weckte Begehrlichkeit. Niemand störte sich daran, dass sie allein an einem Tisch saß. Alina genoss die Muße. Man vergaß an einem solchen Ort die Kälte, die Dunkelheit und alltägliche Unwegsamkeiten.

Vermutlich hatte die Bademagd an seine Zimmertür geklopft, denn Leon sah sich bereits suchend um, als er die

Stube betrat. Alina sonnte sich ein wenig in der Bewunderung seiner anerkennenden Blicke, die verrieten, dass ihm die Künste der Bademagd nicht verborgen blieben.

Leon zog einen Schemel unter dem Tisch hervor und setzte sich Alina gegenüber. »Das ist ja eine Überraschung. Was führt dich denn hierher? Ich freue mich, dich zu sehen, aber wenn du gekommen bist, um mit mir über die Reise nach Dürboslar zu reden, muss ich dich leider enttäuschen. Ich bedaure, aber ich werde dich nicht gegen Sigmunds Willen mitnehmen.«

Alina sah Leon ungläubig an. »Aber ...«

»Streich es aus deinem Gedächtnis, und mache es mir nicht unnötig schwer. Ich verlasse gleich diesen Raum, und dann trennen sich unsere Wege, ganz so, wie es dein Hausvater wünscht. Wenn ich Margarete finde und ihr den Ring abluchsen kann, werde ich ihn dir schnellstmöglich überbringen lassen. Das verspreche ich bei meiner Ehre.«

»Ehre ...«

»Mir bedeutet meine Ehre sehr viel.«

»Ebenso wie mir die meine. Ich habe um ein Wunder gebetet, und es ist mir gewährt worden: Ich habe die Erlaubnis meines Familienoberhauptes. Es hat sich etwas ergeben, was der kühnen Phantasie eines Geschichtenerzählers entsprungen sein könnte.«

»Die Zustimmung deiner Tante? Alina, halte mich nicht zum Narren!«

Alina berichtete von den Geschehnissen des Vortages, und Leon hörte mit zunächst kritischer Miene, dann aber zunehmend erstaunt zu. Alina sah ihn mit schräggelegtem Kopf an.

»Mein Onkel knüpft allerdings eine geringe Bedingung daran: Er würde dich gerne kennenlernen. Er sitzt in einem Zuber, ein paar Kammern weiter, in der Männerabteilung.«

»Der Markgraf …«

»Ich habe es schon gehört, er ist verunglückt.«

»Er kann nicht reiten, aber er drängt darauf, dass ich mich morgen auf den Weg mache, um Margarete noch vor Dürboslar einzuholen. Es ist mir recht, mich aus der Umgebung seiner unregelmäßigen Launen bringen zu können.«

»Der Markgraf ist wohl kein guter Herr?«

»Was für ein Herr mag ein Halbbruder wohl dem anderen sein? Ich habe dir noch nicht alles erzählt. Ich bin der Bastardsohn Wilhelms von Jülich. Alina, ich ahnte bis dato nicht, dass das Interesse des berühmten Ritters an mir deshalb bestand, weil er mein Erzeuger war. Auf seinem Sterbebett bekannte er sich zu mir, suchte meine Vergebung und erhandelte meine Dienste für Gerhard.«

»Wie hat es Gerhard von Jülich aufgenommen, als er sich plötzlich mit einem Bruder konfrontiert sah?«

»Erstaunlich gelassen, nachdem er erfahren hatte, dass ich keinen Erbanspruch auf die Ländereien erhebe. Ich kam gerade recht, um ihn zu befreien, wie du weißt.«

»Und deine Mutter?«

»Sie lebt nicht mehr. Wilhelm von Jülich hat ungenannt für meine Erziehung gesorgt und meine Fortschritte aus der Ferne überwacht. Und von meiner ersten, dazu unrühmlichen Zusammenkunft mit ihm habe ich dir bereits berichtet.«

Grit schaute in die Stube, ihre feuchten Haare unter einem feinen Schleier verborgen und in ein besticktes Gewand gehüllt. Fröhlich winkte sie Alina zu. Leon schaute sich zu ihr um und nickte grüßend, dann wandte er sich wieder an Alina.

»Beschreibe mir deinen Onkel bitte, damit ich ihn in der Badestube erkenne.«

Kapital 26

Alina konnte nicht behaupten, dass sie sich wohlfühlte. Ihre Erfahrung mit Reittieren basierte auf einem Esel, doch Sigmund hatte ihr ein richtiges Pferd gebracht. Ein Schnäppchen, gekauft von einem Korbflechter, der es in aller Herrgottsfrühe an seiner Auslage knabbernd gefunden hatte. Niemand wusste, wohin das Tier gehörte. Da es eh die Stadt verließ, verzichtete Sigmund auf gründliche Auskünfte, zahlte dem Korbmacher, was er verlangte, und kaufte ihm dazu noch einen großen Weidenkorb ab.

Grit und Alina besorgten einige Dinge des täglichen Lebens, die die Hufenfrauen nicht selbst herstellen oder beschaffen konnten. Alinas Münzvorrat schrumpfte, aber sie erstand Messer, Feuersteine, Leder und Nadeln sowie Garn und zwei Handvoll Nägel. Das Päckchen rollte sie in festes Tuch und gab es Werner, mit der Bitte, er möge es zusammen mit lieben Grüßen den Hufenfrauen überreichen. Sigmund stiftete eine Decke, und Grit stellte ein Säckcnen mit Gewürzen zusammen. Ihm war ein wenig wehleidig zumute, und er sah sich schon alleine am Herdfeuer sitzen, doch Grits munteres Lachen vertrieb die Gedanken. Einen Abend lang verbrachten die Männer gemeinsam in der Barthschen Stube, bei einem guten Schoppen, gebeugt über Karten, und tauschten Berichte aus. Alina bediente zurückhaltend und zog sich zurück, sobald die Becher gefüllt waren. Von Feindseligkeit war nichts mehr zu spüren, selbst Heiner beteiligte sich, indem er seine Erfahrungen über die gewählte Route preisgab.

Als Leon den Braunen sah, stutzte er und begann dann herzlich zu lachen. Wie sich herausstellte, gehörte das Tier eigentlich in den Pferdehimmel, Gerhard hatte es verscherbelt, weil es lahmte. Davon war nun nichts mehr zu spüren. Das Pferd, von Gerhard sehr respektlos nach seiner Schwiegermutter Silja genannt, schritt ruhig neben Leons Reittier dahin.

Die Menge der Fußgänger und Reiter hatte sich verlaufen. Die langsameren Wanderer hatten sich zu Gruppen zusammengeschlossen und waren hinter Alina und Leon zurückgefallen. Die anderen Reiter – viele waren es nicht – hatten sie längst überholt.

»Es kommt mir immer noch vor, als ob ich träume.«

Leon sah zu Alina hinüber, die versonnen vor sich hin lächelte und bewundernd die verschneiten Bäume betrachtete. Schwere Tropfen fielen aus den Schneehauben.

»Du meinst, weil dich dein Onkel ohne Zetern gehen ließ?«

»Als ich ihn noch für den Bettler hielt, hat er häufiger über Freiheit und Abenteuer geredet, aber ich fürchtete, als mein Onkel würde er seine Meinung vielleicht eingrenzen. Doch ließ er mich leichteren Herzens gehen als Martin. Der Junge fürchtet, dass Werner ihn allein in Aachen zurückläßt, nun wo er plötzlich ein Mann mit Familie und Hof ist. Und ich, na ja, ich bin auch nicht mehr da. Armer Martin, er hat sich dann doch ein Herz gefasst und ist zu Onkel Werner gegangen, um sich zu verabschieden. Dazu ist es dann letztendlich nicht gekommen, denn mein Onkel nahm dem Jungen das Versprechen ab, ihn zum Hof zu begleiten. Wenn ihm das Bauernleben nicht gefiele, könne er bei Heiners Rückfahrt, wenn dieser Jutta abhole und von Dinant wieder nach Aachen reise, mitfahren. Martin willigte eilends ein.«

»Das klingt alles unkompliziert, vergleicht man es mit meinem Abschied vom Markgrafen.«

Gerhard hatte die Pferdetränke, den Pferdehändler, dessen Nachkommenschaft bis in die siebte Generation und noch einige andere aufs derbste verflucht. Das war Leon gewohnt. Doch als Gerhard vor Zorn und Hilflosigkeit tobte und vor Angst, an eine selbstverschuldete Gebrechlichkeit gefesselt und von ihr dominiert zu werden, in Tränen ausbrach, war Leon seltsam zumute geworden. Er hatte seinen Gefährten umarmt, ihm auf die Schulter geklopft und war gegangen.

Alina lenkte das Gespräch in eine andere Richtung. »Wann, meinst du, können wir unser Ziel erreichen?«

»Heute Abend, wenn sich das Wetter hält und es keine Scherereien gibt.«

»Scherereien? Seit Aachen dem Rheinischen Städtebund angehört, sind die Straßen besser bewacht, und außerdem verlaufen in diesem Gebiet die Krönungsstraße und die Heeresstraße zusammen. Überdies fühle ich mich in deiner Gesellschaft sicher.«

»Das ehrt mich, aber ich bin nicht unverletzlich, Alina. Auch wenn ich deinem Onkel auf Ehre und Gewissen und mit einem Eid auf mein Leben versprach, dich mit aller mir zur Verfügung stehenden Macht zu schützen.«

»Eid auf dein Leben? Hat Onkel Werner diesen von dir verlangt?«

»Nein, er brauchte nichts zu verlangen. Ich war derjenige, der ihn um etwas bat.«

»Es geht um Ehre?«

»Alina, ich verlange auch nicht zu wissen, was Grit dir an Ratschlägen auf den Weg gab und was du ihr schwören musstest. Es war sicher eine ganze Menge, und zu einigen Hypothesen der Magd hätte ich wahrscheinlich etwas zu meiner Verteidigung zu sagen.«

Damit hatte Leon recht. Grit war nicht zimperlich darin gewesen, die mögliche Verderbtheit eines Mannes zu er-

302

läutern und die Tugendhaftigkeiten einer Jungfer hervor-
zuheben. Sie schilderte den Sündenfall in grellen Farben,
doch schließlich hatte sie Alina einfach gedrückt und ihr
geraten, ihrem Herzen zu folgen und nicht vom Weg ab-
zukommen.

Was dann kam, war recht peinlich, denn Grit hatte ein
gewachstes Stück Schafsdarm hervorgezogen und Alina in
sachlichen Worten den praktischen Gebrauch dieses Zip-
fels geschildert.

Daran erinnert, rieb sich Alina die Nase. »Oh, wenn das
so ist ... Wollen wir ein Stück zu Fuß gehen? Ich bin keine
begnadete Reiterin.«

»Gern, wenn du magst.«

Leon half Alina aus dem Sattel, und sie führten ihre
Pferde an den Zügeln hinter sich her. Der Muskelkater
würde sich ganz sicher einstellen, aber vielleicht ließ sich
das Schlimmste verhindern, auch wenn ein Spaziergang
nicht vorgesehen war.

»Wenn wir Dürboslar am Abend erreichen ... Bei aller
Nächstenliebe, wir können kaum von Reinhard dem Schönen und Margarete Gastfreundschaft verlangen. Was machen wir dann?«

»Dann übernachten wir im Gasthaus von Langweiler
– das ist eine kleine Ansiedlung unweit von Dürboslar – und
statten den Herrschaften erst am Morgen einen Besuch ab.
Ich sehe dir die Zweifel an. Es ist ein wohlfeiles Haus, welches jedoch ordentlich geführt ist. Ich kenne die Wirtin,
und wenn du sie ebenfalls kennen würdest, so würdest du
auch wissen, dass dort niemand Schaden nimmt. Weder
durch die Küche noch durch übles Gelichter.«

»Und dennoch sprachst du von Ärgernissen.«

»Auf halber Wegstrecke liegt das ehemalige Hoengener
Besitztum, welches der Herr zu Limburg nach dem Tod
seiner geliebten Gattin Isolde dem Prämonstratenserstift

Heinsberg schenkte. Vier päpstliche Urkunden bezeugen dies. Das Allod ist zwar in Klosterbesitz, aber dort steht kein Kloster. Die Bauern dort sagen frohen Mutes: Unter dem Krummstab des Abtes ist gut zu leben.«

»Weil der Abt weit fort ist?«

»Genau. Die Bauern führen zwar den Zehnt an das Kloster ab und leisten auch ihre Dienste, aber sie sind doch erstaunlich wohlhabend. Sie haben Absprachen mit Schurken, die Reisende ausplündern, wie hinter vorgehaltener Hand gemunkelt wird, doch Beweise dafür gibt es natürlich nicht. Niemand sieht etwas, niemand hört etwas, doch gibt es eine ehrgeizige Käterin, die vornehme, aber verängstigte Reisende unmittelbar nach deren Überrumpelung aufliest, Schrammen verbindet und ihnen unter ihrem sicheren Dach Unterschlupf bietet. Nicht gänzlich selbstlos, versteht sich.«

»Da reiste ich mit meinem Vater bis ins Morgenland und wieder zurück, doch von derlei Lumpereien habe ich bislang nie gehört. Aber so etwas erzählt man einem Kind wohl auch nicht. In den Geschichten meines Vaters ging immer alles gut aus. Du blickst arg finster drein. Worüber denkst du nach?«

»Nichts, was dich beträfe. Nein, wirklich nicht! Sag, habe ich es richtig vernommen, und die Magd Grit hat ein Bündel geschnürt? Einen Lunch?«

»Was soll das sein?« Alinas Verwunderung war nicht gespielt.

Leon sah sie schelmisch an. »Eine Mahlzeit. Unser Regent, Richard von Cornwall, immerhin ein Enkel der legendären Eleanor von Aquitanien und gekröntes Haupt zu Aachen, hat, obgleich ihn die englische Partei der deutschen Kurfürsten in das Amt erhob, nur wenig Macht. Und diese wird überdies durch Alfons von Kastilien bedroht. Richards erstaunliche Stärke liegt darin, dass die Menschen hierzulande aus unerfindlichen Gründen Freude daran finden, ihre eigene Sprache mit englischen Wörtern zu würzen.«

Silja schnupperte sanft an Alinas Schulter, und Alina hielt inne, um dem Pferd die samtene Nase zu streicheln. Warme Wölkchen entstiegen den Nüstern, die Ohren des Pferdes waren ihr zugewandt.

»Ich würde es auch tun, wenn ich damit die Herrschaft des Regenten festigen könnte. Da halte ich es wie die Bauern. Ich fürchte nur das Interregnum, das Kräftemessen der Machtgierigen, für die die einfachen Leute immer bluten müssen. Aber diese Angelegenheit können wir sowieso nicht entscheiden. Ich bedaure nur, dass Wilhelm von Holland von den Friesen getötet wurde. Unglaublich, dass sie den Leichnam des Kaisers einfach irgendwo verscharrt haben.«

Leon musterte Alina anerkennend. »Du interessierst dich für Politik?«

»Nun, ich weiß zumindest ganz gerne, wer uns die Steuern abverlangt. Hier vorne ist ein windgeschützter Platz.«

Leon schabte mit dem Fuß einen umgestürzten Baumstamm, der sich als Sitzplatz anbot, vom Schnee frei und breitete eine Decke darüber.

Unter freiem Himmel schmeckt jede Mahlzeit besser als unter einem Dach. Einfacher zu essen waren sie indes nicht.

»Sind das Salzheringe?«, fragte Leon und lugte skeptisch in das Säckchen, welches Alina soeben aufgeschnürt hatte.

»Nach holländischer Art«, erklärte Alina. »Grit meinte, auch wenn es zu einem Kälteeinbruch käme, würden die Heringe wegen des Salzgehaltes nicht einfrieren. Dazu gibt es Ei und Brot und hinterher für jeden ein Stückchen Schinken.«

»Es muss schön sein, in einem reichen Haushalt zu leben.«

Alina wurde hellhörig und erinnerte sich an ihre Gedanken, die sie ihrem Onkel gegenüber geäußert hatte.

»Sicher ist es wunderbar. Ich habe gut gespeist, weder mit Kerzen noch mit Brennholz knausern müssen. Ich bekam ein kaum getragenes Kleid geschenkt, genoss das Gefühl der Sicherheit und die Geschichten der fahrenden Unterhalter. Aber ich war nur Gast in Sigmund Barths Haus.« Sie beschloss, den direkten Weg zu beschreiten, denn ihre Vermutungen würden sie nicht weiterbringen. »Ich bin nur ein armes Bauernmädchen, und einzig der Zufall bescherte mir den besagten Ring. Das ist mein einziger Reichtum. Wie ist das mit dir?«

Leon nahm ein Stück Brot in die Hand. »Was mich angeht: Ich bin nur ein armer Wanderer und bleibe so lange in Gerhards Dienst, bis er ein beständiges Leben aufgebaut hat. Dann werde ich mich als Söldner verdingen.«

»Aber du hasst den Krieg!«

»Er ist aber das Einzige, was ich erlernt habe. Von Strategie verstehe ich nichts, doch ich kann eine Waffe führen. Nein, das ist nichts, worauf ich stolz bin, und ich wäre glücklich, wenn es anders gekommen wäre. Einer üblen Torheit meiner Vorfahren jedoch habe ich es zu verdanken, dass ich ein Dreiviertel meines Landes einbüßte. Um Verlorenes will ich nicht jammern, jedoch den Tatsachen muss ich ins Auge blicken. Ich bin allein und ungebunden, nur mir selbst, Kaiser Richard und Gott verpflichtet. Und wenn Gott nur die Vögel nährt, werde ich mir selbst einen Erwerb suchen müssen.«

Seine Worte klangen nicht verbittert, sondern nüchtern. Alinas Hand zitterte ein wenig, als sie mit kalten Fingern die Eierschale abpellte. Indes war nicht die Kälte dafür verantwortlich.

»Willst du denn für immer ungebunden sein?«

Leon beobachtete einen ungestümen Eichelhäher und

antwortete nicht sogleich. »Es geht weniger darum, was ich will. Ich bin kein Mönch, und der Glaube wärmt mir weder das Herz noch das Bett. Die Gesellschaft einer kläräugigen Frau ist mir natürlich willkommen, doch gerade eine scharfsichtige Frau wird bald erkennen, dass ich nichts habe, was ich ihr bieten kann. Keinen Titel, kein Vermögen, keinen Einfluss bei Hofe und keine wundervollen Kleider. Nichts von alldem, Alina, und irgendwann, wenn die erste Verliebtheit vorüber wäre und Gevatter Hunger mit am Tisch säße, würde sie es mir bitter zum Vorwurf machen, dass ich sie einst ermunterte.«

Er sah sie an, und Alina wusste, dass er genau erkannt hatte, was sie zu verhüllen versuchte. Sie ließ den Kopf hängen. Obwohl ihr Heißhunger vergangen war, biss sie in das Ei. Der volle Mund verschaffte ihr eine Denkpause, die jedoch nicht lange währte.

»Wie steht es mit dir? Wie sieht deine Zukunft aus?«, hakte Leon nach.

Alina betrachtete ihre Schuhspitzen. »Sie schien festgelegt. Ich würde einen Großknecht heiraten und nach Tante Adelgundes Ableben deren Pachtvertrag übernehmen. Aber nun ist Onkel Werner aufgefunden, obendrein noch Martin. Werner liebt diesen Jungen, und Martin liebt die Tiere. Du hättet die Stallkatzen sehen sollen, sie sind sehr scheu, aber dem Jungen vertrauten sie. Onkel Werner trägt sich mit dem Gedanken, Martin zu adoptieren. Martin wäre der bessere Pächter, obwohl er kein Geburtsrecht aufweisen kann.«

»Dieser kleine Junge? Bis er erwachsen ist, kann er hundert Mal die Meinung ändern.«

»Es ist in einem drin, dieses Gefühl, verstehst du denn nicht? Man wird damit geboren. Martins Eltern waren Bauern, und es macht überhaupt nichts aus, dass sie die Erde in einem fernen Land bearbeiteten. Und in mir fließt das Blut von Fahrensleuten, von Händlern und vielleicht sogar eine kleine Liebe zur Hehlerei. Ich kann doch nichts dafür! Die Stadtluft lockt mich. Bestimmt werde ich alle enttäuschen. Ich will mein Leben nicht auf dem Hufenhof verbringen! Daran kann nur ein Ehering etwas ändern! Oder Fastradas Ring! Hab und Gut bestimmt das Leben. Das hört sich schrecklich an, aber in diesem Fall hatte Margaret recht.«

»Alina, wir werden den Ring finden, das verspreche ich dir. Und damit wirst du frei und unabhängig werden! Vielleicht kannst du dir einen kleinen Wagen kaufen. Bitte keine Tränen, Alina! Was soll ich nur sagen, was könnte dich trösten …« Leon zog sie an sich, und einen Moment lang ruhte Alinas Kopf an seiner Schulter. Mit der unsicheren Geste eines hilflosen Mannes strich er ihr ermutigend über Kopf und Hals. Zu jedem anderen Zeitpunkt hätte seine sanfte Berührung rückhaltlose Feuerstürme in Alina freigesetzt, doch nun war sie einfach verzweifelt. Der Mann, in den sie sich verliebt hatte, war unerreichbar. Mehr noch, er schmiedete Pläne, die ihn weit von ihr fortbringen würden.

Wenn sie nicht in seiner Achtung sinken wollte, dann musste sie ihn loslassen, ihn von dem höflichen Trost entbinden. Alina löste sich, wischte ihre Augen und blinzelte. »Verzeih mir! Großer Gott, meine Hände riechen sehr stark nach dem Salzhering.«

Alina riss sich zusammen. Sie hatten schließlich einen gemeinsamen Weg vor sich, und auch wenn sich dieser bald in unterschiedliche Richtungen fortsetzen würde, galt es, nun wieder verlässliche Reisegefährten zu werden. Sie wusch sich die Hände im Schnee und packte den Proviant zusammen.

Hoch am blauen Himmel drehte ein Adler einsame Kreise und stieß seine heiseren Schreie aus. Alina sah ihm lange nach, dann verschwand der erhabene Greif.

Sie schaute über Leons Schulter hinweg auf den weiteren Verlauf des Weges, den sie bald nehmen würden. Die beinahe unberührte Schneelandschaft sah bezaubernd aus. Das musste selbst jemand mit vor Kälte roter Nase zugeben.

Dann erblickte sie etwas, das gar nicht in die friedliche Landschaft passte.

Eine Gestalt war um die Kehre geschwankt – ein Mönch in nesselfarbener Kleidung. Betrunken am helllichten Tag? Alina verengte die Augen zu Schlitzen, um besser sehen zu können. Nein! Blut rann über seine Wange, er stürzte auf die Knie und tastete sich blind vor Angst auf allen vieren auf sie zu. »Hilfe, so helft mir doch! Habt Erbarmen.«

Jesus der arme Mann!

Alina sprang auf, doch Leon hielt sie am Ärmel zurück und zischte: »Das könnte eine Falle sein. Wir sollten damit rechnen, dass sich seine Kumpane aus dem Hinterhalt auf uns stürzen!«

Kapitel 27

Bischof Turpin war verärgert. Voller Zorn marschierte er in sein Zelt und bedauerte, keine Tür ins Schloss schmettern zu können. Keinen Fuß konnte er vor den anderen setzen, ohne von Kaiser Karl begleitet zu werden. Zu Pferd, zu Fuß, nicht einen Lidschlag lang war er seit dem Aufstehen alleine gewesen! Selbst davon, ihn zur Latrine zu begleiten, ließ sich der Herrscher nur durch scharfen Protest abbringen.

Die Söldner stießen sich schon mehr oder minder heimlich an, und Turpin hatte das Kichern aus mehreren Kehlen deutlich gehört.

Das Verhalten des Kaisers war peinlich! Keine Hure war so aufdringlich wie der Gebieter.

Er hegte große Hoffnung darauf, dass seine Gerissenheit ihm am Ende die Freiheit ermöglichte, die nötig war, um den Ring verschwinden zu lassen.

Mit ernster Miene hatte er Kaiser Karl zur letzten Totenwache an Fastradas Sarg geschickt und vorgegeben, er, Turpin, würde sich vergeistigen, um eine ergreifende Grabrede vorzubereiten. Der Kaiser murrte und wollte nicht dorthin, wo er erst vor einigen Tagen kaum loszueisen war. Erst als er befürchten musste, Turpins Missfallen zu erregen, machte er sich wie ein geprügelter Hund auf den Weg.

Turpin ging, die Arme hinter dem Rücken verschränkt, einige Male in seinem Zelt auf und ab. Als ihm der Augenblick günstig schien, schoss er um die Zeltwand herum und rannte zu den Pferden. Er wählte das schnellste unter ihnen und gab diesem die Gerte.

Der Schwarze lief so geschwind, wie er nur konnte, unter tiefhängenden Zweigen hindurch und sprang über mäandernde Bäche. Turpin, der beileibe kein guter Reiter war, krallte sich an der Mähne des Tieres fest und feuerte es weiter an. Mehr als einmal wäre er beinahe gestürzt. Schließlich waren Ross und Reiter an den Grenzen ihrer Kräfte angelangt.

Auf einer Lichtung, in deren Mitte ein beinahe kreisrunder See schimmerte, legten sie eine Pause ein. Turpin und das Tier tranken gerade, als hinter ihnen Äste brachen.

Carolus! Kein anderer hätte sie hierher verfolgt.

Turpin löste den Ring von seinem Finger und schleuderte ihn, ohne zu zögern, in die Mitte des Teiches, wo er im Schlick des Bodens versank und nicht einmal mehr ein goldener Schimmer von ihm zu sehen war. Die Wasseroberfläche war noch nicht wieder geglättet, als auch schon der Kaiser auf die Lichtung ritt.

Turpin, der auf Vorwürfe gefasst war, wählte eine fügsame Haltung, doch der Kaiser sah ihn kaum an. Geschmeidig sprang der Hüne von seinem Streitross und warf dem Bischof die Zügel zu. Er breitete die Arme aus, als wolle er das umarmen, was seine staunenden Augen aufnahmen.

»Sieh dir diese Landschaft an! Atme sie! Gott selbst erschuf hier das Paradies ein zweites Mal, und es will mir scheinen, er machte es sogar besser, indem er den Apfelbaum verbannte und stattdessen Eichenhaine erstehen ließ. Und dazu Wasser als ein Spiegel, um des Menschen Augen gleichzeitig die Welt und den Himmel sehen zu lassen. Das ist der schönste Ort auf Gottes Erden, und wie könnte ich anders, als ihn aus voller Seele zu ehren!«

Turpin war perplex, aber dann verstand er. Die Zuneigung des Kaisers war dem Ring gefolgt, er hatte sich in dieses Gebiet verliebt. Der Kaiser sah seinen Bischof an, ohne dass sich seine Augen vor Leidenschaft verzehrten.

»Turpin, jetzt und hier bin ich zu einem Entschluss gelangt. Meine Gattin wird an diesem See ihre letzte Ruhestätte finden. Ferner werde ich zu Ehren des Allmächtigen ein Gotteshaus errichten lassen, eine Pfalzkapelle, ja sogar eine Kathedrale, von einer Pracht, wie sie das Abendland noch nie erblickt hat!«

Turpin, noch nicht wieder ganz Herr seiner Sinne, ließ sich schwer atmend auf einen der Quader sinken, die in einer seltsamen Ordnung an dem Ufer des Sees lagen. Nach einer Weile betrachtete er diesen neugierig. Er war von Menschenhand behauen, und obwohl er halb vom Gras zugewuchert und an manchen Stellen von Moos überzogen war, war doch deutlich das Wort *Aquisgranum* zu entziffern.

Er stach gerade sachte einen Finger in das Moos eines weiteren Steins, als sich ihm eine Hand schwer auf die Schulter legte.

»Komm, mein Bischof, wir wollen alles vorbereiten, denn auf uns wartet hinter diesen Hügeln das ganze Reich. Außerdem solltest du mir mehr über meine zukünftige Frau erzählen. Wie heißt die Alemannin gleich: Luitgard?«

Kapitel 28

Das Zingulum glich nicht mehr dem ursprünglich ordentlichen, weißen Gurt, und auch das Skapulier des Mönchs war verrutscht und schmuddelig. Es hieß, gleichgültig welchem Orden ein Bruder angehörte, die Heilige Mutter selbst verbürge sich für den Schutz eines jeden, der diesen Überwurf trug. Im Falle dieses Fraters musste sie wohl einen Augenblick abgelenkt gewesen sein, lange genug jedenfalls, dass man ihm die Nase hatte eindreschen können. Die Platzwunde auf seinem kahlen Haupt stammte vermutlich von einem heftigen Stockhieb, und so wie sich der bedauernswerte Mönch unter Klagelauten bewegte, hatte man auch seine Innereien nicht pfleglich behandelt.

»Lumpengesindel«, stieß er hervor und hielt sich die dürre Hand an den Kopf. Der Schreck stand ihm im Gesicht geschrieben. »Sie waren zu dritt, und alles ging so furchtbar schnell. Das kam völlig unvorbereitet.«

»Wer seid Ihr?«, fragte Alina.

»Ich bin ein Laienbruder des Norbertinerordens. Gisbert ist mein Name.«

Die Beine des Mannes zitterten. Alina holte die Decke, die sie auf dem Baumstamm zurückgelassen hatten. Währenddessen untersuchte Leon die Wunden. »Kopf und Nieren sind geprellt und werden wohl noch eine Weile schmerzen. Gebt beim Wasserlassen Obacht, ob Blut im Harn ist. Eurer Nase wird eine Auflage aus gemahlener Beinwellwurzel hilfreich sein. Der Brei härtet aus, und wenn die Nase vorher gerichtet wurde, ist sie nachher wieder in Ordnung.«

»Macht Euch um meine Schönheit keine Sorgen.«

Alina warf Leon einen besorgten Blick zu. Der Norbertiner saß in sich zusammengesunken da und atmete nur sehr flach.

»Gibt es in der Nähe einen Flecken, wo wir ihn in Pflege geben können? Er kann unmöglich in diesem Zustand nach Aachen gehen.«

»Ich war nicht unterwegs nach Aachen, sondern nach Köln. Der Schreck hat mich in die Richtung laufen lassen, aus der ich kam. Ich bin unterwegs, um vor der Kathedrale zur Adventszeit Almosen für unsere Caritas zu erbitten.« Gisbert deutete mit dem Kopf ganz vorsichtig in eine Richtung. »Dort hinten, unweit des Weges, wohnt ein Köhler. Seid so gut und bringt mich in seine Hütte. Er ist ein guter Mann und wird sich meiner annehmen, wenn er von seinen Meilern zurückkehrt.«

»Haben Euch die Räuber aus Groll zusammengehauen, weil sie keine Beute bei Euch fanden? Welch eine rohe Welt!«

»Ach, gute Jungfer, das Gesindel machte sehr wohl Beute …«

Mit dem letzten Wort sank der malträtierte Bruder in Ohnmacht. Anscheinend waren nicht nur die Hiebe der Angreifer für seinen Zustand verantwortlich, sondern auch seine verstiegene Auslegung der Fastengebote. Unter Aufbietung einiger Kräfte gelang es Alina und Leon, den ohnmächtigen Mönch auf Leons Pferd zu hieven.

Leon veranlasste sein Pferd zu einer langsamen Gangart.

Alina konnte nicht umhin, den entkräfteten Mönch anzuschauen. Leon und er mochten beinahe gleich alt sein, der Mönch aber glich beinahe dem Tod. Hohlwangig und bleich hing er auf dem Pferd. Der Mann hatte mit Absicht gehungert. Welcher Sünde er sich schuldig fühlte oder welcher Buße er sich befleißigen wollte, war ein offenes Geheimnis. Der Orden der Norbertiner – oder bekannter, der Prämonstratenser – war noch nicht altehrwürdig und würde es wahrscheinlich auch niemals werden. Zu Anfang waren Doppelklöster beliebt gewesen, alleine schon, um die Baukosten der Klöster zu senken. In einem Komplex lebten die Nonnen, im anderen die Brüder. Den Garten teilte man sich ebenso wie die Kirche. Eine Weile lang funktionierte das fromme Ordensleben. Doch obgleich man zunächst versuchte, es zu vertuschen– das keusche Leben krankte an mangelnder Disziplin beider Geschlechter und wurde nun von oberster Hand zu neuen Ordnungen gedrängt. Mittlerweile gab es getrennte Herren- und Damenkloster. Lag hier der Grund für die erbarmungslose Kasteiung?

Gisbert hatte sich glücklicherweise geirrt. Der Köhler, ein Klotz von einem Mann, war zu Hause und öffnete die Tür. Er erkannte den Verletzten, fegte sofort alles, was bis dahin auf seinem Bett gelegen hatte, zu Boden und nahm den Ohnmächtigen aus Leons Armen entgegen.

»Bruder Gisbert! Eine Schande ist das, einem wackeren Mann dergestalt übel mitzuspielen.«

»Habt Ihr hier viel mit den Herumtreibern zu tun?«

»Nein, Jungfer«, brummte der Köhler. »Uns, die wir hier immer leben, lassen sie in Ruhe. Wir haben alle den Kreis bekommen. Dafür schauen wir nicht ganz so genau hin, und wenn wir einen Beschädigten gefunden haben, geben wir ihn bei Kitti in Behandlung. Den Gisbert lassen wir hier, den bringe ich selbst wieder auf die Beine. Ich werde Wasser für ihn holen.«

Der Hüne beugte sich tief unter der Zarge durch und nahm einen Eimer, der vor dem Eingang stand. Alina schaute sich rasch um. Alles hier war zweckmäßig und von einfachster Beschaffenheit, keine weibliche Hand hatte in diesem Hausstand gewirkt.

»Der Kerl redet Unsinn. Das Leben in den Wäldern macht die Leute wunderlich«, grollte Leon und unterstrich seine Worte mit einer bezeichnenden Geste.

»Das scheint nur so.« Alina schüttelte den Kopf und trat zur Türzarge. Rasch fand sie, was sie suchte, und wies Leon darauf hin. »Hier, das ist ein Gaunerzeichen, gemacht von jemandem, der sich auskennt. Es ist ein Hinweis für alle, die in gleicher Absicht an diese Türe klopfen. Der Kringel besagt, dass hier nichts zu holen ist. Es gibt verschiedene solcher Botschaften.«

Alina sah sich um, fand einen weichen Stein, vielleicht war es der, mit der die Botschaft gemalt wurde, und malte einen fetten Punkt in die Mitte. Mit einem Lächeln warf sie den Kreidestein weit fort. »Ich korrigiere *Nichts zu holen* in: *Nichts zu holen, außer derber Prügel.*«

»So etwas sollte eine Jungfer nicht kennen.«

»Aber die Tochter eines geschäftstüchtigen Fahrensmannes muss so etwas wissen«, erwiderte Alina mit einem sonnigen Lächeln. Sie nahm dem zurückgekehrten Köhler den Eimer ab und bat ihn um ein Tuch. Ein Stirnumschlag mit kaltem Quellwasser weckte Gisberts Lebensgeister. Er schlug die Augen auf, langte mit dem Fingern an die Wunde und stöhnte.

Der Köhler trat sofort ans Bett, riss sich den Hut vom Schädel, sank schwerfällig auf die Knie und legte den Kopf auf Gisberts Hand. Er schluckte hörbar. »Ich werde mit der Kitti reden, die soll auf ihre Leute ein Auge haben. Das waren bestimmt Welsche, die keine Ahnung haben, wer tabu ist. Haben keine Ahnung von Respekt! Dumme Menschen«, beteuerte er in einem bittenden Tonfall, der so gar nicht zu seinem kämpferischen Äußeren passen wollte.

Gisbert legte eine Hand auf den keulenartigen Unterarm des Köhlers. »Sei so gut und lass mich mit den beiden ein paar Augenblicke alleine.«

Der Köhler folgte der Bitte. Wenige Atemzüge später drang ein dumpfes Schlagen in die Hütte. Gisbert nickte ganz sacht und winkte Alina und Leon mit schwacher Geste näher an seine Liegestatt. Sein Atem ging unruhig.

»Er schlägt Brennholz, gut, dann kann er uns nicht hören. Ich will euch die Wahrheit sagen. Man hat mich nicht wegen einiger Münzen überfallen, genauer: Niemand hatte es auf mich abgesehen. Meine Verletzungen rühren von einem Zusammenstoß her und wurden mir nur beigebracht, weil ich mich nicht wie erwartet verhalten habe.«

Alina beschlich das Gefühl, dass der Mönch um einige erklärende Sätze herumschlich wie die Katze um den heißen Brei. Doch wozu? Er war das Opfer eines Überfalls geworden und trug keine Schuld an dem, was man ihm angetan hatte.

Aus Leon sprach jedoch Misstrauen. »Moment. Was wollt Ihr von uns? Von welchen Erwartungen redet Ihr?«

»Helft mir auf! Ich möchte sitzen, wenn ich mit euch rede, das macht es mir einfacher.«

Leon zog den dürren Mann in die sitzende Position, und Alina legte ihm ein paar umherliegende Felle unter den Rücken. Dann wartete sie gespannt.

»Meinen richtigen Namen werde ich euch nicht nennen. Es genügt, wenn ihr mich als Bruder Gisbert kennt. Was ich in Aachen gemacht habe, sollte euch ebenfalls nicht kümmern. Je weniger ihr wisst, umso besser.«

»Ganz meine Meinung.« Leon sprach die Worte aus, die Alina auf der Zunge lagen. »Wir werden jetzt zur Tür hinausgehen, unsere Pferde nehmen und Euch vergessen.«

»So einfach ist das nicht«, widersprach der falsche Mönch trocken. »Pferde sind für Leute wie uns eine Menge Münzen wert, und der Köhler ... Nun, ihr ahnt es gewiss.«

317

War mit einer Axt bewaffnet und stand höchstwahrscheinlich zwischen Mensch und Pferd. Es war unnötig, diesen Satz zu Ende zu bringen. Gisbert stöhnte, zumindest seine Schmerzen waren echt.

Alina bemerkte, dass Leon seine Hände verschränkte und durchstreckte. Ebenso nahm sie seinen prüfenden Blick wahr. Sie schlug einen leichteren Ton an, um der seltsamen Unterhaltung die Schärfe zu nehmen.

»Dann erzählt uns doch einfach, was Ihr so unbedingt loswerden wollt. Allerdings wäre es von Vorteil, Ihr würdet Eure Erläuterung derart einleiten, dass wir die Inhalte verstehen können und nicht noch mehr verwirrt würden.«

Gisbert zögerte nicht lange. Seine Stimme war nun fester, nur in seinen Augen lag ein unruhiges Flackern, das widersprüchlich war. »Das ist machbar. Öffnet eine Fensterlade, dann können wir einander ansehen, und unser braver Köhler spart obendrein eine Kerze. Ich will es kurz machen. Einige der Menschen, die in den Wäldern leben, vertrauen auf meine Führung. Auch wenn unsere Rangordnung nicht der der bürgerlichen Welt entspricht, so trage ich doch für die Menschen hier eine Verantwortung wie ein Herrscher für sein Volk. Ein Umstand, der mich für zwei Monate ins Düsterloch brachte, und wie ihr seht, kann niemand behaupten, ich hätte mich auf Kosten der Aachener Stadtbüttel durchgefressen.«

Gisbert war in seiner Welt der König der Spitzbuben. Seine Ware brachte er zu einem Hehler, und obwohl er keinen Namen nannte, wussten Alina und Leon, dass ein Geschäft der gehobenen Größenordnung nur von Kalle Haas abgewickelt werden konnte. Auch der letzt zurückliegende Handel wäre bestens gelaufen, hätte Kalle Haas nicht einer Schöffengattin zuliebe, von der er sich ergiebige Informationen erhoffte, sein Liebchen abgelegt. Alina glaubte, auch deren Namen zu kennen: Meta Sibling. Die Gekränkte musste die Stadtwache gründlich über die Machenschaften von Haas informiert haben. Die Büttel trafen gerade ein, als Gisbert Diebesgut auf dem Tisch ausgebreitet hatte. Er war in eine Falle getappt, die nicht für ihn ausgelegt worden war. Kalle Haas, ein Mann mit weitreichenden Verbindungen, verließ nicht einmal sein Haus mit den Bütteln. Er nahm den Hauptmann zur Seite und regelte sein Wohlbefinden auf seine Weise. Klimpernde Münzen wechselten die Tasche.

Doch auch Haas war auf seine Art ein Ehrenmann. Es war nötig, ein wenig Gras über die Angelegenheiten wachsen zu lassen. Darum verschaffte er Gisbert neben der Freiheit die Kleidung eines Mönchs und sorgte dafür, dass ihm am Stadttor keine Fragen gestellt wurden. Im Gegenzug verlangte er von Gisbert, dass dieser sich eines anderen Problems annahm. Eine junge Frau, die derzeit unter seinem Schutz stand, benötigte Begleitung bis Dürboslar.

Alina zuckte zusammen. »Margarete von Jülich!«

Gisbert wunderte sich nicht, dass Alina ihren Namen kannte. »Ja. Eine schöne Frau mit einem schwierigen Charakter. Sie stellte mir Münzen dafür in Aussicht, dass ich sie heil abliefere, doch wie es aussieht, kann ich die Belohnung wohl in den Wind schreiben.«

Der dürre Mann sah auffordernd zwischen Alina und Leon hin und her. Leon verschränkte seine Arme vor dem Brustkorb und sah den selbsternannten König kalt an. »Und nun?«

»Nun, Herr Leonhard, Ihr hegt doch ein gewisses Interesse an dieser Weibsperson. Ihr stellt ihr nach, und weil sich Eure Schwester Margarete weigerte, Euch in Inzestsünde beizuliegen, ist dieses bejammernswerte Geschöpf auf der Flucht vor Euch und derjenigen, die ihre angebliche Zofe im Kloster sein soll, wenn die Dame erst gefangen ist.«

319

Alina schnappte entrüstet nach Luft. »Das hat sie Euch erzählt?«

Gisbert grinste schief. »Oh, dies und noch ganz anderes. Sie hat eine recht schillernde, geistige Schöpferkraft, was mich dazu veranlasste zu glauben, dass auch die von ihr versprochenen Münzen ins Reich der Phantasie gehören.«

»Was ist während der Reise geschehen?«

»Ein anderer hat während meiner Abwesenheit meinen Platz eingenommen. Ich kann es ihm nicht verdenken, denn mein Schicksal war ungewiss. Führung will gepflegt werden. Wie es nun scheint, hat er nicht die Absicht, wieder in die Reihe zurückzutreten, aus der er aufgestiegen ist. Zusammen mit zwei seiner Schergen bereitete er mir einen entsprechenden Empfang. Sie lauerten auf Beute, und die Gefallsucht der Dame Margarete verhieß ein ertragreiches Opfer. Mich schlugen sie zusammen, Margarete wurde ihre Gefangene.« Ein zynischer Zug umspielte Gisberts Lippen. »Ich hätte nie gedacht, dass ich einmal jemanden kennenlernen würde, der sogar Alwin in ausgestoßenen Beleidigungen überlegen ist.«

»Wer ist nun schon wieder Alwin?«

»Mein Gegenspieler, der sich an meiner statt der Dame Margarete angenommen hat.«

»Warum erzählt Ihr uns diese Geschichte?«

»Herr, habt Ihr mir nicht zugehört? Mein Geschäft ist geplatzt, wie könnte ich die Hand noch aufhalten? Soll ich an Alwins Tür klopfen und auf die Herausgabe seiner Geisel dringen? Unsinn! Für heute bin ich geschlagen. Und wenn ich mich nicht um meine Angelegenheiten kümmere, wird mein Leichnam bald die Wildschweine nähren. Euch aber ist an der Dame gelegen, und gegen ein Scherflein wäre ich bereit, Euch zu erläutern, wo sie zu finden ist.«

Ehe Alina reagieren konnte, hatte Leon den Mageren gepackt und hochgerissen. Seine Stimme war gefährlich leise. Alina erinnerte sich an den Knochenhauer und hoffte, der Diebeskönig würde keinen Fehler begehen. Er hing wie ein nasser Lumpen in seinem morschen Hemd. Leon brachte sein Gesicht nahe an das des anderen.

»Spielt kein falsches Spiel mit mir. Ich könnte mir vorstellen, dass sich die Stadtoberen für diese Köhlerhütte interessieren würden.«

Nun wurde Gisbert doch ein wenig unbehaglich zumute, er drehte und wand sich. Endlich ließ Leon ihn wieder auf die Strohmatten sinken.

»Lasst den Köhler außen vor.«

»Wir werden sehen.«

Alina setzte sich auf den einzigen Schemel, ihre Hände im Schoß gefaltet und ihre Augen auf Gisbert gerichtet.

»Jener Alwin wird für die Dame Margarete also ein Lösegeld fordern. Von wem?«

Gisbert schaute verdutzt. »Na, von ihrem Gemahl natürlich.« Dann dämmerte ihm, dass Alina die Frage wohl kaum gestellt hätte, wenn es deutlich gewesen wäre. Er wischte über sein Gesicht. »Alwin wird sie zum Reden bringen und herausfinden, ob jemand für sie zahlt. Doch so wie sie aussah, ein kaum gebrauchtes Gewand aus grünem Samt und feine Schuhe, ein Mantel aus gefärbtem Filz … Irgendwer wird zahlen, und falls nicht: Eine hübsche Frau hat auch noch andere Reize.«

Gisbert schloss einen Moment lang seine Augen, und Alina lotste Leon in eine Zimmerecke. Sie senkte ihre Stimme und versuchte überzeugend zu klingen.

»Wir haben keine Wahl! Dieser Alwin scheint ein Tier zu sein. Wir können nicht zulassen, dass Margarete misshandelt wird. Sosehr sie mir auch Verdruss bereitet hat, mein Gewissen gebietet mir, anders zu handeln. Ich habe

Münzen, ich werde sie Gisbert überlassen, damit er uns das Versteck verrät.«

»Was, wenn diese Spitzbuben längst den Ring bei Margarete gefunden haben? Bist du bereit, noch weitere sauer verdiente Münzen auszugeben? Für Margarete?«

Alina zögerte einen Moment, dabei war ihre Entscheidung längst gefallen. »Ja. Es ist immerhin noch ein Unterschied, Gisbert ein paar Münzen für eine Information zu geben, als ein ganzes Lösegeld zu zahlen. Überlege doch, Leon! Wir finden heraus, wo Margarete ist, und vielleicht gelingt es uns, sie zu befreien. Mit einer solchen Tat ersparst du dem Jülicher ein Vermögen und kannst dich damit vielleicht aus deiner Schuld lösen.«

»Was seid ihr Frauen doch bisweilen für rührselige Wesen!«

Leon trat mit harten Schritten an Gisberts Lager. »Könnt Ihr mir garantieren, dass die Dame noch lebt?«

Der Dieb nickte. »Ihr habt den Köhler von der Kitti reden gehört. In unserer Welt nennen wir eine kleine Hütte Kitte. Sie gehört Alwins Mutter. Der Köhler – er hat eine kleine Schwäche für sie – taufte sie deshalb für sich auf den kosenden Namen Kitti. Ihr richtiger Name lautet Edda. Sie führt eine strenge Hand. Eine tote Geisel ist wertlos, sie wird sorgsam auf das Mädchen achten.«

Trotz seiner Kopfverletzung war Gisbert kein leicht zu lenkender Verhandlungspartner und beileibe nicht dumm. »Vermutlich wird die Dame in einem Vorratsraum untergebracht.«

»Wo ist dieser Raum? Wie wird er normalerweise bewacht, und mit wie vielen Widersachern muss ich rechnen?«

»Was ist mit einer Gegenleistung?«

»Darüber werde ich entscheiden, wenn ich weiß, was Euer Wort wert ist.«

»Oh, ja. Sicher, Herr«, sagte der falsche Mönch spöttisch. Nichts hätte er gesagt, wenn er keinen Nutzen darin gefunden hätte, dessen war sich Alina sicher. Sie war einen Augenblick von ihren eigenen Gedanken abgelenkt. Irgendetwas stimmte an ihrem Plan nicht, etwas Bedeutendes. So hörte sie nur noch den Rest der Antwort: »… es dürften nur drei Personen sein. Edda, Alwin und ein Handlanger, der in der Kate wohnt. Der andere, der half, mich zu verprügeln, dürfte fürs Erste genug haben. Ihr solltet den Befreiungsversuch nicht in der Dunkelheit unternehmen, sondern besser bei Tagesanbruch. Damit werden sie weniger rechnen.«

Leon warf Alina einen warnenden Blick zu, dann zwinkerte er. Was sollte das nur?

»Euch ist daran gelegen, Euer sogenanntes Amt wiederzuerlangen. Zudem wollt Ihr Euren Gegner lächerlich gemacht wissen, ihm einen ertragreichen Handel verderben und gleichzeitig Euer Hemd weiß halten.«

»In jedem Punkt gebe ich Euch recht.«

»Münzen werde ich Euch nicht geben, ich biete Euch etwas Besseres.«

Die folgende geflüsterte Unterhaltung dauerte lange und wurde ab und an von schadenfrohem Lachen untermalt. Alina kam sich ausgeschlossen vor. Zunehmend bemächtigte sich aufsteigender Ärger ihrer Person. Eben noch wie Hund und Katze, steckten die Kerle nun die Köpfe zusammen und schmiedeten gemeinsam Pläne. Zum Abschied reichten sie sich gar die Hände, und es überraschte Alina nicht sonderlich, dass der Köhler mit ihren Pferden bereits an der Tür wartete.

»Der Tag währt nicht ewig«, grummelte Alina unwirsch. »Was sollen wir denn nun machen?«

Leons Stimmung war ausgesprochen gut. Er half Alina auf die Stute und schwang sich dann ebenfalls in die Sattel.

Auf ein Zungenschnalzen hin setzten sich die Tiere in Bewegung.

»Wir werden einen Querfeldeinweg zum Gasthaus nach Langweiler nehmen. Dort werden wir uns eine Kammer mieten, eine Vesper zu uns nehmen und uns zur verdienten Ruhe begeben.«

Alina war immer noch verstimmt, doch konnte sie keinen bestimmten Grund dafür benennen, und so saß sie in sich gekehrt auf dem Pferd und ließ sich von Silja zu dem Gasthaus tragen. Außerdem beschäftigte sie der kleine Haken in ihren Überlegungen weiterhin, über den sie immer wieder stolperte, ohne dass sie ihn greifen konnte.

Bald nachdem die Sonne hinter den Bäumen versunken war, kam das Gasthaus in Sichtweite. Es war zweigeschossig und bedeutend größer, als Alina es sich vorgestellt hatte. Einige Nebengebäude gehörten zu dem Anwesen, und beim Näherkommen verriet vertrauter Geruch, dass hier Vieh gehalten wurde.

Die Wirtin war eine fröhliche, leicht angegraute Person. Ihr Gasthaus hätte sogar Tante Adeline gefallen. Es war sauber, niemand spuckte auf den Boden oder ließ die abgenagten Knochen unter den Tisch fallen. Bedient wurde ausschließlich von Mundschenken, die Mägde waren nur hinter dem Tresen und in der Küche zu finden. Auf die Frage nach ihrem Wunsch antwortete Leon für sie beide.

»Ein Vespermahl für uns und zwei Plätze zum Ruhen. Wir müssen Euer Haus leider sehr früh wieder verlassen.«

Die Wirtin wischte ihre roten Hände an der Schürze ab und nickte. »Gut, Herr. Wenn die Mägde das Feuer entfachen, werden sie Euch wecken. Doch bitte ich um Euer Verständnis dafür, dass ich das Gros meiner Gäste zufriedenstellen will, und diese wollen erst aus den Decken schlüpfen, wenn der Brei gekocht ist. Ich werde Euch also einen Platz zuweisen, an dem die Magd nicht versehentlich andere Kostgänger wach rüttelt.« Die Wirtin sah sehr genau zwischen ihren neuen Gästen hin und her. »Ihr werdet Euch doch vertragen?«

»Werden wir.«

»Das ist gut, denn Eure Schlafplätze sind unter einem Dach. Ist zusammen nicht teurer als ein einzelnes Bett.«

Es gab keine Auswahl. Gegessen wurde, was auf den Tisch kam. An diesem Tag waren es gebratene Brotscheiben, die zuvor in gequirltem Ei gewendet worden waren. Das Bier war eine Spur zu kalt, aber mild, gerade so, wie Alina es mochte. Das Feuer im Kamin prasselte gemütlich, und sie fühlte sich richtig wohl. Einen Moment lang schloss sie die Augen und erschrak, als Leon eine Hand auf die ihre legte.

»Geht es dir nicht gut?«

»Es war ein anstrengender Tag. Nach dem Essen und in der Wärme werde ich müde.«

»Möchtest du dich zurückziehen? Ich kann genauso gut hier nächtigen, das wird wahrscheinlich sogar besser sein. Ich will dich schließlich nicht kompromittieren.«

»Du willst mich schutzlos in einem Nebengebäude nächtigen lassen? Falls es dich beruhigt: Ich habe auf Reisen auch schon mit anderen Männern im Stroh gelegen, und weder haben sie sich noch ich mich beschwert.« Alina konnte es nicht verhindern, dass sie übergangslos laut gähnte.

»Dann will ich mich der Prüfung stellen.«

Leon erklärte Alina den Weg zur Latrine, holte noch einen letzten Bierkrug und ließ sich Zeit dabei, ihr in die Kammer zu folgen.

Eine höfliche, gleichzeitig jedoch sinnlose Geste.

Der zugesicherte Platz erwies sich als eine ehemalige Speisekammer. Sie war winzig, enthielt aber alles, was nötig war, und das Stroh roch frisch und einladend. Alina streckte sich und hängte das Handlicht an einen langen Haken unter

325

das Dach. Die Bretterwand der Kammer war zugig, selbst die Kerzenflamme tanzte, so dass Alina beschloss, ihre Kleider bis auf den Umhang anzubehalten. Sie löste lediglich den Zopf und strich mit Martins Kamm durch ihre Haare, bis sie weich über ihren Rücken flossen. Dann wickelte sie die Bänder von ihren Füßen, kroch unter die Felldecke und lauschte in die heulende Nacht hinein.

Leon ließ sie nicht lange warten. Er stellte den Krug ab, zog kräftig an der Tür und schob den Riegel vor. Zwischen den beiden Lagern war kaum mehr als zwei Fußbreit Platz. Alina zog einen Zipfel der Decken über ihre Augen. Leon entkleidete sich ungeachtet der Kälte bis aufs letzte Hemd. Das jedoch behielt er an.

»Brr, ist das kalt! Die Magd wird uns morgen eine Schale des Breis aufwärmen, der heute übriggeblieben ist. Dann brauchen wir nicht mit leeren Mägen loszuziehen.«

Leon trank einen kräftigen Schluck und reichte den Krug an Alina weiter. Sie kam unter der Decke hervor und bemerkte, dass Leon ihr Haar bewunderte. »Wohin losziehen? Willst du mich nicht in deinen Plan einweihen?«

»Mh. Du kennst ihn doch. Gisbert beschrieb uns den Weg zu Eddas Kate. Ich werde Margarete aus ihrem Kerkerloch befreien, und dann reiten wir geradewegs nach Jülich. Du kannst ihr den Ring abverlangen, und wenn Gerhard den Weg bewältigen kann, wird er sein Weib daheim vorfinden.«

»Das gefällt mir nicht.«

»Und wieso nicht?«

Endlich ließ sich das fehlende Stück einfangen.

»Wegen des Rings! Ich weiß, es war mein eigener Vorschlag, Margarete zu befreien und nach Jülich zu begleiten. Aber wenn wir es so machen, werde ich den Ring nicht wiedersehen. Ich kann Margarete nicht beweisen, dass sie ihn nahm, jedenfalls nicht mit den Zeugnissen, die ein Gericht zulassen würde. Sie würde das Blaue vom Himmel lügen. Und überdies ist sie Markgräfin und allein schon deshalb glaubwürdiger als ich. Wir sollten sie befreien, aber sie darf uns nicht sehen. Sie muss die ganze Geschichte erzählen, so wie sie war, aber ohne Zwang und vor achtbaren Zeugen. Wir folgen Margarete bis zum Gutshof des schönen Reinhard, dann sehen wir weiter.«

Alina kicherte leise, und Leon sah sie neckisch an. Er stahl sich eine Locke und zog spielerisch daran. Alina gab leicht nach und neigte Leon den Kopf entgegen.

»Aha, du willst also wissen, wie schön der schöne Reinhard wirklich ist?«

»Wann bietet sich mir schon einmal eine solche Gelegenheit?« Das klang ein wenig herausfordernd und brachte Alina einen aufreizenden Kuss ein.

Sie hielt ganz still in Leons Armen, spürte das heiße Kribbeln in ihrem Magen und dann auch ein wenig tiefer. Ihr Herz trommelte, als wäre sie eine unendliche Strecke gerannt. Ein wenig atemlos schloss sie die Augen. Leons Bartstoppeln kratzten leicht an ihrer Wange, seine Lippen streiften ihren Hals.

»Wenn du erst den schönen Reinhard gesehen hast, dürfte ich das vielleicht nicht mehr wagen«, raunte Leon in Alinas Ohr.

»Das musst du selbst herausfinden.«

»Dito, Alina. Nimm nicht den Ersten, wähle den Besten. Du bist es wert.«

Jedes weitere Wort hätte die Stimmung zerstört, so schwiegen sie nebeneinander. Langsam geriet das Stroh ins Rutschen, und Alina lehnte ihren Kopf an Leons Schulter. Sie spürte Leons gleichmäßigen Atem an ihrem Hals. Es war seltsam, aber es schien, als suche er Schutz in ihren Armen und nicht umgekehrt.

Alina wurde von einem festen Klopfen geweckt. Herausgerissen aus den schönsten Träumen, brauchte sie einen Moment, um sich zu orientieren. Sie war allein und bekleidet. Leon hatte sie sorgfältig bis zur Nasenspitze zugedeckt. Alina reckte sich unter dem Fell.

»Seid Ihr wach?« Ein rundes Gesicht lugte um die Ecke. »Euer Gemahl lässt Euch warmes Wasser schicken, ein Tuch und Seife. Er lässt Euch ausrichten, dass Ihr Euch getrost Zeit lassen sollt. Verriegelt nun besser die Tür.«

Alina kroch unter den Decken hervor und legte das Oberkleid ab, und da sie nun allein war, schnupperte sie. Nein, sie roch nicht unangenehm, es war einfach eine aufmerksame Geste Leons, ihr das Wasser bringen zu lassen. Nun, er sollte nicht enttäuscht werden.

Die Seife war nicht mit der des *Römerbrunnens* zu vergleichen, aber es war wunderbar, sich waschen zu können. Eine Angewohnheit, an die ihr Vater Konrad sie herangeführt hatte. Ebenso hatte er ihr die Zahnreinigung empfohlen, wann immer sich eine Möglichkeit dazu bot.

Alina kämmte, eine Melodie summend, ihr Haar und flocht gerade die Stränge zu einem losen Zopf, als etwas Raues über das Dach fuhr. Ach, wahrscheinlich war es nur eine vereiste Eisscholle, die sich gelöst hatte, schließlich schien die Sonne bereits hell durch die Zwischenräume der Bretter. Verträumt dachte sie an den vorangegangenen Abend und daran, was Leon gesagt hatte.

Moment!

Sie hatte mit Leon gemeinsam früh aufbrechen wollen – nachdem sie gewärmten Haferbrei gefrühstückt hatten.

Das konnte doch nicht wahr sein! Es brauchte einige Herzschläge, bis Alina begriff, dass Leon sie zurückgelassen hatte. Einfach sitzengelassen!

So ein arroganter Kerl! Der große Held, der alles alleine macht und in ihr eine Schemelhockerin sah, ein kleines

328

Strohmäuschen. Alina verspürte nicht übel Lust, ihren Schuh gegen die Wand zu schmettern, beließ es aber dabei, mit den Zähnen zu knirschen.

Ob er Margarete bereits aus ihrem Gefängnis befreit hatte? Vielleicht ritten sie schon einträchtig der Sonne entgegen und lachten über die, die sie hinters Licht geführt hatten.

Nein, das konnte Alina nicht glauben. Als Erstes musste sie ihre überschäumende Phantasie in den Griff bekommen. Leon war fort, aber vielleicht wusste die Magd etwas Näheres.

Alina fand das rundgesichtige Mädchen in der Küche. Die Wangen der Magd waren hochrot von der Anstrengung, die das Teigkneten mit sich brachte, und sie lächelte schüchtern.

»Danke für das Wasser, ich bringe dir die Schüssel zurück.«

»Bitte schön. Euer Gemahl hat Anweisung gegeben, Euch bis zu seiner Rückkehr jeden Wunsch zu erfüllen. Der Brei ist frisch und noch warm, wenn Ihr etwas essen mögt.«

Das hatte Leon ja fein hinbekommen. Die Magd jedoch trug keine Schuld, und es wäre niederträchtig, ihren Unmut an ihr auszulassen. »Hat mein Gemahl gesagt, wann ich ihn zurückerwarten darf?«

»Vor der Non noch.«

Vor der Non! Bis dahin mochten Ewigkeiten vergehen.

Alina versuchte sich in den weiblichen Tugenden der Geduld und der Sanftheit. Wer hatte sie jemals zu weiblichen Sittsamkeiten erklärt, und weshalb galten sie als derart erstrebenswert? Fragen, die sich selbst beantworteten, denn dahinter konnte sich nur der umtriebige Geist eines Mannes verbergen! Ein klein wenig wurden ihre Gedanken aber auch dadurch abgelenkt, dass sie Leon der Magd gegenüber als ihren Gemahl benannt hatte. Leicht war ihr das nicht über die Lippen gekommen, doch es hörte sich auch nicht wie eine Sünde an, die sie ins Fegefeuer brachte.

Der Dinkelbrei roch appetitlich, aber Alinas Kehle war wie zugeschnürt. Trotzdem quälte sie die Hälfte der Mahlzeit hinunter und schob den Napf mit einem gemurmelten Vorwand von sich.

Die Non verging, die Zeit des Mittagsmahls verstrich, und Alina kannte mittlerweile jeden Winkel der Gaststube. Das Haus wurde ihr zu eng. Eine liebenswürdige Katze, schwarz mit weißen Stiefelchen, hatte sich ihrer angenommen, doch nun ging das freundliche Geschöpf eigenen Tätigkeiten nach.

Alina sah dem steil aufgerichteten Katzenschwanz nach und traf eine Entscheidung.

Der Stall befand sich in einem Nebengebäude des Gasthauses und war ebenso gewissenhaft organisiert wie das übrige Gewerbe. Zwei halbwüchsige Stallburschen schwatzten miteinander, ohne darüber die Arbeit zu vergessen, und lugten aus den Augenwinkeln zu Alina. Niemand würde einfach hier hineinspazieren und ein Tier stehlen.

Silja schnaubte zur Begrüßung und ließ sich gerne den Hals streicheln. Das Pferd war gefüttert und getränkt, und es ging den Tieren ebenso gut wie den Menschen. Wie Alina es befürchtet hatte, war sie steifbeinig von der ungewohnten Reiterei, doch das Muskelzerren hielt sie nicht davon ab, nach der Satteldecke zu greifen.

»Wir machen das schon. Gisbert wird sicher noch bei dem Köhler sein, und er wird mir erzählen müssen, was er zuvor Leon gesagt hat. Herrje, dass er mir nichts zutraut, ist wirklich ärgerlich«, sprach Alina vor sich hin.

Silja fuhr einige Schritte zurück und warf den Kopf hoch, was daran lag, dass plötzlich ein langer Kerl nach ihrer Mähne griff. Silja war mit dieser Behandlung nicht einverstanden und drängte nun unruhig an die Seitenbohlen. Mit

den Hinterhufen schlug das Pferd gegen die Wand in seinem Rücken.

Angst überkam Alina. »Heda! Lasst mein Pferd in Frieden!«

»Sie leugnet es nicht einmal!« Die Stimme gehörte der
Wirtin, die nun gar nicht mehr freundlich war. »Als ob ich
nicht das Pferd des Markgrafen wiedererkennen würde.
Und dass das Diebesgesindel nun hier unterkriecht, ist
eine Unverschämtheit! Nehmt sie nur mit, werter Meier,
und sperrt sie in das modrigste Loch.«

»Sie hat den Landesfrieden gebrochen«, hörte Alina einen
der Stallburschen nach draußen rufen. »Kommt euch die
Diebin ansehen, bevor sie ertränkt wird.«

Kapitel 29

Leon hatte sich den Ablauf des Tages völlig anders vorgestellt, aber wer hatte ahnen können, dass der verflixte Köhler lauschte? Das schlichte Gemüt, dessen Treue zwar Gisbert, dessen scheues Herz aber für die Käterin Edda schlug, hatte Leon verraten. Der Köhler befürchtete, Leon könne seiner Edda etwas antun, und war zu ihr gerannt, um sie zu warnen. Edda hatte daraufhin ihren Sohn Alwin und seinen Handlanger auf Posten geschickt, um Leon vor der Köhlerhütte aufzulauern. Und es war ihnen trotz dessen Umsicht gelungen, ihn zu überwältigen. Alwin hatte einen Zahn eingebüßt, und auch das Ohr des Handlangers hatte ordentlich gelitten.

Doch Leon hatte ebenso derbe Schläge einstecken müssen. Mehr noch: Sie hatten ihn bewusstlos geprügelt. Alwins Faust hatte ihm böse zugesetzt, seine Oberlippe war eingerissen, und die Schulter schmerzte. Doch die Stelle, wo ihn der bleibeschwerte Stock an der Schulter traf, peinigte ihn dumpf. Das leise Krachen bei dem Aufprall auf seinem Schädel hallte nach.

Dass seine Hände mit einem Strick auf dem Rücken zusammengebunden waren, machte seine Lage nicht eben erträglicher.

Am unerfreulichsten war jedoch der Umstand, dass er sein Gefängnis nun mit Margarete teilte.

Darüber war er überhaupt nicht glücklich.

Ebenso wenig wie sie.

»Ihr, Dabrey? O Herr Jesus, hast du mich ganz im Stich

gelassen? Was wollt Ihr denn hier? Und wo ist mein Gemahl? Das darf doch wohl nicht wahr sein!«

Wer ein ängstliches, verweintes Opfer erwartet hatte, kannte Margarete nicht. Diese Waldschrate würden ihr nicht gefährlich werden, da hatte sie schon ganz andere Gegner gehabt, hatte Margarete hochnäsig erklärt.

Sie machte aus ihrem Zorn keinen Hehl und ging auf Distanz zu Leon. Die Zeit ihres vertrauten Duzens war mit dem Tag hinfällig geworden, an dem sie sich den Titel einer Markgräfin erheiratete.

»Euch verlangt es nach Eurem Gemahl? Gerhard ist nicht hier, und er wird auch nicht kommen, um Euch zu befreien.«

»Wie kann ich das glauben, wo ihr doch stets beisammen seid? Wo der eine ist, ist auch der andere.«

»Diesmal nicht.«

»Welch Glückes Geschick, Dabrey. So brauche ich nur Euch loszuwerden. Wo ist Gerhard?«

Leon betrachtete Margarete annähernd wohlwollend, denn ihr hatte man – im Gegensatz zu ihm – nicht die Hände gebunden. Und überhaupt: Sie sah erstaunlich elegant aus, als sei sie keine Wanderin durch die Wälder, sondern eine Dame unterwegs zu einem Bankett. Ihr Rocksaum war schmutzig, das war alles.

Wie eine eingesperrte Katze schritt sie an der Wand auf und ab. Nicht zu hastig und darauf bedacht, dass ihr Hals in dem grünen Kleid ihrer Mutter vorteilhaft zur Geltung kam.

Leon senkte den Kopf und versuchte, seine verletzte Schulter zu entlasten.

»Euer Gatte befindet sich in ärztlicher Behandlung in Aachen, er ist derzeit nicht reisetauglich.«

»Und da habt Ihr Euch erbötig gemacht, mich abtrünniges Weib an seiner statt zurück nach Jülich zu schleifen?«

»Ihr seid nun mal seine Ehefrau.«

»Ein Dilemma, welches ich mit Euch nicht erörtern werde.« Margarete sprach gefasst. »Wir werden das Beste aus dieser Lage machen müssen. Wie Ihr selbst seht, ist dieser Raum ohne Fenster. Wir befinden uns in einem halb unterirdischen Vorratskeller. Die Kerze wird in wenigen Lidschlägen verlöschen, eine neue ist nicht vorgesehen. Die Bohlen sind stabil, einzig die Tür bildet einen Schwachpunkt, ist jedoch mit einem Schloss gesichert. Vor ihr steht einer der Männer Wache, gegen die Ihr schon einmal den Kampf verloren habt. Haltet still, ich werde Eure Stricke lösen.«

Die Knoten stellten kein Hindernis dar und waren rasch aufgeknüpft. Margarete packte den groben Strang und zog ihn flink auf ihrem weißen Hals hin und her. »Ich gehe jetzt, mein Lieber.«

Dann begann sie, durchdringend zu schreien. Ihre an- und abschwellenden Laute waren dämonisch.

»Hilfe, er will mich erdrosseln! Eine Bestie! Warum tut Ihr das und sperrt mich mit einem Unhold ein? Bewahret meine Unschuld. Nein! Hilfe!« Margarete lächelte, wandte sich zur Tür und bearbeitete sie mit beiden Fäusten. »Ihr habt versprochen, dass mir nichts passiert, Ihr habt es versprochen! Ich werde Euch alles erzählen. Helft mir, in Gottes Namen, helft …«

Dann sprang sie einen Schritt zurück und fiel auf die Knie.

Die Tür flog auf und krachte gegen die Wand. Leon sah die Zinken einer Mistgabel auf sich gerichtet und wurde mit wilden Stößen an die Wand zurückgedrängt. Eine klauenartige Hand griff nach Margarete und zerrte sie nach draußen. Die Markgräfin taumelte und heulte steinerweichend.

Leon erhielt zur Warnung einen Stich mit der Forke,

dann wurde die Tür zugeschlagen. Er sank zusammen und tastete nach der Verletzung. Sie blutete kaum.

Margarete war zum Betteln übergegangen. »Gute Käterin! Beschützt mich vor dem dort drinnen! Ich will auch nicht länger verstockt sein. Ich werde sagen, wer ich bin, auch wenn mich meine Herrin, die Markgräfin zu Jülich, halb totprügeln wird, weil ich ihr Kleid genommen habe. Ich bin nur eine kleine Magd und wollte für meinen Liebsten schön sein. Nehmt das Gewand, es ist viel wert. Gebt mir dafür Lumpen, aber verratet mich nicht meiner Herrin. Und bitte, im Namen der Heiligen Jungfrau, bewacht den Kerl da drinnen gut, er ist gefährlich!«

»Du armes Kind!«, krächzte eine Alte.

Ihre Stimme entfernte sich. Unbeobachtet und alleingelassen, musste Leon lachen. So aberwitzig alles war – er lachte.

Dann begann er, sich Gedanken über seine Situation zu machen. Vorrangig war es wichtig, die Wunde zu säubern. Es war mühselig und schmerzhaft, aber der Blutfluß musste wieder in Gang gebracht werden. Weiß der Teufel, wo die Forke zuletzt gewesen ist!

Leon biss die Zähne zusammen und tat, was getan werden musste.

Zumindest ging es Alina gut. Es war eine gute Entscheidung gewesen, sie nicht weiter in das Geschehen hineinzuziehen.

Auch wenn es ihr langweilig werden würde, sie saß im Warmen und hatte weder Hunger noch Durst zu beklagen.

335

Kapitel 30

»Du blöder, störrischer Gaul.« Der lange Meier riss gewalt-
sam an der Trense, und Silja rollte mit den Augen, bis das
Weiße darin sichtbar wurde. Sie kämpfte vergebens, wie-
herte und tänzelte nervös.

»Sie ist es nicht gewohnt, als Handpferd geführt zu werden. Sie ist ein Reittier, und Ihr macht ihr Angst.« Alina
versuchte immer wieder, auf den Mann einzureden, doch
saß dieser arrogant auf seinem langbeinigen Ross und sah
abfällig auf sie herab. Silja befehligte er an den Zügeln,
Alina an einem Strick, und beide führte er unnachgiebig
mit sich. Ab und an machte er von der bleibeschwerten
Gerte Gebrauch. Dafür hasste ihn Alina vom ersten Moment an.

Mit dem Meier war nicht zu reden. Der Hüter über Gesetz und Ordnung genoss seine Macht, stellte sich blind
und taub jeder Vernunft. Unter großem Brimborium hatten sie das Anwesen verlassen, und jeder bis hin zur Wasch-
magd wusste von dem, was man Alina vorwarf. Es gab nicht
wenige Spekulationen, was den Verbleib Leons betraf. Die
rundgesichtige Magd beschwor, dass der höfliche Herr
zurückkommen und den Irrtum aufklären würde, aber was
bedeutete eine so langweilige Vorstellung gegenüber den
dünkelhaften Spekulationen?

Die Stallburschen brüllten die Magd nieder, und sie
schwieg schließlich.

Man lebte in der Nähe der Räuber und tolerierte sie für
gewöhnlich, weil diese nur in fremden Revieren mausten.

Aber die Frechheit dieser Frau war zu ungeheuerlich und schrie geradezu nach einer drastischen Bestrafung.

Am Ende wagte es ein kleiner Junge, aufgestachelt von den Größeren, Alina einen Stein vor die Füße zu werfen. Dann fiel ein zweiter und traf sie am Bein.

Zwar packte die Wirtin den Rüpel am Ohr, aber Alina war richtiggehend erleichtert, als die Hausherrin den Meier zur Eile drängte. Eine Erleichterung, die sie längst bereute.

Eine Gruppe frommer Pilger kam ihnen schwatzend entgegen. Der Meier drosselte die Geschwindigkeit, zerrte Alina an dem Strick vor das Pferd und ließ die neugierigen, nun schweigenden Menschen passieren. Dann schlug er dem Ross erneut die Fersen in die Seiten. Auch wenn Alina Bewegung gewohnt war, wurde sie bald von Seitenstechen geplagt. Die ersten Anzeichen ließen sich nicht ignorieren.

»Bitte, lasst mich aufsitzen, dann könntet Ihr das Tempo beibehalten, und Silja würde Euch auch keine Schwierigkeiten bereiten. Die Zügel könntet Ihr weiterhin halten …«

»Nein, Pferdediebin.« Der Meier sah sie nicht einmal an, sondern spuckte geräuschvoll aus.

Alina wich angewidert zurück. »Ich bin keine Pferdediebin! Das Tier ist ehrlich erworben.«

»Von dir?«

Alina stolperte neben dem Pferdebauch her, fing sich aber, ohne zu stürzen. »Nein, von einem Bürger, der in Aachen einen angesehenen Ruf genießt.«

»Von einem Aachener! Gleich wirst du mir weismachen wollen, dass du dir das Pferd nur ausgeliehen hast, mit der festen Absicht, es zurückzugeben.«

Auch wenn es tatsächlich so war, was würden weitere Beteuerungen nutzen? Auf ein bloßes Wort hin gab der Amtsträger nichts. Alina musste einen Weg finden, ihre Unschuld zu beweisen. Laut rief sie: »Bestimmt einen Boten

Eures Vertrauens und schickt ihn nach Aachen zum *Römerbrunnen*. Dort weilt der Markgraf Gerhard von Jülich. Er wird bestätigen, dass er dieses Pferd zugunsten eines anderen Rosses aufgab. Ferner schickt nach Sigmund Barth, er wird mein Leumund sein.«

»Ein Bote meines Vertrauens? Ich vertraue nur mir selbst. Und außerdem – was heißt das schon?«

»Dass ich die Wahrheit sage.«

»Die Wahrheit, die Wahrheit. Immer höre ich das gleiche öde Lied. Spar dir den Atem zum Laufen! Die Schatten sind schon lang, es wird bald Nacht.«

»Wohin bringt Ihr mich?«

Der Meier sah sehr lange auf das Seil, mit dem er Alinas Hände gefesselt hatte. Dann brachte er die Pferde zum Stehen, zerrte Alina an ihrem Strick näher und musterte sie von Kopf bis Fuß.

»Ich sollte dir etwas Nützlicheres beibringen, als andere Leute zu bestehlen. Wo das sein wird, kann dir gleichgültig sein.«

Kapitel 31

Die Kerze war längst verloschen. Der Vorratsraum maß fünf mal sechs Schritte, und die Tür war nach außen zu öffnen. Der Boden bestand aus festgetretenem Lehm. Durch die krummen Bohlen drang feuchte Kälte. Alles war solide verarbeitet, einzig das Dach zeigte einen Schwachpunkt, doch den wollte sich Leon erst zunutze machen, wenn er sicher sein konnte, dass die Bewohner der Kate schliefen. Dass sie vielleicht noch wach waren, verriet der Rauch des Feuers, den der Wind in seine Richtung trieb.

Edda und die Männer waren nicht wiedergekehrt. Verdammt, was hatte man mit ihm vor? Sie konnten ihn nicht ewig gefangen halten, denn sie hatten keinen Grund dazu. Allerdings hätte Margarete das Blaue vom Himmel erzählen können.

Nicht zu Unrecht müssten die Waldbewohner befürchten, dass Leon sie an jemanden verriet, der den Landfrieden sicherte. Er war sich nicht ganz sicher, ob die Kate sich auf dem Besitz des Prämonstratenserstiftes Heinsberg oder noch unter weltlicher Verwaltung befand, aber das stellte das kleinste Problem dar. Die Kate lag nahe an Langweiler, und niemand würde auf die Idee kommen, dass hier jemand unfreiwillig in einem gottverlassenen Vorratsloch hockte.

Mittlerweile musste Alina vor Sorge vergehen – falls sie noch an ihn dachte.

Natürlich hatte er sie wecken sollen. Andererseits hatte Alina keinen Einwand erhoben, als er ihr sagte, er werde

Margarete befreien. Das Wort *wir* hatte er bewusst vermieden, aber wahrscheinlich hatte Alina es trotzdem gehört. Wenn alles nach seinen Vorstellungen verlaufen wäre, hätte er den Ring längst in der Tasche und Margarete im Schlepptau. Außerdem hätte es gefährlich werden können.

Und nun dies!

Leon musste eingeschlafen sein, kurz nur, aber die Kälte war ihm in die Knochen gekrochen. Der Geruch des Rauches war nicht mehr auszumachen, doch es war möglich, dass der Wind gedreht hatte.

Leon war es gründlich leid, in diesem Loch zu hocken. In der Eile hatten ihn die trottligen Kerle zwar seines Tischmessers beraubt, das sehr offensichtlich in der Scheide an seinem Gurt gesteckt hatte – den Dolch nahe seiner Wade hingegen hatten sie übersehen. Er hatte einen flachen Griff aus gefeiltem Hirschhorn, und die Klinge war kurz, aber spitz. Eine Waffe, kein Werkzeug.

Dennoch setzte Leon sie zum Aushebeln der Schindeln ein. Der Vorratsraum hatte Nordlage, die Sonne schien niemals auf das Dach, ein idealer Platz für Moos und Schimmel, die sich an dem toten Holz gütlich getan hatten. Die geschmiedeten Nägel jedoch waren von guter Qualität und tief eingetrieben. Es bedurfte einiger Mühe und unvermeidlich eines brennenden Splitters im Daumenballen, dann waren die ersten Schindeln gelöst.

Schnee und Eis fielen Leon entgegen und erfrischten seine Lebensgeister. Er sprang zurück und lauschte. Nichts, es blieb ruhig. Also weiter!

Nach wenigen Handgriffen hatte Leon zwischen den Dachspanten einen halbwegs ausreichenden Platz für seine Schultern geschaffen. Die verletzte Seite nahm ihm die Anstrengung übel und vergalt sie mit dumpfem Schmerz. Erst nach dem dritten Anlauf schaffte er es, sich emporzuziehen.

Das Dach knarrte bedenklich. Leon ließ sich hinabgleiten und federte die geringe Sprunghöhe geschickt ab. Die dunklen Schatten der Bäume verbargen die Kate nur teilweise. Leon schlüpfte hinter einen Holzstoß. Von dort aus beobachtete er das Terrain. Der Wind stand für ihn günstig. Wenn er es geschickt anstellte, würde ihn der Hofhund nicht verbellen. Ganz in der Nähe befand sich ein Stall, dem Geruch nach waren dort Ziegen untergebracht. Ein leises Meckern bestätigte seine Vermutung.

Mehr aus Gewohnheit und nicht weil er erwartete, dass sein getreues Pferd tatsächlich angetrabt kam, pfiff Leon leise. Es hätte sich bemerkbar gemacht, wenn es das Pfeifen gehört hätte, und Leon zog den folgerichtigen Schluss, dass das Tier fort war.

Diese elenden Halunken!

Leon duckte sich fort von der Kate in das dichte Unterholz, das die Hütte selbst am Tage sehr gut vor neugierigen Blicken von der Straße verbarg. Seinem Orientierungssinn hatte er immer vertrauen können, und er ließ ihn auch jetzt nicht im Stich.

Er hatte noch etwas zu erledigen, bevor der Tag begann.

»Ihr wäret ein schlechter Dieb und hättet schon gar nicht zum selbsternannten König derselben getaugt, wenn Ihr einen so tiefen Schlaf hättet, wie Ihr ihn mir vortäuscht.«

Leons Hand lag locker auf der mageren Kehle Gisberts. Er ließ keinen Zweifel daran, dass er sehr wohl in der Lage war zuzudrücken.

Gisbert lag still, seine Augen geöffnet. Er wusste anscheinend einzuschätzen, in welcher Lage er sich befand. Ängstlich war er jedoch nicht.

«Ich spürte nicht nur mein vorrückendes Alter, die beiden zurückliegenden Kerkermonate und zu allem Überfluss auch noch die beigebrachten Verletzungen. Um diesem bejammernswerten Zustand entgegenzuwirken, habe ich dem scharfen Kräutertrunk des Köhlers zugesprochen und bin darüber betrunken geworden. Eine Entgleisung, zu der zwei volle Becher ausreichten und die mir einige Zeit des klaren Verstandes raubten.«

Der Köhler schnarchte erbärmlich. Leon stieß ihn mit dem Fuß an, doch der Mann zeigte keine Spur des Erwachens.

Langsam nahm Leon seine Hand von Gisberts Hals. »Mach Licht! Wir müssen reden.«

Die Kerze, die an der glimmenden Feuerstelle entzündet worden war, erhellte die Finsternis kaum, doch sie reichte aus, dass die Männer sich einander in die Augen sehen konnten.

Leon wies mit dem Kinn auf den schlafenden Köhler. »Ich verspüre kein Verlangen, ihn zu stören.«

»Wenn Ihr es verspüren würdet, dann könntet Ihr von jetzt an bis zur Terz an seinen Schultern rütteln, um ihn zu erwecken. Er schläft wie ein Toter. Was habt Ihr zu bereden, was nicht warten kann?«

Leon drehte einen Stuhl herum, setzte sich rittlings darauf und legte die Arme auf die Rückenlehne. Den Schmerz in der Schulter versuchte er abzutun.

»Falscher Mönch, du sollst mir helfen, einige Erklärungen zu finden.«

»Ich?« Gisbert stöhnte. Er setzte sich auf, das dünne Hemd um die magere Schulter gerafft.

Leon füllte seinen Becher und reichte ihn hinüber. Der König der Diebe schluckte den Weinbrand und rang stumm nach Luft.

»Schluss jetzt, der Höflichkeit soll Genüge getan sein. Wie kommt mein Pferd hierher? Keine fünfzig Schritte hinter der Köhlerhütte angebunden? Du steckst mit Eddas Gesindel unter einer Decke, nicht wahr? Und komm mir

342

nicht mit billigen Ausflüchten, sonst setzen wir unsere Geschichte ein wenig anders fort. Unerfreulicher.«

Diese Drohung sollte reichen. Leon war selbst zwar nicht in bestem Zustand, aber dem Diebeskönig war er dennoch überlegen. Allerdings war Gisbert sofort hellwach und auf der Hut.

»Ein Mann meiner Berufung ist in einem kleinen, wendigen Körper besser aufgehoben, falls Ihr einen Vergleich zwischen Euch und mir zieht. Ich muss nicht stark sein. Es genügt, wenn ich meine Taschen mit Gold und Geschmeide fülle.« Gisbert tippte mit dem Zeigefinger auf seine Stirn. »Meine wahre Größe liegt hier.«

Das war eine Provokation, das wussten beide Männer, aber da Leon tatsächlich einige Antworten brauchte, beschränkte er sich auf einen grimmigen Blick und die Wiederholung seiner Frage, an die er gleich seine Vermutungen knüpfte.

Gisbert sah zu dem schlummernden Köhler. »Er ist vernarrt in Edda, das ist wahr, und ich habe keine Ahnung, ob er an seinem Meiler war oder bei ihr. Ja, vermutlich hat er Edda vor Euch gewarnt, aber wer wollte es ihm verdenken?« Gisberts Tonfall wurde ein wenig giftig. »Sein Gemüt ist das eines Kindes. Ihr kommt hier herein, bringt mich verprügelt und halb verhungert und verhaltet Euch wie der wilde Mann. Ihr droht mir, verbreitet markige Parolen, so dass der treuherzige Köhler seine Edda in Gefahr wähnt. Aber nie und nimmer hat er Euer Pferd hierher gebracht. Habt Ihr nachgesehen, ob es angebunden ist? Vielleicht hat es den Weg alleine hierher gefunden. Unser Köhler, der ausschaut wie ein Bär, fürchtet nämlich den Meier. Und besagter Meier hasst nichts mehr als Pferdediebe. Da spielt eine eigene Erfahrung mit hinein.«

»Auf wessen Grund steht diese Hütte?«

»Das wisst Ihr nicht, der Ihr im Dienste des Herrn von

Jülich steht? Diese unbedeutende, gar winzige Parzelle gehört auch in den Topf, um den sich der Markgraf und sein Vetter streiten. Unser Gebiet hat dabei noch mehr Glück als andere Niederlassungen, hier gibt es nur wenig zu holen. Einzig die Wirtin des Gasthauses bringt den Machthabern etwas Steuergeld ein. Sie war eine Getreue des Jülichers.« Gisbert lachte leise.

»Das klingt, als wäre sie es jetzt nicht mehr?«

Gisbert neigte vor Leon den Kopf und lächelte dabei ein bisschen wehmütig. »Ich bin erst seit kurzer Zeit wieder zurück, wie Ihr Euch gütig erinnern wollt. Ich habe noch nicht alle Informationen über die Geschehnisse während meiner Abwesenheit, doch reicht es, um mir aus dem Vergangenen einen ersten Eindruck zu verschaffen. Der Jülicher hat bei seinem letzten Besuch im Gasthaus ein Liebchen genommen, um seine geschlauchte Manneskraft zu neuen Taten zu erheben.«

»Ja, das weiß ich.«

»Wisst Ihr auch, dass seine Bemühungen vergeudet waren?«

»Ja, auch das ist mir bekannt.«

»Dann solltet Ihr Euch nicht wundern, dass unsere ehrgeizige Wirtin dem Markgrafen gallig gegenüber ist. Sie hat es nun mal nicht gerne, wenn ein Gast unzufrieden geht. Sie nimmt alles persönlich.«

Gisbert grinste breit, und Leon, dem ein gleichermaßen zuchtloses, allerdings auch äußerst belustigendes Bild in den Kopf stieg, schmunzelte ebenso. »Deshalb hat sie es jetzt mit dem schönen Reinhard?«

»Mit dessen Meier, um genau zu sein.«

Gisbert erhob sich, rollte das Fensterleder hoch, lehnte sich vor und atmete tief ein. Aber das war ihm nicht genug, er öffnete auch die Tür. An die Zarge gelehnt, sprach er leise: »Es wird kühl hineinwehen, aber im Karzer habe

344

ich mir vorgenommen, möglichst wenige Sonnenaufgänge
zu versäumen. Sie zu sehen ist für einen wie mich nicht
selbstverständlich. Schaut, wir haben Morgenrot über den
Wipfeln. Habt Ihr bereits jemals etwas derart Schönes ver-
missen müssen?«

Leon starrte auf seine Hände und zögerte mit seiner
Antwort. »Ja. Nur wusste ich nicht einmal, wo ich es hätte
suchen sollen.«

Er war so ehrlich mit sich, dass er sich eingestand, den
Mann gegenüber zu mögen. Ja, sogar mehr noch, er konnte
von Gisbert lernen. Nicht das Diebeshandwerk – da seien
der Herrgott und eine heilige Schar persönlich vor –, aber
von der Ruhe, der Erfahrung und auch von der ungebro-
chenen Heiterkeit des Mannes, der ihm den Gefallen getan
hatte, vor ihm den Furchteinflößenden spielen zu dürfen.

Gisbert löste sich von der Zarge, rieb seine kalt gewor-
denen Hände aneinander und legte sich eine Decke über
die Schultern. »Ich will Euch sagen, was passierte. Edda
war gewarnt, Ihr wurdet überwältigt, und dann – welch ein
geschickter Streich – schickte die Käterin ihren Alwin mitsamt Eurem Pferd hierher. Er band es hier fest und ist
wahrscheinlich, so rasch er kann, zum Meier gerannt, auf
dass dieser entweder den Köhler oder mich wegen eines
Pferdediebstahls festnehme. Vielleicht auch uns beide.«

»Darüber ist schon viel Zeit vergangen. Hätte dich der
Meier nicht schon längst holen müssen?«

Gisbert spitzte die Lippen, legte seinen Kopf schief und
schüttelte ihn dann. »Unser Verteidiger des Landfriedens
hat einige seltsame, belehrende Gepflogenheiten, sowohl
für Männlein als auch für Weiblein. Und die beschäftigen
ihn oftmals des Nachts.«

»Na, da bin ich ja froh, nicht in dessen Fänge geraten zu
sein.«

»Das solltet Ihr auch! Worüber grübelt Ihr sonst noch?«

345

Leon sah Gisbert diplomatisch an.

»Ich verstehe nicht, warum Margarete nicht früher ihr Spektakel veranstaltet hat, sondern erst, als ich hinzukam. Sie hätte sich irgendetwas ausdenken können. Wenn es so einfach ist, sich mit einer Lüge aus dem Gefängnis zu bringen, warum dann erst zu diesem späten Zeitpunkt?«

»Vielleicht war es für sie kein Gefängnis? Oder vielleicht kann sie Euch nicht leiden«, sagte Gisbert leichthin. Ihn beschäftigten andere Gedanken. »Die Vorstellung, dass der Meier hier erscheinen wird, will mir nicht gefallen. Er sollte nur den Köhler vorfinden, der hier wohnt und arbeitet. Alles andere bringt ihm Ärger.« Gisbert legte die Decke fort und griff nach einem Bündel Kleider. »Einen guten Rat gebe ich Euch: Haltet es wie ich, und macht Euch auf den Weg.«

Leon war hungrig und durstig wie sein Pferd, doch zuvor wollte er nach Alina schauen. Er trieb das Tier zu einem leichten Trab an, und bald schon kamen die Gebäude im Morgendunst in Sichtweite.

Sie würde gewiss staunen, wenn er ihr erst erzählt hatte, wo er die Zeit verbracht hatte. Vielleicht wäre sie ein bisschen ungehalten, aber wer Gerhards Launen erduldete, der würde Alinas Schelte mit Gelassenheit ertragen. Oder sogar mit Freude.

Er saß ab und reichte einem herbeilaufenden Pferdeburschen die Zügel. Der Junge sah ihn stammelnd an, machte einen Bückling und rannte auf seinen Kumpan zu.

Das imaginäre Frühmahl nahm konkretere Formen an, als Leon an der Wirtshausküche vorbeiging und ihm der Duft von gebratenem Speck in die Nase stieg. Er rief der rundgesichtigen Magd einen Morgengruß zu, doch sie machte ein erschrecktes Gesicht, sah sich um und winkte ihm nervös zu.

»Herr, wartet! Geht nicht in die Kammer! Eure Gemahlin findet Ihr dort nicht mehr vor. Sie ist fort.«

Die Magd brach in Tränen aus, bekreuzigte sich, und Leon verstand, dass es etwas Ernsteres als Ungeduld war, das Alina bewegt hatte. Er packte das weinende Mädchen an den Schultern und schüttelte sie sanft. »Sprich mit mir! Was ist passiert?«

»Der Meier hat sie geholt.« Aus der hereinbrechenden Flut tränenerstickter Worte kristallisierte sich eine schreckliche Geschichte heraus. »Der Meier Ignatz!«

Alina, an einem Strick davongezerrt.

Von dem gefürchteten Meier.

»Ich darf es niemandem erzählen, die Wirtin hat es verboten. Sie hat gesagt, dass jemand, der mit einer Pferdediebin umherzieht, auch noch andere grässliche Sünden begeht. Und dass sie so jemanden nicht unter ihrem anständigen Dach duldet.«

Leon hatte nicht übel Lust, der bigotten Wirtin etwas in aller Deutlichkeit klarzustellen – nicht unbedingt nur mit Worten, aber er würde sie Gottes Mühlen überlassen, denn die Suche nach Alina war nun wichtiger als alles andere.

»Mädchen, wo finde ich diesen Meier?«

»Auf dem Gutshof des Grundherrn Reinhard von Bongartz. Solange der Herr nicht dort weilt, spielt sich der Meier da als Inhaber aller Rechte auf«, sagte die Magd trotzig.

347

Kapitel 32

Alina kauerte, den Rücken gegen eine Steinwand gelehnt, in dem Raum, den der Meier seine Asservatenkammer nannte. Allerlei Jagdutensilien wurden hier gelagert, Fangeisen, Sau- und Hirschfedern, Tröten, Falkenhauben und Lederriemen. Dinge, die offensichtlich schon vor langer Zeit ausrangiert worden waren.

Nach der unerträglichen, schier endlos währenden Nacht war sich Alina sicher, dass sie den Verstand verlieren würde, wenn sie solch eine zweite Nacht würde durchmachen müssen. Und genau damit hatte der Meier gedroht, bevor er die Tür zugezogen und den Schlüssel im Schloss gedreht hatte.

Alina löste mit starren Fingern den festen Knoten um ihre Knöchel. Sie massierte die Stelle, die das Seil eingeschnitten hatte, mit zusammengebissenen Zähnen, bis das Blut wieder zirkulierte. Der Heiligen Mutter sei Dank, dass ein schäbiger Waldbursche auf seine Anhörung gedrängt hatte und den Meier somit ablenkte. Alinas Gefängnis befand sich auf einem Gutshof, der dem ersten Eindruck nach straff geführt war. Der Knecht, der den Waldburschen zum Verwalter geführt hatte, redete diesen mit dem Namen Ignatz an. Meier Ignatz hatte sich ihr gegenüber bislang nicht vorgestellt.

Das wirklich Verblüffende aber war die Entdeckung, dass Alina zwar beschuldigt wurde, das Pferd des Gerhard von Jülich gestohlen zu haben, dass aber der Verwalter des Reinhard von Bongartz sie wegen des Raubes in Haft genommen hatte.

Ein Verwalter, der beiden Herren diente? Unwahrscheinlich. Alina lauschte an der Tür, konnte aber kein einziges Wort aus dem Gemurmel heraushören. Die Unterhaltung schien jedoch angeregt zu sein, und nichts ließ den Schluss auf eine unmittelbare Rückkehr des Meiers zu.

Alina schloss einen Moment lang ihre Augen und wünschte sich Ruhe, Ruhe und Schlaf, der sie eine Weile ihres Schmerzes berauben würde.

Der Verwalter war ein unnachgiebiger Mann, der es sich in den Kopf gesetzt hatte, Alina zu läutern. Seine Worte hatte sie nur allzu gut in Erinnerung. Seine brüchige Stimme erinnerte an knisterndes Pergament und klang beinahe so wie das Rascheln der Seite seines abgenutzten Folianten, die gerade umgeblättert wurde.

»Mein liebes Kind, ich werde dir nun etwas vorlesen. Knie nieder, neige den Kopf, lege deine Hände auf die Tischplatte, und höre mir zu. Wenn ich bemerke, dass deine Gedanken abschweifen, werde ich wissen, wie ich ihre Aufmerksamkeit für mein Werk wiedererlange. Höre dir an, was man mit denen macht, die leugnen, ein Verbrechen begangen zu haben, obgleich man sie dessen überführen konnte.«

Unwillkürlich hatten sich Alinas Augen zu der Kette gewandt, mit der die Tür gesichert war. Ein Schloss hing daran, und der Schlüssel dazu baumelte dem Meier um den Hals.

Eine dünne Weidenrute half ihm das Gesagte zu bewahrheiten, und schon nach wenigen Streichen, die Alinas Haut aufspringen ließen, ahnte sie, was ihr bevorstand. Ignatz las voller Inbrunst, ja geradezu mit erfüllter Freude aus dem Buch, das er innig *Das Offizial-Grundgesetz* nannte und das zum größten Teil die Verfahren und Strafen gegen landschaftsschädigende und gemeinnützig verderbliche Personen schilderte.

Der Verfasser hatte besagte Prozeduren lebhaft und abnorm detailreich dargestellt. Hässliche Bilder brannten sich in Alinas Kopf. Die grausamen Phantasien waren schier grenzenlos.

Nun kehrte der Verwalter zurück und erweckte nicht den leisesten Anschein von Müdigkeit.

Mit Kopfschütteln stellte er fest, dass Alina ihre Füße befreit hatte. Und nicht nur das – sie war aufgestanden und hatte sich eine Seite des Strickes um die Hand gewickelt.

»Mache dir nicht noch mehr Ungelegenheiten! Leg deine Hände wieder auf den Tisch!«

Alina nahm all ihren Mut zusammen. »Nein. Es ist genug.«

»Du gestehst also den Raub?«

Er sollte nur nicht weiterlesen.

»Nein!«

Der Meier wog die Kette in seiner Hand. Widerspruch war er nicht gewohnt, registrierte Alina und beschloss sofort noch eine Kerbe in diese Schwäche zu schlagen.

Sie starrte den Meier an. »Weiß Euer Grundherr, dass Ihr hier eigenmächtig richtet?«

»Der *pater familias* billigt meine Methoden.«

»Ich verlange ihn zu sprechen.«

Der Meier wurde unsicher und verbarg diese Unsicherheit nur unzureichend hinter seiner lauter werdenden Stimme. »Verlangen? Eine wie du sollte untertänigst darum bitten. Was hast du ihm denn zu sagen?«

Alina lächelte böse. Die Tochter eines fahrenden Händlers und Trossbegleiters, der es nicht immer ganz genau mit den Regeln hielt, kannte sehr wohl einige Gesetze, besonders die, bei denen es um die Opfer ging. Ob sie noch Gültigkeit hatten, wusste Alina nicht, aber sie ließ es darauf ankommen.

350

»Oh, ich würde ihn ersuchen, Euch üppigen Lohn aus-
zuzahlen.«

Dem Meier blieb einen Herzschlag lang der Mund offen-
stehen. »Was?«

»Bringt die Tortur eines Delinquenten kein Eingeständnis seiner ihm zur Last gelegten Tat hervor, so ist der
Scherge dazu verpflichtet, nicht nur die Wunden des Unschuldigen zu heilen, sondern auch anderweitigen Scha-
densersatz zu leisten«, zitierte Alina ein wenig frei aus
ihrem Gedächtnis, aber der Verwalter schien diesen nicht
eben unbedeutenden Zusatz zu kennen.

»Aber … das ist doch keine Folter … Also nur ganz geringfügig … Ich will doch nur, dass du auf den rechten
Weg zurückkehrst. Und ich helfe dir dabei. Ich habe schon
einigen geholfen und sie vor dem Halsgericht bewahrt,
denn ich bin ein wohlmeinender Mensch.«

»Ich bin den ganzen Tag wach gewesen. Ihr habt mich
die ganze Nacht auf meinen Knien hockend wach gehalten. Ich habe weder etwas trinken noch essen dürfen. Die
Latrine habt Ihr mir verweigert, und Ihr habt mir die
Wunden an meinen Händen zugefügt, Verwalter. Für eine
Tat, die ich nicht begangen habe, was sich beweisen ließe,
würdet Ihr Euch nur die Mühe machen, den Markgrafen
zu fragen.«

»Ach ja?«

Alina starrte den Verwalter offen an, ein Blick, der ihm
zutiefst missfiel. Alina trat mit anklagend ausgestrecktem
Finger einen Schritt auf ihn zu.

»Ihr seid ein dienender Grundmeier, aber das allein
macht Euch nicht zu einem freibürgerlichen Richter. Ich
glaube an Recht und Ordnung, und nur das ließ mich so
lange stillhalten, das und Eure perfide Gewalt.«

Ignatz presste die Lippen zusammen. Seine Hände um-
spielten das Buch, dessen Seiten er so gut kannte, als hätte

er selbst es nach göttlichen Einflüsterungen verfasst. Sehr leise flüsterte er, als ob er zu sich selber spräche: »Unrecht, es gibt so viel Unrecht, und ich habe Gott geschworen, dagegen anzukämpfen. Einen Eid habe ich geleistet. Ich bin ein guter Mensch, das sagt auch mein Lehnsherr. Reinhard von Bongartz sagt das immer wieder, und wenn er es vergisst, dann muss ich ihn daran erinnern.«

Der Verwalter tastete sein liebstes Buch ab, befingerte es und suchte dort die Sicherheit, deren er sich beraubt fühlte. Er war kein Hanswurst, er war kein Possenreißer, er war … jemand!

Alina war sich des Ernstes ihrer Lage bewusst. Der Meier war ihr seines Standes wegen übergeordnet. Zudem war er ein Mann, und es gab kaum einen Prediger, der vergaß, darauf hinzuweisen, dass die Weiber minderwertig waren.

Alina ließ ihn nicht aus den Augen, während sie sich vorsichtig seitwärts bewegte. Vielleicht gelang es ihr, die Tür zu erreichen, solange sie unverschlossen war. Ein kaum wahrnehmbares Geräusch lenkte sie ab. Auch der Meier fuhr herum.

Die Tür wurde vorsichtig geöffnet, und ganz leise schob sich ein berocktes Hinterteil in die Kammer. Die Person schlich sich rückwärts ins Zimmer, wollte offensichtlich vermeiden, gesehen zu werden, und drückte die Tür ebenso vorsichtig wieder ins Schloss.

»Jesus Christ und Heiliger Servatius, steh mir bei!« Ignatz schlug sich seine Hand dorthin, wo sein Herz flatterte. Alina blieb, wo sie war. Das Schicksal hielt eine Überraschung bereit.

»Guten Morgen, Margarete.«

Die Markgräfin wirbelte zutiefst erschrocken herum und fand rasch zu ihrer Selbstsicherheit zurück. Sie ignorierte Alina und fauchte den Verwalter an. Anscheinend wusste sie, wie mit ihm auszukommen war.

352

»Ihr, Meier? Solltet Ihr Euch nicht um Eure Arbeit kümmern?«

Ignatz buckelte und schlug einen heuchlerischen Ton an: »Dame Margarete! Wenn Ihr erhofft, Herrn Reinhard von Bongartz anzutreffen, bedaure ich, Euch eine abschlägige Nachricht kundtun zu müssen. Er selbst befindet sich auf der Jagd und wird nicht vor heute Abend zurückerwartet.«

Da lebt eine langgehegte Feindschaft wieder auf, dachte Alina und vergaß darüber einen Moment lang ihre eigenen Probleme. Margaretes Aussagen waren ebenso spitz wie die des Verwalters, aber sie gab sich weniger Mühe als er, sie in schöne Worte zu kleiden.

»Denkt mit, Meier, falls Euch dies wider Erwarten möglich sein sollte. Erwartet Ihr allen Ernstes, dass ich dem edlen Herrn in diesem Aufzug entgegentrete?« Margarete zog die schmutzstarrenden Lumpen der Käterin mit spitzen Fingern auseinander. »Lasst mir ein Bad richten! Und seid versichert: Es ist im Sinne Eures Dienstherrn. Ich bringe neue Verhandlungsvorschläge zur gütlichen Einigung mit meinem hochedlen Gatten. Wir werden also lange geheim zu reden haben. Ungestört!«

Das Reden zog der Meier in sichtliche Zweifel, aber er enthielt sich seines Kommentars und deutete mit ausgestrecktem Finger auf Alina. »Es wird Eurem Gatten gefallen, zu hören, dass ich die Diebin seines Pferdes in einem Gasthaus gefangen nahm. Soll ich einen Boten bestellen?«

»Pferdediebin, ja?«

Margarete musterte Alina. Ihr Mund deutete ein Lächeln an, dann war es wieder fortgewischt. Die unterschiedlichsten Gefühle belebten das Gesicht der Schönheit, doch man musste schon sehr genau hinschauen, um es zu erkennen.

Alina war angespannt. Die Markgräfin konnte alles Mögliche verfügen, sie konnte sogar den Meier befehligen, denn sie war die ranghöchste Person unter den Anwesenden und genoss zudem das Wohlwollen des Hausherrn. Auf ein Geheiß von ihr würde Alina eingesperrt werden, und Margarete könnte den Ring einbehalten.

Und wer würde Alina schon glauben, dass sie, das Bauernmädchen, von der Markgräfin bestohlen worden war? Eine solche Beschuldigung würde nur ungläubiges Lachen hervorlocken, und selbst der gerechteste Richter würde allenfalls die kreuzdumme Rache einer niederträchtigen Pferdediebin vermuten. Gleichgültig wie sie sich verhielt, ihr Hals steckte in der Schlinge. Alina beschloss, das einzig Vernünftige in dieser Situation zu tun und den Mund zu halten.

»Alina, dir auch einen guten Morgen!« Margarete hatte sich entschieden. Sie lächelte breit, kam mit ausgebreiteten Armen auf sie zu und säuselte: »Ich habe mich schon gefragt, ob du gut mit dem Pferd zurechtgekommen bist, nachdem wir uns verloren hatten. Es geht dir doch gut?«

Alina sollte augenscheinlich eine Rolle übernehmen, doch was genau Margarete ihr zugedacht hatte, konnte sie noch nicht ausmachen. Sie knickste leicht. Margarete holte tief Luft, nahm Alinas aufgesprungene Hand und sah den Verwalter aus schmalen Augen an.

»Meier, Ihr habt die Hände meiner Zofe ruiniert, und nicht nur das! Seht Euch das arme Ding an! Dafür werdet Ihr aufkommen! Ich reite im Auftrag meines Gatten, wie ich bereits erklärte, um die Verhandlungen in einer Situation zu führen, die für das Volk dieses Landes wichtig ist. Ihr aber habt nichts Besseres zu tun, als meine Zofe zu verschleppen, was für mich bedeutete, dass ich alleine durch die Wälder streifen musste. Ich bin eine schutzlose Dame, seht selbst, glaubt Ihr, ich trüge diese armselige Kleidung freiwillig? Ich bin ausgeraubt worden, darum solltet Ihr Euch kümmern, Ihr eseliger Meier. Und besorgt mir ein angemessenes Kleid. Oder wenigstens eines, das unversehrt und sauber ist.«

Dann nahm sie Alina am Arm und zog sie mit sich. Der Meier stand wie ein begossener Pudel da, erschlagen von Margaretes Wortgewalt, und rührte sich nicht. Seinen Zorn murmelte er dem Gesetzesbuch zu: »Dieses verflixte Flittchen – wann endlich wird der Markgraf ihr Zucht und Ordnung beibringen? Ihr ist zuzutrauen, dass sie sich auch bald wieder in die Arme des Herrn Reinhard schmiegt, diese Schlange.«

Die Hofanlage war erstaunlich groß. Gezimmerte Stallungen reihten sich aneinander, das steinerne Haus gegenüber beherbergte die Bewohner. Die Schmalseiten der beiden Gebäude wurden zur Rechten von der Kapelle und zur Linken von einem mächtigen Torbogen zu einem schmalen Rechteck verbunden. Der so entstandene Innenhof war von glattem Eis überzogen. Die Hilfskräfte gingen ihren Arbeiten in bedächtigem Tempo nach. Die imposante Größe des Gutshofes konnte einen oberflächlichen Betrachter über den maroden Zustand des Anwesens hinwegtäuschen. Einem aufmerksameren Beobachter jedoch offenbarten sich jahrzehntelange Misswirtschaft und versäumte Instandhaltungsmaßnahmen.

»Ich hatte zwar alles etwas anders geplant, da ich mich aber nun mal mit diesem dummen Verwalter anlegen musste, kann ich genauso gut baden und mich umkleiden. Eigentlich wollte ich unerkannt bleiben.« Margarete kannte sich auf dem Hof bestens aus und bediente sich der Räumlichkeiten mit erstaunlicher Selbstsicherheit. Sie schien Zweifel daran zu hegen, dass der ihr verhasste Ignatz ihren Anweisungen nachkommen würde. In der Küche kicherten einige Mägde, verstummten jedoch schlagartig, als sie Margarete sahen. Die Dienerinnen nahmen ihre Weisungen ohne Widerspenstigkeit an, Alina entgingen deren wenig verheißungsvolle Blicke allerdings nicht.

Die Älteste von ihnen wies Margarete darauf hin, dass es kaum zu schaffen sei, in so kurzer Zeit so viel Wasser zu erwärmen. Margarete war einsichtig genug, auf diesen Luxus zu verzichten. Sie nahm ein Handlicht und ließ Alina von der Magd ein halbes Dutzend Rindertalgkerzen und zwei aus duftendem Bienenwachs aushändigen.

Eine schmale Stiege verband das Erdgeschoß mit der oberen Etage. Die Ausstattung dieses Teils des Hauses war eindrucksvoll. Läufer dämpften die Schritte, und Margarete öffnete eine Tür zu einem riesigen Raum, dessen ganze Pracht sich erst zeigte, nachdem sie die Talgkerzen angezündet hatte. Opulente Bildteppiche, deren Motive biblische Szenen darstellten, zierten die Wände. Die Kammer war geradezu verschwenderisch möbliert, die Truhen waren mit Ornamenten reich geschmückt, und Kerzen standen auf silbernen Tellerchen. Beherrscht wurde das Zimmer von einem ungewöhnlich breiten Bett. Es war breiter als zwei ausgestreckte Armlängen Alinas, mit bauschigen Strohsäcken gefüllt und mit Fellen ausgelegt.

Margarete zeigte keinerlei Hemmungen, obgleich sicher war, dass sie sich im Schlafgemach des Hausherrn befanden.

»Komm schon, Alina, zier dich nicht! Da ich dich aus den Fängen des Verwalters befreit habe, kannst du dich erkenntlich zeigen, indem du dich nützlich machst. Sieh mich an! Ich biete ein schreckliches Bild des Jammers! Ich kann den Schaden allein nicht ausmerzen. Wenn Reinhard zurückkehrt, muss ich unwiderstehlich liebreizend aussehen. Ach, er ist der güldene Prinz meines Herzens, und er hat Besseres verdient als alte Fetzen.«

Margaretes Gesicht leuchtete geradezu. Alina fühlte sich diesem schmachtenden Mädchen gegenüber reifer und weltgewandter. Das war absurd, denn Margarete war im Gegensatz zu ihr nicht nur Ehefrau und Mutter, sondern dazu noch eine erfahrene und zielstrebige Geliebte.

Und von solcherlei Dingen hatte Alina nicht die geringste Ahnung. Sowohl die Lage des Hufenhofes als auch Tante Adelgunde hatten sie von allem ferngehalten. Einzig die alte Urte sprach natürliche Dinge an. Ach, Urte! Und Grit, aber der hatte sie aus Scham nicht zuhören wollen.

Bisweilen glich Margaretes Gemüt dem eines leicht verletzlichen Kindes, dann wiederum gab sie sich eitel und intrigenreich.

Alina unterdrückte ihre Gefühlsregungen, obgleich sie am liebsten aufgesprungen wäre, um Margarete in aller Deutlichkeit mit ihren Überlegungen zu konfrontieren. Doch Fingerspitzengefühl und Umsichtigkeit waren geboten.

Sie hatte genug über Margarete erfahren, um nicht leichtfertig auf die Rückgabe des Rings zu pochen. Sie musste geschickter vorgehen. Das allerdings bedeutete, sie würde sich ahnungslos stellen müssen.

Margarete, ganz mit sich selbst beschäftigt, ließ sich auf das Bett sinken und sah an sich hinunter. Die Bilanz erschütterte sie erneut. An einem weißen Schaffell zupfend, sagte sie: »Reinhard legt Wert auf Pflege, doch ich sehe aus wie eine Schweinemagd. Wo bleibt nur die Dienerin mit dem Wasser? Ich werde in dem Sonntagskleid der Käterin wie ein Bauerntrampel aussehen.«

»Käterin?«

»Eine lange Geschichte, überhaupt nicht wichtig. Trotzdem – diesem Dreckskerl wünsche ich nichts Gutes! Dieser fürchterliche Dabrey allein trägt Schuld daran. Er hat mein Glück zerstört, zumindest wird er dies glauben. Aber da täuscht er sich. Gerhard hätte Dabrey heiraten sollen, da wären die Richtigen beisammen«, schimpfte Margarete ungehalten. »Hier, nimm den Kamm und streiche die Knoten aus meinem Haar.«

Alina tat, wie ihr geheißen, doch ein kleines Teufelchen saß ihr im Nacken. Margarete stieß kleine spitze Schreie aus, wenn die zahlreichen Knötchen in ihrer wallenden Mähne allzu fest saßen. »Pass doch auf!«

Ein junges Mädchen brachte mit unterwürfigem Blick einen Krug, in dem warmes Wasser dampfte, ein Tuch und eine Schüssel. Alina nahm der Magd alles ab und stellte Schüssel und Krug auf den Boden. Das Tuch warf sie auf einen Hocker. Margarete stellte sich mit erhobenen Armen daneben. »Was ist? Willst du mich nicht endlich entkleiden?«

Alina schnürte das Kleidungsstück auf, und Margarete stieg erleichtert aus dem Rock. Kleine Einstiche auf ihrer alabasterweißen Haut zeugten davon, dass sich in dem Kleid einiges eingenistet hatte.

Alina begutachtete den groben Stoff. »Flöhe über Flöhe. Und da sind Läuse, und Nissen haben sie auch abgelegt. Erstaunlich, dass sie sich im Winter so stark vermehren. Ach, das ist doch eine Wanze. Na, wo eine ist, da ist auch deren Sippe nicht weit. Wenn du es auskochen lässt …«

»Dieses ekelerregende Kleid?«, kreischte Margarete. »Wirf es in den Hof hinunter! Ich will damit nichts mehr zu schaffen haben. Ich will nur hoffen, dass mein Leibchen verschont blieb.«

Gesagt, getan. So redete nur jemand daher, der ein Kleidungsstück und dessen Wert geringschätzte. In Wahrheit war der Stoff so übel nicht.

Über die Wassertemperatur nörgelte Margarete nicht. Sie spreizte die Arme etwas ab und sah naserümpfend in das Nass. »Herrje, Alina, soll ich mich etwa alleine waschen?«

Alina verschränkte ihre Arme vor der Brust und lehnte sich mit dem Rücken an die Tür.

»Ja, das kann jedes Kind. Das einzige Stück, welches mich jetzt und hier interessiert, ist mein Ring.«

Margarete ließ ihre Arme wieder sinken, eine Geste, mit der sie um Verständnis heischte. »Du hättest nie verstanden, weshalb ich ihn dringender benötigte als du. Du kennst nicht die verzweifelte Liebe, die Verzehrung aus Leidenschaft und die Hingabe. Du kennst dich nur mit Waschtrögen, Schweinen und Windeln aus und bist glücklich damit. Das ist deine Bestimmung, mehr hat Gott nicht mit dir vor. Gut, ich hätte dich fragen sollen, aber ich habe eine Idee, die dir gefallen dürfte: Reinhard wird dich reich entlohnen, das verspreche ich dir. Dann kaufst du dir etwas Himmlisches dafür und gehst heim zu deinen Schweinen.«

»Du tust mir leid.«

Brüskiert wich Margarete einen Schritt zurück. »Sei nicht so frech! Ich bin die Markgräfin.«

»Du klammerst dich an eine Allianz, die es nicht mehr gibt, Margarete von Jülich. Man singt bereits Hohn- und Spottlieder über dich. Dein Vater wird die Lieder ebenso hören wie deine Mutter und auch der Erzbischof, vor dem du erscheinen willst, damit er dein und Gerhards Ehegelübde aufhebt.«

Margaretes schönes Gesicht verfinsterte sich. »Reinhard liebt mich, er betet mich an, er vergöttert mich.«

Alina trat näher zu ihr und sprach eindringlich: »Du glaubst, die Sage um den Ring sei wahr? Margarete, was begehrst du von einem Mann, der dich nicht mehr will?«

»Er will mich! Es waren nur die Umstände, die alles schwierig machten, aber wenn ich frei bin, dann wird alles gut.« Die Markgräfin wurde zunehmend unsicherer. »Alina, bitte! Ich schenke dir einen hübschen Schleier, ich lasse dir ein Kleid schneidern, ich lehre dich höfische Tänze – das Allerbeste: Ich werde dir einen reichen Mann verschaffen, wenn du mir hilfst und dem Bischof bezeugst, dass ich erbärmlich unter Gerhard gelitten habe. Du erklärst dich als meine Zofe. Es wird dein Schade nicht sein.«

Margarete ertastete das Bett und langte nach einem der Felle, um ihre bloßen Schultern zu bedecken. Doch indem sie die Tierhaut an sich riss, beraubte sie den Ring seines Verstecks, in das sie ihn nur wenige Augenblicke zuvor gebettet hatte. Der rote Stein funkelte, als besäße er eine eigene Lichtquelle.

Alina und Margarete blickten auf das mystische Schmuckstück, dann sahen sie einander an, jede mit der Entschlossenheit, diese üble Posse ein für allemal zu Ende zu bringen.

Aus der Ferne ertönte Pferdewiehern, begleitet von den Rufen einiger Männer.

Margarete wisperte: »Reinhard kehrt heim!«

Pfeilschnell ergriff Margarete den Schmuck, stieß Alina zur Seite und rannte, nur mit ihrem Hemd bekleidet, die Stiege hinunter. Dabei rempelte sie die Magd an, die ihr das Sonntagskleid überreichen wollte. Die Magd wollte ausweichen, trat auf den Saum und stürzte einige Stufen hinab.

Alina war gegen einen Balken geprallt und hatte sich den Kopf gestoßen. Für einen Moment sah sie schwarze Kreise vor ihren Augen. Sie folgte Margarete auf die Stiege, hielt sich mit beiden Händen am wackligen Geländer fest und setzte mit einem weiten Satz über die verschreckte Magd hinweg. Glücklicherweise kam Alina mit beiden Füßen auf dem Boden auf. Sie folgte dem Kreischen der Mägde, dem Scheppern der Bottiche und sah gerade noch einen wehenden Hemdzipfel um die Türzarge verschwinden.

Es gereichte Margarete zum Vorteil, dass sie sich in dem Haus auskannte und mit geschmeidigen Hüftschwüngen dem Mobiliar auswich. Sie riss ihrer Verfolgerin Schemel und Alltagsgegenstände in den Weg, Alina raffte ihren

Rock, und die wilde Hetzjagd setzte sich auf dem vereisten Hof fort. Immer wieder sah sich Margarete nach Alina um. Alina hingegen versuchte, gegen die Sonne blinzelnd, die Entfernung zu dem Mann einzuschätzen, der in gestrecktem Galopp über die verschneiten Felder ritt. Er duckte sich geschickt auf den Pferderücken und wurde von einem zweiten Mann verfolgt.

Den Bruchteil eines Herzschlages dauerte es, die Beobachtung aufzunehmen – deuten jedoch konnten ihre Sinne sie nicht vollends.

Mit einem wagemutigen Sprung gelang es Alina, Margaretes Hemdzipfel zu erhaschen und daran zu reißen. Margarete strauchelte, Alina warf sich auf sie, und die Markgräfin, die nun auf dem Bauch lag, drehte den Kopf zur Seite und schrie: »Hilfe! Die Tollwütige hat mich angefallen! Sie bringt mich um! Hilfe! Rettet mich! Sperrt sie ein! Sie hat den Meier niedergeknüppelt!«

Einen winzigen Lidschlag lang geriet die Rangelei ins Stocken. Aus den Augenwinkeln nahm Alina wahr, dass einige Knechte näher kamen. Raufende Weibsbilder waren ihnen nicht fremd, aber dass die Markgräfin auf dem Rücken lag, Zeter und Mordio schrie und mit bloßen Beinen strampelte, war schon etwas ganz Besonderes. Und das Mädchen, welches über der Markgräfin hockte, entblößte ihre Zähne und knurrte wie ein bissiger Hund.

Wahrhaftig, eine Tollwütige!

Alina knurrte lauter. Gegen die Piken und Forken war das ihre einzige Möglichkeit, die Knechte auf Abstand zu halten.

Eine greisenhafte Magd packte einen vorwitzigen Jüngling beim Ärmel. »Geh da nicht näher ran, Jung. Dat is die Wut! Und ich sach noch: Dat junge Ding hat se nicht mehr alle! Kuck sie dir an! Da lob ich mir die Neue. Die ist nicht schön, aber die weiß, wo beim Schwein vorne ist.«

»Das weiß der Graf auch zu schätzen!«, brüllte der Jüngling begeistert und schaute in die Runde. Mittlerweile ging niemand mehr der Arbeit nach. Die ringenden Frauen boten eine interessante Abwechslung. Erste Wetten wurden eingegangen.

Margarete wand sich wie eine Katze, doch Alina ließ sie nicht entkommen.

»Du bekommst, was du willst, aber lass mich gehen!«

»Dann gib mir den Ring!«

»Den brauche ich«, fauchte Margarete. »Glaubst du, das soll alles umsonst gewesen sein? Ich will Reinhard, und er wird mich auch bekommen!«

Alina, die sich mit den Fersen auf das Eis stützte, rutschte weg, und Margarete biss sie kräftig in das Handgelenk. Mehr vor Schreck als vor Schmerz gepeinigt, schrie Alina auf und ließ die Hand ihrer Kontrahentin los.

»Gewonnen!«, rief Margarete und lächelte hämisch. »Gewonnen, du dumme Waldbäuerin.«

Dann streifte sie sich hastig den Ring über ihren linken Zeigefinger.

Kapitel 33

Leons Pferd preschte über das verschneite Feld. Sein Ehrgeiz, den Reiter vor sich einzuholen, war ungebrochen, seine Befähigung allerdings nicht. Es war ein gutes Tier, aber kein schnelles. Und der schwarze Rappe vor ihm, frisch und ausgeruht, konnte von dem unbotmäßigen Galopp nicht genug bekommen. Die Hufe griffen weit aus, und die Mähnen flatterten im Wind.

Das Tor von Reinhards Gutshof lag nun vor ihnen.

Der vorwitzige Jüngling stieß einen Warnruf aus, und schlagartig veränderte sich der so offen zur Schau gestellte Müßiggang der Dienstleute. Sie stoben auseinander und gaben den Blick auf zwei schwer atmende Frauen frei. Zerzaust, wie Ährenbündel nach einem Herbststurm, rafften sie sich auf.

Der Rappe kam mit seinem keuchenden Reiter zum Stillstand und wartete, bis der zeite Reiter neben ihm stand.

»Alina!«

Doch sie hatte keine Augen für ihn, sondern sah die blonde Margarete unverwandt an.

Die Markgräfin hatte den Reitern den Rücken zugewandt und sprach gehässig laut: »Siehst du, Bäuerin, die wahre Liebe siegt eben immer.«

Gehässiger Triumph lag in ihrer Stimme, dann drehte sie sich langsam um. »Er ist mein, er ist mein, er ist mein!«

Ihre verklärten Augen wurden magisch vom Anblick des Rappenreiters angezogen. Mit anmutigen Schritten schwebte sie auf ihn zu, lächelte dabei zauberhaft, streckte beide Hände nach dem Reiter aus, als hieße sie ihn auf das erwünschteste willkommen. Am Ringfinger ihrer linken Hand funkelte ein roter Stein. Sie verneigte sich und zog an den Zipfeln des Hemdes, als sei es eine edle Robe.

»Mein Gebieter! Ich heiße dich willkommen.«

Der Reiter streifte die groß geschnittene Gugel vom Kopf und fuhr sich durch die schweißnassen Haare. Entgeistert musterte er die huldreiche Markgräfin und grollte: »Weib, bist du nun völlig verrückt geworden? Was soll das?«

Margarete ließ sofort die Hemdzipfel los und fuhr aus der demütigen Haltung hoch. »Gerhard! Du? Verdammt, was willst du denn hier?«

Etwas geschah, doch weder Alina noch Leon vermochten zu sagen, was es war.

Weder tat sich der Himmel ein Stückchen auf, noch öffnete sich die Erde.

Es war ein Herz, welches sich der hörigen Liebe erschloss. Gerhard saß ab und warf Leon die Zügel seines Pferdes zu. »Ich komme, um dich an meinen warmen Herd zu geleiten. Achte auf das edle Tier, Freund!«

Margarete stampfte wütend auf. »Den Teufel werde ich tun. Ich lasse mich von nichts und niemandem irgendwohin geleiten.«

Die Markgräfin kam hart auf den Boden der Tatsachen zurück. Fort war all der Glanz, der holde Ausdruck wich einem bockigen Mienenspiel, und ihre Schultern sanken nach vorn. Leon schaute Alina an, die sich auf die Lippen biss, um nicht in schallendes Gelächter auszubrechen. Was sie allerdings nur deshalb tat, um kein Wort zu versäumen. Gerhard schämte sich kein bisschen für seine Säuselei. Im Gegenteil, er legte sich mächtiger ins Zeug denn je.

»Ich wäre ein unwürdiger Mann, der es nicht verstünde, seiner Frau sein sehnend Herz zu Füßen zu legen und sie inständig darum zu bitten, dass sie es annehmen möge und ihm dafür das ihre schenke.«

»Nichts schenke ich dir!«, keifte Margarete. »Eher würde ich eingehen!«

»Hinein, heißt es, mein teures Herz, hinein. Und du hast natürlich recht! Wir sollten auf die Gastfreundschaft meines abwesenden Vetters vertrauen. Lass dich von mir geleiten – oder besser noch: Lass dich tragen!«

Er nahm Margarete auf seine Arme, sie aber zappelte und wand sich so sehr, dass sich der Jülicher seine reni-tente Last wie einen orientalischen Teppich über die Schul-ter legte und mit glückumflortem Blick auf die Wohnstube zumarschierte. Margarete zog an dem Ring, versuchte, ihn gar mit Hilfe ihrer Zähne vom Finger zu lösen, benutzte später Schmalz und Seife, doch der Reif ließ sich nicht ent-fernen.

Kapitel 34

Alina begleitete Leon in den Stall, um die dampfenden Pferde mit Stroh trockenzureiben.

»Hast du ihren Blick gesehen?«

»Hast du seine Worte gehört?«

Alina kicherte leise in das Strohbündel, dann ließ sich ihr Lachen jedoch nicht länger bändigen. Ihre Augen füllten sich mit Tränen, und es war ihr unmöglich, sich zu erinnern, wann sie zuletzt so sehr gelacht hatte. Aber auch nicht, wann es ihr das letzte Mal derart zum Heulen zumute war. Jetzt, wo sie in Sicherheit war, sah sie ständig das Gesicht des Meiers und die Waffen an seiner Wand. Beileibe, es war kein Rost gewesen, was darauf haftete. Nein, es gab jetzt keinen Grund zum Heulen, und außerdem sollte Leon nicht erfahren, wie sehr sie gedemütigt worden war. Sie wischte sich die Tränen von der Wange, und ein wenig von der salzigen Flüssigkeit geriet in eine offene Stelle ihres Handrückens. Alina schnappte ungewollt nach Luft.

Leon wischte den Rappen trocken, warf dann das Stroh fort und umrundete sein Pferd, bis er Alina gegenüberstand. Wortlos nahm er ihre Hände und betrachtete sie mit angespannter Miene.

»Das werde ich dem Verwalter heimzahlen. Für jeden Streich, den er dir verpasste, soll er vier erhalten. Hat er dir weitere Gewalt angetan?«

»Nichts, was ich ihm nicht irgendwann werde vergeben können.«

Alina entzog ihm ihre Hände nicht, sie drehte die Handflächen nach oben, so dass die Wunden nicht länger zu sehen waren. Leon selbst war es nicht aufgefallen, aber Alina lächelte. Sie lehnte sich an Leons Brustkorb, hörte seinen Herzschlag und schloss die Augen. Im Hintergrund zermahlten die Pferde Heu, und Alina genoss den Frieden des Augenblicks.

Und den Kuss, der so ganz anders war als die bisherigen.

Dann löste sie sich von Leon, nur so weit, dass es ihr möglich war, ihm in die Augen zu sehen.

»Leon, lass den Meier! Ich bitte dich. Zu anderer Zeit wärest du ihm gleich an die Kehle gegangen. Soll Gott für mich über ihn urteilen! Dir hat er nichts getan.«

Leon sah Alina prüfend an, dann ließ er sie los und streckte seine Arme zu einer hilflosen Geste aus. Wütend hieb er eine Faust auf den Sattelbalken und sah Alina geradewegs in die Augen. »Mir nichts getan? Was soll das für ein weibischer Scherz sein? Indem er dir weh tat, verletzte er mich an meiner verwundbarsten Stelle. Und nun tu nicht so, als wüsstest du das nicht. Nach solchen kindischen Hasch-mich-Spielen ist mir nicht zumute.«

»Leon?« Alinas Stimme klang gegen ihren Willen rau, als hätte sie den Wintertag am Feuer gewacht. Was sie im Kreise der Huferinnen wahrscheinlich auch getan haben würde, so wie die Winter zuvor. »Ich bin Margarete dankbar.«

Es verging eine Weile, bis die Pferde den nächsten Satz vernahmen.

»Meinst du, es würde sie stören, wenn wir uns zurückzögen?«, fragte Alina leise.

»Im Heu würden wir sie stören, aber das Stroh werden sie uns bestimmt gern überlassen.«

In den getrockneten Ährenstängeln geschah nichts, was Alina als unsittlich hätte empfinden müssen – strenggenommen.

Und die Pferde, die einzigen Zeugen, hatten beileibe andere Interessen, als zwei Menschen zuzuschauen, die sich wechselhaften Stimmungen hingaben. Manchmal redeten sie nachdenklich, dann heiter, lachten verhalten oder schwiegen gemeinsam. Den Hofkater vertrieben sie jedenfalls nicht, als er neugierig in ihr Nest schaute und eine Weile den Schlussfolgerungen lauschte, an denen Menschen immer sehr zu liegen schien. Seite an Seite lagen sie, hielten einander die Hände.

»Wie kommt es, dass Gerhard und du ausgerechnet hier eingetroffen seid? Wo er doch mit seinem Vetter in Hader liegt.«

»Zufall, so unglaublich es klingt. Gerhard verging vor Rauflust und Langeweile, da sein Kopf nicht mehr so übel brummte. Sein größter Ansporn aber, entspross endlich. Na ja, er hatte einen gewissen Grund, nach seiner Frau zu suchen.«

Alina nickte. Sie fühlte sich ein wenig kühn und erwachsen. »Und jener gewisse Grund ist wohl im Schritt des Markgrafen begründet?«

»Demselben.«

»Na, das wird eine Überraschung für Margarete. Der Grund für die Annullierung ihrer Ehe besteht somit nicht mehr.«

»Das wird durchaus im Sinne des Reinhard sein.«

»Was wird jetzt aus Felix? Ob es jemandem auffallen wird, wenn er auf dem Hufenhof bleibt? Der Jülicher wird nicht länger Wert auf den Familienzuwachs durch den Bastard seiner Gemahlin legen. Und Margarete wird sicherlich bald ein eheliches Kind austragen.«

Leon zupfte einen Halm aus dem Stroh und legte sich auf den Rücken. »Manchmal ist es nicht übel, ein Bastard zu sein. Aber das ist ein anderes Thema. Wir sind genau am richtigen Ort, um das Schicksal des kleinen Felix in unsere

Hände zu nehmen.« Er grinste verschlagen. »Vater, Stiefvater und Großvater, wenn jeder sein Scherflein beiträgt, wird Felix später einiges Kapital besitzen. Und wenn er dazu dann noch reich heiratet ...«

Alina stupste ihm die Finger in die Rippen. »Der Knabe liegt noch in den Wickeltüchern. Für so etwas ist er nun wirklich viel zu klein.«

»Und du? Bist du für so etwas auch noch zu klein?«

»Zu klein nicht. Aber mich wollte bislang noch keiner.«

»Vielleicht wüsste ich da doch jemanden. Er ist manchmal ein Banause, hat kein nennenswertes Vermögen, sein Umgang ist manchmal fragwürdig, und man sagt ihm nach, er sei nicht immer leicht in den Dienst zu stellen.«

Alina zog die Nase kraus und ging auf das Spiel ein. »Soweit die Nachteile. Hat er auch Vorteile?«

»Man muss ihn nicht vor der Sonne verstecken.« Leon lächelte breit.

Alina schmunzelte, dann legte sie einen Finger auf ihre Lippen und wisperte: »Hör mal, ist das nicht Margarete, die da tobt? Wir sollten uns auf unseren Anstand besinnen, sonst müssen wir beide heiraten. Also: Raus aus dem Stroh!«

Kapitel 35

»Den schönen Reinhard habe ich nun gar nicht zu sehen bekommen«, äffte Alina Margaretes maulenden Tonfall nach und gähnte dann. Seit dem Morgen waren sie unterwegs, Leon auf seinem Pferd und Alina auf einem steifbeinigen Esel. Es war der dritte Tag der Reise. Wehmut kam auf.

Die braune Silja hatte Gerhard, der sein Glück kaum fassen konnte, ihnen auf eine gebefreudige Weise abgeworben. Die erhaltenen Münzen hatte Alina gleich in den Saum ihres Rockes genäht. Dort bewahrte sie auch die Goldmünze auf, die ihr den Wert des Rings ersetzen sollte.

Alina hatte ihre Gedanken dazu nicht laut geäußert. War es wirklich das Schmuckstück, welches Gerhards Persönlichkeit so nachhaltig beeinflusste, dann wollte sie um nichts in der Welt diese unirdische Materie noch einmal berühren.

Leon sah sie von der Seite an. »Dame meines Herzens, es betrübt mich zutiefst, dich solchen Strapazen ausgesetzt zu sehen. Quell meines Glücks, sollen wir ausruhen?«

»Wir sollten vor allem damit aufhören, uns über die beiden lustig zu machen. Das ist überhaupt nicht nett von uns, gerade auch, weil Gerhard sich sehr großzügig dem Kind gegenüber gezeigt hat. Einen ganzen Goldgulden und noch fünf Silbermark – so viel hätte ich nie für die Ausbildung des Knaben erhofft.«

»Er kann es sich erlauben. Reinhard hat ihm die Hälfte des Lösegeldes zurückgezahlt, aus Reue, Scham und wohl auch, weil der Ehebruch folgenreicher war, als ihm lieb war. Der schöne Reinhard hat eine gute Partie im Visier, eine gewisse Meta Sibling, die vermögende Schwester eines Gastwirts. Das hat Kalle Haas vermittelt, munkelte die Magd. Und dass dies für ihn der Anlass ist, fremde Reviere fortan zu meiden. Der Wirt kündet überall von der strotzenden Mitgift seiner Schwester, und davor können sich selbst Reinhards Ohren nicht verschließen. Du hast ja gesehen, wie dringend auf dem Gut Reparaturen zu erledigen sind.«

Der Esel, auf dem Alina saß, wackelte mit den Ohren. Sie strich ihm über das struppige Winterfell. Sie war dankbar für dessen Trittsicherheit, ebenso für die Wärme, die von dem Tier ausging.

»Es riecht nach Schnee, hoffen wir, dass wir rechtzeitig vor den Flocken auf dem Hof eintreffen.«

Alina raffte ihren Mantel um den Hals noch ein wenig enger, doch ihre Hoffnung erfüllte sich nicht.

Als die Schneeflocken schließlich wild durcheinander stoben, befanden sich die Reiter erst auf Sichtweite von Hergens Gasthaus. Er hatte vorsorglich, aber auch nicht gänzlich uneigennützig an der windgeschützten Stelle nahe der Tür eine Fackel aufgestellt.

Ein warmes Lächeln huschte über Alinas Lippen. Sie war sich dessen bewusst, wie töricht es gewesen war, die schützende Umfriedung, Sigmunds behagliches und sicheres Heim, zu verlassen, um sich den Gefahren, die auf der Krönungsstraße lauern könnten, auszusetzen.

»Es ist nicht mehr weit!«

»Ich weiß, Alina.« Leon zügelte sein Pferd, hielt schließlich an. Das war das zweite Mal, dass Alina jugendliche Unsicherheit aus seinen Worten heraushörte. Beim ersten Mal hatte er ihr Gebäck überreicht. »Ich fürchte, ich werde nicht willkommen sein. Bedenke, welchen Eindruck deine Tante von mir haben muss.«

»Ist es dann nicht an der Zeit, diesen Anschein zu korrigieren, Leon? Wenn sich an Tante Adelgundes Zeiteinteilung nichts geändert hat, dürften wir rechtzeitig zur Vesper kommen. Lass uns zuerst die Tiere versorgen! Vergiss nicht, das ist nur meine Sippschaft, die um den Tisch hockt.«

Und was für eine Sippschaft! Man konnte sie schon von draußen lärmen hören! Mehrere Stimmen beteiligten sich an einer lebhaften Unterhaltung. Juttas Lachen war deutlich herauszuhören. Rauchwolken stiegen über dem Dach auf. Alina ließ sich vom Rücken des Tieres gleiten und sah sich um. Es tat unglaublich gut, wieder hier zu sein. Obgleich nur wenig Zeit verstrichen war, so hatte sich doch einiges getan. Das Dach des Stalles war verstärkt, die dicken Holzblöcke lagen gespalten ordentlich an der Hauswand gestapelt. Ein Stück Zaun war ausgebessert, ebenso wie der Brunnenrand. Ein graues Kaninchenfell hing fein ausgeschabt zum Trocknen neben zahlreichen starr gefrorenen Wickeltüchern und kleinen Läppchen, die ölgetränkt zwischen weiche Kinderhaut und den Stoff eingepackt wurden.

Nahe der Tür schnupperte Alina. Sie reichte Leon die Hand.

»Tante Adelgundes Bohnentopf. Mit Speck. Hier scheint der Wohlstand eingekehrt zu sein. Komm, begrüßen wir ihn! Er war bisher ein seltener Gast unter diesem Dach, doch habe ich das gute Gefühl, er könnte sich hier eingenistet haben.«

Ehe Leon einen Einwand geltend machen konnte, zog Alina ihn sanft mit sich.

Nahe dem Feuer saß Jutta, stillte Felix und liebkoste seine Wange. Heiner sah ein wenig wollüstig auf die entblößte Brust seiner Frau. Er hielt das zweite Kind, und dies nicht einmal linkisch. Unmöglich zu erkennen, welcher Säugling das Töchterchen und welches der Bankert war. Urte schöpfte unter regem Interesse Martins eine Schale bis an den Rand voll.

Ein wenig abseits saßen Onkel Werner und Tante Adelgunde. Zwischen ihnen stand ein Mühlebrett. Kiesel und Kirschkerne dienten als Spielsteine. Ilse hatte bereits mit dem Essen begonnen, tunkte das harte Brot zwischen die Bohnen und nuckelte daran.

Sie war es, die Alina zuerst entdeckte. Nach einem freudigen Aufschrei und einer herzlichen Umarmung lugte sie neugierig um Alina herum. »Ich hatte gleich heute Morgen so ein Gefühl, als müsse es ein besonderer Tag werden! Ist das schön, dich unversehrt wiederzusehen! Ach, und all die feinen Sachen, die du uns hast mitbringen lassen! Davon musst du mir unbedingt mehr erzählen. Setz dich! Und wer ist der junge Mann?«

»Das ist Herr Leonhard Dabrey, der die Freundlichkeit besaß, mich heimzubegleiten.«

Die Gespräche wurden leiser und verstummten schließlich ganz. Die Augen wandten sich Leon zu. Galant verbeugte er sich in die Runde.

Onkel Werner schien sich bereits wieder in der Rolle des Hausherrn zurechtzufinden. Er verzichtete darauf, sich zu erheben, um nach üblicher Gesittung den Gast willkommen zu heißen. Eine Geste, die man mit seinem Gebrechen hätte entschuldigen können, wären seine Grußworte herzlicher gewesen.

Zweifelsohne konnten sich die Hufenfrauen mit ein wenig Bedenkzeit an sein Gesicht entsinnen. Ein Hinweis Adelgundes hätte genügt, um ihrem Mann zu signalisieren, wer unter ihr Dach getreten war. Doch sie blieb mit einem ausdruckslosen Gesicht neben ihrem Gatten sitzen.

Werner nickte nach reiflicher Überlegung.

»Da Ihr in der Gesellschaft meiner geschätzten Nichte Alina dieses Haus betretet, will ich mich an die Regeln des Anstandes erinnern und Euch Brot und Bier bieten. Falls Ihr wünscht, sogar einen Platz für die Nacht unter diesem Dach, da ich Euch dankbar für das Geleit meiner Nichte bin. Alina, ich wünsche dich umgehend zu sprechen. Jetzt!«

Adelgunde räumte ihren Schemel, und als Alina darauf zuging, hielt Heiner sie kurz am Ärmel zurück. »Es war vereinbart, dass du zu meinem Vater zurückkehrst, ihm das Pferd bringst und auf uns wartest.«

»Du bekommst den Kaufpreis des Pferdes, und über den Rest bin ich dir keine Rechenschaft schuldig. Jetzt lass mich los!«

»Du hast dir Ärger eingebrockt. Mittlerweile weiß dein Onkel, mit wem er dich ziehen ließ.«

»Da warst du bestimmt nicht untätig.«

»Doch, Alina, ich mag Dabrey nicht sonderlich, aber ich mag dich gern genug, um den Mund zu halten.« Das klang so ehrlich, dass Alina kurz Heiners Hand drückte. Er lächelte ihr aufmunternd zu.

»Alina, du hättest mich zuvor fragen müssen, ob Dabrey mir willkommen ist. Es geht weniger um mich, aber du hättest an die Frauen denken sollen. Unlängst drang Dabrey hier unerwünscht ein und übte Gewalt gegen jene aus, die ihm nie Gegner waren. Widersprich mir nicht und schiebe nicht die ganze Schuld auf den, der nun nicht hier ist, um sich zu verantworten! Wer sich mit Schweinen suhlt, muss sich nicht wundern, wenn die eigene Haut genau so dreckig wird.« Der Hausherr sprach ruhig, und Alina ließ den Kopf hängen. Onkel Werner hatte nicht unrecht, dieses Kapitel hatte sie ihm unterschlagen. Natürlich hatte er von dem Überfall erfahren. Wahrscheinlich hatte Hergen geschwatzt.

»Ich verbürge mich für Leon Dabrey. Er ist gekommen,

um den Schaden zu begleichen. Er möchte die Möbel reparieren, die zerstört wurden.«

Werner griff nach seinem knorrigen Gehstock und schlug dessen Ende leicht auf den Boden.

»Das, Alina, werde ich mit ihm unter vier Augen klären. Von dir will ich nur wissen, warum du ihn hierher mitgebracht hast.«

»Du weißt es doch bereits, Onkel. Als du noch Matthias warst, erkanntest du es jedenfalls.«

Alina lugte unter ihren Wimpern hervor und verzog in einem Anflug von Trotz den Mund. Sie war keinen Hausherrn gewöhnt. Und sie war sich in diesem Moment nicht sicher, ob sie einen wollte.

Das war ein Gedanke, der ihr niemals über die Lippen kommen durfte. Das Zusammenleben vieler Menschen unter einem Dach verlangte Regeln, denen sich alle zu beugen hatten, und der Bruch derselben musste Tadel oder sogar Strafe mit sich bringen. Das war der einzige Weg, miteinander auszukommen, ohne jemanden zu benachteiligen oder zu übervorteilen.

»Du hast ihn also immer noch gerne.« Werner sah ernst, aber nicht länger ärgerlich aus. War da sogar ein kaum wahrnehmbares Augenzwinkern?

»Mehr noch«, gestand Alina ehrlich und sah sich nach Leon um. Er aß bedächtig und machte keine Anstalten, das Wort an jemanden zu richten. Jutta übergab das Kindchen an Urte, schnürte das Hemd zu und ließ sich von Heiner nicht abhalten, dem Neuankömmling den Bierkrug neu zu füllen. Sie reichte Leon den Brotkorb und forderte ihn auf, ihn an Urte weiterzureichen.

Werner nickte bedächtig und sah in Alinas leuchtende Augen. »Alina, Mädchen, du hast mir mein altes Leben zurückgegeben, das ich verloren glaubte, und meine Adelgunde. Stell dir vor, sie freute sich tatsächlich, mich zu

sehen!« Werners Stimme wurde weich und ein wenig rühr-
selig, als er an den bewegenden Moment seiner Heimkehr
dachte. »Seither ist mir jeder Tag wie ein kostbares Geschenk, und alles, was für mich damals selbstverständlich
war, hat nun einen anderen, viel höheren Wert. Nun schi-
cke den Gast zu mir, damit ich mit ihm reden kann. Es
wird nicht schaden, wenn ihr euch näher ans Feuer setzt.
Wenn ich dich darum bitten darf, Adelgunde.«

Eine Aufforderung, die bedeutete, sich in die eine Ecke
zurückzuziehen und den Männern in der anderen einen
Raum zur unbelauschten Aussprache zu gewähren. Alina
spähte zwischendurch immer wieder über ihre Schulter zu
den Männern, von denen nur Schatten zu erkennen waren,
und beantwortete zunächst ein wenig fahrig die Fragen
ihrer Tante. Doch rasch ließ sie sich in die Unterhaltung
einbinden, nahm Heiner eines der Kinder ab und aß mit
der anderen Hand. Obwohl es so vieles zu erzählen gab,
wanderten ihre Augen aber wie von selbst immer zu Onkel Werner und Leon. Sie redeten und redeten.

Jutta stieß Alina schließlich an: »Sie werden sich vertragen, vielleicht werden sie sich sogar später auch betrinken.
Dein Onkel wird deinem Liebsten nichts anhaben, und
wenn dein Leon Verstand hat, wird er schnell herausbe-
kommen, dass das Herz deines Onkels mit Ehrlichkeit
und Besonnenheit einzunehmen ist. Alina, lass sie das unter sich ausmachen. Ach, ich freue mich darauf, dich wiederzusehen, aber ich fürchte, was du zu sagen hast. Hast
du die Markgräfin gefunden? Wird sie ihren Sohn zu sich
holen? Seit du durch diese Tür getreten bist, kann ich an
nichts anderes denken. Ich habe den kleinen Kerl so liebgewonnen, dass ich von Herzen her Mutter zweier Kinder
bin.« Entsetzen und Angst, aber auch ein Hauch Hoffnung lagen in Juttas Stimme.

Alina zuckte leicht mit den Schultern und spielte fahrig

mit ihrem Kämmchen. »Ich kann es nicht vorhersehen, doch nach allem, was ich über Margarete erfahren habe, halte ich es für unwahrscheinlich, dass sie ihr mütterliches Anrecht auf Felix geltend machen wird. Da müsste schon ein Wunder geschehen.«

»Dann passiert es hoffentlich nicht, denn die Huferinnen und wir wollen gemeinsam für Felix sorgen. Martin kann es kaum erwarten, dass Felix laufen lernt. Du solltest dir anhören, was er beabsichtigt, dem Kleinen beizubringen. Später, jetzt erzähle, wie es dir erging! Du bist die Einzige in der Runde, die etwas zu sagen hat, was nicht mit Kindern, Küche und Kirche zu tun hat, nicht wahr?«

Ganz so stimmte Juttas Vermutung nicht, aber nach dem zweiten Becher Wein wich Alinas Unruhe, und es bereitete ihr Freude, von ihrem Abenteuer zu erzählen. Zugegeben, sie gab den angenehmen Dingen ein beträchtlicheres Maß bei, während sie die unschönen nur zur Verständlichkeit der Geschichte streifte. Nicht nur Martin war fasziniert, auch die übrigen Zuhörer ließen sich mitreißen, und obgleich sie die Geschichte um Onkel Werner schon kannten, musste Alina sie noch einmal aus ihrer Sicht erzählen. Die Runde seufzte, weinte und jubelte.

Mit dem Verglimmen eines dicken Holzscheites war es an der Zeit, die Lager aufzusuchen. Frauen, Männer und Kinder teilten sich den einzigen geheizten Raum. Die Strohsäcke erinnerten an die in Sigmunds Stadthaus und ließen auf Juttas Handfertigkeit schließen. Eine ganze Weile brauchte es, bis sich alle im Schimmer einer einzigen Kerze eingerichtet hatten. Stroh raschelte, Geflüster kam auf, jemandem entfleuchte ein Wind, und Martin stolperte wiederholt zum Abort. Werner lag zwischen seiner Adelgunde und Leon zur anderen Seite gebettet. Und wer genau hinschaute, der erkannte ein entspanntes Lächeln in seinen hageren Zügen.

Die erste Gelegenheit, mit Leon allein zu reden, ergab sich in der klammen Frühe. Alina erschrak zunächst, als sich ein warmer Leib neben ihren schob. Geräuschlos liebkosten sie einander. Leon war nicht unerfahren auf diesem Gebiet, und Alina genoß innerlich schnurrend seine Fähigkeit. Dann aber lagen ihr zu viele Fragen auf der Zunge, als dass sie sich noch länger dem wohligen Schweigen hingeben wollte.

»Wie war die Unterhaltung mit Onkel Werner?«

»Er hat mich nicht der Tür verwiesen, wie du siehst. Er ist ein robuster Mann, einer, der ebenso vieles mit ansehen musste wie ich. Mehr noch sogar. Menschen, die den Krieg erlebt haben, haben immer eine Gemeinsamkeit. Sogar die Feinde teilen sich ein Schicksal. Aber nicht nur darüber haben wir geredet, dein Onkel und ich. Ich habe angeboten, meinen Frevel an diesem Haushalt wiedergutzumachen, und dein Onkel hat akzeptiert. Ich werde für ihn arbeiten. Allerdings werde ich kein Mobiliar richten, denn auf Holzarbeiten versteht er sich bedeutend besser als ich.«

»Sondern?«

»Ich werde nach Dinant reiten. Die Gebildebrotbäcker erwarten sehnlich das Schnitzwerk deines Onkels. Bis zur Adventszeit muss es auf Brauchbarkeit geprüft worden sein. Von seinen ersten Arbeiten waren sie so begeistert, dass sie Proben ihrer berühmten Brote zu den umliegenden Klöstern schaffen wollten, sogar bis hin nach zu der berühmten Abtei Orval, um Aufträge für sich zu gewinnen. Wie das ausgegangen ist, weiß dein Onkel nicht, aber zur Erfüllung des Vertrages werde ich die neuen Modelltafeln nach Dinant bringen und sie dort übergeben.«

»Alleine?« Alina drehte sich auf den Bauch und sah Leon mit schräggelegtem Kopf an.

»Ja, ein einzelner Reiter kommt rascher voran. Heiner,

Jutta und die Säuglinge werden, wenn das Wetter besser wird, nach Aachen reisen. Wenn mich mein Gefühl nicht täuscht, hält es Heiner nicht mit mir in einem Raum aus. Er hegt Absichten, die du nicht teilst, nicht wahr?«

»Ach, das ist nicht so wichtig. Heiner hat seine Jutta, und sie sind einander zugetan. Wirst du von Dinant aus zu mir zurückkehren?«

»Willst du das?«

Alina spürte, wie wichtig ihr seine Antwort war, nicht nur für sich selbst, sondern auch für Leon. Welchen Weg auch immer das Schicksal für sie vorgesehen hatte – es hatte sie zu einer Gabelung geführt, an der eine Entscheidung getroffen werden musste. Vielleicht würde sie nur die nächsten Tage bestimmen, vielleicht aber sogar das weitere Leben. Wichtig waren nur die Wahrheit und die Verantwortung, die damit verbunden war.

»Ja. Das will ich.«

Kapitel 36

Die Arbeit in dem sumpfigen Gelände konnte kaum schlimmer sein als der verfluchte Schwarze Tod. Etienne richtete sich auf, wischte sich den perlenden Schweiß von der Stirn. Drei Wochen arbeitete er nun schon hier. Es war Sommer, die Tage waren lang, und sosehr er den Sonnenuntergang auch herbeisehnte, er würde ihm keine Ruhe bringen. Überall in diesem Morast sirrten die Mücken zu Tausenden. Der Teich war ihre Brutstätte und das Blut der Männer die Nahrung ihrer Nachkommen.

Verfluchte Quälgeister!

Trotzdem waren sie leichter zu ertragen als der nagende Hunger, der Etienne und viele mit ihm aus dem Ardenner Wald zur Burgbaustelle getrieben hatte. Die Äcker auf Etiennes Pachthof waren felsig gewesen. Die Erde auf ihnen war dünn, der Ertrag mager, und die vorangegangene Ernte brachte kaum mehr als das Saatgut hervor. Nun musste sich selbst seine Frau vor den Pflug spannen.

Er dachte an seine apathisch gewordene Claudine, an seine Kinder und daran, dass sein Jüngster, der aus Not gewildert hatte, ertappt worden war.

Es war kein gutes Leben. Es war ungerecht! Mit jedem Schlag, mit dem Etienne die Spitzhacke in den Boden trieb, hallte das enttäuschende Wort in seinem Kopf wider: ungerecht, ungerecht!

Gott im Himmel, ich liebe meine Kinder. Warum hat Joel jetzt nur noch ein halbes Bein, warum hast du zugelassen, dass er in die Falle lief? Er ist erst acht Jahre alt.

Und die kleine Marie – wird sie den Husten los? Und Claudine, die arme ausgezehrte Claudine! Ich sollte bei ihr sein, wenn unser viertes Kind zur Welt kommt! Das dritte hast du uns genommen.

Etienne fühlte eine hilflose Wut in sich aufsteigen, einen jähen Zorn, dem er nichts entgegenzusetzen vermochte. Er haderte auf die frevelhafteste Weise.

Unseliger Gott, wenn du mich schon verlassen hast, dann klopfe wenigstens Freund Satan auf die Schulter und zeige ihm, wo er mich findet, denn ich habe ihm einen Handel vorzuschlagen, grollte Etienne. Wenn es jemanden gibt, dort, im Reich des Unsichtbaren, dann lass es mich wissen. Möge er mein irdisches Jammertal erkennen und beenden. Die Welt verbirgt ihr schönes Antlitz vor Leuten wie mir. Meine Seele für ein Wunder! Für einen kleinen Sack Gold oder wenigstens eine Handvoll Münzen. Nein, so viel muß es nicht einmal sein: meine Seele für ein sättigendes Mahl, eine Decke und einen Schlafplatz in meiner Heimat!

Etienne warf die Spitzhacke mit Wut in den Morast. Da war etwas an seiner Wade, wahrscheinlich Blutegel. Warum bediente sich ein Teil der Tierwelt seines Körpers, als sei er dessen Vorrat? Fehlte nur noch, dass die Maden ihn bei lebendigem Leib auffraßen.

Etienne fuhr mit einer Hand an seiner Wade hinunter, wühlte im Schlamm und bekam ein kühles Etwas zu fassen. Wie ein Egel fühlte es sich nicht an. Er legte beide Hände um das Ding, die Finger etwas gespreizt, so dass sie eine Art Korb bildeten, der Wasser durchließ, aber die festen Stoffe hielt. Das Wasser glitt durch seine Hände.

Eine dicke Wolke schob sich vor die Sonne und brachte eine unerwartete Kälte mit sich, die die Arbeiter neugierig zum Himmel blicken ließ. Etienne jedoch betrachtete vorsichtig seinen Fund, als könne er sich gleich einem Traumbild verflüchtigen, sobald man an ihm rührte.

Ein Ring – golden, in der Form einer seltsam gewundenen Schlange und von einem blutroten Stein geziert. Der Reif schien robust zu sein und groß genug, dass er einem edlen Mann passen könnte. Einem Ritter, wahrscheinlicher aber einem König!

Er musste den Fund melden. Seine Arbeitskameraden verscherbelten alle möglichen Auffindungen aus diesem Tümpel, und das waren nur Scherben, Reste von brüchigen Fibeln oder Zaumzeug, bisweilen beinahe unversehrte Tonkrüge. Alles, was mit dem Namen des Herrschers Karl des Großen in Verbindung gebracht werden konnte, war erklärtermaßen wertvoll und erzielte schwindelerregende Preise.

Dieser Ring hier war weitaus besser als eine Scherbe, hundert Mal besser als ein gut erhaltener Glasflakon. Kurzum, er war der Schlüssel zum Glück!

Etienne konnte nicht widerstehen, er streifte den Ring für einen kurzen Augenblick über seinen Zeigefinger.

Er hielt den Atem an.

Etwas war passiert. Hatte sich die Welt für einen Moment verändert?

Der Ring bewirkte ... irgendetwas. Der Ring griff zu! Besser konnten seine Gedanken das unheimliche Gefühl nicht umschreiben.

Mit roher Gewalt zog Etienne den Ring von seinem Finger, ließ den Schmuck in die Falten seiner Bruche gleiten. Ihm war schwindlig, und er musste sich einen Moment lang ausruhen.

In der Abenddämmerung passierte er das Stadttor, und mit jedem Schritt kam Etienne seinen dringlichen Wünschen näher ...

Nachwort

Wer nichts wagt, der nichts g'winnt, und wer nichts sucht, der nichts find't, lautet eine Lebensregel, die ich in einem alten Sagenschatz der Region las und die dazu beitrug, dass diese Geschichte niedergeschrieben wurde.

Die Überlieferungen um die Person der Kaiserin Fastrada sind sowohl zahlreich als auch verschiedenwertig. Die bekannteste Legende schildert Fastrada als berechnende, bisweilen sogar grausame Frau, die einzig darauf aus war, Kaiser Karl den Großen über den Tod hinaus für sich zu gewinnen. Man unterstellte ihr unter anderem, dass sie sich dazu eines geheimnisvollen Zauberringes bediente. Eine Hexe gar nannte man sie hinter vorgehaltener Hand.

Augenscheinlich entstand so auch die Sage, dass Kaiser Karl, der seine schöne Frau sehr hochachtete, auf geschilderte Weise Aachen als Begräbnisplatz für die Verblichene erwählte.

Liebe, Tod und ein Hauch Dämonisches – dies sind genügend Zutaten, um einen bunten Stoff daraus zu weben, so mochten sich die Geschichtenerzähler gedacht haben. Ach, was wurde damals nicht alles getuschelt! Sogar die deutschen Romantiker bearbeiteten die Überbleibsel der Geschichte, sogar bis hin zur Unkenntlichkeit.

Kaiserin Fastrada möge ihnen verziehen haben, denn die Gebeine der hohen Dame ruhen seit nun mehr als zwölfhundert Jahren in Sankt Alban zu Mainz.

Jedoch … auch das kleinste Gerücht weist zumeist ein

Quentchen Wahrheit auf. Immerhin war Fastrada eine Kaiserin und verdiente auch dem Schmuck einer solchen. Während viele Kostbarkeiten aus der Zeit des großen Kaisers bis heute in der Aachener Schatzkammer zu besichtigen sind – der einflussreiche Ring der Kaiserin ist nicht darunter.

Und so hinderte mich nichts daran, die Sage weiterzuspinnen. Ein wichtiger Bestandteil des mittelalterlichen Lebens waren – neben Brot und Dünnbier – erwiesenermaßen Geschichten.

Man verzehrte sich zu einer Zeit, die einzig von dem Lauf der Natur bestimmt wurde, nach Neuigkeiten. Auf den Wahrheitsgehalt kam es nicht so an. Wie wollte man ihn auch prüfen?

Und so halte ich es auch: Alina, Margarete, Leon und die Jülicher Markgrafen sind Kinder meiner Phantasie. Anders als das historische Umfeld, dem ich nach bestem Wissen und Gewissen nachspürte. Forschungen neueren Datums belegen, dass der berühmte Kaiserthron Kaiser Karls höchstwahrscheinlich aus Gehwegplatten der Römerzeit zusammengesetzt wurde. Im Mittelalter maß man den Nachlässen der Ahnen eher praktischen Nutzen zu. Quader war schließlich Quader, eine neue Stadtmauer musste her, und damals wie heute bestimmte Geld über Wohl und Wehe.

Das Aachener Umland war keine friedliche Gegend, und wer immer seinen Anspruch auf Titel, Land, Erbe oder Frau geltend machte, tat dies mit erschreckender Gleichgültigkeit zu Lasten der einfachen Bevölkerung. Die Markgrafen sind in dieser Hinsicht keine rühmlichen Ausnahmen, und es sei mir die kleine Genugtuung gestattet, dass ich mit der notorisch lügenden Margarete eine gleichgeordnete Frau in das Rad der Geschichte einflocht.

Historisch belegt ist ebenfalls die Rivalität zwischen den

Städten Dinant und Aachen. Couque de Dinant, ein hartes Gebildelebkuchengebäck, wird heute noch in Dinant als Vorgänger der Aachener Printen genannt.

Die Aachener haben freilich eine andere Anschauung. Doch dies ist wieder eine andere Geschichte.

Dagmar Schnabel

»Man muß sich die Kunden des Aufbau-Verlages als glückliche Menschen vorstellen.«

Süddeutsche Zeitung

Das Kundenmagazin der Aufbau Verlagsgruppe erhalten Sie kostenlos in Ihrer Buchhandlung und als Download unter www.aufbauverlagsgruppe.de. Abonnieren Sie auch online unseren kostenlosen Newsletter.

Titus Müller:
»Ein erstaunlicher Autor«

HESSISCHER RUNDFUNK

Der Kalligraph des Bischofs
Turin im 9. Jahrhundert: Der kämpferische wie auch gelehrte Bischof Claudius nimmt den verstoßenen Germunt an seinem Hof auf und lässt ihn in den sieben freien Künsten unterrichten. Germunt gerät in den Bann des Schreibens und der Liebe, dringt tiefer in die Geheimnisse der Kalligraphie ein und muss eines Tages mit Hilfe seiner Kunst Leben retten. Ein großer Roman über den Zauber des Schreibens, die Zweifel des Glaubens, die Verlockungen der Liebe. »Spannend, leicht verständlich, ausgereift und anspruchsvoll zugleich.«
BRAUNSCHWEIGER ZEITUNG
Roman. 421 Seiten. AtV 1856

Die Priestertochter
Der Roman führt uns in die magische Welt des 9. Jahrhunderts, in die Welt der Waldgeister, Märtyrer, Götzen und Liebenden. Das Pferdeorakel von Rethra fordert ein Menschenopfer. Doch Alena, die schöne und kluge Tochter des Hochpriesters, verliebt sich in den stattlichen Anführer der Feinde. Während sich Franken und Slawen zur Schlacht rüsten, kämpft Alena um ihre verbotene Liebe. Aber Größeres geschieht: Ein alter Gott wird wiedergeboren, und gegen den Priester des Orakels erhebt sich ein mächtiger Gegner. »Sprach- und bildmächtig, mitreißend erzählt.«
BERLINER MORGENPOST
Roman. 458 Seiten. AtV 1990

Die Todgeweihte
Basel 1348: Auf einen Schlag verliert die Jüdin Saphira ihren Beruf, ihre Familie und ihre Heimat. »Bringe dieses Kästchen zum König«, flüstert der Vater, bevor er stirbt. Doch die junge Frau wird von mächtigen Feinden gejagt. Es sind die dunklen Jahre – die Pest wütet in der Stadt, und deren Bürger richten ihren Zorn gegen die Juden. Was ist das Leben einer Jüdin wert? Eines haben Saphiras Verfolger nicht bedacht: Zwei Männer sind unsterblich in sie verliebt. »Ein historischer Leckerbissen!« BILD
Roman. 378 Seiten. AtV 2180

Die Brillenmacherin
England 1387: Ein verbotenes und doch heiliges Buch, ein ketzerischer und doch frommer Geheimbund, ein gnädiger und doch grausamer Erzbischof. In den Wirren dieser Zeit findet sich eine junge Brillenmacherin wieder. Dank einer epochalen Erfindung hofft sie, ihr Leben und das der Ihren zu retten. »Müllers historischer Roman erinnert an den ›Medicus‹ von Noah Gordon. Es macht Spaß, ihm zu folgen.« WESTDEUTSCHE ZEITUNG
Roman. 439 Seiten. AtV 2288

Mehr Informationen unter
www.aufbauverlagsgruppe.de
oder bei Ihrem Buchhändler

aufbau taschenbuch
AUFBAU VERLAGSGRUPPE

Titus Müller & Co: Die Meister ihres Fachs

Ihre Bücher haben sich millionenfach verkauft – jetzt schreiben sie auch gemeinsam farbenprächtige, packende historische Romane: Tanja Kinkel, Titus Müller, Guido Dieckmann, Rebecca Gablé, Walter Laufenberg, Helga Glaesener, Horst Bosetzky, Tessa Korber, Mani Beckmann, Malachy Hyde, Sabine Wassermann, Eric Walz, Kathrin Lange, Richard Dübell, Ruben Wickenhäuser - Erfolgsautoren, die dem von Titus Müller gegründeten »Quo Vadis. Arbeitskreis historischer Roman« angehören.

Die sieben Häupter
In dem ersten Roman des Autorenkreises »Quo Vadis« dreht sich alles um eine winzige, aber tödliche Fracht aus dem fernen Cathay – und um zwei junge Menschen, die ihr Leben dafür riskieren. Der Minnesänger Ludger kann seinen Kopf nur retten, wenn er das Säckchen mit dem »Drachensamen« an seinen grausamen Erpresser übergibt. Doch noch weiß er nicht, dass eine bildschöne Witwe sein Wohl und sein Herz attackieren wird. Macht und Gier, Minne und Leid, Gesetz und Tyrannei, Gott und Teufel treiben die Menschen im Jahre 1223 um, und würde das Geheimnis aus Cathay diese alte Welt nicht bis ins Fundament erschüttern, hätte die Liebe von Ludger und Roswitha eine Zukunft.
»Ein gelungenes literarisches Experiment.« Die Welt
Roman. 399 Seiten. AtV 2077

Der zwölfte Tag
Walter Tirel of Poix begleitet seinen Jugendfreund König Rufus auf die Jagd in den New Forest. Ein Hirsch bricht durch das Unterholz und Tirel schießt. Der König geht getroffen zu Boden. Tirel glaubt, der Mörder des Königs zu sein, und flieht. Mit Hilfe einer jungen Frau, die vogelfrei im Wald lebt, findet er einen Mann, der ihn außer Landes schmuggelt. – In zwölf Tagen ändert sich Walter Tirels Leben von Grund auf; in zwölf Tagen wird aus einem Edelmann ein Bettler, der auf Wahrheiten stößt, die ungeahnte Folgen haben. Ein prächtiger Roman aus dem englischen Mittelalter, der eine Geschichte voll Machthunger, Liebe und göttlicher Vorsehung erzählt und dem eine wahre Begebenheit zugrunde liegt.
Roman. 394 Seiten. AtV 2213

Mehr Informationen unter www.aufbauverlagsgruppe.de oder bei Ihrem Buchhändler

Frederik Berger: Farbenprächtige Geschichten aus der Geschichte

Die Geliebte des Papstes
Italien im ausgehenden 15. Jahrhundert. Der römische Adlige Alessandro Farnese befreit die junge Silvia Ruffini aus der Hand von Wegelagerern. Doch die Liebe, die zwischen beiden aufkeimt, wird jäh unterbrochen. Alessandro wird vom Papst in den Kerker geworfen. Erst drei Jahre später trifft er Silvia wieder. Sie liebt ihn noch immer, muß aber zusehen, wie Alessandro sich auf ein Ränkespiel einläßt, um Kardinal zu werden, das nicht nur sein, sondern auch ihr Leben in Gefahr bringt.
»Beste Spannungslektüre voller Abenteuer, Leidenschaft und Sinnlichkeit und – das alles beruht dennoch auf Tatsachen!«
WILHELMSHAVENER ZEITUNG
Roman. 568 Seiten. AtV 1690

Canossa
Aus den geheimen Annalen des Lampert von Hersfeld
Deutschland im 11. Jahrhundert. Nach dem Tod des Kaisers droht das Reich zu zerfallen. Heinrich, sein minderjähriger Sohn, gerät unter den unheilvollen Einfluß des Erzbischofs von Köln. Nur die Liebe zu Mathilde, seiner Cousine, läßt ihn Jahre der Bedrohung und des Verrats überstehen. Bis sich ihm ein noch größerer Widersacher entgegenstellt: Papst Gregor VII. strebt die Weltherrschaft der Kirche an.

Ein schicksalhafter Kampf um die Macht beginnt.
»Ein sorgfältig recherchierter, packend geschriebener Roman, der uns auf angenehme Weise die Lebensumstände des Mittelalters näher bringt.« HAMBURGER ABENDBLATT
Roman. 607 Seiten. Gebunden.
Rütten & Loening
ISBN 3-352-00713-6

La Tigressa
Italien gegen Ende des 15. Jahrhunderts. Als Caterina Sforza, die Tochter des mächtigen Herzogs von Mailand, sich in einen verarmten Adligen verliebt, löst sie ungewollt eine Reihe blutiger Ereignisse aus, die sie bis an ihr Lebensende wie ein Fluch verfolgen. In Rom wird sie mit dem skrupellosen Neffen des Papstes verheiratet – und sprengt schon bald ihren goldenen Käfig, indem sie sich tatkräftig in die Politik des Vatikans einmischt.
Roman. 569 Seiten. AtV 2030

Mehr unter
www.aufbau-verlagsgruppe.de
oder bei Ihrem Buchhändler

Guido Dieckmann:
Spannende Geschichten vor historischem Hintergrund

Die Poetin
Mit Frau und Tochter reist der Tuchhändler Joseph Schildesheim im Spätsommer 1819 nach Heidelberg. Seine Tochter Nanetta träumt davon, ihre Gefühle in Versen auszudrücken, statt als Jüdin ein zurückgezogenes Leben zu führen. Die Stadt jedoch ist in Aufruhr. Nach dem Mordanschlag auf den Dichter Kotzebue sehen die Studenten in nahezu jedem Fremden einen Spion – und plötzlich gerät Nanetta in den Verdacht, eine Verschwörerin zu sein.
Roman. 304 Seiten. AtV 1661

Die Gewölbe des Doktor Hahnemann
Der erste Roman über den legendären Begründer der Homöopathie: Auf der Albrechtsburg träumt der junge Samuel Hahnemann davon, ein berühmter Arzt zu werden. Schon früh ist er von den dunklen Seiten der Medizin fasziniert und unternimmt alles, um an eine verschollen geglaubte Schrift des Paracelsus zu gelangen. Doch damit ruft er einen geheimen Orden auf den Plan, ihn aus dem Weg zu räumen.
»Sehr spannende Geschichte, eingekleidet in ein Zeitporträt; schlichtweg gut erzählt mit einem sinnvoll und schlüssig aufgebauten Plot, der mit mehr als einer Überraschung aufwarten kann.«
Die Rheinpfalz
Roman. 473 Seiten. AtV 2011

Die Magistra
Von ihrem Hof vertrieben, flieht die junge Philippa von Bora 1537 zu ihrem berühmten Onkel Martin Luther. Sogleich erhält sie einen Auftrag von ihm: Sie soll an der Wittenberger Mädchenschule unterrichten. Eine wunderbare Aufgabe, so scheint es, bis ihre Gehilfin ermordet wird und die Magistra einem Unbekannten auf die Spur kommt, der nur ein Ziel hat: die Reformation niederzuschlagen, indem er Martin Luther tötet.
Roman. 400 Seiten. AtV 2095

Luther
Zweifler, Ketzer, Reformator – Martin Luther war ein faszinierender, willensstarker Mensch, der die Welt aus den Angeln hob. Als er im Jahre 1517 seine Thesen verkündet und sich weigert, sie zu widerrufen, macht er sich mächtige und gefährliche Feinde. Nicht allein der Papst, auch den Kaiser versucht ihn mundtot zu machen, doch Luther widersteht und wird zum Volkshelden und Revolutionär wider Willen.
Roman. Mit 16 Filmfotos. 340 Seiten. AtV 2096

Mehr unter
www.aufbauverlagsgruppe.de
oder bei Ihrem Buchhändler

Äbtissin Helewise setzt Himmel und Hölle in Bewegung

ALYS CLARE
Sei geweiht der Hölle
England 1189: In der Nähe der Abtei Hawkenlye wird die Leiche einer jungen Nonne gefunden. König Richard I. schickt seinen treuen Ritter Josse d'Acquin in die Abtei, um den Vorfall aufzuklären. Dort lernt d'Acquin die charismatische Äbtissin Helewise kennen, die ihn sofort durch ihre einfühlsame Klugheit beeindruckt. Ein ungewöhnlicher Historienkrimi, spannend und modern erzählt.
Historischer Kriminalroman. Aus dem Englischen von Ana Maria Brock
284 Seiten. AtV 1621

ALYS CLARE
Der Fluch komme über euch
An einem Sommermorgen entdeckt Äbtissin Helewise in der Nähe ihrer Abtei eine Leiche. Verstört und ratlos über diesen Mord, ruft sie Ritter Josse d'Acquin zu Hilfe. Die Äbtissin und der Ritter, das ungewöhnliche, sympathische Detektivpaar, ahnt nicht im geringsten, welche lebensgefährlichen Abenteuer es bei der Aufklärung dieses Todesfalles erwarten.
Historischer Kriminalroman. Aus dem Englischen von Ana Maria Brock.
275 Seiten. AtV 1622

ALYS CLARE
Der Himmel strafe euch
Im Gasthaus zu Tonbridge wird ein Mann vergiftet. Als Ritter Josse d'Acquin einen Tatverdächtigen in den großen Wealdenwald verfolgt, wird er durch einen Schlag auf den Kopf außer Gefecht gesetzt. Eine schwere Zeit bricht an für ihn, den Ritter ohne Furcht, aber nicht immer ohne Tadel.
Historischer Kriminalroman. Aus dem Englischen von Ana Maria Brock.
275 Seiten. AtV 1623

ALYS CLARE
Und richte mit Gerechtigkeit
Äbtissin Helewise hat eine neue Nonne in ihr Kloster aufgenommen, doch die zeigt Charaktereigenschaften, die das Klima in der Gemeinschaft äußerst ungünstig beeinflussen. Im Tal beim heiligen Schrein wird ein Pilger ermordet, und eine der Schwestern verschwindet spurlos. Der vierte Fall, den die kluge und tatkräftige Äbtissin von Hawkenlye und ihr Nachbar, der Ritter gemeinsam lösen.
Historischer Kriminalroman. Aus dem Englischen von Ana Maria Brock.
258 Seiten. AtV 1865

Mehr unter
www.aufbauverlagsgruppe.de
oder bei Ihrem Buchhändler

Schwester Fidelma ermittelt: Spannende Keltenkrimis von Peter Tremayne

Der Historiker und Romancier Peter Tremayne gilt als einer der wichtigsten Botschafter der alten keltischen Kultur. Im 7. Jahrhundert, einer Zeit zunehmender Auseinandersetzungen zwischen dem frühen Christentum der Kelten und der Kirche Roms, löst Schwester Fidelma die schwierigsten Kriminalfälle. Sie ist eine Nonne von königlichem Geblüt und gleichzeitig Anwältin bei Gericht. Ihr treu zur Seite bei vielen ihrer gefährlichen Abenteuer steht Bruder Eadulf, ein angelsächsischer Mönch von großer Toleranz.

Die Tote im Klosterbrunnen
Irland 666. In einer Schwesternabtei findet man im Klosterbrunnen eine junge Frau, nackt und enthauptet. Unter der wohlgeordneten Oberfläche in der Abtei stößt Schwester Fidelma auf allerlei Ränke, Eifersüchteleien, ja sogar Hass. Noch viel undurchsichtiger ist das Verhältnis der Äbtissin zum Herrn der Festung in unmittelbarer Nähe.
Historischer Kriminalroman. Aus dem Englischen von Bela Wohl.
440 Seiten. AtV 1525

Der Tote am Steinkreuz
Als man Schwester Fidelma nach Araglin ruft, um die Morde am dortigen Fürsten und seiner Schwester aufzuklären, scheint über die Schuldigen kein Zweifel zu bestehen. Doch schon auf dem Weg in die Berge geraten sie und ihr Begleiter, der angelsächsische Mönch Eadulf, in einen Hinterhalt.
Historischer Kriminalroman. Aus dem Englischen von Friedrich Baadke.
387 Seiten. AtV 1527

Tod in der Königsburg
Aus dem Kloster Imleach sind Reliquien verschwunden, die für Irland Symbolcharakter tragen. Mit Geschick gelingt es Schwester Fidelma, einer Gruppe von Verschwörern auf die Spur zu kommen. »Spannung und Humor – das ist die unwiderstehliche Mischung dieser irischen Krimis.« NDR
Historischer Kriminalroman. Aus dem Englischen von Friedrich Baadke.
429 Seiten. AtV 1528

Tod auf dem Pilgerschiff
Schwester Fidelma ist nach Iberia mit einem Pilgerschiff unterwegs, das in einen furchtbaren Sturm gerät. Nach dem Unwetter stellt man fest, das Schwester Muirgel wahrscheinlich über Bord gegangen ist. Trotzdem beginnt Fidelma nach ihr zu suchen, und entdeckt sie mit durchschnittener Kehle.
Historischer Kriminalroman. Aus dem Englischen von Friedrich Baadke.
411 Seiten. AtV 1529

Mehr unter
www.aufbauverlagsgruppe.de
oder bei Ihrem Buchhändler

Manfred Böckl:
Hexen, Seher und ein deutscher Robin Hood

Agnes Bernauer
Hexe, Hure, Herzogin
Eine große Liebe – eine große Tragödie. Augsburg im Jahre 1428: Im Badehaus ihres Vaters muß Agnes den Männern zu Diensten sein. Sie verliebt sich in einen seltsamen Gast, den Thronfolger des Herzogtums Bayern, Albrecht von Wittelsbach. Mutig bekennt sich das ungleiche Paar zu seiner Liebe und besiegelt damit Agnes' Schicksal: Albrechts Vater schmiedet ein grausames Komplott, um die Erbfolge des Reiches nicht zu gefährden.
Roman. 278 Seiten. AtV 1290

Jennerwein
Bayern 1848: Inmitten politischer Unruhen bringt ein junges Mädchen einen unehelichen Sohn zur Welt: Georg Jennerwein. Fasziniert von der Jagd, die nur den Reichen gestattet ist, beginnt er, als Vierzehnjähriger in den bayerischen Wäldern zu wildern und das Fleisch an die hungernde Bevölkerung zu verteilen. Ein spannender Roman über das zur Legende gewordene Leben des »deutschen Robin Hood«.
Roman. 173 Seiten. AtV 1291

Mühlhiasl
Die Weissagungen des Sehers vom Rabenstein
Der Mühlhiasl von Apoig ist bis heute für seine Prophezeiungen bekannt: Im 18. Jahrhundert sagte er den Ausbruch der beiden Weltkriege auf den Tag genau voraus und warnte eindringlich vor einem dritten und letzten weltweiten Krieg. Außerdem prophezeite er das Aufkommen von Autos, Flugzeugen, Eisenbahnen und Dampfschiffen sowie den Untergang der Feudalherrschaft ebenso wie den der Kirche ... Manfred Böckl erzählt das spannende Leben des »Sehers vom Rabenstein«. Im Anhang sind seine Prophezeiungen abgedruckt.
Roman. 301 Seiten. AtV 1292

Die Bischöfin von Rom
Branwyn, eine keltische Seherin im Britannien des 4. Jahrhunderts, soll eine Brücke schlagen zwischen dem alten Wissen der Druiden und den jungen christlichen Gemeinden des Westens. Sie begibt sich nach Rom und wird alsbald sogar zur Bischöfin gewählt. Doch sie hat nicht mit dem erbitterten Widerstand der römischen Priesterschaft gerechnet.
Roman. 504 Seiten. AtV 1293

Mehr unter
www.aufbau-verlagsgruppe.de
oder bei Ihrem Buchhändler

Ignacy Kraszewski:
Audienz am Dresdner Hof

JÓZEF IGNACY KRASZEWSKI (1812-1887), in Warschau geboren, stammt aus einer wenig begüterten polnischen Adelsfamilie. Als Anhänger der polnischen Unabhängigkeitsbewegung flüchtete er nach dem Januaraufstand 1863 ins Exil nach Dresden, wo er 20 Jahre lebte. Kraszewski hinterließ ca. 240 Romane und Erzählungen, aus denen die Sachsen-Romane zu den bis heute meistgelesenen gehören.

König August der Starke
Kraszewski erzählt vom prunkvollen Dresdner Hof, den rauschenden Festen und unzähligen Mätressen Augusts des Starken, eines der schillerndsten Herrscher des europäischen Barocks.
Historischer Roman. Aus dem Polnischen von Kristiane Lichtenfeld. 320 Seiten. AtV 1309

Gräfin Cosel
Ein Frauenschicksal am Hofe August des Starken
Anna Constantia von Brockdorff (1680-1765), als Geliebte August des Starken zur Gräfin Cosel erhoben, war eine der schönsten Frauen ihrer Zeit. Neun Jahre lang war sie die mächtigste Frau Sachsens, danach 49 Jahre auf der Festung Stolpen gefangen. Ein anrührendes Schicksal und ein prachtvolles Bild der königlichen Residenz in Dresden.
Historischer Roman. Aus dem Polnischen von Hubert Sauer-Zur. 305 Seiten. AtV 1307

Graf Brühl
Heinrich Graf Brühl (1700-1763) begann seine Karriere am sächsisch-polnischen Hof als Page Augusts des Starken. Bereits mit 31 Jahren war er Geheimrat und Minister. Auch nach dem Tod des Kurfürsten gelang es Brühl, sich unentbehrlich zu machen. Er übernahm die politischen Geschäfte für den trägen Friedrich August II. und diente sich an die erste Stelle im Staat.
Historischer Roman. Aus dem Polnischen von Alois Hermann. 303 Seiten. AtV 1306

Aus dem siebenjährigen Krieg
1757: Am Hofe Friedrichs II. ist man besorgt über die vielen Geheimdepeschen, die zwischen Dresden und Wien kursieren. Ziemlich naiv begibt sich ein junger Schweizer auf das spiegelglatte höfische Parkett. Brühls Pläne werden verraten, und die Preußen marschieren ohne Kriegserklärung in Sachsen ein.
Historischer Roman. Aus dem Polnischen von Liselotte und Alois Hermann. 311 Seiten. AtV 1308

Mehr unter
www.aufbau-verlagsgruppe.de
oder bei Ihrem Buchhändler

Robert Merles »Fortune de France« – ein farbenprächtiges Sittengemälde der französischen Religionskriege

Robert Merle wurde 1908 in Tébessa in Algerien geboren. Nach Schule und Studium in Frankreich war er von 1940 bis 1943 in deutscher Kriegsgefangenschaft. 1949 erhielt er den Prix Goncourt für seinen ersten Roman »Wochenende in Zuydcoote«. Merles umfangreiches Werk spannt sich in einem großen Bogen von seinem Welterfolg »Der Tod ist mein Beruf« über die ironische Zukunftsvision der »Geschützten Männer« bis zu der inzwischen auf 12 Bände angewachsenen historischen Romanfolge »Fortune de France«. Der Autor starb im März 2004.

Fortune de France
Die Romanfolge »Fortune de France« erzählt die Geschichte dreier Generationen der Adelsfamilie Siorac in dem dramatischen Jahrhundert von 1550 bis 1643, das erschüttert wurde von blutigen Glaubenskriegen zwischen Katholiken und Protestanten und Kämpfen für ein starkes Königtum.
Roman. Aus dem Französischen von Edgar Völkl und Ilse Täubert. 396 Seiten. AtV 1213

In unseren grünen Jahren
Der junge Pierre de Siorac, Hugenotte, aber in Toleranz gegenüber den Katholiken erzogen, geht zum Studium der Medizin nach Montpellier. Er braucht alle seine Begabungen – Edelmut, List, Degen und Pistole, nicht zuletzt seine Ausstrahlung auf Frauen – um in so mörderischen Zeiten am Leben zu bleiben.
Roman. Aus dem Französischen von Andreas Klotsch. 448 Seiten. AtV 1214

Die gute Stadt Paris
Sommer 1572. Wegen eines Duells von der Todesstrafe bedroht, flüchtet sich Pierre nach Paris, um dort unterzutauchen und die Begnadigung durch den König zu erflehen. In Paris aber gerät er als Hugenotte in das Massaker der Bartholomäusnacht, das er nur durch Freundeshilfe überlebt.
Roman. Aus dem Französischen von Edgar Völkl. 599 Seiten. AtV 1215

Noch immer schwelt die Glut
Zwei Jahre versteckt sich Pierre auf der väterlichen Burg im Périgord, dann zieht es ihn zurück nach Paris. Er wird Leibarzt Heinrichs III. Aber vor allem wird der intelligente junge Charmeur bald des Königs Geheimagent in dessen Auseinandersetzungen mit der fanatischen katholischen Liga unter dem Herzog von Guise.
Roman. Aus dem Französischen von Christel Gersch 533 Seiten. AtV 1207

Mehr unter
www.aufbau-verlagsgruppe.de
oder bei Ihrem Buchhändler

Robert Merle: Der Meister des historischen Romans

Der wilde Tanz der Seidenröcke
Guise ist ermordet, Heinrich III. ein Jahr später auch. Es regiert Henri Quatre, Frankreichs beliebtester König, der, um es zu werden, zum Katholizismus übergetreten ist. An seinem frivolen Hof wächst Pierres Sohn Pierre-Emmanuel auf. Aber der Königsmörder steht schon in der Menge.
Roman. Aus dem Französischen von Christel Gersch. 470 Seiten.
AtV 1216

Das Königskind
Die international verbündete katholische Partei erträgt die Toleranzpolitik des französischen Königs nicht mehr: Auf offener Straße wird Henri Quatre ermordet. Der junge Pierre-Emmanuel, sein Dolmetscher, bleibt in der Nähe von Henris kleinem Sohn Louis, der von seiner machtgierigen Mutter Maria von Medici sieben lange Jahre von der Regierung ferngehalten wird.
Roman. Aus dem Französischen von Christel Gersch. 478 Seiten.
AtV 1217

Die Rosen des Lebens
»Jetzt bin ich König«, sagt der sechzehnjährige Ludwig nach gelungenem Staatsstreich, als Concini, der mächtige Günstling seiner Mutter, erschossen auf der Brücke zum Louvre liegt. Aber ein Problem zermürbt den Hof: Der König hat seine Ehe mit der jungen Anna noch nicht »vollzogen«.
Roman. Aus dem Französischen von Christel Gersch. 395 Seiten.
AtV 1218

Lilie und Purpur
Pierre-Emmanuel de Siorac, Kammerherr und Dolmetscher des jungen Königs, erfahren im Umgang mit schönen Frauen wie mit englischen Lords. Doch zum Lieben kommt er derzeit nicht viel. Intrigen und Verschwörungen erschüttern das Land, und vor la Rochelle erscheinen die ersten englischen Schiffe.
Roman. Aus dem Französischen von Christel Gersch. 463 Seiten.
AtV 1219

Ein Kardinal vor La Rochelle
Gern wäre Pierre-Emmanuel mal wieder auf sein Gut Orbieu geritten, um ein heißes Bad und die zärtlichen Arme seiner Louison zu genießen – aber Urlaub gewährt Ludwig nicht. Denn die Hugenotten von La Rochelle, der letzten protestantischen Hochburg, haben dem König den Krieg erklärt.
Roman. Aus dem Französischen von Christel Gersch. 358 Seiten.
AtV 1225

Mehr unter
www.aufbau-verlagsgruppe.de
oder bei Ihrem Buchhändler

Historische Romane:
Kelten, Ketzer, Abenteuer

MANFRED BÖCKL
Die letzte Königin der Kelten
Als Nero römischer Kaiser wird, bricht im besetzten Britannien grausame Tyrannei aus. In dieser Zeit verunglückt der Keltenkönig Prasutax tödlich. Nach keltischem Recht tritt seine schöne Witwe die Alleinregierung an. Doch Nero duldet keine Frauenherrschaft und fordert ihre Abdankung. Als die Königin sich weigert, lässt er sie in den Kerker werfen und schänden – doch es gelingt Nero nicht, sie zu brechen. Im Bündnis mit den Druiden der heiligen Insel Môn ruft Boadicea die Keltenstämme zum Freiheitskampf auf.
Roman. 542 Seiten. AtV 1296

MANFRED BÖCKL
Die Bischöfin von Rom
Branwyn, eine keltische Seherin im Britannien des 4. Jahrhunderts, soll eine Brücke schlagen zwischen dem alten Wissen der Druiden und den jungen christlichen Gemeinden des Westens. Sie begibt sich nach Rom und wird sogar zur Bischöfin gewählt. Doch sie hat nicht mit dem erbitterten Widerstand der römischen Priesterschaft gerechnet.
Roman. 504 Seiten. AtV 1293

GEORG BRUN
Der Engel der Kurie
Rom 1526: Eine Reihe grausamer Morde an jungen Frauen versetzt die Stadt in Angst. Der Kanzler der Kurie beauftragt den unerfahrenen Dominikanermönch Jakob mit den Ermittlungen. Die Spuren führen bis in die Nähe des Papstes. Ein illegitimer Medici-Sproß, zuständig für die Lustbarkeiten im Vatikan, scheint ein gefährliches Netz aus Erpressungen und Intrigen ausgelegt zu haben.
Roman. 330 Seiten. AtV 1350

GEORG BRUN
Der Augsburger Täufer
Der Dominikanermönch Jakob muß nach Augsburg, um einen Mord aufzuklären. Die erste Spur weist zu gefährlichen Glaubenseiferern, die gegen den Papst streiten und Unruhe verbreiten. Doch auch die schöne Malerin Ludovica scheint ihre Intrigen zu spinnen. Da geschieht ein zweiter Mord, und Jakob begreift, daß er es mit einer Verschwörung zu tun hat, in die sogar der Papst verstrickt sein könnte.
Roman. 409 Seiten. AtV 1425

Mehr unter
www.aufbauverlagsgruppe.de
oder bei Ihrem Buchhändler

Klassik Radio.
Die Musik zum Buch.

Entspannung pur mit den größten Klassik Hits, der schönsten Filmmusik, New Classics und Klassik Lounge.

Bundesweit über UKW und Kabel, europaweit über Satellit und weltweit im Internet.

Alle Infos und Frequenzen
unter www.klassikradio.de